John Dos Passos

The 42nd Parallel   北纬四十二度

【美】约翰·多斯·帕索斯 著

董衡巽 朱世达 薛鸿时 译

作家出版社

（京权）图字：01-2017-7401

图书在版编目（CIP）数据

北纬四十二度 /（美）约翰·多斯·帕索斯著；董衡巽，朱世达，薛鸿时译 . -- 北京：作家出版社，2021.1

（《美国》三部曲；一）

ISBN 978 - 7 - 5212 - 0979 - 2

Ⅰ . ①北… Ⅱ . ①约… ②董… ③朱… ④薛… Ⅲ . ①长篇小说 - 美国 - 现代 Ⅳ . ①I712.45

中国版本图书馆 CIP 数据核字（2020）第 085498 号

北纬四十二度

作　　者：（美）约翰·多斯·帕索斯
译　　者：董衡巽　朱世达　薛鸿时
责任编辑：赵　超
助理编辑：郭晓斌
装帧设计：吴元瑛
出版发行：作家出版社有限公司
社　　址：北京农展馆南里 10 号　　　邮　　编：100125
电话传真：86 - 10 - 65067186（发行中心及邮购部）
　　　　　86 - 10 - 65004079（总编室）
E - mail: zuojia@zuojia. net. cn
http: // www. zuojiachubanshe. com
印　　刷：三河市北燕印装有限公司
成品尺寸：152 × 230
字　　数：362 千
印　　张：21.5
版　　次：2021 年 1 月第 1 版
印　　次：2021 年 1 月第 1 次印刷
ISBN　978 - 7 - 5212 - 0979 - 2
定　　价：52.00 元

论多斯·帕索斯的前期思想与作品（代序）

朱世达

如果我们对美国二十世纪二三十年代重要作家约翰·多斯·帕索斯（1896—1970）一生作一总的回顾与评价，我们会发现作家创作达到巅峰的时期正是他全力投身于美国社会斗争，即所谓的"激进运动"时期。正如格兰维尔·希克斯所说，"没有一个美国作家像多斯·帕索斯那样直接地描写变革，伟大的社会变革，具有二十年代特色的革命的变革"①。多斯·帕索斯的主要作品《美国》三部曲（《北纬四十二度》《一九一九年》《赚大钱》）1938年结集出版之后，作家的政治方向开始转变，在美国的政治地图上来回交叉走了一遭，渐渐趋向于右翼，这在他的创作上也留下了明显的衰败印记。人们可以毫无偏见地说，在他嗣后的创作里，无论是《一个年轻人的冒险》（1939）还是《伟大的计划》（1949），他不仅在思想上走向反共，艺术上苍白无力，就是创作才力也显得枯竭。所以，在多斯·帕索斯身上，文学史学家可以十分清晰地看出一个从来没有停止过流血的心理创伤，一个创作活动的分水岭。

综观多斯·帕索斯一生中思想与情感的历程，不难发现，他后期与左派运动决裂，他的反戈，绝不是偶然的。人们可以在他的前期作品中找到他思想上的一些倾向和弱点，它们最终导致他成为一个极端的戈特华特共和党人。他的前半生和后半生形成一个强烈的对比与反差，致使美国学者汤森·勒亭顿问道："人们怎么可能把五十年代麦卡锡主义的鼓吹者与《美国》三部曲的作者视为一个人呢？"②由于他在二十世纪二三十年代的美国文坛上是一个极有影响的作家，由于他的政治思想和艺术道路是当时时代极富有代表意义的现象，更由于他的激进文学的经典著作《美国》三部曲被认为是美国

① 格兰维尔·希克斯：《多斯·帕索斯的政治》，由安德罗·霍克（Andrew Hook）编入《评论多斯·帕索斯文集》，新泽西：帕莱蒂斯–霍克公司，1974年，第15页。
② 汤森·勒亭顿：《约翰·多斯·帕索斯：20世纪的历程》，纽约：达顿出版社，1980年，第463页。

民族的史诗之一，对他的前期思想和作品作一深入的研究与分析，对于了解美国二十世纪最初三十多年的文学史，和美国二十世纪三十年代一群作家与文学评论家从左翼转向右翼的历史的与社会的背景，都是极有裨益的。

多斯·帕索斯从1912年至1916年在哈佛大学度过了四年的学习生活。当时的哈佛正处于继奥斯卡·王尔德1882年美国讲学之后风云而起的唯美主义运动的后期。波士顿的知识分子捡起唯美主义的旗帜，在音乐、艺术、文学中鼓吹"为艺术而艺术"。正如马尔科姆·考利说的"唯美主义者竭力在十九世纪九十年代、在马萨诸塞州的剑桥创造一个牛津的余象"①。美国文艺批评家万·魏克·布鲁克斯曾经这样描述他在哈佛（1904—1907）的岁月：学文学的学生都倾向于鄙夷他们的国家和世纪，崇拜远离当代美国的事物和人物；几乎每一个人都耽读帕塔的著作，未来的诗人和小说家心里充斥了意大利艺术。②多斯·帕索斯就是在这样的环境中开始他的创作生涯的。一年级结束时，他在1913年7月号《哈佛月刊》上发表第一篇短篇小说《阿尔米》。小说描写一个英国少年（像作者自己）在开罗偶然瞥见一位姿色动人的黑眼珠少女，不久，她便消逝不见。英国少年连夜画了一幅少女的肖像，并开始在全城寻觅她。但找到时，她已嫁给一位赶骡车的，蹲在破屋里做饭，大声吆喝她光屁股的侄子，少年完全失望了。人们从这篇小说中可以看出哈佛唯美主义对他的影响。不过他很快就腻味了前拉斐尔派诗人所赋写的过分讲究遣词造句的诗歌和王尔德的唯美主义。他在1915年5月号《哈佛月刊》上发表小说《唯美主义者的噩梦》，描写一个羸弱的年轻人带回一尊维纳斯像，放在大学寝室里，一次喝了酒，在梦魇中击碎了雕像，醒来之后发现破碎的维纳斯躺在地板上。这是多斯·帕索斯对唯美主义者矫揉造作的讽喻。

作家不满哈佛的环境，把它比作约束人的创造力的"钟罩"，受着外界巨大压力的压迫。

于是，在寻求新思想和新表现形式的同时，他竭力想反叛，想背离美国的物质主义，打破"斯文传统"对美国文学艺术的禁锢。他耽读英国诗人法兰西斯·汤普森的《天之猎豹》和威尔士散文家亚瑟·马琴的《多梦的山

---

① 汤森·勒亭顿：《约翰·多斯·帕索斯：20世纪的历程》，纽约：达顿出版社，1980年，第56页。

① 汤森·勒亭顿：《约翰·多斯·帕索斯：20世纪的历程》，纽约：达顿出版社，1980年，第56页。
② 参见麦尔文·兰德斯伯格：《多斯·帕索斯通向〈美国〉的道路》，波尔达尔：科罗拉多联合大学出版社，1972年，第24页。

丘》，特别推崇埃兹拉·庞德的《意象主义者》，受到象征派和意象派诗人的极大影响。所以，在多斯·帕索斯的反叛中，人们可以发现一个哈佛唯美主义者反对一切本国传统的倾向——这种倾向成为他日后投入激进运动的发轫。他很明白：他如果想成功，就必须打破文学传统；所以，他不仅是新形式和新风格的追随者，而且是实践家，是一个敏锐的观察家。

作家离开剑桥——哲学家的天堂之后，1916年10月在《新共和》杂志上发表《反对美国文学》，这对于考察和研究他的早期思想是非常重要的。这篇文章显示了作家对工业主义的不安和对物质主义的憎恶，他的观点与对美国社会和文学持批判态度的魏克·布鲁克斯甚为接近；它同时也表明作家受到惠特曼关于美国图景思想的强烈感染。他说，从英国移植到新英格兰然后到中西部的美国文学是斯文的、抽象的、无根的，缺乏民歌与传统的基础。而如今，工业主义把与过去联系的桥摧毁了。美国必须接受惠特曼关于建立伟大文学的挑战，要不就会变成"现代世界的西西里岛"，文化上非常贫乏而物质上却异常富有。①多斯·帕索斯一离开哈佛就将自己置于反对传统的、无根的美国文化的反叛者的地位。他的这种批判精神由于目睹第一次世界大战的浩劫而得到了升华和发展。他在大战中创伤般的经验是促使他一生观点转变的一个重要的关键。他已不仅仅是浪漫的对现实持不满态度的哈佛八诗人之一了；战争把他卷入世界政治漩涡的中心，战争的残酷使他成为一个资本主义社会的批判者。他1916年12月12日从西班牙给马文写信道："对我来说，战争中有一些东西非常令人沮丧，要是欧洲这样愚蠢地摧毁它自己的话，我所做的一切，我所写的一切看来是多么廉价，毫无用处。"②

在凡尔登前线，多斯·帕索斯作为救护车队的司机目睹了许多战争的惨状，他在《美国》三部曲的《一九一九年》中描述了当时战争的恐怖和给人心灵带来的震慑和不幸。多斯·帕索斯认识到，战争完全是由谎言、欺骗和并不参加打仗的人们追求个人利益的恶行所滋养起来的巨大的肿瘤。他完全同意约翰·里德在《谁的战争？》中所表达的观点："这不是我们的战争。"他在法国看到越来越明显的可能发生革命的信号，他希望在美国也发生革

---

① 参看多斯·帕索斯《反对美国文学》，《新共和》（*New Republic*）VIII，1916年10月14日，第269至271页。

② 汤森·勒亭顿编：《第十四编年史：约翰·多斯·帕索斯信函与日记集》，波士顿：盖姆别特出版公司，1973年，第60页。

命（但对于革命的目标和内容，他却完全茫然），因为只有革命才能使各民族摆脱现在的政府。

正是基于作家在大战中的经验，他筹划写一部关于美国军队生活的书，描述污秽与单调，以表述人仅仅是沉沦的奴隶、号码、炮灰的心境。他希望小说能成为一部现实主义的作品，一份有力的反对军国主义的文献。他1920年出版了《1917年：一个人的创始》，1921年出版《三个士兵》，两部小说都是反战的，认为战争不仅导致大教堂的毁灭，而且导致对往昔崇高思想信任的幻灭。《三个士兵》描述卷进战争与军事机器的个人——约翰·安德罗——的尊严的毁灭和无助，弗莱德里克·霍夫曼在《二十年代》中认为："战后小说没有一本像《三个士兵》那样充分地表达了作者对军队和战争的憎恶。……压倒一切的象征就是那凌驾于个人之上，将个人的抱负和希望都摧残殆尽的机器。"[1]

处在苦闷绝望之中，正在梦想为人类寻求出路的年轻的多斯·帕索斯，必然和纽约格林威治村正处在鼎盛时期的《群众》成为知音。以麦克斯·伊斯特曼为主编的《群众》像一块磁铁吸引了对美国社会已具有一种朦胧的批评思想的多斯·帕索斯，因为它代表了一种他正在寻索的新思想。《群众》的激进很快为他所有，欧洲战争的经验使他迫切期望看到社会革命，使他更加容易接受新鲜的观念，不管它是布尔什维克主义还是无政府主义。他开始严肃地对美国政府和社会进行批判，这种态度在二十年代末和三十年代初达到了巅峰。他希望人们有勇气再次高唱法国大革命时期的《卡玛涅拉》，向新的巴士底狱挺进，他担忧第一次世界大战将导致漫长的欧洲文明的死亡，而几乎没有自己本土文化的美国将因此而一起消失，他希冀寻找一种新的政府体制，一种新的经济学说，正如他在给朋友乔治·圣·约翰的信中说的："生活在这种覆灭之中是很美妙的——也许这种覆灭也是临盆的痛苦。"[2]

于是，他越来越倾向于激进主义，他属于霍夫曼所描述的那"年轻的天真者"之一群，视这种激进主义为"赤色""革命"。他参加了无政府主义者埃玛·戈德曼非征兵联盟在麦迪逊广场公园组织的集会。事后，他在一封给麦克库恩的信中说："我每一天都在变得更为赤色——我唯一的雄心就是能唱'国际歌'。"所谓"更为赤色"其解释就是他说的："我真想毁灭我们的

---

① 弗莱德里克·霍夫曼：《二十年代》，纽约：维京出版社，1955年，第60页。
② 汤森·勒亭顿编：《第十四编年史：约翰·多斯·帕索斯信函与日记集》，波士顿：盖姆别特出版公司，1973年，第72页。

这些愚蠢的学院和学院里的所有那些有教养的年轻人——任何形式的庸俗猥琐、杂种文化、中产阶级的势利的灌输者。"①他在一封给马文的信中说，战后，他将变得"赤色、激进和革命"，马文将会因此与他断绝关系。②值得注意的是，他在同一封信中提到不久前在格林威治村勃莱伍特酒店地下室咖啡馆和无政府主义者埃玛·戈德曼坐在一起的情景，称自己是"她的荣耀的光晕"，描述自己总是处于"一种奇异的急于想表达激动的状态之中"。因此，他的"赤色、激进和革命"的含意就只能在这样的背景上来理解了，就是总带有一种无政府主义的色彩。哈佛大学教授、文艺批评家丹尼尔·阿伦在与作者的一次谈话中认为，他是一个无政府主义者。马丁·卡立奇写道："多斯·帕索斯的自由主义一般来说，是无政府主义的。那就是说，多斯·帕索斯相信绝对的或原始的自由，无政府主义者所信奉的最高的善。"③他最推崇的工团组织——世界产业工人联合会本身就具有浓厚的无政府主义色彩。产联的无政府主义、狂热和地方色彩曾使格林威治村的左派们——其中包括多斯·帕索斯——为之倾倒。由于对现代社会和政府的绝望，他痛恨一切组织，痛恨权威，痛恨遵奉传统，认为组织就是死亡。他对政府不作阶级分析，一概反对。他在一封写给马文的信中说："（你的）关于政府的比喻（即政府机器）是非常好的，但是当有人骑在你的脖子上时，就绝不是玩弄明喻的时候。一个虚伪的思想，虚伪的体制，一群独裁者，有意识的和无意识的独裁者，现在正骑坐在世界的脖子上，到目前为止摧毁了世界上一半有价值的东西。"多斯·帕索斯认为樊塞蒂的无政府主义更多的是种情感，一种温和的哲学的思考，而不是一种标签；那是在地中海地区滋生的一种希望，期望根深蒂固地植于资本主义制度的人的掠夺天性能被引向其他渠道，让手工业者、农夫、渔夫和养牛牧民社区自由自在，使他们可以怀着欢愉之情为生活而劳作。很显然这也是多斯·帕索斯小资产阶级知识分子的梦幻，这也是他自己的一帧画像。我们可以从《一九一九年》的"摄影机眼（41）"看出他的这种倾向：

---

① 汤森·勒亭顿：《约翰·多斯·帕索斯：20世纪的历程》，纽约：达顿出版社，1980年，第123页。

② 汤森·勒亭顿编：《第十四编年史：约翰·多斯·帕索斯信函与日记集》，波士顿：盖姆别特出版公司，1973年，第75页。

③ 马丁·卡立奇：《约翰·多斯·帕索斯：自由与父亲形象》，《安蒂奥奇评论》，1950年春季，第100页。

你不来参加无政府主义者的野餐吗那里将举行一次无政府主义者的野餐当然啦你今天下午必须来参加无政府主义者的野餐……

但是该死他们拥有世界上所有的机关枪所有的印刷机行型活字排版机股票行情自动收录机色带铁转盘过分乔装打扮的女人里兹大饭店　你们　我？赤手空拳一切歌并不太动人的歌……

作家的无政府主义在一定的社会政治条件下（如美国二十年代末和三十年代初）可以表现为一种以反对资本主义为目标的社会激进思潮。

1925年，多斯·帕索斯发表长篇小说《曼哈顿中转站》。小说在艺术上更臻成熟，运用表现主义手法讽刺了纽约城一群人的生活，鞭挞了物质主义、因循、政治腐败和人与人之间交流的缺乏。在这部作品中，作家追求一种他称之为"本土的激进主义"思想。他把这种本土的激进主义界定为一种超越政治的激进主义，独立地表述各种激进思想。麦尔文·兰德斯伯格认为，"多斯·帕索斯的激进主义的源泉在很大程度上是保守的，受一种捍卫或重申历史性的自由和维护文明的愿望所激励"。为本土激进主义所驱使，他于1926年5月成为《新群众》的执委委员。从此，由于与迈克·高尔德等激进分子的来往日益频繁，与左派"新戏剧社"的关系日益紧密，多斯·帕索斯在30岁时开始了一生最活跃的政治活动时期。但是，从《新群众》创刊开始，多斯·帕索斯和高尔德等人的思想就是不一致的。从他同高尔德的论战可以看出，即使他作为左派的同路人或者在许多人看来他已成为美共党员（实际上他从未加入过美共）的情况下，在政治观点上他更为接近西班牙无政府主义作家、《为生活而斗争》的作者巴罗哈·伊·内西，后者认为"一个中产阶级人士在社会革命中唯一能起的作用仅仅是破坏而已"；在社会理论上与《自由人》编辑阿尔贝特·杰·诺克更为融洽，诺克反对任何形式的国家，认为国家是一个掠夺性阶级阻碍经济解放和个人自由的强迫性工具。

多斯·帕索斯在1927年投入拯救两位面临死刑的意大利无政府主义者萨柯和樊塞蒂的斗争。他清晰地看到美国社会中存在两个对立的阶级的现实，认为这在"赤色恐惧症"中炮制出来的肮脏的案件已经"成为工人阶级和资本家阶级之间、掌握政权的人们和争取掌握政权的人们之间的世界范围斗争的一部分"。他后来在《赚大钱》"摄影机眼（50）"中描述了这次斗争的绝望，提出了著名的"我们是两个民族"的论断，表明他在对资本社会持激进的批判态度上前进了一大步。

在这段时期中，作家在心中正酝酿写作《美国》三部曲，他希望创作"一部很长的小说，描写一部分美国人在这世纪的最初三十年中互相多少有点关联的生活"。两个普通的意大利移民的被处死，使他看清改变现行工业资本主义制度的迫切性，使他与左派激进运动的关系更加紧密。在嗣后的岁月中，多斯·帕索斯访问了苏联（1928），成为全国声援反饥饿罢工矿工委员会主席（1931），和德莱塞一起去肯塔基州哈兰县了解劳工纠纷（1931），为美国共产党总统竞选人投票（1932），成为全国保卫政治犯人委员会司库（1932）。

《美国》三部曲全发表于二十世纪三十年代。在二十年代，由于"迷惘的一代"的出现，美国现代文学道德历史的一章结束，这在多斯·帕索斯作品中最清晰地表述了出来，他结束了那一代人的追求，把它的价值带到三十年代的社会小说之中。他运用乔伊斯式的语言，新的试验性的文学技巧"新闻短片""摄影机眼""人物小传"等，展现了二十世纪最初三十年中作为群像的美国人——实际上的主人公是"美国社会"的生活与命运。小说以一个在美国公路上孤独无援的流浪汉开始，他"没有职业，没有女人，没有房子，没有城市"，总之他没有任何归属，在"散向夜街的人流中独自快速地走着"，"在夜里，需求的欲念在脑海中旋转，他孤独地踽踽而行"。小说描写了12个主要人物，他们对现代社会的压力作出了种种不同的回答，其中有世界产业工人联合会会员、印刷工人麦克，他后来脱离了激进运动，在墨西哥过上了小资产阶级生活；一次大战时的空军英雄、飞机设计师安德森，对革命没有真正的信念，道德上放浪不羁；没有文化、命运多舛的水手威廉斯，在商船上干活，过着猪狗不如的生活，时时遭受失业的威胁，醉生梦死，几乎成了一个"生物人"，最后在酒吧间斗殴致死；公共关系寡头摩尔豪斯，虽然才能有限，但靠权术却取得了巨大的商业上的成功；哈佛唯美主义诗人、善于在社会的阶梯上向上爬的萨维奇，为了权宜的利益而放弃了和平主义观点和诗歌；激进的犹太罢工领袖本·康普顿，投身革命，因为拒绝参战服役而被投入监狱，后被开除出美共；瓦萨学院学生玛丽·弗伦奇，拒绝接受美国社会的价值而参加社会工作和激进运动，虽然个人在社会与私人生活方面连续遭受不幸，仍然执着地投身激进洪流。小说各人物的命运互不相关，各自成章，中间穿插了自传性的"摄影机眼"51篇，提供社会、政治、文化背景的"新闻短片"68辑，包括美国各阶层著名历史人物的"人物小传"28篇。

我们可以看到，凡布伦的思想——而不是马克思主义——是《美国》三部曲的核心思想。多斯·帕索斯崇尚凡布伦有永久价值的精细的外科医生般的分析。他写信对威尔逊说，在凡布伦的分析中似乎藏有比其他任何人更多的火药，因为他似乎是唯一的一个有才能的、批判地研究美国资本主义的人。《美国》三部曲所描述的世界，纯是一个凡布伦的世界，即商业破坏生产，盲目追求金钱与利润对生活的破坏的世界。多斯·帕索斯对资本主义社会里被异化的人们、被排挤在社会之外的人们、在生活中失败的人们和对现实不满的人们寄予无限的同情；在小说中，他表明财阀控制的美国工业主义不仅摧毁了农村经济模式，而且也摧残了美国宝贵的传统道德与政治信条。战后随着工业扩张、繁荣而出现的"爵士时代"对金钱空前的贪婪和占有欲，使多斯·帕索斯感到幻灭和失望，认为这种繁荣加剧了在美国业已存在的精神堕落。因此，《美国》三部曲始终流露出一种"绝望的"情绪，反映了作家对诸多的现代社会问题无从回答而陷入一种无可奈何的心境。所以《美国》三部曲并不能简单地归属于"左翼"小说。卡津说："多斯·帕索斯从来没有接受过一种团体的思想，所以将他与三十年代激进的作家们相提并论就不可能理解他作为小说家的发展。他很早就开始激进，他从来就不是一个马克思主义者，在所有时期他都遵循自己的自信的异常独立的道路。"

尽管作家在1917年就认为自己"如此赤色、激进和革命"，但正如他在1953年约瑟夫·麦卡锡非美活动委员会时期写的，二十年代他对苏联试验的兴趣仅仅是"一个年轻知识分子为了追求改变而改变的愿望而已"。他主要是出于"对普通人的热情和同情"。正如威尔逊在1930年7月底给爱伦·塔特的信中说的，多斯·帕索斯仅仅是一个"中产阶级的自由派人士"。据多斯·帕索斯的解释，中产阶级自由派人士，大部分是工业社会中的技术人员，他们"在社会经济结构中不受其地位影响而成为亲工人或反工人的人"，作为一个作家，他属于这一群人。1926年他在《新群众》上呼吁左派注意观察"美国财政巨大帝国的锻压机的锅炉"将会产生什么样的结果。1930年他呼吁，在为既定的目标而争取变化时，在阶级斗争中保持平衡和人道。在1930年8月号《新群众》一文中，他希望"我们尽可能使阶级战争更为人道"。他认为，中产阶级自由派人士（在任何工业制度中的技术人员）在由资本主义所诱发产生的劳资之间的暴力斗争中保持中立。他希冀这种新的理解就是变化，既不是向资本主义的变化，也不是向欧洲共产主义的变化，这种变化非常奇异地是美国式的，既不是源出于克里姆林宫，也不是出于美国钢铁厂，他赞同世界产业工人联合会的目标，即在"一个旧社会的躯壳里建设一个新的社会"。1932年4月威尔逊送了一份作家宣言草稿给多斯·帕索斯，在宣言中签名作家声明将支持"社会经济革命"，"和美国的工人以及农夫的利益结合在一起"。值得注意的是多斯·帕索斯建议删去"消灭基于物质财富而划分的所有阶级"，改成"生产者必须掌握生产机器，以作为消灭金钱、权力的必要手段"。多斯·帕索斯中产阶级改良主义的社会、政治、经济观点在这里清晰地表述了出来。

在1932年答《现代季刊》的问题"美国作家何处去？"时，多斯·帕索斯指出，"美国资本主义是失败了，但还不能说制度垮了"。他希望看到变革，而不是整个的毁灭。他认为，一个作家无法避免参加到当前的社会危机之中，但是不是在创作中遵照（美国）共产党的路线，那是他自己的事。当该杂志编辑问他"一个作家应该加入共产党吗"，他回答道："那是他自己的事。有些人自然是党的人，而有的人自然是清扫工或同路人。我个人属于清扫工和同路人之列。"

从以上对多斯·帕索斯前期思想的分析，我们可以很清晰地看到一个美国"中产阶级自由派人士"的轨迹——这是解开他思想发展、创作思想上的矛盾的关键。作为一位飞黄腾达的纽约律师和一位南方名门贵族闺秀的私生子，"在旅馆中度过的童年"对他一生的思想有极大的影响，他一生都在寻觅归属，寻觅一个根，选择一个祖国。由于哈佛唯美主义对他的影响，他一生把艺术看得高于一切，甚至把参加激进运动也看成是一种艺术探索的需要。但是，正由于他的中产阶级自由派人士的立场，正由于无政府主义对他的影响，他不可能完全接受马克思主义，不可能对当时的形势作出马克思主义的估计，而只能囿于他固有的一种不是黑就是白的思想方法。当苏联国内斯大林在肃反问题上犯了扩大化、共产国际在西班牙内战的问题上犯了"左"倾的错误时，他动摇了。他父亲所崇尚的"盎格鲁-撒克逊世纪""杰弗逊式的民主"又在他身上点燃，他开始认为"盎格鲁-撒克逊民主是我们所有的最好的政治方式"[①]。他脱离了左派运动，而转入右翼营垒，是他的

---

① 多斯·帕索斯1937年秋给约翰·哈威德·劳森的信，见《第十四编年史》第514页。

思想，是当时的国际国内形势的一种合乎逻辑的发展。《美国》三部曲反映了作家这种思想上的矛盾和苦闷，也反映了批判社会的激进思潮——即美国当时时代的思潮——终于成为美国二十世纪文学史上一部重要的作品。

本书主要由董衡巽、朱世达、薛鸿时三位合译，其中有一部分（"摄影机眼"12、13、17、18、23、24、26、27；"新闻短片"X、XIII、XVI、XVIII、XIX；"海神"和"战斗的鲍勃"）由徐烈炯译出。特此附记。

美　国

那个年轻人独自匆匆走去，穿过入夜以后街上越来越稀的人群；走了几个小时脚累了；他那双眼睛渴望见到亲切而线条有致的脸庞，别人眼睛的闪烁，脑袋的形状，肩膀的耸动，双手伸开而又捏紧的样子；他因为饥饿，连血液都感到刺痛，脑子像个蜂房，里面有一大堆希望，嗡嗡营营地刺激着他；他全身肌肉酸痛，想得到工作的信息：修路工人用锄和锹干的活儿，渔夫用铁钩把滑溜溜的网从倾斜的拖网船边曳上来的技术，造桥工人胳臂一挥，抛下白热的铆钉，火车司机慢慢地紧握节流阀的方式，庄稼汉使出浑身的劲儿，吆喝骡子停下，把犁从田沟里提起来。年轻人独自走着，用贪婪的目光在人群里搜索，竖起了贪婪的耳朵，想独个儿听到各种信息。

街上空荡荡的。人们成群地挤进地下铁道，爬上电车和公共汽车；到了车站，他们又急急忙忙奔向去郊区的火车；他们已经进入住所和租房，乘坐电梯在公寓房子里上楼。在一家服装商店的橱窗里，两个面色枯黄、装饰橱窗的人穿着衬衣，正在布置一个身穿红色晚礼服的少女模型，在一个拐角上，电焊工戴着面罩正在修理路轨，脸儿冲着一束束蓝色的火焰，几个醉鬼脚高脚低地向前走去，一个妓女凄凉不安地站在弧光灯下。河上传来汽船离开码头时深沉的隆隆声。远处还有一艘拖船的鸣笛声。

那个年轻人独自走着，说快也不算快，说走得远也不远（人们的脸庞一个个在身边消失，人们的说话声成了断断续续的片言只语，人们拐进小巷，脚步声越来越轻）；他一定要赶上最后一班地铁、电车、公共汽车，奔上一切汽船的跳板，到所有的旅馆去登记，进城市去干活，应征招工广告，学习业务，接受零活，住进所有的寄宿房子，睡在所有的床上。一张床是不够的，一桩工作是不够的，一种生活是不够的。晚上，他饿得头发晕，独自走着。

没有工作，没有女人，没有房子，没有城市。

只有急于听到话语的耳朵并不孤独；耳朵被塞紧了，让措辞、玩笑话、单调易忘的故事、猝然下降的句子像卷须般给塞紧了，这些话语的卷须盘缠

1

在一起，穿过城市的街道，从人行道上散布开来，沿着花木点缀的宽马路生长，随着长夜行驶在喧闹的公路上的卡车快速地传去，穿过破败的农场的沙路细声悄语，这些话语的卷须把城市和加油站、圆形机车修理房、汽船、探索航线的飞机联系在一起，这些话语响彻在山间的牧场上，缓缓地随着越来越宽地进入海洋的河流和宁静的海滩漂流。

就是在晚上行人拥挤的街上走长路，他也感到孤独，他处处感到孤独：在艾伦敦①的训练营里，白天在西雅图的码头上，少年时在华盛顿城空洞而发臭的气氛中度过的炎热的夏夜，在市场街吃饭的时候，在圣迭戈红岩海岸边游泳的时候，在新奥尔良满是跳蚤的床铺上，湖上刀割似的寒风里，在密执安大道下街上人们把排挡弄得嘎嘎响时颤抖的灰白色的脸上，在头等快车的吸烟室里，在路过乡间的时候，坐车驶进干旱的山间峡谷的时候，没有睡袋在黄石公园②里熊踩出的冰冻的小径间过夜的时候，或者星期天在奎尼庇亚克河③上划独木船的时候；

而在他母亲讲过去的话里，在父亲讲我小时候的事里，在叔叔伯伯们说的笑话里，孩子们在学校说的谎话里，在雇工的奇谈里，在吹了熄灯号之后大兵们的夸张故事里，他感到不那么孤独；

这是耳际萦绕不去的话语，在血液里颤动的链环；美国。

美国是一块大陆中的一片。美国是一群控股公司，是一些工会组织的集合体，是一套小牛皮封面的法律书，是一个广播网，是一群连号的电影院，是一长串股票报价数字，由一个西部联合公司的小伙子在黑板上擦掉了又写上，是一所公共图书馆，里面尽是旧报纸和书页上折角的历史书，书页边上用铅笔涂写着不满的批语。美国是世界上最大的河谷，四周是高山丘陵。美国是一伙银行存款过多的喋喋不休的官员。美国是一帮穿着制服被埋葬在阿灵顿公墓的人。美国是你离家后的通讯地址上最后的那几个字母。但是在多数情况下，美国是人民的言论。

---

① 宾夕法尼亚州一工业城市，位于费城西北。——译注，下同。
② 黄石公园在美国怀俄明西北部。
③ 奎尼庇亚克河在康涅狄格州中南部。

目　录

正是那被解放的人民

在顺着山坡向上冲锋

直奔到起义的人们

正不顾一切地厮杀的地方

首都与旧世纪告别

穿着炫耀显赫军装的迈尔斯将军①和他那匹鲜龙活跳的战马,成了众人瞩目的中心,尤其是因为马儿特别地焦躁不安。军乐队刚从司令面前走过,马儿猛一挺后蹄,几乎直立起来。迈尔斯将军即刻死死攥住缰绳,扎进马刺,想让这受惊的马儿镇定下来,不料,使旁观者胆战心惊的是,战马往后摔倒在地,恰好压在司令身上。使人们大为欣慰的是,迈尔斯将军安然无恙,但马儿的胁腹部给扯掉了好大一块皮。迈尔斯将军军大衣上几乎全沾满了街面的尘土,两肩之间戳破了一个直径约莫一英寸的洞眼。没等别人前来帮着掸灰,迈尔斯将军翻身又跃上战马,检阅队伍,仿佛一切如常。

自然,这段插曲吸引了众人的注意力,同时使人看到这位将军决不容许不脱帽就让国旗从自己面前一直过去

上尉率领二连

冲锋杀敌在前

好样儿的军人啊

子弹哟从不沾身

---

① 迈尔斯(Nelson Appleton Miles,1839—1925),美国将军。1898年5月8日,他接到命令,率领七万将士进攻哈瓦那,同年7月26日侵略波多黎各,在瓜尼卡激战。根据12月10日签署的《巴黎条约》,美国占有西班牙领地波多黎各。

官员们对罪戾一无所知

负责环境卫生的理事们将芝加哥河河水引进排水运河　　　密执安湖与江河之父①通水　　德国养鸟协会举办的金丝雀啭鸣赛开幕　　布赖恩②宣称为实现十六对一为比价的复本位制③的努力并未失败

英国军队在马弗京④受挫

在吕宋⑤许多人被杀戮

一直声称对诸岛屿具有主权

哈密尔顿俱乐部全体同人聆听印第安纳州前议员波西⑥的演说

喧嚣声中迎来新世纪

劳工欢呼新世纪

各教会欢呼新世纪

新年伊始，麦金利⑦先生在办公室埋头处理政务

全国迎来新世纪的曙光

在印第安纳州印第安纳波利斯城哥伦比亚俱乐部举办的一次宴会上，前总统本杰明·哈里森⑧，在对《万岁，哥伦比亚!》祝酒词致答词时，说了这

---

① 指密西西比河。
② 布赖恩（William Jenning Bryan，1880—1925），美国政治家，于1913年至1915年任美国国务卿。1900年7月4日至6日在民主党年会上被第二次提名为总统候选人。
③ 十六对一的比价，即十六盎司白银与一盎司黄金之间的比价。
④ 位于南非北部，靠近现博茨瓦纳。
⑤ 菲律宾群岛中的最大岛屿。
⑥ 波西（Thomas Posey，1750—1818），美国将军、政治家，于1812年至1818年任路易斯安那州州议员，1813年至1816年任印第安纳州州长。
⑦ 麦金利（William McKinley，1843—1901），美国第二十五任总统（1897—1901）。
⑧ 本杰明·哈里森（Benjamin Harrison，1833—1901），美国第二十三任总统（1889—1893）。

一段话：我不想在这里或任何其他地方就领土扩张提出反对意见；但是，我并不像有些人那样把领土扩张看作国家发展的最可靠和最吸引人的途径。凭着丰富而廉价的煤与铁，食品生产大量过剩，生产中的发明与节约等优越条件，我们今天在原先最强大的殖民国家中占着领先地位。

上流社会女郎惊恐万状：竟然陪侦探跳舞作乐

在吕宋

和棉兰老①许多人被杀戮

欢乐剧院歌舞女郎们在新泽西州被人聚众袭击

在有一幅女主角的石印肖像画中，她穿着比大西洋城泳装更短小的衣服，倚坐在一只赤热的火炉上，一手端着只斟满葡萄酒的酒杯，一手牵着丝带，丝带上拴着一对鲜蹦活跳的龙虾。

在吕宋

和棉兰老

和三描②许多人被杀戮

在对《二十世纪》祝酒词致答词时，艾伯特·杰·贝弗里奇③参议员说了这一段话：二十世纪将是美国的世纪。美国的思想将主宰二十世纪。美国的进步将赋予二十世纪以色彩和方向。美国的事业将使二十世纪辉煌显赫。

文明将永远不会撒手上海。文明将永远不会离开香港。北京将永远不会把现代人的种种治理方案再次拒之于门外。世界的新生——既是精神的又是物质的——已经开始，革命永远不会倒退。

在菲律宾许多好人被杀戮

---

① 菲律宾南部大岛。
② 菲律宾东部岛屿。
③ 艾伯特·杰·贝弗里奇（Albert J. Beverige, 1862—1927），美国历史学家，参议员。

于孤寂的墓穴中长眠。①

摄影机眼（1）②

　　走在街上你得留点儿神始终走在卵石路面上免得踩坏了那亮灿灿的不安的草叶　　要是你攥住妈妈的手走起来就轻松些就这么紧紧抓住了你就能撒腿快跑但是走得太快就得踩上太多的草叶这些可怜的遭摧残的青青的草叶在你脚板底下蜷缩　　也许就为了这个那些人才那么愤懑挥舞着拳头在后面追我们　　他们朝我们扔石子儿这些大人在扔石子儿　　她走得很快我们奔跑着她那尖尖的鞋头在棕色布衣裙摆动的裙摆下直戳出来就在那些可怜的被踏蔫的草叶上　　英国佬　　一颗石子在鹅卵石路面上丁丁丁地滚开去

　　快亲爱的快在明信片店铺里静极了愤怒的人们在外面进不来　　non nein nicht③不是英国佬是 amerikanisch americain④　　Hoch Amerika Vive l´Amérique⑤她哈哈笑了起来我亲爱的他们可把我吓坏了

　　在南非疏林草原上的战争克律革⑥布隆方丹⑦莱迪史密斯⑧和维多利亚女王一位戴尖顶花边帽的老夫人在圣诞节给士兵送巧克力

　　在柜台下黑魆魆的那老板娘一位可爱的荷兰太太她爱美国人在特伦顿⑨住有亲戚给你瞧在黑暗中闪亮的明信片上面有漂亮的旅店和官殿　　O que c´est beau schön prittie prittie⑩月光在桥下浮泛着浮泛着粼粼的涟漪那纤弱的

---

① 1900年美国在菲律宾投入六万兵力，镇压以埃米里奥·阿吉纳尔多为首的要求民族独立的力量。
② 此段描述作者童年时随母亲露西·斯普里格游比利时布鲁塞尔公园时的情景。
③ 法文、德文：不。
④ 德文、法文：美洲的美国人。
⑤ 德文、法文：美国万岁。
⑥ 克律革（Stephanus Johannes Panlns Kruger，1825—1904），在布尔战争期间任布尔军总司令。
⑦ 南非中部城市。
⑧ 南非东部城市。
⑨ 美国新泽西州西部城市。
⑩ 法文、德文、读别的英文：哦多漂亮啊多美啊多美多美啊。

路灯灯光在柜台的幽暗之中和港湾畔旅店小小的窗扉中闪着光芒　O que c'est beau la lune[①]

还有那偌大的明月

麦　克[②]

当从河对岸那些铸银厂吹来的风停下来的时候，一整天房子里那股鲸油肥皂的味道真是呛人。这所灰色的木结构房子住四户人家，费尼[③]·麦克里利就诞生在这里。平时屋里尽是白菜和婴儿的味儿，还有麦克里利太太煮衣服锅的味儿。费尼从来不能在家里玩，因为他爸爸是查德威克碾磨厂里守夜的，白天要睡觉。他爸爸是个瘸子，胸部下陷，长着纤细的灰黄小胡子。只有到了五点钟左右，才见一缕缕缭绕的烟雾从前房渗进厨房里来。这说明爸爸起床了，而且情绪蛮好，马上要吃他的晚饭了。

这时候，家里人会打发费尼到街角去买东西，这条街又短又泥泞，两个拐角上都有铺子，街上的房子同他们住的完全一样。

朝右边走半条街便是芬莱酒店，他得在酒吧柜前等着，处身在许多裤腿上沾着泥的人之间，直等到这些满嘴下流话的大人全喝上啤酒和威士忌，把臭嘴堵上后才买他的东西。接着他走回家去，一步一步非常小心，拎着一桶啤酒，桶把深深地陷在他手里。

朝左边走半条街便是麦吉尼斯杂货铺，经销国内外产品。费尼喜欢橱窗里陈列的奶油麦片厚纸广告牌上的黑人、玻璃柜里装着的各色蒜味咸香肠、一桶桶土豆和白菜、红糖的香味儿、木屑、生姜、熏鱼、火腿、醋、面包、胡椒和猪油。

"先生，请你给我一只大面包，半磅黄油，再来一盒姜汁饼干。"

有些晚上妈妈觉得不舒服，费尼就得走远一些；他拐过街角，走过麦吉

---

① 法文：哦多美呵这新月。
② 这是书中第一个主要人物费尼恩·奥哈拉·麦克里利的姓氏的简称，后来他的好友们都这样称呼他。
③ 这是费尼恩的简称。

尼斯杂货铺，沿着有轨电车经过的河滨大道走去，跨过小河上面的红色桥梁；那条河到了冬天，两边是冰冻的雪堤，河水发黑；春天化冻，河水发黄，泛起浮沫；到了夏天变成棕黄色，浮着一层油。过了河一直走到河滨大道和大马路的交叉处，就是药房，那一带居住着中欧移居的劳工和波兰人。他们的孩子们老是跟住在果园街的墨菲家、奥哈拉家和奥弗拉纳根家①的孩子们打架。

费尼走着，两膝发着抖，一只戴着连指手套的手紧紧地握着白纸包的药瓶。在奎斯街拐角处他总得走过一群孩子的身边。通过还算顺利；可是等他走到离他们约莫二十码的地方，头一个雪球会嗡的一声飞过他的耳边。你没法回击。如果他撒腿奔跑，他们会追他。要是掉了药瓶子，回到家他得挨揍。一只松软的雪球啪地打在他后脑勺上，雪水就会顺着脖子往下淌。等他离桥有半条路的样子，他冒险向它奔去。

"胆小鬼……爱尔兰穷小子……罗圈腿墨菲……跑回家告警察去吧"……波兰和中欧移民的孩子们一边扔雪球，一边叫嚷道。他们把雪球做得硬硬的，原是先在球上浇上水，把它们冻过夜的；他要给打中一个，就会出血。

你唯一觉得安全的游戏地方是后院。那里有破败的栅栏、摔瘪了的垃圾桶、漏得跟筛子似的没法再补的旧罐子旧锅，还有一个空鸡棚，里面还是满地的鸡毛和鸡屎，夏天长杂草，冬天满是泥浆；麦克里利家后院最有光彩的是托尼·哈里曼那只兔棚，里面养着比利时野兔。托尼·哈里曼是个痨病鬼，跟他母亲住在楼下左边那套房间里。他还想饲养其他各种小动物，像浣熊啦、水獭啦，甚至银毛狐啦等等，那他就可以阔起来了。他死的那一天，谁也找不到开兔棚门上大挂锁的钥匙。费尼喂了几天兔子，把白菜叶和莴苣叶从双料的铁丝网网眼里塞进兔棚。接着下了一个星期的雨雪，他没有到院子里去。放晴的第一天，他跑去一看，死了一只兔子。费尼脸色变得煞白；他安慰自己，只当兔子睡着了，可是它呆呆地躺在地上，身子僵了，并不是睡着了。其他的兔子蜷缩在一个角落里，抽动着鼻子四处张望，大耳朵绝望地朝背上拍打着。可怜的兔子；费尼直想哭。他跑上楼去，进了母亲的厨房，钻到烫衣板底下，从厨桌抽屉里拿出一把榔头。他用榔头打下去，第一

---

① 这三个姓氏都是指移居美国的爱尔兰人。

下砸中了手指头，但第二下就好歹把挂锁砸开了。棚里有一股奇怪的酸臭味。费尼拎着那死兔的耳朵。它那柔软的白色肚子胀大起来，一只死呆呆的眼睛睁开着，怪吓人的。费尼突然惊怕起来，把兔子扔在最近的一只垃圾桶里，就跑上楼去。他还是冷得直打哆嗦，踮着脚走到后廊上，往下望去。他屏着声息观察其他几只兔子。它们小心翼翼地跳近棚门，想到院子里来。第一只出来了。它抬起前腿坐在地上，软绵绵的耳朵突然竖了起来。妈妈叫他从炉子上拿一只熨斗给她。等他回到廊上一看，兔子全跑了。

那年冬天，查德威克碾磨厂发生罢工，爸爸丢了工作。他整天坐在前房，边抽烟边骂街：

"上帝啊，是个身强力壮的人啊！我只要把拐杖拴在背后，不把那些该死的波兰人揍扁才怪……我就这么跟巴里先生说的；我才不参加什么罢工呢。巴里先生可是明白人，不言不语，身体有病，还得为老婆孩子着想。我当了八年看守，现在把我辞了，雇用了一伙侦探机构派来的恶棍。这下流的塌鼻子，狗娘养的！"

有的人安慰他，对他说："但愿这帮讨厌的外国人不罢工才好呢。"

果园街上住的人对罢工并不欢迎。这意味着妈妈得越来越辛苦地干活，煮衣服的锅得放得越来越满，费尼和他姐姐米莱放学回家得帮妈妈洗衣服。有一天，妈妈病了，烫不了衣服，只得躺在床上。她那满是皱纹的圆脸的脸色比枕头还要白，一双被肥皂水弄得满是褶皱的手紧紧地握着，放在下巴下面。医生和区里的护士都来了，于是这套三间的屋子里满是医生、护士和药的气味，费尼和米莱发现他们能坐的地方只有楼梯上了。他们坐在楼梯上，一起轻轻地哭着。后来，他妈妈的脸挨在枕头上成了一小团白色的打褶纹的东西，像一条弄皱了的手绢，他们说她死了，就把她运走了。

隔一条街的河滨大道上有一家殡仪馆，妈妈的葬礼就在那儿的客厅里举行。费尼得意非凡，因为人人都吻他，拍拍他的脑袋，说他的举止像一个小大人。他像大人似的，也穿了一套黑色的新衣服，有口袋呀什么的，不过下身是短裤。殡仪馆客厅里来了形形色色的人，费尼以前不熟，像屠夫罗素先生、奥唐奈尔神父和从芝加哥前来的蒂姆·奥哈拉舅舅。厅里有一股像芬莱酒店里的威士忌和啤酒的气息。蒂姆舅舅是个瘦个儿，一张红脸上长着疙瘩，再配上一对迷迷糊糊的蓝眼睛。他系的那条黑色丝领带松得真叫费尼担心，他老是突然俯下身来，从腰部弯下来，好像一把折刀似的就要关上，他口齿不清，凑着费尼的耳朵小声说：

"你甭理他们，好孩子，他们是伙流氓，骗子，多半已经灌饱了老酒。你瞧奥唐奈尔神父这头肥猪，已经在计算安葬费了。你可别把他放在心上，要记住你母亲娘家姓奥哈拉，你也是个奥哈拉。我不把他们放在心上，好孩子，你妈可是我的嫡亲姐妹。"

等他们回到家，费尼困极了，两只脚又湿又冷。谁也不理睬他。他坐在床沿上，在黑暗中啜泣。前房有人声，还有刀叉的声音，但是他不敢进去。他缩在墙边睡着了。眼前一亮，他醒过来了。蒂姆舅舅和爸爸站在他面前高声说着话。他们的样子挺怪，好像站不大稳似的。蒂姆舅舅拿着灯。

"好啊，费尼，好孩子，"蒂姆舅舅把灯在费尼头顶上一晃，看样子挺险的，"费尼恩·奥哈拉·麦克里利，坐起来，听我说，我们建议搬到越来越繁华的大城市芝加哥去，你说怎么样。米德尔城①简直是个垃圾堆，讨厌死了，我说……约翰，请你别见怪……但是芝加哥……上帝啊，你到了芝加哥，就会觉得这些年你一直没活过，好像让人给钉在棺材里一样。"

费尼害怕了。他抬起膝盖，顶在下巴上，哆哆嗦嗦地瞧着晃动的灯光下这两个晃动着的大人的身影。他想说话，但是话到嘴边又说不出来。

"孩子困了，蒂姆，你滔滔不绝也没有用……脱掉衣服，费尼，好好睡去，睡一个晚上。我们明天早上就动身。"

早晨下雨，已经很晚了，他们不吃早饭就出发，马车顶上用绳子拴着一只又大又旧的半圆形顶的衣箱，装得满满当当的，马车巅巍巍地向前走，这马车是家里打发费尼到霍奇森车行去租来的。米莱一直在哭。爸爸一言不发，只顾抽他那只没有点燃的烟斗。蒂姆舅舅掌管一切，老是说一些没有人会笑的笑话，每次停车的时候从口袋里抽出一卷钞票，再不就是从兜里掏出酒瓶子，咕嘟咕嘟地大口大口喝酒。米莱哭个不停。费尼睁着两只干涩的大眼望着外面他熟悉的街道，但是马车驰过时，这些街道顿时都变得歪歪斜斜的，有点异样；他看到那座红色的桥，看到波兰人住的覆盖着斑驳的木瓦的房子，看到街角上的史密斯药房……比利·霍根刚从里面出来，一手拿着一包口香糖。又逃学了。费尼情不自禁地想喊他，可不知怎么一来声音胶住了发不出来……大马路上栽着榆树，有轨电车来来往往，教堂坐落在路角上，周围一大排一大排的商店，再过去是救火会。费尼朝黑黑的门洞里最后瞧了一眼，只见黄铜制造的弧形救火车头锃锃发亮，叫人入迷，接着经过门面像

---

① 位于康涅狄格州中部。

8

硬纸板糊成似的第一公理会教堂和加尔默罗浸礼会教堂，还有圣安德路圣公会教堂，这个教堂是砖砌建筑，坐落在空地上，和街道成对角线，不像别的教堂那样板着面孔直冲着街道；往前是商业大厦前面草坪上那三只铁铸的牡鹿，再往前是住宅，每一栋都有草坪，每一栋都有锯齿形的游廊，每一栋都有一簇绣球花丛。再过去是低矮一些的房子，草坪也不见了；马车滚滚向前，绕过辛普森粮食饲料货栈，再经过一排理发店、酒店和小饭馆，就到了火车站，大家从车上下来。

在车站餐厅柜台前，蒂姆舅舅安排每个人坐下吃早饭。他擦干了米莱的眼泪，拿出一条角上还留有标签的新的大手绢，让费尼擤鼻涕，然后叫他们吃熏肉蛋，喝咖啡。费尼从来没有喝过咖啡，所以像大人似的坐着喝，觉得挺舒服。米莱不喜欢喝，说是苦的。他们俩孤零零地在餐厅待了一会儿，面前放着空盘子和空杯子，柜台后面那个脖子很长、脸形像鸡头那么尖的妇女转着珠子似的眼睛颇不以为然地瞧着他们。接着，只听得呼隆隆一声震耳欲聋的巨响，火车扑哧……扑哧地开进站来。他们让大人抓起就走，拖过月台，穿过一节烟雾腾腾的车厢，不知不觉地火车就开动了，康涅狄格州赤褐色的冬景咔嗒咔嗒地在两旁掠过。

摄影机眼（2）

我们匆匆往前赶一路颠簸像坐船似的低矮的马车里散发出一股马厩的霉酸味儿　他[1]老是说要是我请他们中间的一位到我桌边就餐露西你怎么办？他们是很可爱的人露西这些黑人他手里捧着一只小银盒里面放着丁香嘴里一股黑麦威士忌的气味急急忙忙赶车去纽约

她说道娃娃啊我希望我们不要迟到了斯科特正拿着车票等我们呢我们不得不顺着七街车站的月台奔跑奥林匹亚号上的小炮纷纷落下人人弯下身子去捡车掌喊道全上车了太太赶快上车太太

---

① 此处的"他"指作者的父亲约翰·伦道夫，他与露西秘密相爱，作者是个私生子，直到1910年伦道夫的妻子逝世，两人才正式结婚。

9

这些黄铜做的小炮落在七马路车站月台上在阳光中闪闪发亮斯科特把我们都提上了车火车开动了机车上响着铃斯科特你手里放了一小把黄铜小炮大小正好装马尼拉海湾打胜仗时放的最小的红色鞭炮他说这是炮队杰克①

他在高级车厢里讲个没完你看露西如果有必要为了人类的事业牺牲我就会走出去随时被人枪杀也不在乎杰克你会吗会不会？你会吗茶房？茶房正送来矿泉水他棕色的手提包里有一只瓶子包里那些有缩写名字的丝手绢老是散发出月桂香水的香味

我们到达哈佛德格雷斯②的时候他说你记得吧露西过去桥没有造好时我们坐渡船才能过萨斯奎哈纳河

过火药河③时也是这样

麦 克

赤褐色的山丘、一片片树林、农舍、母牛、一只红马驹在一片牧场上踢蹄子、栅栏、一条条沼泽地。

"嗳，蒂姆，我觉得自己像一条挨揍的杂种狗……蒂姆，我活到现在，没有做过不正派的事情，"爸爸扯着嗓音说了又说，"现在人家要说我什么呢？"

"上帝啊，老兄，你没有别的办法，是不？你没有钱，没有什么工作，却有一大帮医生、办丧事的和房东跑来催你付账，你还得抚养两个孩子，你还能怎么办呢？"

"我一直是个安分守己、受人尊敬的正派人，可是打结婚定居以来却一直倒霉。现在我像挨揍的杂种狗似的溜了出来，他们会怎么看我呢？"

"约翰，你听我说，我决不是不尊重死者，她是我的嫡亲姐妹……可这不是你的过失，也不是我的过失……问题是穷，而穷的问题在于这个制

---

① 由于作者是1896年1月14日在芝加哥一旅馆内秘密诞生的，所以童年时期一直被命名为约翰·罗德里戈·麦迪逊，爱称杰克，直到1912年才正式采用多斯·帕索斯这一姓氏。
② 位于马里兰州东北部萨斯奎哈纳河河口。
③ 位于马里兰州北部，注入切萨皮克湾。

度……费尼恩，你听蒂姆·奥哈拉说一句话，米莱，你也听着，因为姑娘家也应该知道这些事情，跟男的一样，我蒂姆·奥哈拉这辈子说这么一句真话……这是制度的问题，弄得做工的人拿不到他劳动的果实……从资本主义捞到好处的只有骗子，骗子不大一会儿就能当上百万富翁……可是像约翰或我这么老老实实干活的人干上一百年也捞不到一笔像样的安葬费。"

车窗前面白烟滚滚，从烟雾中抖出树木、电线杆、木瓦屋顶的正方形小房子、市镇和电车，还有一长溜一长溜的马车，车前的马一排排站着，直冒热气。

"那么是谁拿走了我们的劳动果实，那是该死的商人、经纪人、中人，他们一辈子没有生产过一件东西。"

费尼眼睛望着在空中上下起伏的电线。

"我说，芝加哥也不是天堂，这我可以向你保证，约翰，可是作为一个出卖工人体力和脑力的市场，那儿目前比东部要好些……你问我为什么……？那是因为供求关系，在芝加哥，人们需要工人。"

"蒂姆，我跟你说，我觉得像一条挨揍的杂种狗。"

"这是制度的问题，约翰，这是卑鄙下流的制度的问题。"

车上一阵忙乱，把费尼弄醒了。天黑了。米莱又在哭了。他不知道自己在什么地方。

"好，先生们，"蒂姆舅舅正在说话，"我们快到又小又老的城市纽约啦。"

车站很亮堂；费尼吃了一惊，他原以为已经是晚上了呢。他和米莱被大人撇下，坐在一只衣箱上，在候车室里等了好长时间。候车室很大，尽是些陌生人，挺可怕的，像是图画书中的人物。米莱还在哭。

"嗨，米莱，你再哭我打你。"

"干吗？"米莱呜呜咽咽地说，哭得更来劲了。

费尼尽量站得离她远一点，好让人家知道他们不是一起的。等到他自己也想哭的时候，爸爸和蒂姆舅舅来了，拿起衣箱，带他们走进餐厅。他们刚喝过威士忌，嘴里透出强烈的威士忌气味，眼圈好像很亮。他们都在一张铺着白布的桌子边坐下，一个穿白上衣的黑人亲切地递上一张大卡纸，上面印满了字。

"咱们美美地吃一顿晚饭，"蒂姆舅舅说，"即使吃了就离开人世也罢。"

"管他妈花费多少，"爸爸说，"要怪就得怪这制度。"

"让教皇见鬼去吧，"蒂姆舅舅说，"我们会叫你变成社会民主党人的。"

11

他们给费尼吃煎牡蛎、鸡、冰激凌和蛋糕，等到他们全都得跑出去赶火车的时候，他感到腹部一阵剧痛。他们走进一节硬席车厢，里面有一股煤气和狐臭的味道。米莱开始呜咽起来，问："我们什么时候上床睡觉？"蒂姆舅舅轻快地答道："我们没有床睡，我们就在这里睡，像小耗子似的……像奶酪里的小耗子。""我不喜欢耗子。"米莱叫道，又落下了一泡眼泪，这时火车开了。

费尼眼睛感到刺痛；耳朵里听到火车不停的隆隆声、经过道口时的咔嗒咔嗒声、从桥下钻过时的突然的咆哮声。开进了一条隧道；到芝加哥去一路上好像都是隧道。爸爸和蒂姆舅舅坐在对面，脸色通红，你叫我嚷。他不喜欢他们这副样子，灯光中烟雾弥漫，灯光老在晃动，外面是隧道，他的眼睛刺痛，轮子辗过铁轨的声音在他耳边轰响，他睡着了。

他醒来一看，到了一个市镇，火车正直穿过大街。早晨有太阳。他看得见人们来来往往奔忙，还有商店、停在人行道边的轻便马车和弹簧马车、在卖报的报童、雪茄店门口的木雕印第安人像①。起初他以为自己是在做梦，然后他想起来，这准是芝加哥了。爸爸和蒂姆舅舅在对面座位上熟睡着。他们张着嘴，一脸污迹，他不喜欢他们这副样子。米莱蜷着身子，全身裹着一条羊毛围巾。火车慢了下来，到了站头。如果真是芝加哥，他们该下车了。正好那车掌走过，他是个老头儿，模样有点像奥唐奈尔神父。

"请问，先生，这是芝加哥吗？"

"芝加哥还远着呢，孩子，"车掌脸不带笑地说，"这是锡拉丘兹②。"

他们全醒过来了，一连好几个钟点，只见电线杆、市镇、木结构房子往后退去，还有一排排玻璃窗闪闪发亮的砖瓦盖的工厂、垃圾场、火车车场、耕过的土地、牧场和母牛。米莱晕车，费尼坐了这么长时间，觉得腿都要掉下来了；有的地方正在下雪，有的地方出太阳，米莱老觉得要呕吐，身上散发出糟糕的气味，等到天一黑，他们又都睡着了；后来天又亮了，又是市镇和木结构房子和工厂一起朝后退，后来变成堆栈和起卸机谷仓，跟着车场逐渐展开，一眼望不到边，原来芝加哥到了。

但是天这么冷，风这么大，把尘土狠狠地刮在他脸上，他困倦得眼睛都睁不开，又进了尘土，什么都看不见。他们这儿那儿等了好长时间，米莱同

---

① 这种彩绘的木雕和真人差不多大，放在雪茄店门口作为标志。

② 位于纽约州的中部。

12

费尼在寒风中挤缩在一起，后来上了电车，不断地往前开去。他们困极了，不清楚在哪儿下的火车，哪儿上的电车。蒂姆舅舅激动地说着话，听来颇为得意：芝加哥，芝加哥，芝加哥。爸爸坐着，下巴支在拐杖上："蒂姆，我觉得自己像一条挨揍的杂种狗。"

费尼在芝加哥生活了十年。

起初他上学念书，星期六下午在空地上打棒球，后来举行了毕业典礼，全体孩子唱着《歌唱您，我的祖国》[①]，学校上完了，他得去工作了。这时候蒂姆舅舅正好开了一家承办零星印件的印刷所，地点在北克拉克街的一条满是尘土的横街上，那幢楼歪歪倒倒，是砖砌的旧房子，印刷所在底层。它只占着一小部分，这楼房多数地盘当仓库用，以老鼠多闻名。它只有一扇宽大的平板玻璃窗子，上面用古英文字体写着耀眼的金字：**蒂莫西·奥哈拉，承办零星印件**。

"现在，费尼，好孩子，"蒂姆舅舅说，"你有机会学一门行当，从头学起。"于是他干杂活，分送一包包的通知书、传单、招贴，老是躲着电车，从满嘴口沫的运货大马嘴下钻来钻去，请求人家让他搭运货大车。没有外勤任务的时候，他打扫印刷机底下的废料，清洗铅字，倒办公室的废纸篓，到工作高峰的时候，他忙着跑到街头给排字工人买咖啡和三明治，或者给蒂姆舅舅买一小瓶烈性威士忌。

爸爸支着拐杖跑来跑去，一连好几年，一直在寻找工作。到了晚上，他坐在蒂姆舅舅家后门的门廊上，一边抽板烟一边咒骂自己命不好，有时候还威胁说要回米德尔城去。有一天他得了肺炎，不声不响地在圣心医院死去了。差不多在这个时候，蒂姆舅舅买了一台行型铸字排版机。

蒂姆舅舅十分激动，三天没有喝酒。地板烂了，他们得从地窖开始一路往上铺砖，以便安装排版机。蒂姆舅舅逢人就说："好，等我们再弄来了一台排版机，我们要把这整个地方都浇上混凝土。"于是一整天没有干活。人人站在边上观看这台又高又黑的复杂的机器，它安在那儿，像教堂里的大风琴。机器开动的时候，车间里尽是一股热呼呼的熔融金属的气味，人人瞧着机器上那只哆嗦的好奇的手臂在链盘上突然伸出来又缩回去。当他们传阅温暖、发亮的铅字条的时候，那个不知什么理由被叫作迈克的德国老排字工人

[①] 美国的一首爱国歌曲，1831年开始流行。其曲调和英国国歌《天佑吾王》同源出一英国古代歌曲。

把眼镜推到额头上，哭叫道："我当了五十五年的排字工人，如今老了，要糊口得去提灰泥桶了。"

蒂姆舅舅在这新机器排出来的头一批字样是：全世界无产者，联合起来！你们失去的只是锁链。

费尼十七岁的时候，开始注意姑娘们的裙子、足踝和内衣。他晚上干完活回家，只见灯火通明的城市背衬着令人心醉的、霞光照耀的西方的天空。这时芝加哥印刷业发生了一次罢工。蒂姆·奥哈拉经营的印刷所始终是个工会契约机构①，按成本承印各种工会文件。他甚至写了一份传单，署名"一个公民"，题为《一份诚挚的抗议》，他让费尼在操作的工人回家之后在排版机上排出。其中有一句费尼记得很牢，那天晚上上床之后他反复念诵："是时候了，一切诚实的人团结起来，抵制贪婪的特权制度的劫掠。"

第二天是星期天，费尼沿着密执安大道去散发一包传单。今年春天来得早。湖上黄色的冰正在融化，微风吹来，想不到带来了一阵阵花香。姑娘们漂亮极了，裙子随风飘舞。费尼觉得春天的热血在他身子里汹涌，他要接吻，要在地上打滚，要踩着冰块跑过湖去，要爬到电线杆上去发表演说，要从电车上跳过去；可是他在散发传单，操心着自己的裤子边磨坏了，巴不得要一套漂亮的衣服，有一个漂亮的姑娘同他一起散步。

"嗨，小伙子，你散发这些传单的许可证呢？"一名警察的声音在他耳边咆哮。费尼回头望了警察一眼，扔下传单，拔腿就跑。他猫下身子，在黑色、发亮的大小马车之间钻过去，顺着一条小马路奔跑，一直往前走，刚跨过吊桥，桥面就抬起来了。他这才回头去望，警察并没有跟着他。

他在人行道上站了好长时间，卖花生摊子上的尖锐的哨子声在他耳朵里震响着，好像在嘲笑他。

那天吃晚饭的时候，他舅舅问他传单发得怎么样。

"我沿着湖边发，全发完了……有个警察不让我发，我跟他说你靠边儿站吧。"桌上有人发出一声不满的叫喊，费尼脸涨得通红。他把土豆泥塞满了嘴巴，再也不愿说话。他的舅妈和舅舅和他们的三个女儿全都笑了起来，笑个没完。

"好，幸亏你比警察跑得快，"蒂姆舅舅说，"否则我还得保你出来，那得花钱呢。"

---

① 在这种企业中，资方和工会约定雇用的工人必须限期加入工会。

第二天一早，费尼正在打扫办公室，有个脸儿像生牛排似的男人走上台阶，他抽着一支细长的黑色廉价雪茄，这种烟费尼从没见过。他敲敲毛玻璃窗。

"我要找奥哈拉先生说话，蒂莫西·奥哈拉。"

"他还没有来，可是马上就会来的，先生。你等等好吗?"

"当然要等啰。"那男人往椅子边上一坐，叶了一口唾沫，先把雪茄咬破的那一头从嘴里拔出来，然后若有所思地朝它端详了好一会儿。

蒂姆·奥哈拉进来之后，办公室的门砰的一声关上了。费尼神经紧张，徘徊彷徨，有点儿害怕那人是名侦探，为传单的事跟踪而来。里面说话的声音忽高忽低，那陌生人的声音短促而又激昂，奥哈拉的话可说得很长，好像在劝说，费尼不时听到"取消抵押赎回权"这个词，后来办公室的门突然呼地打开了，陌生人冲了出来，脸色涨得比以前更红了。他走到铸铁台阶上，转过身来，从口袋里掏出一支雪茄，用抽剩的烟头点燃了，一边含着雪茄喷出蓝色的烟雾，一边大声嚷道："奥哈拉先生，给你二十四个钟头去考虑……只要你一句话，咱们就马上停止诉讼。"接着他转身往街上走去，身后留下一长缕其臭难当的烟雾。

一会儿，蒂姆舅舅走出办公室，脸如死灰。"费尼恩，好孩子，"他说，"你自己找活儿干去吧。我要停业了……凡事要小心。我想喝两口去。"他一连醉了六天。六天后，许多脸色温顺的人陆续送来传票，蒂姆舅舅只得清醒过来，以便出庭，提出宣告破产的申请。

奥哈拉太太大发雷霆，训斥起来："我不是跟你说过的吗，蒂姆·奥哈拉? 你跟这些不信天主的工会、社会民主党和劳动骑士团浪费时间绝对不会有好处，这帮人全是酒鬼、不务正业的游民，跟你一样，蒂姆·奥哈拉。印刷所老板们当然要勾结起来，全部收买你没偿还的债票，把你压扁，蒂姆·奥哈拉，瞧你，你这副不信天主的社会主义者的吹牛派头，活该倒霉，不过人家该想到你还有个可怜的老婆和三个无依无靠的小宝宝。现在我们全都会饿死，我们饿死，还有那些你弄回家来吃闲饭的，也得饿死。"

"嘿，倒真是的，"费尼的姐姐米莱说，"好像我在这家里吃的每一片面包，不是我干死干活挣来的!"她从早餐桌边站起来，突然冲出屋去。费尼坐在那里，任她们在他头顶上大吵大闹;然后他站起身来，走的时候顺手拿起一块玉米松糕塞进口袋里。在门厅里，他找到了《芝加哥论坛报》的"招聘广告栏"，拿起鸭舌帽，走了出去。这是个阴冷的星期天早晨，他听到刺耳的教堂钟声。他登上一辆电车，来到林肯公园。他在长椅上坐了很长时间，一边嚼松糕，一边浏览"招练习生"的广告。但是没有一则令他十分满意。有一点他是定了的，罢工不结束他不去印刷所找工作。接着他看到了一则：

> 招收聪明青年一名。条件：有志向，具备文学修养，略通印刷
> 与出版业务。从事书籍销售工作。周薪十五元。申请书请寄邮政信
> 箱1256b号。

费尼头脑里忽然亮堂起来。聪明青年，我就是啊，有志向，具备文学修养……哎呀，我一定要读完《回顾》①……天啊，我真喜欢读书，只要有人让我干，我能操作排版机，也能排字。十五块大洋一个星期……怪轻松的，薪水一提就提十元。他开始在头脑里酝酿一封求职申请书。

> 亲爱的先生（我亲爱的先生）或者先生们：
> 　　为了申请您在今天的《论坛报》星期版上招聘的工作，我提出
> 这份申请，（允许我说明）我今年十七岁，不，十九岁，在印刷和
> 出版业务方面有过几年经验，我有志向，精通印刷和出版业务。

不，这话不能说第二遍……我急于要这份工作……他越往前走，脑子里就越乱。

他发现自己正站在一辆卖花生的车子边。天冷极了，风像利刀似的，飕飕地吹过湖面上的碎冰和一摊摊黑水。他撕下招聘广告，让报纸的其余部分随风飘去。然后他给自己买了一包热花生。

---

① 美国作家爱德华·贝拉米（1850—1898）著的空想社会主义小说，出版于1888年，在当时很风行。

新闻短片 II

来呀，听吧

来呀，听吧

来呀，听吧①

　　即将退休的密执安州州长黑曾·S.彬格利于该州州议会发表讲话时声称：我预言，如果拥有立法权的负责人等不改变现存的不平等制度，则我们这伟大的国家不出四分之一世纪将爆发流血革命。

卡内基②谈及他的墓志铭

亚历山大拉格泰姆乐队

演奏最好

演奏最好

　　午宴在物理实验室举行，甚为新颖。筵席桌上置放着一座四英尺高的小型鼓风炉，沿着桌边安放着一条长达四十英尺的窄轨。鼓风炉吐出的不是熔化了的金属，而是热的五味酒，饮料注入轨道上的一节节小车内，绕桌行驶。枕木形的冰激凌供客享用，面包做成机车形。

　　卡内基先生畅谈在各门学科中高等教育的重要性，得出结论：体力劳动实为脑力劳动最伟大成果的最好基础。

---

① 本节中的四段歌词均引自美国流行歌曲及轻歌剧作曲家欧文·柏林（1888—1989）的成名歌曲《亚历山大拉格泰姆乐队》（1911）。

② 安德鲁·卡内基（Andrew Carnegie，1835—1919），美国钢铁大王和慈善家。

副总统提存使一家银行亏空

来呀，听吧，

亚历山大拉格泰姆乐队

演奏最好

演奏最好

杰西·詹姆斯①的弟弟声称剧本把他写成抢劫火车的盗匪和不法之徒实为混淆是非，据盐湖城的牧师们的一份调查，地区斗争的结果以一夫多妻制告终，该制度如今仍盛行于摩门教派②中俱乐部女士们甚为震惊

演奏最好，全国第一

说马戏团的动物只吃芝加哥马肉政府拍卖印第安纳州的欠租地产是世界博览会最后一个热闹场面把旗子当作盛放碎布的布袋在吃人岛被害看守人落水被海狮袭击

随后汽艇驶到半瘪的高空气球边桑托斯·杜蒙随时有被窒息的危险。后者被人拉曳，翻过船舷到船中。

摩纳哥王子敦促他由别人拉上游艇，擦干身子，更换衣服。桑托斯·杜蒙要等到一切能挽救的东西都拿上岸后才肯离开汽艇，后来，他浑身湿透但面带微笑，若无其事，在众人的狂热的欢呼声中上岸。

---

① 杰西·詹姆斯（Jesse James，1847—1882）为美国19世纪著名大盗。1860年开始与其弟弗兰克率众抢劫银行及火车。弗兰克后来投案自首，获释，死于1915年。后来有许多文艺作品描写他们的活动。

② 美国的一支教派，建立于1830年，奉《摩门经》，初期行一夫多妻制。

摄影机眼（3）[①]

坐在对面的那位夫人说O qu'il，a des beaux yeux[②]但她[③]说不能这样对孩子们说话于是那小孩觉得脸上发烧粘答答的但天已昏暗形如半只香瓜的灯泡亮了发出淡淡的红光火车隆隆行驶我突然醒过来天漆黑一片黑窗帘边上的蓝色流苏垂子形状像香瓜到处都突出圆弧形的阴影（他头一次来的时候他带了一只瓜阳光透过高高的网织窗帘射进来我们切开瓜满屋都是瓜香）不不要吃瓜子亲爱的吃了会得阑尾炎

但你正从窗缝张望外面隆隆响的黑夜蓦地你见到一排排矮墩墩的烟囱你害怕这些矮墩墩的烟囱里喷出的黑烟和先闪亮后熄灭的火舌 陶器制造厂亲爱的他们在那儿通宵工作 谁在那里通宵工作？ 工人们和像工人那样的人劳动者做苦工的人墨西哥佬

你害怕了

但现在又是一片漆黑火车里的灯和天空和一切都蒙上了蓝黑色的阴影她正在讲故事关于

很久以前世界博览会还没有开你还没有出世的时候他们乘坐新国际路线的专车去墨西哥那些男人从列车后部射羚羊大兔子还射他们叫作公驴的那种动物有一天晚上有一次很久以前世界博览会还没有开你还没有出世的时候有一天晚上母亲听了那么多枪声非常害怕但不要紧原来无非只是小小的射击他们正在开枪打一个墨西哥佬如此而已

那是很久以前的事了

---

① 由于露西无法跟伦道夫结婚，她携带儿子到欧洲去生活，伦道夫不时去欧洲，三人经常坐火车旅行。本段是作者的回忆。
② 法文：噢，他眼睛多漂亮啊。
③ 原文中用大写，指作者的母亲露西。

爱人类的人

德布斯①是一位铁路工人，生在特雷霍特②一座覆有檐板的木头房子里。

他是十个孩子之一。

他父亲于一八四九年坐帆船来到美国，

他是从科尔马③来的阿尔萨斯人，不大会赚钱，爱好音乐和读书，

他供孩子们读完公立小学，他所能办到的怕也只有这一点了。

吉恩④·德布斯十五岁的时候已经在印第安纳波利斯—特雷霍特铁路上当机工了。

他当过机车司炉工

商店簿记员

参加机车司炉工兄弟会的当地分会，当选为书记，跑遍全国做组织工作。

他身材高大，行路蹒跚，演说时激昂慷慨，激起松木板搭的礼堂里铁路工人们的热情

使他们向往他所向往的世界，

这是弟兄们将拥有的世界

在这个世界里人人同甘苦：

> 我不是一个劳工领袖。我不要你们跟我走，或是跟其他什么人走。如果你们想寻找一位摩西把你们领出资本主义的旷野，那么你们不如待在原地。我不会把你们领进应许之地，即使我能做到也不行，因为如果我能把你们领进去，就会有人把你们领出来。

他同装卸工人、养路工人、司炉、扳道工人和机车司机们就是这么说

---

① 尤金·德布斯（Eugene V. Debs，1855—1926），美国工人运动领导人、社会党领袖。

② 位于印第安纳州西部。

③ 位于法国东北部莱茵河左岸，为阿尔萨斯地区的一城市。

④ 为尤金的爱称。

的，告诉他们仅仅把铁路工人组织起来是不够的，必须把所有的工人都组织起来，所有的工人必须组织进工人的合作性共和国。

这个机车司炉工长夜值班，值了这么多夜晚，

在烟雾之下他心中燃烧起火焰，火焰化作激昂的语言，响彻松木盖的礼堂；他要使他的弟兄们成为自由人。

他因为普尔曼罢工入狱[1]，出狱时他在当时的韦尔斯路车站欢迎他们的群众中间所见到的就是这个，

就是那些人一九一二年投了他九十万票，选他当社会党的总统候选人，这个幽灵吓坏了在萨拉托加温泉、巴尔港、日内瓦湖[2]疗养度假的穿礼服大衣、戴大礼帽的绅士和戴钻石的社交界女士们。

但一九一八年当威尔逊总统因他发表反战言论而把他关进亚特兰大的监狱时[3]，吉恩·德布斯的弟兄们在哪里呀？

那些大个子，他们爱喝威士忌，相互之间关系亲密，在中西部小镇的酒吧前东拉西扯讲故事，他们在哪里呀？

那些与世无争的人，他们想要一套有游廊的房子，可以踱来踱去，有一个胖老婆给他们做饭，想喝两口酒，抽几支雪茄，有一个庭园让他们掘掘挖挖，还有几个老朋友聊聊天，他们在哪里呀？

那些为这个目的而干活的人

还有为这个目的而干活的其他人，

当他们硬把他送进亚特兰大感化院的时候，那些机车司炉工和司机又在哪里？

他们把他送回特雷霍特，让他在那儿等死

让他坐在游廊里的摇椅上，嘴里含着雪茄，

他身旁搁着他妻子为他插在碗里的美利坚美人月季花；

特雷霍特的人民、印第安纳州的人民和中西部的人民又喜欢他又害怕他，把他看作热爱他们的仁慈的老大伯，要他同他们在一起，给他们糖吃，

---

① 1894年，发生普尔曼机车工厂的大罢工，德布斯作为美国铁路工会主席因支持该罢工而被判六个月徒刑。
② 这三地均为美国疗养和游览胜地。
③ 1918年德布斯因反战被捕，被判十年监禁。1921年提前释放，但未获公民权，而且健康情况恶化。

但是他们害怕他，好像他得了梅毒或者麻风那样的社会病，认为非常糟糕。

但是因为国旗

因为繁荣

因为保证世界上民主国家的安全

他们害怕同他在一起，

也不敢多想他，生怕自己会相信他说的话；

因为他说：

只要有一个下层阶级，我就属于它；只要有一个犯罪的阶级，我就属于它；只要有一个人蹲在监牢里，我就不能算自由人。

摄影机眼 (4)

他①脸儿朝后坐着轧辘辘的马车冒雨往前走在这四轮马车晃动的灯光中瞧着他们那两张脸她的大衣箱在车顶上砰砰地震动他用律师的嗓门朗诵《奥赛罗》：

> 她父亲喜欢我，常常请我去他家
> 总是问起我生平的故事，要我讲
> 我一年年经历过的
> 各次战役、围攻和成败。
> 我把我一生的经历，从我的童年
> 一直到讲述的时刻，原原本本说一遍，
> 我讲到最骇人听闻的灾祸
> 海上和陆上惊心动魄的险遇
> 讲到死难临头时千钧一发的脱险②

---

① 指作者的父亲。
② 见第1幕第3景。

瞧那是舒尔基尔河① 马蹄声嗒嗒地发出清脆的声音从鹅卵石路面上赶上光滑潮湿的沥青路面 透过条条灰色的雨丝河流闪烁发亮冬天的淤泥呈暗红色 我在你这年纪时杰克我钻过这桥上的栏杆跳下桥去我们往下看可一直望见闪闪寒雨落在水面上 你当时穿着衣服吗? 只穿着衬衣

麦 克

费尼站在高架火车里,挤在近门的地方;他背靠一个大胖子,那胖子手拉吊环站在他前面,他反复念着一封写在有水印的坚韧而有脆声的信笺上的信:

真理探求者文学书籍发行股份有限公司

总办公室南哈姆林大道1104号

伊利诺斯州芝加哥

1904年4月14日

费尼恩·奥哈拉·麦克里利

北伍德路456号

伊利诺斯州芝加哥

亲爱的先生:

我们很高兴收到您本月十日的来信。

关于这个问题,我们认为最好面谈。如果方便,请于四月十六日星期一上午九时按上述地址来我处会晤。我们认为,关于您申请的工作是否胜任问题,届时当能彻底解决。

您探求真理的朋友,

伊曼纽尔·R. 宾厄姆,神学博士

---

① 位于宾夕法尼亚州东南端,于费城注入特拉华河。

费尼心里害怕。火车到站太快了。只消过两条马路，倒还有十五分钟时间。他顺着街道闲逛，看看商店橱窗。在动物标本剥制商店的橱窗里，有一只剥制的金黄色野鸡标本，它的顶上挂着一条扁平的绿色大鱼，细长的嘴里鱼齿呈锯状，从鱼嘴悬下一张标签：

锯鳐（学名：pristis perrotetti）
居海湾与佛罗里达海域。常游进浅湾及小港。

也许他根本不想去。橱窗后部有一只山猫，另一边是一只截了尾的猫，分别蹲在一棵树的树枝上。他突然倒抽了一口冷气。他要迟到了。他转身沿马路奔去。

他抢在汽车前头过马路，等他爬上四层楼梯顶的时候，累得上气不接下气，心怦怦地跳，他在楼道上看磨砂玻璃门上印着的字：

环球联络公司

F. W. 珀金斯

承办保险业务

风城①神奇新颖设备公司

诺布尔博士

供应医院与病房设备

最后一扇门很脏，就在后面厕所旁边。字上的金叶纸已经脱落，但他凭字样的轮廓还能拼得出来：

---

① 即芝加哥。

24

装备与推销总公司

接着他看见门边的墙上有一张硬纸卡，上面画着一只手，手中握着一把火炬，从一边伸出，下面写着"真理探求者股份有限公司"。他战战兢兢地敲敲玻璃门。没有回音。他再敲。

"进来……不用敲门。"里面一个深沉的声音叫道。费尼推开门，跨进一间昏暗的小房间，两张有拉盖的大写字台把屋子全挤满了，他结结巴巴地说：

"对不起，我是来找宾厄姆先生的，先生。"

在那头的大写字台边，室内唯一的窗户前，坐着一个大个子，他的大下巴耷拉着，这使他的模样有点像一只塞特种猎狗。他的黑头发很长，在两边耳朵上微微鬈曲，后脑勺上戴着一顶阔边黑毡帽。他在椅子里朝后一靠，上下打量费尼。

"你好啊，年轻人？今天早晨你想购买什么样的书啊？今天早晨我能为你办些什么？"他大声问道。

"先生，请问您就是宾厄姆先生吗？"

"在你面前的正是宾厄姆博士。"

"对不起，先生，我……我是来谈工作的。"

宾厄姆博士表情变了。他嘴巴一扭，好像吃到什么酸的东西似的。他在转椅里转过去，朝屋角一只铜痰盂里吐了一口痰。接着转过来，又朝着费尼，用胖胖的手指一指："年轻人，经验这个词怎么拼？"

"E…x…p…er…er…i…a…n[①]…"

"行了……没有受过教育……我原来就这么估计……没有文化，没有哪种高尚的情操，这是文明人同荒野上的土著野蛮人的区别……没有探索真理的热情，不能把光明带到黑暗的地方……你可知道，年轻人，我提供给你的不是一份工作，而是一个大好机会……一个非常好的为人服务并提高自己的机会。我提供给你的是免费教育。"

费尼挪动着他的两只脚。他觉得喉咙里好像哽着一片玉米皮。

"如果是印刷行业，我想我干得了。"

"好，年轻人，我要对你进行简短的讯问。你记住了，你正站在机会的

---

① 应为 experience。

门槛上。"

宾厄姆博士在他写字台的小文件架上东搜西找了好长时间，找到了一支雪茄，咬掉一头，点上了，又转过来同费尼说话。费尼正把身子的重量一忽儿放在这只脚上，一忽儿放在那只脚上。

"好，请告诉我你叫什么名字吧。"

"费尼恩·奥哈拉·麦克里利……"

"嗯哼……苏格兰人和爱尔兰人的混血种……这个血统好啊……我也是这个血统。"

"信什么教?"

费尼不安地说道："爸爸是天主教徒，可是……"他脸红了。

宾厄姆博士笑了起来，搓了搓手。

"宗教啊，'多少罪行假汝之名以行'①。我自己就是个不可知论者……在朋友之间不讲什么阶级或者教义;不过，有时候，我的孩子，你不得不随波逐流……不，我的上帝代表着真理，真理掌握在诚实的人手里，越来越崇高，将驱散无知与贪婪的迷雾，将自由与知识带给人类……你同意我的话吗?"

"我一直跟我舅舅做事。他是一个社会民主党人。"

"啊，头脑发热的青年……你会赶马车吗?"

"是，先生，我想是会的。"

"好，我看我没有理由不雇用你了。"

"《论坛报》招聘广告上说是十五元一个星期。"

宾厄姆博士的声音显得特别温和。

"听着，费尼恩，我的孩子，你最起码能挣十五元一个星期……你听说过合作制吗?我要根据合作制来雇用你……我是真理探求者公司的独家老板和代表，我这里有相当可观的一套小开本书和小册子，涉及人类知识和追求的每一个方面……我马上要在全国范围内开展一场推销运动。你当我的一名兜销员。书卖一角到五角一本。你卖掉一本一角钱的书，自己可以赚一分，

---

① 引自法国诗人拉马丁（1790—1869）的《吉伦特派史》（1847年），据说是罗兰夫人（1754—1793）上断头台时最后说的话。原句为："自由啊!自由啊!多少罪行假汝之名以行!"

② 费尼恩为公元二三世纪爱尔兰一帮职业军人的总名，被尊为"爱尔兰的保卫者"。1857年，爱尔兰民族主义者于纽约组成"费尼恩兄弟会"，谋求民族独立。

五角钱的书，自己可以赚五分……"

"那么每个星期我有固定收入吗？"费尼结结巴巴地问。

"你情愿捡了芝麻丢了西瓜吗？为了这么几个小钱，放弃你这一辈子最好的机会。不，我看你两眼炯炯有神，你的名字来自爱尔兰古代史中的造反派②，你这个年轻人有志气有决心……咱们说定了？那么就握手吧，而且，我的天，费尼恩，你决不会后悔的。"

宾厄姆博士跳起身来，一把抓住费尼的手，上下摇着。

"费尼恩，现在你跟我来；我们有一件重要的准备工作要做。"宾厄姆博士把帽子往前拉了一拉，他们下了楼梯，走到前门；他是个大胖子，走路时身上的肥肉松松地抖动着。费尼心想，反正这是份工作嘛。

他们先到裁缝铺，铺子里一步一拖地走出一个长鼻子的黄种人来迎接他们，宾厄姆博士管他叫李。裁缝铺里带着蒸着的衣服和洗涤剂的味道。李说起话来好像缺了上腭似的。

"我病得很厉害，"他说，"花了千把块钱看医生，好不了。"

"好，我会支持你的；这个你知道，李。"

"当然，曼尼①，当然，不过你欠我的钱太多了。"

伊曼纽尔·宾厄姆博士从眼角上瞟了费尼一眼。

"我向你保证，六十天之内整个经济情况一定会明朗化……可我现在要你帮忙，你的大纸板箱，就是你送衣服的纸盒子，借给我两只。"

"你要干什么？"

"我这位年轻朋友同我有个小小的方案。"

"你可别在纸板箱上弄什么花样；上面有着我的名字啊。"

他们走出门，每人夹了一只扁平的大纸板箱，上面用花体字印着**李维与戈尔兹坦，包做成衣**这些字样，宾厄姆博士由衷地笑着。

"他可真爱开玩笑，费尼恩，"他说，"但是那人身体坏得可怜，你可以引作教训……这可怜的倒霉人得了一种可怕的社会病②，后果匪浅，这是年轻时行为荒唐所致。"

他们又走过那家动物标本剥制商店，看见山猫、金色野鸡和大锯鳐……"常游进浅湾及小港"。费尼一阵冲动，真想扔下箱子拔脚飞逃。但这好歹是

---

① 这是伊曼纽尔的爱称。

② 指花柳病。

份工作嘛。

"费尼恩，"宾厄姆博士机密地问道，"你认得莫霍克公寓吗？"

"认得，我们过去常给他们印东西。"

"他们不认识你，是不是？"

"不认识，他们哪里知道我是什么人……我只去送过一次印好的信笺。"

"那太好了……现在你听清楚了，我的房间是三○三号。你等着，大约过五分钟左右进去。你只算是裁缝铺小伙计，明白吗，是去取几件衣服去洗的。你到我房里去，取了衣服，拿到我办公室去。要是有人问你把它们拿到哪里去，你就说到李维与戈尔兹坦裁缝铺去，明白吗？"

费尼深深地吸进一口气。

"当然，我明白。"

等他走进莫霍克公寓顶层那间小屋的时候，宾厄姆博士正在里面踱步。

"我是李维与戈尔兹坦裁缝铺的，先生。"费尼说道，脸上表情一本正经。

"我的孩子，"宾厄姆博士说，"你能做一个能干的助手，我很高兴选中了你。我要先给你一元钱工资。"他边说边从搁在地板中央的大衣箱里取出衣服、报纸和旧书。他把它们细心地放在一只纸板箱里。他在另一只箱子里放了一件皮里的大衣。"这件大衣花了两百元钱，费尼恩，是从前过好日子的时候留下来的……啊，瓦隆布鲁萨①的秋天的红叶……Et tu in Arcadia vixisti②，这是拉丁文，学者用的语言。"

"我过去在蒂姆舅舅开的印刷所里干活，他精通拉丁文。"

"你看这两只你能拿吗，费尼恩……是不是太重了？"

"没问题，我拿得动。"费尼想问问那一元钱的事。

"好吧，你最好先走……到办公室等我。"

费尼到了办公室，发现有个人坐在另一张有拉盖的写字台旁。他用刺耳的声音叫道："哼，你来干什么？"这个年轻人鼻子尖尖的，皮肤黄蜡色，黑色的头发直挺挺地耸立着。费尼爬了楼梯累得直喘气。拿了两只重重的纸箱，胳膊都麻了。"我看这又是曼尼干的蠢事。你跟他说，他得搬出去；那只写字台我也租下了。"

"可是宾厄姆博士刚刚雇了我，给真理探求者文学书籍发行公司做事。"

---

① 位于意大利佛罗伦萨东南，有天主教古修道院。

② 意为"你也曾在阿卡狄亚住过"，来自拉丁古语 Et in Arcadia ego（"我也曾在阿卡狄亚"）。阿卡狄亚为古希腊一山区，为牧羊人放牧的胜地，喻指世外桃源。

"见他的鬼。"

"他一会儿就来。"

"好吧，坐下，别说话。你没看见我正忙着吗？"

费尼愁眉苦脸，在临窗的转椅上坐下了，办公室里只有这张椅子没有堆满纸面的小本书。他望望窗外，只见几片扬满尘土的屋顶和太平梯。从肮脏的窗户望去，还看得见别的办公室、别的有拉盖的写字台。他面前的写字台上放着一些纸包着的书籍。纸包和纸包之间有一堆堆零散的小册子。他瞥见一个书名：

白奴女王

本书大胆描述一十六岁少女密丽·米彻姆被坏蛋骗出家庭并诱奸，从此堕入荒淫无耻之生活。

他开始看这本书，看得他舌头发干，浑身燥热。

"没人对你说过什么吧，嗯？"宾厄姆博士洪亮的声音打断了他的阅读。

他还来不及回答，那边写字台边的人咆哮着说："你听着，曼尼，你离开这儿……写字台我租下了。"

"你别张牙舞爪的，赛缪尔·爱普斯坦。我这位年轻朋友跟我正准备远行，到密执安州最不开化地带的土著人那里去。今天晚上我们离开这儿，去萨吉诺①。六十天之内，我会回来，把办公室从你手里拿过来。这位年轻人跟我去学学业务。"

"业务见鬼去吧。"那人吃喝道，接着又埋头看他的文件了。

"费尼恩，拖延就是浪费时间。"宾厄姆博士说，把一只胖乎乎的手捅进他双排钮背心的前襟里，一副拿破仑的派头，"人们的事务中有一股起伏的浪潮，就其充分涨潮时而言……"费尼在他的指点下，汗流浃背地忙了两个钟头，用棕色纸把小本子书打成一包包，系上绳子，写上地址：密执安州萨吉诺真理探求者有限公司。

他请了一个钟头的假去看看家里人。米莱用紧闭的薄嘴唇吻吻他的前额，接着哭了起来。"你运气好；唉，我要是男孩有多好！"她气急败坏地说了这句话就跑上楼去。奥哈拉太太要他做个好孩子。永远住在基督教青年会

---

① 在密执安州南部的中央，附近有印第安人部落。

里，免得学坏，别学他蒂姆舅舅。不要喝酒。

他去找蒂姆舅舅的时候，喉头怪不好受。他在奥格雷迪酒店后屋里找到了他。他纯蓝色的眼睛平板单调，说起话来下嘴唇直哆嗦："陪我喝一杯，孩子，你现在走自己的路啦。"费尼喝了一杯啤酒，没有辨别它的味道。

"费尼，你是个聪明的孩子……可惜我帮不了你多大的忙；你浑身上下都是奥哈拉血统。你去读读马克思的作品……能学的都学，别忘了你从出身到血统都富有造反精神……出了事情不要怪别人……你瞧那个跟我结婚的尖嘴尖舌的婆娘，那吓人的泼妇；我怪她了没有？没有，我怪的是制度。千万不要把自己出卖给那帮狗娘养的，孩子；使你出卖自己的每次总是女人。你明白我的意思。好，干下去……你快走吧，别误了火车。"

"我到了萨吉诺会给您写信的，蒂姆舅舅，一定会给您写信的。"

蒂姆舅舅长着瘦长的红脸，坐在空洞洞的烟雾弥漫的房间里，那儿有酒吧、闪亮的铜制配件、靠在柜台上的胳膊红润的酒保、酒瓶、镜子和林肯的肖像，这一切弄得他头脑里迷迷糊糊，几乎晕头转向。他走到外面，街上下着闪亮的雨，天上是闪亮的云，他手拿小提箱，急急忙忙往高架铁路车站走去。

到了伊利诺斯中央车站，只见宾厄姆博士正在等他，站在一圈棕黄色的纸包之间。费尼见了他这副样子心里觉得有点好笑；颔下的肥肉油腻而呈菜黄色，穿着双排钮背心和宽松下垂的牧师穿的黑外套，蒙着灰尘的黑毡帽把厚实的耳朵上面的头发挤了出来，像绒毛似的鬈曲着。不管怎么说，反正找到工作了。

"必须承认，费尼恩，"费尼一来，宾厄姆博士马上就说，"虽然我对人性的了解很有信心，但是我有点害怕，以为你不会来了。那个诗人在什么地方说过来着，刚出窠的小鸟头一堂振翅课是最难的。把这几包书拿到车上去，我去买车票，注意要上吸烟车厢。"

火车开动、车掌轧完票之后，宾厄姆博士凑过身来，伸出一只圆滚滚的手指敲敲费尼的膝头。"我很喜欢你衣着整洁，我的孩子；你千万不要忘记，到社会上去，外面的打扮一定要好。尽管心如死灰，外表上必须活泼而兴致勃勃。我们到前面普尔曼吸烟车厢去坐一会儿，别跟这些土包子混。"

外头雨下得很紧，窗外黑魆魆的，玻璃窗上横挂着一串串水珠子。费尼跟着宾厄姆博士东倒西歪地穿过铺绿丝绒地毯的起坐车厢，走到车厢尽头处设有皮椅子的吸烟小间，费尼边走边感到不安。到那里以后，宾厄姆博士从兜里掏出一支大雪茄，开始吐出非常精彩的一圈圈烟雾。费尼坐在他身边，脚缩在座位底下，做到占的地盘越小越好。

这小间里渐渐人满了，人们不声不响抽着雪茄，烟雾旋转着袅袅升起。车厢外面，雨水打着玻璃窗，发出嗒嗒的声音。好长时间没有人说一句话。偶尔有人咳嗽一声，朝痰盂里吐一大口痰，或者一口烟油。

"啊，先生，"有个声音说道，不知是什么人说的，也不知是说给什么人听的，"这可是一次伟大的总统就职典礼，虽然我们冻得要死。"

"你到了华盛顿?"

"对了，先生，我在华盛顿。"

"大多数火车第二天才到。"

"我知道；我运气好，有的车因为下雪误点了四十八小时。"

"风雪的确是大。"

> 呼呼的北风整天吹着
> 把减弱了的雪花吹向前;
> 太阳从南方低垂迂回，
> 透过耀眼的雪雾照来。[1]

宾厄姆博士低垂着双眼，不大好意思地这样朗诵起来。

"你能这样随口流畅地背诵诗歌，记忆力一定很好。"

"是啊，我的记忆力，我想可以说是记其扼要，这话并不过分违反谦虚之道。如果说这是天赋，那么我该脸红，无言相答，但这是四十年来钻研世界上最优秀的史诗、抒情诗和戏剧文学的结果，我觉得引用古诗有时候可以鼓励某些有志者走上启蒙与自我教育的道路。"他突然回头对费尼说，"年轻人，你要不要听听奥赛罗在威尼斯元老院的演说?"

"当然要听。"费尼红着脸说。

"好啊，特迪[2]总算有机会实现他反对托拉斯的诺言啦。""我跟你说的是大西北地区农民改投的选票……""就职典礼专车出事真是太可怕了。"

但宾厄姆博士背诵起来了。

---

① 引自美国诗人惠蒂埃（1807—1892）的著名长诗《大雪封门》（1866年）第93到96行。

② 这是别的旅客在议论总统就职的事。特迪是西奥多·罗斯福（1858—1919）的简称。他作为副总统于1901年麦金莱总统被刺后代总统职。1904年他被正式选为总统。

③ 见《奥赛罗》第1幕第3景。下面两段引自同一段奥赛罗对威尼斯公爵及众元老作的辩护词。

威严无比、德高望重的各位大人，
我非常尊贵贤良的恩主，
我把这位老人家的女儿带走了
千真万确；我确实已经与她成婚……③

"他们不会侥幸地通过反托拉斯法案，相信我的话，他们不会。你不可能那样剥夺个人自由啊。""共和党中的进步分子要保护的是个体工商业者的自由。"

但宾厄姆博士站了起来，一只手插进双排钮背心的前襟里，另一只手伸在前头划大圈：

我的言语粗鲁
不会温文尔雅的辞令，
因为我这两条胳膊长了七年膂力
一直在疆场上发挥它们的本领
只有最近才虚度了九个月。

"农民的选票。"另一个人尖声地说，但是没人听他说话。人人都在听宾厄姆博士朗诵。

对于这一个广大的世界
我只知冲锋陷阵，别无所知
因此为自己辩护
我毫无动人的言辞。

火车开始放慢速度。宾厄姆博士的声音在闹声减弱的车厢里听来响得出奇。费尼觉得自己的背脊似乎要压进椅背里去了，这时突然一切静寂下来，只有远处传来机车的铃声，宾厄姆博士低低的声音不自在地说道：

"先生们，我这里有一部世界文学名著卜伽丘的《十日谈》。没有经过删节，印成小本子，是足本，四百年来，这部作品被人认为又猥亵又滑稽，又下流又幽默……"他从一只松垂的口袋里取出一扎小本子书，拿在手里上下拨弄，"我这完全是向各位表示友好，哪位先生想要，敝人愿意割爱几部……费尼恩，你拿着，看哪位想买，每部两元。我这位年轻朋友在这里负责出售……晚安，先生们。"他走开了，火车继续开动，费尼站在这东摇西晃的车厢中央，手里拿着这些小本子，周围那些吸烟的人用怀疑的目光瞅着他，好比许多钻头钻进他的身体。

"拿一部我看看。"一个坐在角落里的长着招风耳朵的小个子说。他打开书，贪婪地看起来。费尼站在车中央，觉得浑身上下如针刺般发起麻来。那小个子透过缭绕的烟雾望着众人嘴里的雪茄，费尼注意到他一只眼球的角上闪闪发亮。两只招风耳朵开始有点发红。

"好货，"小个子说，"不过两元钱太贵了。"

费尼不禁结结巴巴地说："这书不不不是我我我的，先生，我不知道……"

"噢，好，管它呢……"小个子放了两张一元的钞票在费尼手里，继续读他的书。费尼口袋里有了六元钱，还剩两部书，他返回普通车厢。半路上遇见车掌，吓得他心脏几乎停止跳动。车掌锐利地瞧了他一眼，但没有说什么。

宾厄姆博士一手托着脑袋坐在位子上，闭着眼睛，好像在打瞌睡。费尼悄悄地在他旁边的座位上坐下来。

"他们买了几部?"宾厄姆博士问道，这话是从嘴角说出来的，他连眼都没有睁。

"卖了六元钱……天哪，那车掌瞧着我的那副样子把我吓坏了。"

"车掌由我来对付，你要记住，在这被上帝抛弃的国家，向生意人和钱商销售伟大的人道主义者的作品，这在人道和启蒙的名义下，绝不是犯罪行为……你还是把钱给我吧。"

费尼想要他答应过的一元钱，可是宾厄姆博士又背诵起《奥赛罗》来了：

> 如果暴风雨过后每次都有这样的平静
> 那么任凭辛苦挣扎的船舶爬上如山的海浪
> 如奥林匹斯山那么高的海浪①

①　见第2幕第1景。
②　玛丽亚·蒙克（约1817—1860）为加拿大女骗子手，自称从蒙特利尔一天主教女修道院中逃出，于1836年发表《玛丽亚·蒙克揭露的惊人内幕》及其续篇，一时引起轰动，被人用来反对天主教。

他们住在萨吉诺的贸易公司，起得很晚，吃了一顿丰盛的早餐。在吃的时候，宾厄姆博士大谈其书籍销售的理论与实践。"我很担心我们要深入的地方是穷乡僻壤，"他说道，一边切着三个煎鸡蛋，嘴里塞满了发酵的饼干，"担心我们会发现那些乡巴佬还是想看玛丽亚·蒙克②的东西。"

费尼不知道玛丽亚·蒙克是何许人，但他不想问。他跟着宾厄姆博士来到赫默出租马车行，想租一辆马车。于是"真理探求者有限公司"和"赫默出租马车行"的管理人之间发生了争论，争的是一辆弹簧马车和一匹上了年纪的花斑马要租多少钱，这匹老马瘦得屁股上可以挂帽子。他们争了好长时间，所以等到把书装上马车后部、离开萨吉诺、走上公路时，天色已经很晚了。

这是一个寒冷的春日。灰蒙蒙的云朵低垂地飘过蓝色闪亮的天空。花斑马不跑只是走，费尼不停地用缰绳鞭打它瘦骨嶙峋的屁股，舌头嗒嗒咂着，咂得嘴里都发干了。头一鞭打下去，花斑马大步慢跑，不久就改成小步慢跑，最后走了起来。费尼边骂边咂嘴，但是他没法叫马一直大步慢跑或者小步慢跑。宾厄姆博士一直坐在他身旁，后脑勺上戴着他的宽边帽，边抽雪茄边发议论："我现在要直说，费尼恩，具有启蒙思想的人抱的态度是：愿上帝降罪于你们两家①……我自己是个泛神论者……可即使是个泛神论者……也一定得吃饭，因此得要玛丽亚·蒙克的东西。"几滴冰冷的雨水，像冰雹似的打在他们脸上。"跑得这样慢，我会得肺炎，而且这都是你的错，我以为你会赶马，是你说过的……好，你就赶到左边那家农庄去吧。说不定人家会让我们把马和车放在他们的牲口棚里。"

他们把车赶上小路，前面是灰色的农舍，离路边一小段路，一丛松树底下有一个灰色的大牲口棚。花斑马慢下来了，竟走到沟边草丛去吃青草。费尼用缰绳头打它，甚至把脚伸过挡泥板去踢它，但是它一动也不动。

"真该死，把缰绳给我。"

宾厄姆博士用缰绳猛然拽了一下马头，但是唯一的效果是马扭回头来瞧了他们一眼，又长又黄的牙齿正在嚼草，才嚼了一半，嘴边泛出绿色的泡沫。在费尼看来，它好像是在嘲笑他们。雨下大了。他们翻起衣领。费尼立刻觉得有一滴冰冷的雨水顺着他脖子后头往下淌。

"你下来走吧；他妈的，你赶不了车就牵着走。"宾厄姆博士说得唾沫四

①　见《罗密欧与朱丽叶》第8幕第1景112行。

溅。费尼跳下车来，把马牵到农舍的后门前；雨水顺着他牵马的手流进袖子。

"下午好，太太！"宾厄姆博士跳下车来，向一位走出门来的小老太太点头打招呼。她在后廊上，他站在她身边，淋不着雨。"我可不可以将马车在您牲口棚里放几分钟？我车上有贵重物品，容易淋坏，可是没有雨布遮盖……"老太太点了点头，她满脸青筋，一头白发。"好好，非常感谢，真是的……好吧，费尼恩，把马牵到棚里去，把座位底下那一小包书拿到这里来……我刚才还在对我这年轻朋友说，我相信这所房子里一定住着什么善人，会收纳两个疲乏的赶路人。""进来吧，先生……请在炉边坐下，烤烤干。进来吧，您贵姓？"费尼听见他进屋时说："我叫宾厄姆博士……神父宾厄姆博士。"

等费尼自己进屋时已浑身湿透，冻得直打哆嗦，胳膊下面夹着一包书。宾厄姆博士赫然坐在厨房炉灶前的一把摇椅里，身旁那张擦得干干净净的松木桌子上放着一块馅饼和一杯咖啡。厨房里暖和舒适，苹果、熏肉油和油灯散发出香味。老太太弯身靠在餐桌上，仔细地听宾厄姆博士在说话。后面还站着一个又大又瘦的女人，稀疏的沙黄色头发盘在头顶上，打了一个髻，两只关节发红的手搭在屁股上。一只黑白花猫弓着背，竖起了尾巴在宾厄姆博士的腿边擦来擦去。

"啊，费尼恩，来得正好，"宾厄姆博士说，声音呜呜的，像猫念经那样，"我正在讲……告诉你这好心的女主人，我们那套非常有意思、有教育意义的书籍都有一些什么内容，这是全世界最优秀的虔诚而受神灵启示的作品。我们遇上了大雨，两位主人如此好客，我想为公平起见，我们应当请她们看几本。"

那个个子大一点的女人捻着围裙。"我真喜欢看书，"她不好意思地说，"不过我没有多少机会，要到冬天才有点工夫。"

宾厄姆博士一边温和地笑着，一边解开绳子，把一包书放在他膝上打开。一本小册子掉在地上。费尼一看，是《白奴女王》。宾厄姆博士脸上显出愠怒之色。他一脚踩住这掉在地上的书，说道："这些是'福音讲解书'，我的孩子，我要的是《斯派克纳德博士通用布道短文集》。"他把那包打开了一半的书递给费尼，费尼一把拿了过来。然后他弯下身去，拣起踩在他脚下的书，用手缓慢地一挥，顺势把书塞进口袋。"我看还是我自己去找吧。"他用非常像猫念经的声音继续说。他们出去带上了厨房门，他凑着费尼耳朵大叫："座位底下，你这小老鼠……你再捣这样的鬼，我把你的狗骨头全都打断。"他抬起膝头，顶费尼的屁股，顶得那么重，牙齿都发出轧轧的声响，费尼一个箭步，冒雨朝牲口棚奔去，一边哭丧着声音说："真的，我不是有心的。"可宾厄姆博士已经回到屋里。那儿刚刚点上灯，他正舒坦地说着话，话声随着灯光，汩汩地流出到下着雨的暮色中。

这一回费尼小心了，先打开包看清楚了才送进去。宾厄姆博士从他手里拿过书去，看都不看他一眼。费尼就绕到炉子烟筒后边去。他站在那里听宾厄姆博士洪亮的说话声，衣服上冒出一股湿漉漉的蒸汽。他肚子饿，可就是看来没有一个人想到要给他一块馅饼吃。

"啊，我亲爱的朋友们，我告诉你们，一个传播福音的牧师，在这个莠草横生、充满麻烦的世界上孤独地漫行，当他发现乐于听他讲话的听众时，他是多么感激那伟大的给予者啊！我相信这些小册子对所有想读一点书的人来说，是一种慰藉，既有意思又有启发。这一点我感觉非常强烈，所以我总是随身多带几本，以公道的价格出售。我至今还不能免费赠送，这使我非常痛心。"

"要卖多少钱?"老太太问道，她脸上的五官突然鲜明起来。那个瘦瘦的妇女两条胳膊垂了下来，摇了摇头。

"你记得吗，费尼恩，"宾厄姆博士问道，舒舒服服地往椅子背上一靠，"这些书的成本价是多少?"费尼感到不痛快，他没有回答他的问题。"过来吧，费尼恩，"宾厄姆博士用甜蜜的语气说，"允许我用那位不朽的诗人的话来提醒你：

> 微贱是你野心的阶梯
> 往上爬的人仰脸眺望
> 可是等他登上最高一级
> 他就转过脸来背朝阶梯①

"你一定饿了。我这块饼你吃了吧。"

"我想我们可以给这孩子再拿一块来。"老太太说。

"是十分钱一本吧?"费尼边说边走上前来。

"噢，要是只要十分钱一本，我要买一本。"老太太马上说。瘦女人想说

---

① 见莎士比亚的《裘力斯·凯撒》第2幕第1景。

什么，但已经来不及了。

那块饼刚刚在费尼喉咙里消失，从碗橱中一只旧烟盒里拿出来的一枚闪亮的角子刚刚塞进宾厄姆博士背心的兜里，窗外黑夜的雨中就传来一阵马具叮当的声音，还有一盏马车灯的闪光。老太太站起身来，神情紧张地望着门，门马上推开了。进来的是一个身材矮胖的男人，头发灰白，圆圆的红脸，留着一小撮山羊胡子，他抖掉外衣两边的雨水。他后面跟着一个瘦瘦的小伙子，年龄同费尼差不多。

"您好，先生；你好，孩子？"宾厄姆博士一边吃着最后一点饼，喝着最后一口咖啡，一边响亮地说。

"他们问能不能在牲口棚让马歇歇，等雨停了再走。可以吧，是不是，詹姆斯？"老太太紧张地问道。"我看可以。"年龄大的那个男人说，在一把空椅子里沉重地坐下来。老太太已经把那小册子藏在厨房桌子的抽屉里。"我看你们是跑码头销售书的吧。"他狠狠盯住那包打开的书，"嘿，我们这里用不着这种劳什子，但是欢迎你们在牲口棚里过夜。这种天气不能叫人在外面过夜。"

于是他们解下了马儿，在牛棚顶上的阁楼里用草铺了床。他们走出屋子前，年纪大的那个男人叫他们把火柴交出来。他说："有火柴就有失火的危险。"宾厄姆博士用马毯把身子裹起来，气得脸儿发紫，发牢骚说什么"对于穿牧师服装的人来说是一种侮辱"。费尼又激动又高兴。他仰面躺着，听雨点打在棚顶，雨水汩汩地流进沟里，听他们下面的牲口和马儿挪动身子和嚼草的低沉的声音，鼻子里充满了干草和牛群从草地上带来的温暖而甜香的味道。他没有睡意。他希望同一个跟他差不多年龄的人聊聊天。不过，反正他弄到了份工作，走上人生的道路了。

他刚要入睡，灯光一亮，他醒了。他在厨房里见过的那个孩子提着一盏灯站在他面前。他巨大的影子投射在椽子上，笼罩着他们。

"喂，我要买一本书。"

"什么书？"费尼边打呵欠边坐起来。

"你知道……就是写歌女和白奴的那一种书。"

"年轻人，你愿意出多少钱？"马毯下面传来宾厄姆博士的声音，"我们有许多有趣的书描写真实的生活，写得坦率露骨，讲的是大城市可悲的放荡生活，价钱从一元到五元不等。《伯恩赛德博士性学全书》卖六元半。"

"我最多出一元钱……我说，你可别告诉老头子啊！"年轻人依次瞧着这两个人，"住在这条路那头的塞思·哈德威克，有一回到萨吉诺去，问旅馆里一个人买了一本书。……啊呀，这本书才棒哪！"他很不自在地傻笑着。

"费尼恩，你下去。给他拿一本《白奴女王》，收一元钱。"宾厄姆博士说罢，继续睡他的觉。

费尼和那个农民的孩子走下摇摇晃晃的梯子。

"喂，她够有意思的吧？……乖乖，要是叫爸爸知道了，他会揍我的……哎，我想这些书你都看过。"

"我？"费尼傲慢地说，"我才不需要看书哪。我想看，看生活就行了。给你，……这是写堕落女人的。"

"一元钱一本是不是太薄了？我以为一元钱可以买一本厚书哪。"

"这本书很过瘾。"

"好吧，我拿走了，别让爸爸看见我探头探脑的……再见。"费尼回到草铺上，很快就睡着了。他梦见自己正跟姐姐米莱爬在一架摇摇晃晃的牲口棚的梯子上，梦见她越来越大，越来越白，越来越胖，戴着一顶大帽子，帽子边上全是鸵鸟羽毛，她的衣裳从头颈处开始裂开来，越裂越低，只听得宾厄姆博士在说她就是玛丽亚·蒙克，白奴女王，他正想伸手去抓她，阳光使他睁开眼来。宾厄姆博士正站在他面前，两条腿撑开，正用一把小梳子梳着头，一边朗诵道：

> 我们走吧，普照宇宙的太阳
> 把圣洁的光芒不止照耀一处地方，
> 人也不比一棵树，只在一处生根……

"起来，费尼恩，"他见费尼醒来了，大声说道，"让我们抖掉这个不友好的农庄的尘土，像古代哲学家那样，诅咒一句，系上我们的鞋带……套上马具，我们赶到路那头去吃早饭。"

这样的日子，他们度过了几个星期，直到有天傍晚，他们驱车来到一所整洁的黄色房子跟前，周围是一片松软的暗色落叶松树林。费尼等在车上，宾厄姆博士前去叩见房子的主人。过了一会儿，宾厄姆博士走出门来，脸上展着笑容："我们会得到很好的接待，费尼恩，这才是穿牧师服装的人该受的待遇……你说话得小心，知道吗？把马牵到牲口棚里去，解开马具。"

"我说，宾厄姆先生，我的钱怎么样？已经有三个星期啦。"费尼跳下车来，走到马头跟前去。

宾厄姆博士脸上掠过一道阴影："啊呀，钱财，钱财……

> 好好看一看
> 他这只雪白的手，手掌不干不净
> 处处显出难看的污点，
> 嚯，那是贿赂留下的印记……

"我为了搞一个合作企业有一套宏大的计划，而你这年轻人心急贪婪，要破坏我这计划……但是如果你一定要，那我今天晚上就给你，该多少是多少，再给你加一点。好，解下马儿，把《玛丽亚·蒙克》和《教皇的阴谋》那一小包书给我拿来。"

这一天天气暖和。牲口棚周围知更鸟在歌唱。样样东西都带有花草的香味。牲口棚是红色的，院子里满是白色来克亨鸡。费尼把马从弹簧车上卸下来，牵进隔栏之后，坐在栅栏的横杆上，眺望着后边亮晶晶、绿油油的燕麦地，抽着一支香烟。他希望有一位姑娘，他可以搂住她，或者有一个伙伴，可以同他聊聊天。

一只手搭在他肩上。宾厄姆博士正站在他身边。

"费尼恩，我年轻的朋友，我们有好日子过了，"他说，"只有她一个人在家，男的带了雇工到镇上去了，要去两天。家里没有别的人，只有两个小孩，两个好娃娃。说不定我要扮演罗密欧了。你没有见过我堕入情网吧？这是我演得最杰出的角色。哎呀，什么时候我跟你说说我毫无拘束的年轻时代。你来见见这位美人儿。"

他们走进厨房，一个矮胖的女人忸怩地同他们打招呼，她脸上有两个酒窝，头戴淡紫色的家常帽子。

"太太，这位是我年轻的助手，"宾厄姆博士说着，摆出了一个高贵的姿势，"费尼恩，这位是柯瓦奇太太。"

"你们一定饿了。我们马上吃晚饭。"

太阳的最后一道光线照在放满了平底锅和蒸锅的炉灶上。蒸锅的圆盖子擦得锃亮，边上冒出一股股香喷喷的蒸汽。柯瓦奇太太边说话边弯下身去，这一来，她那穿着蓝色裙子、上面有浆硬的围裙带子挽着结的大屁股直翘起来；她打开炉门，取出一大盘玉米松糕，倒在餐桌上的盆子里，这餐桌早已在窗前放好了。厨房里满是烤糕的热气。费尼觉得嘴里淌口水了。宾厄姆博士搓着双手，两只眼睛在转动。他们坐了下来，柯瓦奇太太安排那两个蓝眼睛、满脸污迹的孩子坐好，他们不声不响，狼吞虎咽地吃起来，柯瓦奇太太在他们的盆子里放满了煮西红柿、土豆泥、炖牛肉和白扁豆烧猪肉。她给他们倒了咖啡，然后坐下来，眨着湿漉漉的眼睛说：

"我喜欢看男人吃饭。"

她皱起笑脸，做出哆里哆气的样子，费尼见了转过头去，不想看她。吃完晚饭，她坐着听宾厄姆博士说话，表情又高兴又害怕。宾厄姆博士说了又说，不时停下来往后靠靠，朝着灯吐烟圈。

"太太，我虽然不是如你可能称之为路德教的教徒，但是我个人一直赞扬，不，崇敬马丁·路德这个伟大人物，把他看成一个把光明带给人类的人。如果没有马丁·路德，我们现在还屈服在罗马教皇的可怕统治之下。[1]"

"他们永远进不了这个国家；天啊，想起来真叫我毛骨悚然。"

"只要生来自由的新教徒血管里还有一滴血，他们就来不了……但是，太太，要消灭黑暗，还得靠光明。光明来自教育，要读书，要钻研……"

"天啊，大多的书读起来叫人头痛，实话说吧，我没有多少时间读书。我丈夫读书，书是从农业部借来的。有一回他叫我读一本饲养家禽的书，可是我看不出其中有多大道理。他们一家人来自旧大陆……我估计那儿的人的看法跟这儿的人不一样。"

"跟这么一个外国人生活在一起一定很困难。"

"有时候我不知道我怎么能忍受得了；当然啰，他跟我结婚的时候长得真是漂亮……我从来没法拒绝一个漂亮的男人。"

宾厄姆博士隔着桌子又往前凑了一点。他两只眼睛转动得快要掉出来了。

"我从来没法拒绝一个漂亮的女人。"

柯瓦奇太太深深地叹了一口气。

费尼站起来，走到外面。他一直想插进去，问他要工资，但是有什么用呢？外面很冷；星星明亮地挂在牲口棚和外屋的上空。鸡窝里偶尔传来咯咯的叫声或者瑟瑟的抖羽毛声，这是母鸡蹲在栖木上睡梦中失去平衡时发出的声音。他在牲口棚院子里走来走去，咒骂着宾厄姆博士，有时踢一

---

[1] 德国神学教授马丁·路德（1483—1546）反对罗马教廷推销"赎罪券"，于1517年公开提出富有战斗性的《九十五条论纲》，和罗马教廷决裂，开创新教路德教。

两脚粪疙瘩。

后来他往点着灯的厨房里张望。宾厄姆博士用胳膊搂住柯瓦奇太太的腰，正在朗诵诗句，还用另一只手大做其手势：

> ……苔丝德梦娜对于这些故事
> 总是认真地出神倾听，
> 但是为了家务事，她只得离座而去，
> 但总是尽力匆匆做完，
> 再来贪婪地听我的故事。[①]

费尼朝窗子挥挥拳头。他大声说道："你他妈的厚脸皮，我要我的钱。"接着他沿路走去。他回来的时候又困又冷。厨房里没有人，灯捻小了。他不知道自己到哪里去睡，所以在炉边一把椅子里坐下来，暖和暖和身子。他的头垂了下来，就睡着了。

楼上的地板上砰的一声巨响，女人一阵尖叫，把他弄醒了。他的第一个想法是，宾厄姆博士在抢女人的钱财，谋害她的性命。但是，他马上又听得另一个声音，操着蹩脚英语又骂又叫。他还没有来得及完全站起来，只见宾厄姆博士从他身边冲了过去。他身上只穿着法兰绒的连衫内裤，一只手提着鞋子，另一只手拿着衣服，裤子挂在他的背带上，在他身后飘着，像是风筝的尾巴。

"嗨，我们怎么办？"费尼朝他的背影喊道，但是没有回答，却和一个黑黑的大高个儿打了个照面，这人长着一部乱蓬蓬的黑胡子，正沉着冷静地往一支双筒猎枪里装子弹。

"大号铅弹。我打死这狗娘养的。"

"嗨，你不能开枪！"费尼说到这里，胸前挨了一枪托，砰地倒回椅子里。那人富有弹性地一大步跨到门外，接着是两声枪响，在农庄的那几座房子间发出回响。那个女人又尖叫起来，夹在一长串歇斯底里的哭闹声中。

费尼坐在炉边的椅子上，好像被粘住了似的。

他看见厨房地上有一枚五角的硬币，那准是宾厄姆博士逃出去的时候从裤子里掉出来的。他一把抓住硬币，刚刚放进口袋，正好那拿枪的高个儿赶

---

① 见《奥赛罗》第1幕第3景。

回来。

"没子弹了。"他用沙哑的声音说。然后他在餐桌旁坐下来，桌上杯盘狼藉，还没有收拾掉，他像孩子般哭起来，眼泪沿着他那双又大又黑的手的多节的手指缝里流下来；费尼悄悄溜出门去，走到牲口棚。他轻声叫道："宾厄姆博士。"马具堆在马车的两辕之间，却不见宾厄姆博士和花斑马的影子。鸡窝里母鸡被惊动了，咯咯地叫，农舍楼上还在传出那女人的尖叫，两种叫声混杂在一起。"我究竟怎么办？"费尼正打不定主意，只见那大高个儿身影一闪，出现在明亮的厨房门口，正把枪口瞄准着他。枪口火光一闪，他正好猫腰钻进牲口棚，从后门溜了出去。子弹嘘的一声从他头上飞过去。"好家伙，他找到子弹啦。"费尼尽快地穿过燕麦地。末了，他弄得身上都没气儿了，他翻过一道围栏，栏上的荆棘扎破了他的脸和手，他在一条干涸的沟里平躺下来。后面没有人追他。

新闻短片 III

"在这世界上生活需要有胆量"　　这是在堪萨斯州与其兄弟被暴民吊死的乔治·史密斯的遗言　　昆斯伯里侯爵[1]逝世　　火灾烧毁调味品厂　　法院释放左拉[2]

　　几年前，新泽西州的那些无政府主义者，在上衣上佩着麦金利证章和无政府主义者的红徽章，由共和党人向他们提供啤酒，他们阴谋杀害欧洲的一位国王，而且极为可能同时或稍后些时候策划谋杀总统的阴谋

> 沃巴什河上今晚月色皎洁
> 田野上送来新割牧草的芳香
> 烛光在美国梧桐叶间闪亮
> 在遥远的沃巴什河河岸上[3]

出门过大好时光

斯摩棱斯克[4]六千工人上街游行示威
标语牌上写着处死谋刺沙皇凶手

骚乱与路障表明牲口车赶车人罢工开始

---

① 昆斯伯里侯爵，即约翰·肖尔托·道格拉斯（Sir John Sholto Douglas，1844—1900），昆斯伯里第八代侯爵，1859—1864年在海军服役，曾主持制定拳击规则。
② 法国作家左拉（1840—1902）在德雷福斯案发生后，于1898年发表《我控诉！》一文，因此以诽谤军事法庭罪被判一年徒刑，他逃亡英国，几个月后获赦回国。
③ 引自流行歌曲《在遥远的沃巴什河河岸上》，这是作家德莱塞的哥哥、歌曲作家保罗·德莱塞（1857—1911）的名作。
④ 位于莫斯科西约200英里处，为第聂伯河畔的港口城市。

世界最大海战迫在眉睫

马德里警察与五千手持黑旗工人冲突
舞女吃柑橘观众头晕目眩打破叫人发疯的纪录

摄影机眼（5）

于是我们在浴缸里玩旅顺之战水从客厅天花板上渗漏下去真是太糟糕了但老加尼特先生虽然这么年迈还是那么矍铄健壮来丘园①喝茶我们第一次见到他是从玻璃窗里偷觑的一张红扑扑的脸庞他留着约翰牛式的络腮胡子姑妈说他走起路来摇摇摆摆一派水手的模样他腋下夹着一只箱子维基和庞庞冲着他狂吠加尼特先生来喝茶了他从一只黑箱子里拿出留声机在留声机上装上个转筒他们把茶具朝桌角推开　　留神别让它掉下来它们特别容易划出道道

为什么一根普普通通的缝纫针能奏出音乐来夫人不过我的唱针是特制的

于是我们开始谈论起海军上将东乡②和印度商人种姓谈论起俄国佬怎样老是喝那么多伏特加把北海那些可怜的年轻渔夫全部杀绝他总是小心翼翼地旋紧发条免得弄断发条而唱针发出刺耳的沙沙声　　是的我的孩子我本人打从还是个不比你大多少的小不点儿时起就当上了水手后来在英国第一艘武士号装甲舰上升任水手长的副手我如今还能跳号笛舞③呢夫人　　他手背上刺着一只红蓝色的航海罗盘他鼓捣唱针那指甲瞧上去又黑又厚唱针发出刺耳的沙沙声远方有一支乐队在演奏从那只小黑喇叭里送出来的嘎嘎声中传来天佑吾王④的乐声于是小狗汪汪地叫起来

---

① 伦敦著名的植物园。
② 指东乡平八郎（1847—1934）。萨摩藩士出身。中日甲午战争时，任"浪速"号舰长，偷袭中国舰队。1904—1905年日俄战争时，任联合舰队司令，在旅顺和对马海峡击败俄国舰队。1913年升任元帅。
③ 英国水手跳的一种欢快的舞蹈。
④ 英国国歌。

新闻短片 IV

当新月冉冉上升时
　我在阿拉莫和爱人相会
她的双眸竟是如此明亮
　美丽得叫月儿也为之失色

工会纠察队午前拦截了一辆载着五十把折椅的大车。大车是驶往密执安大道和华盛顿街①街口的救火会的。据说，椅子将供被派来破坏罢工的警察应用

双方舰队可能今天在吕宋岛西发生遭遇战

餐前杀死三条大狼。

人们建议举行一次盛大的游行，西奥多·罗斯福总统将驱车上街，与公民见面。一头囚禁在铁笼中的熊将走在游行队伍的前列，这头熊在最近被捕获前曾咬死十几只狗，伤害了几个人。熊将早一小时出发跑向山间，然后放出狗群追踪，罗斯福总统和向导们将尾随其后。

三名哥伦比亚大学学生打赌驾汽车驶往芝加哥

总罢工迫在眉睫

沃巴什河上今晚月色皎洁

---

① 此两条街道位于芝加哥市中心。

石油大王最幸运之一天

平均每五分钟生一小天使　　由于工厂住宅商业用地需求大增种种地产在市场上继续销售兴旺　　法院诉状导致劳工运动分裂

莫斯科星期日发生流血事件

天使女神像被砸　　部队保护油田　　美国将成为恺撒时代那样的帝国廉价诗歌赢得有钱丈夫　　爱迪生说宜节食　　一位富人在打扑克时拿到一副以A打头的同花顺子即猝然死亡　　在锡塞罗①揭发贪污

俄国罢工可能导致叛乱

两艘游艇艇主湖中浪漫爱情　　谋杀使劳工纷争沉寂
密执安湖水淹阿尔比恩全城②　　圣彼得堡红旗飘扬

沙皇顺应民众要求

怀抱死婴达四十小时之久　　总水管爆裂居家纷纷搬出

沙皇颁布宪法

田野上送来新割牧草的芳香
烛光在美国梧桐叶间闪亮

---

① 美国伊利诺斯州东北部城市，在芝加哥附近。
② 位于密执安州南部，在注入密执安湖的卡拉马祖河河畔。

摄影机眼（6）

　　玩吧玩吧校长林伍德先生说那时你踢着一只圆球在球场上奔跑在汉普斯特德①人们称这种圆球为足球过了一会儿回家的时候到了你兴高采烈因为林伍德先生说过玩吧

　　泰勒说还有一个美国学生要来他牙齿长得跟报上刊出的特迪②的相片上一样还长着只翘鼻子穿件粗犷骑士③的军装他问道你要投谁的票？你说我不知道他挺起了胸膛说我是问你们这帮人是选罗斯福还是帕克④？你说选帕克大法官

　　另外那个美国学生的头发特别黑他举起两只拳头鼻子一翘说我选罗斯福想干一架吗？大家发起抖来有个人说我选帕克大法官但这时泰勒说谁有两便士买杯姜汁啤酒？那一回架也就没干起来

---

① 位于英国伦敦西北部，为伦敦县的一部分。多斯·帕索斯在此上过学。
② 西奥多·罗斯福的爱称。
③ 指1898年美西战争中的美国第一义勇骑兵团，由罗斯福组织而成。
④ 帕克（Alton B. Parker，1852—1926），美国法学家。1904年6月，民主党全国性大会上提名他与罗斯福竞选总统。

甲虫群赶走生物学家

私奔者双双被绑，嘴被塞住；被狗释放

沙皇尼古拉二世面对全帝国的反叛决定给臣民以自由

瘫痪使外科医生无法动手术　　仅靠大笔一挥欧洲最后一个极权的君主政体便从历史的舞台上消失　　死谷矿工和圣菲路的古怪的广告客户可能要死去　　因偷石膏天使像被送进监狱

在遥远的沃巴什河河岸上。

麦　克

　　第二天破晓后不久，费尼冒着大阵雨一颠一跛走进盖洛德①火车站。候车室里有一只偌大的圆肚子炉子，生着火。售票室窗户紧闭着。眼前瞧不见一个人影。费尼脱下一只浸透了雨水的鞋子，然后再脱另一只，将脚丫子就着炉子烘烤，直到袜子烤干。两只脚的脚跟上都长出了血泡，给弄破了，结了肮脏的痂，粘住了袜子。他又穿上鞋子，伸胳膊伸腿地躺在长凳上。他立刻睡着了。

　　一个穿蓝衣服的高个子在跟他说话。他想支起头来，但毕竟太困乏了。

---

① 位于密执安州中部，在萨吉诺的西北。

"嗨，老弟，留神别让站长瞧见你。"一个声音喊道，在他睡意蒙眬之中，这声音一直在耳边嚷嚷。费尼睁开眼睛，坐了起来："天啊，我还以为是警察呢！"

站在他面前的是个穿蓝色斜纹粗棉布衬衫和工装裤的宽肩膀年轻人。"我琢磨还是叫醒你的好，站长在这个鬼地方他妈的可厉害哪。"

"谢谢。"费尼将腿伸直。脚全肿了，几乎站不起来。"天哪，我快僵麻了！"

"喂，要是咱俩都有两毛五的话，我知道个地方，可以美美地吃顿早饭。"

"我有一块五。"费尼慢吞吞地说。他双手插在兜里站着，背对着暖烘烘的火炉，小心翼翼地打量着那小伙子方方的脸庞、像公牛那样的下颚和一双蓝眼睛。"你从哪儿来？"

"我从德卢思①来……多少可算个流浪汉吧。你从哪儿来？"

"老天，要是我知道就好了。昨晚以前，我一直有份活儿干的。"

"辞了？"

"喂，还是先到你说的地方去吃早饭吧。"

"好极了。昨天我一整天没吃饭。……我叫乔治·霍尔……大伙儿全叫我艾克。你知道，我其实不好算是在流浪。我只是想出来见见世面。"

"我看，我也不得不去闯江湖了，"费尼说，"我姓麦克里利。从芝加哥来。不过我生在东部康涅狄格州米德尔城。"

他们顺着大路走去，推开铁路工人宿舍的纱门，一股混合着火腿、咖啡和蟑螂药的味儿扑鼻而来。一个一嘴马齿、说话沙哑的金发女人为他们摆好杯盘。

"你们两位小伙子在哪儿干活？我好像从没见过你们。"

"我在那边锯木厂干活。"艾克说。

"锯木厂两星期前就关门了，因为老板把自己的脑袋开枪打得开了花。"

"难道我还不知道？"

"你们最好先付钱。"

"我有钱。"费尼说，在她脸前扬了扬一张一元的钞票。

"得，既然有钱，我想你们是不会赖账的。"女招待说，笑了一笑，露出一嘴蜡黄的长牙齿。

---

① 位于明尼苏达州东北部，是该州第三大城。

"说真的，太棒了，我们会像阔佬那样付钱的。"艾克说。

他们饱喝了咖啡和玉米粥，吃了火腿蛋和又大又厚的雪白的苏打饼干。吃完了早餐，费尼讲了宾厄姆博士的生活和偷情的故事，两人乐得哈哈大笑起来，女招待赶忙前来打问他们是不是喝醉了。艾克跟她打情骂俏，让她给他们每人端来一杯不收钱的咖啡。随后他从工装兜里摸出两支揉碎的烟卷："抽支棺材钉子①吗，麦克？"

"这儿不能抽烟，"女招待说，"老板娘不让抽。"

"得啦，亮眼睛，我们这就滚蛋。"

"你打算出门到哪儿？"

"嗯，我嘛，去德卢思。家里人全在那儿啊……"

"那你是德卢思人，是吗？"

"得，有什么关于德卢思的笑料吗？"

"什么笑料，只有不幸而已。"

"你以为能拿我寻开心，是不是？"

"才不值得这样做呢，亲爱的。"女招待正在擦拭桌子，扑哧一笑。她的一双手又大又红，因为干厨房活儿，厚实的手指甲全泡白了。

"嗨，有报纸吗？我想带点儿东西等火车时看看。"

"我给你拿去。老板娘订了份芝加哥出的《美国人报》②。"

"哎呀，我三个星期没看报了。"

"我也喜欢看报，"麦克说，"我想知道世界上发生了什么事情。"

"大部分是些胡诌的谎言……所有报纸都被大财团控制在手里。"

"赫斯特③可站在人民一边。"

"他我也不信，所有的大老板我都不相信。"

"读过《理性呼声》④吗？"

"嗨，你是个社会主义者吗？"

"当然，我一直在我舅舅的印刷厂干活，直到因为他站在罢工工人一边，大老板让他关门大吉。"

---

① 美国1890年后流行的一种说法，认为每抽一支烟就等于在自己的棺材上多加一枚钉子。
② 《美国人报》是1900年在芝加哥创办的晚报。
③ 赫斯特（William Randolph Hearst, 1863—1951）为美国报业巨头，拥有不少家报纸及杂志。
④ 《理性呼声》（The Appeal to Reason）为美国社会主义者办的一份周刊（1901—1922）。

"哎呀，妙极了……放在桌上吧……我也是啊。……喂，麦克，对我来说，今天可是个重要的日子……并不是时常能碰上志同道合的人嘛。"

他们拿上一卷报纸走出来，到近郊一棵大松树下坐下来。太阳出来了，暖融融的，像大理石般的大片白云飞驰过天际。他们仰面躺着，头枕在一根树皮像鳄鱼皮般的粉红色树根上。虽然昨夜下了场雨，但他们身子底下的松针却是温暖而干燥的。他们面前伸展着一条单轨铁道，铁道穿过灌木丛和砍伐过的林地，被烧过的杂草在上面零零落落地萌发出一些浅绿色的嫩叶。他们轮流地读一星期前的旧报纸，聊了起来。

"也许革命会在俄国发生；那是个最落后的国家，人民遭受最残酷的压迫……在锯木厂有个读书识字的俄国佬，从西伯利亚逃出来的……我老跟他聊天……他就是这么想的。他说社会革命会在俄国发生，然后扩展到全世界。一个妙极了的人物。我敢打赌他是个重要人物。"

"蒂姆舅舅认为革命会在德国发生。"

"应该在这儿，在美国发生革命……在这儿已经有自由组织了……我们只要摆脱大财团的统治就成。"

"蒂姆舅舅说我们美国人太富有了……我们不了解压迫或穷困是怎么回事。他和我其他几个舅舅来美国前就是爱尔兰的费尼恩兄弟会的成员。所以他们给我取名叫费尼恩……我爹不喜欢这名字。我琢磨……他是胆小怕事，我是这么想的。"

"读过马克思写的书吗？"

"没有……天啊，我倒是真想读读。"

"我也没读过，我倒是读过贝拉米的《回顾》，这本书使我成了社会主义者。"

"跟我说说它的内容；离家时，我刚开始读它。"

"这本书写一个小伙子，睡着了，醒来时已是二〇〇〇年，已发生了社会革命，一切都已社会主义化，没有监狱，没有贫困，没有人是为自己工作的，任何人都不可能成为富有的股东老板或资本家，对于工人阶级来说，生活好极了。"

"那正是我一直向往的……工人创造了财富，他们应该占有它，而不是让一群寄生虫去享用。"

"要是你能够消灭资本主义制度、大托拉斯和华尔街，那就会实现。"

"嘻嘻。"

"只要发动一次总罢工，让工人们拒绝为老板工作就成……他妈的，要是人们意识到这他妈的该有多容易就好了。大财团霸占了所有的报纸，不让工人有知识，受教育。"

"我懂印刷，懂得很多，还懂行型铸字排版……天呐，也许有一天我能干出些什么来。"

麦克站起身来。他觉得浑身刺痛。一片白云遮住了太阳，但是，在铁路伸展的远方，稀疏的树林中却是一片沐浴在阳光中的嫩桦树叶的金绿色。他的热血似乎要燃烧起来。他叉开大腿站着，顺着铁路望去。在远方的铁路拐弯处出现了一辆手摇四轮小车，车上有一群路段工人，像一小团棕色与深蓝色的杂拌儿。他瞅着它越来越近。车前飘扬着一面小红旗；车显得越来越大，不时钻进阴影里，但每次从阴影里出来进入阳光时总是显得更大一些，更清晰一些。

"喂，麦克，要是我们想偷搭那列货车的话，我们最好躲起来。这条铁路上有些车场侦探真他妈的坏极了。"

"好吧。"

他们走了一百码远，躲进一簇幼小的松树和桦树中。在一截长满绿色苔衣的树桩旁，麦克停下步来便溺。在阳光中，他的黄澄澄的小便流下去，很快就渗进铺着腐叶烂枝的松软的土壤之中，消失了。他很高兴，朝树桩踢了一脚。树桩腐朽了，他的脚穿了过去，冒出一股尘烟，树桩就啪地倒在后面的桤木丛中。

艾克坐在一根圆木上，正用一根小桦树枝在剔牙齿。

"喂，麦克，你去过西海岸吗？"

"没去过。"

"想去吗？"

"当然啦。"

"那好，你跟我一块儿偷搭车到德卢思去……我想到那儿玩一玩，跟老妈妈说声再见，明白吗？我已经有三个月没见到她了。然后我们去打短工割麦，秋天到达旧金山或者西雅图。有人告诉我西雅图有很好的免费夜校。我想补一点文化，明白吗？我他妈的什么都不懂呢。"

"这敢情好。"

"以前偷搭过货车或者铁闷子车吗，麦克？"

"嗯。严格地说还没有。"

“跟着我吧，学着点儿。你没问题。”

他们听见从铁路上传来火车头的汽笛鸣声。

“三号车要过弯道了……车一出站，我们就跳上去。今天下午就可以把我们带到麦基诺城①。”

薄暮时分，他们身子又僵又冷，走进麦基诺城轮船码头的一座小棚子里，找个栖身之地。湖面上的景色笼罩在骤雨的浓雾之中。他们花一毛钱买了一包"甜帽"牌饼干，这一来两人身上只剩九毛钱了。他们俩正在争论晚餐该花多少钱时，一位轮船公司的职员，瘦瘦的个儿，戴顶绿色的眼罩，穿着宽大的油布雨衣，从办公室里走出来。

“你们这两个小伙子是来找活儿干的吗？”他问，“因为有个从湖景旅社来的家伙，想找几个洗盘子的帮手。我看是职业介绍所送去的人手不够吧。他们明天就要开张。”

“给多少钱？”艾克问道。

“我想不会太多，不过饭菜相当不错。”

“怎么样，麦克？这样，我们可以积蓄点路费，然后像两个公子哥儿似的乘上去德卢思的轮船。”

于是他们在当夜乘轮船去麦基诺岛②。麦基诺岛上景色非常单调。有些小景致，上面挂着牌儿："魔鬼大锅""圆锥形高丘""情人跳崖处"。还有些从底特律、萨吉诺和芝加哥来的中产商人的妻子和孩子。脸色发灰的旅社老板娘，人称"总监"，让他们从早上六点一直干到日落后好久才打住。不光是洗盘子，还要干锯木柴、跑腿、打扫厕所、擦地板、打开行李等许多杂务。女招待全是老处女，要不就是喝酒破产的农民的老婆。旅社里唯一的男人是厨师，一个患有忧郁症的法国、加拿大混血儿。他一定要别人叫他厨师先生。每天晚上，他坐在旅社后面他那圆木筑的小屋里喝止痛药水，嘴里不停地念叨上帝。

他们一拿到第一个月的工资，就用报纸包上那么点儿可怜的家当，偷偷乘上"朱尼阿塔"号轮船上德卢思。船钱花完了他们所有的钱，但当他们站在船尾目送着麦基诺岛上云杉和冷杉覆盖着的山丘在湖色中消失时，心中充满了欢乐。

---

① 在美国密执安州北部，地处密执安湖与休伦湖会合的咽喉部。

② 位于麦基诺城东北，休伦湖中。

德卢思；临湖的工字梁结构，满是小屋的山峦，又高又细的烟囱，从工厂里冒出来的浓烟下面是隆着肩膀的起卸机谷仓，一大片淡红色的落霞衬托着滚滚黑烟。艾克不愿下船，因为迷上了船上一个漂亮的黑发姑娘，他一直想凑上去跟她聊聊。

"见鬼，她才不会理你呢，艾克，对于你来说，她太俏了。"麦克一个劲儿地说。

"老妈妈不管怎么样见到我们会高兴的，"当他们从跳板上匆匆走下来时，艾克说，"虽然我没写信告诉她我们要回来，我还多少指望在码头上见到她呢。老弟，我敢打赌她会让我们美美地吃一顿的。"

"她住在哪儿？"

"不远。我会指给你看的。喂，请别问起我老爹的事，好吗？他没出息。我猜想，他眼下正在蹲班房呢。老妈妈把我们这些孩子拉扯大可不易啊……在布法罗①我有两个哥哥……我跟他们关系不好。我妈会做刺绣活、制果酱、烤糕点之类什么的。她过去一直在面包房干活，但现在得了腰痛病，厉害极了。要不是我们真他妈的那么穷，她会成为一个非常聪明的女人的。"

他们上山拐上一条泥泞的路。山顶上有一座样式呆板的小屋，像座校舍。

"我们就住在那儿……哎呀，真奇怪，为什么没亮灯啊？"

他们从栅栏的一扇门走进去。屋前花坛里盛开着美洲石竹。虽然天太黑，他们几乎什么也瞧不见，但是能闻到花香。艾克敲敲门。

"真该死，怎么回事呀？"他又敲了一下门。然后他擦亮了根火柴。门上钉着张硬纸片："本屋出售。"下面写着一个房地产经纪人的名字。"耶稣啊，这可好笑了，她一定搬家了。我想起来了，我已经有二三个月没收到信了。我希望她没有生病……我来问问隔壁的勃德·沃克尔吧。"

麦克在木头的台阶上坐下来，等待着。在头顶上云彩的缝隙间仍然映照着淡淡的晚霞的返照，他眼光移向那空洞洞的布满群星的黑色天空。美洲石竹的清香撩拨着他的鼻子。他感到饿了。

艾克发出的一声嗯哨惊醒了他。"走吧。"他暴躁地说，将脑袋缩在耸起的肩膀间，很快地走下山去。

"嗨，怎么回事？"

---

① 位于纽约州东部伊利湖畔。

"没事儿。老妈妈去布法罗跟我哥哥们住去了。我捉摸，这些混小子要她把屋子卖掉，可以捞点现钱花花。"

"天，太可怕了，艾克。"

艾克没有回答。他们一直走到一条街的拐角，那儿有点着灯的商店和电车。一家酒店里传出自动钢琴演奏的乐曲。艾克转过身来，在麦克背上猛拍一下："进去喝点儿吧，小鬼……随它去吧。"

在那长长的酒吧台只有一位酒客。是个高身材的上了年纪的人，穿着伐木工人的靴子，戴顶海员用的防水帽，已经喝得烂醉了，嘴里不断用听不大清楚的声音叫嚷着"好好儿闹闹吧，哥儿们"，还用积满污垢的长手在空中做了个调情的动作。麦克和艾克每人喝了两杯威士忌，这酒很凶、很烈，几乎要把他们醉倒。艾克把付了一元钱拿到的找头揣进口袋里，说："没什么，我们离开这儿吧。"

在街上充满凉意的空气中，他们开始感到醉意。"天啊，麦克，今夜我们就走吧……回到童年生活过的城市太可怕了……我会碰上以前认识的那帮疯小子，还有让我害过单相思的娘们……我看哪，我总是倒血霉，没错儿。"

在货车车站那边一家便餐馆里，他们每人花了一毛五要了牛肉饼加土豆、面包和黄油，还有咖啡。等他们买了些烟卷，两人还剩下八元七毛五。

"天啊，我们还阔着哪！"麦克说，"得，上哪儿去呢？"

"等一等，我去货车车站侦察一番。我有个认识的老朋友在那儿干活。"

麦克在街角的一根路灯柱下徘徊，抽烟等着。风缓了下来，天暖和些了。在货车车站什么地方的水塘里传来癞蛤蟆咽咽咽的叫声。山上有架手风琴在演奏。车场上传来货车机车沉闷的嘎嚓声、货车车辆调轨时的辚辚声和车轮像唱歌般的吱吱声。

不一会儿，他听见艾克从街道黑暗的那一边传来的口哨声。他奔了过去。

"喂，麦克，我们得加紧点儿。我找到了那个朋友。他要在西去的货车上打开一节棚车，让我们上去。他说，我们如果待在上面不下来，货车一直可以把我们带到西海岸。"

"老是关在一节货车里，我们怎么吃饭啊？"

"会吃得很好的。这事包给我吧。"

"但是，艾克……"

"闭嘴吧，好不好……你要让这该死的镇上所有的人都知道咱们要干的事吗？"

他们蹑手蹑脚地摸黑在两行棚车之间走着。艾克发现一节棚车的车门半开着，就纵身跳进去。麦克跟着跳进去，他们轻轻地随手拉上滑门。

"现在我们要干的事就是睡大觉喽，"艾克悄悄地说，他的嘴唇碰上了麦克的耳朵，"这儿的那小子，你知道，说过今晚上没有车警值班。"

在车厢的尽头处，他们找到从一只破损的包里漏出来的干草。整个车厢里弥漫着干草的气息。

"这还不赖吧?"艾克轻声耳语道。

"真呱呱叫，艾克。"

火车很快就开动了，在稀稀落落的干草上，两人挨着躺下睡觉。寒冷的夜风从车厢底的缝隙间直灌进来。他们睡一阵，醒一阵。火车启动，又停下，又启动，在旁轨上调来调去，车轮在他们耳中叽叽嘎嘎地响，在过道口时发出砰砰的撞击声。黎明时分，他们暖暖地睡了个好觉，车厢底上的薄薄的干草突然间也变得柔软而温馨了。他们俩都没有表，天空阴霾密布，所以醒来时不知道是什么时候。艾克微微拉开滑门，以便向外张望；列车正奔驰在一个涨满洪水的开阔的河谷中，成熟了的麦子泛着绿色的麦浪。在远处，不时出现一丛树木，像小岛般伫立着。每个车站上都有起卸机谷仓那缩着脖子而没有窗子的庞然形体。

"哎呀，这该是红河①啦，不知道我们到底在走哪一条路线?"艾克说。

"天，要是能喝上杯咖啡就好了。"麦克说。

"到了西雅图，我们能美美地喝上咖啡，我就不信喝不上，麦克。"

他们又入睡了，等到醒来时，感到口渴，身子发僵。车停下了。没有一丝儿声响。他们仰面躺着，伸着四肢，静静听着。"哎，不知道我们到底到哪儿了?"过了好一会儿，他们听见煤渣路上有人嘎喳嘎喳地走过来，在一路检查棚车的门栓。他们一动不动地躺着，能听见自己心脏的跳动。煤渣路上嘎喳嘎喳的脚步声越来越近。滑门一下子被拉开，车厢里一下子充满了阳光。他们纹丝不动地躺着。麦克感到一根手杖在他胸部打了一下，就坐起来，眨巴着眼睛。一个苏格兰粗嗓音在他耳际响起:

"我说我准能挖出几个偷搭高级卧车的小子……得了，两位老弟，站起来掏钱吧，要不就送你们到警察局去。"

"唉，真见鬼。"艾克说，爬上前来。

---

① 这是明尼苏达州和北达科他州之间的界河，朝北注入加拿大的温尼伯湖。

"骂人和诅咒都帮不了你们的忙……你们要是有两三镑现钱，就可以一直乘到温尼伯①，到那儿去碰碰运气……要不，马上就送你们去蹲上一阵子班房。"

这制动手是个一头黑发的小个子，态度阴险而镇静。

"我们到了哪儿，先生?"艾克问道，竭力用一种英国腔说话。

"格雷特那②……你们现在在加拿大境内。我可以把你们当作非法偷越女王陛下边境线的流浪汉逮起来。"

"得啦，我想还是乖乖拿钱出来吧……瞧，我们俩是贵族子弟，出来寻点儿该死的乐子的，先生。"

"诅咒、耍赖都不管用。你们有多少钱?"

"两美元。"

"快让我瞧瞧。"

艾克从口袋里拿出一张一美元的钞票，然后又抽出一张;在第二张里卷着一张五元票面的美钞。那苏格兰人一伸手将三张钞票全拿了过去，砰然拉上滑门。他们听见他在外面将门钩拉下扣上的声音。他们两人在黑暗中一声不响地坐了很长时间。

最后，艾克开腔道:"嗨，麦克，对准我下巴来上一拳吧。真他妈的傻样……我不该把钱放在裤兜里……应该藏在裤带里的。这一来只剩下七毛五了。咱们倒了穷霉，真是的……他也许会打电报给下一个大城，在那儿把我们逮住。"

"他们在铁路上也有骑警吗?"麦克用一种空洞的耳语问道。

"天，我跟你一样不知道。"

火车又开动了，艾克翻了一个身，合扑在地板上，闷闷地睡着了。麦克在他身后仰面躺着，瞧着从门缝里漏进来的一线阳光，心里捉摸着加拿大的牢房会是一副什么样子。

当天夜里，火车在一片大货车场上发出一阵阵喤喤声和当啷声后静止地停了一阵子，这时他们听见门钩给拉开的声音。过了一会儿，艾克鼓足勇气将门拉开，他们身子僵硬，饿得厉害，纵身往煤渣道上跳了下去。在旁边的股道上也停着一列货车，所以他们只能看见上空的一道星星。他们毫无困难

---

① 就在加拿大南部红河畔。
② 温尼伯南一小城。

地离开货车场，走上街道，发现这是一座延伸很广的大城市，街上没有人影。

"听我说，温尼伯真他妈是个怪孤单的地方。"艾克说。

"那准是因为是半夜的缘故。"

他们走了好一阵子，终于找到一家正在打烊的中国人开的小饭馆。他们花了四毛钱吃了一碗土豆炖菜和咖啡。他们问中国人是否可以让他们睡在柜台后面的地板上，但他将他们赶了出去，于是他们又在温尼伯一无人影的宽阔的大街上踯躅起来，觉得累得不行。天气太凉，不可能在任何地方坐下来休息一下，看来也找不到一个花三毛五就能让他们对付一夜的客栈，所以他们走啊，走啊，不管怎么样，天空渐渐开始泛白，慢慢进入北国的夏日拂晓。等天大亮之后，他们回到那中国人的小饭馆，把那剩下的三毛五花来吃了燕麦粥和咖啡。然后他们到加拿大太平洋铁路公司劳务办公室，签了个合同到班夫①一个建筑工地去干活。他们到公共图书馆去消磨火车开前的那一段时间。麦克看了贝拉米的《回顾》的部分章节，艾克呢，因为找不到卡尔·马克思的书，便看了《斯特兰德杂志》②上连载的一段《睡者初醒》③。所以，当他们登上火车时，脑子里充满了行将发生的社会主义革命的想法，开始跟坐在对面的两个红脸的细高个儿伐木工人聊起来。

有一个伐木工人一直在默默地咀嚼烟草，另一个却将烟草往窗外一吐，说："你们这两个小子，要是知道好歹，最好闭嘴别再讲这一套鬼话。"

"去你的，难道这不是个自由的国家吗？每个人都可以自由发表言论，是不是？"艾克说。

"要上司没叫你闭嘴，你才可以发表言论。"

"真该死，我可不想干架。"艾克说。

"最好别。"另一个人说道，就此不再说话了。

他们为加拿大太平洋铁路公司干了一整个夏天，十月一日他们到了温哥华。他们买了新衣箱，穿上了新套装。艾克有四十九元半，麦克在崭新的猪皮夹里藏着八十三元一毛五。麦克留下的钱多一点，因为他不赌扑克。他们俩要了一间一元半一天的房间，歇工后的第一天早晨，像王子般躺在床上。他们晒黑了，更加健壮，手上长起了老茧。闻够了铁路工棚里恶臭的板烟、

---

① 位于加拿大西部阿尔伯塔省西南部。

② 《斯特兰德杂志》出版于伦敦（1891—1950），是世界上最早登载通俗文学作品的月刊。柯南·道尔曾在该杂志上连载《福尔摩斯探案》。

③ 《睡者初醒》为英国作家赫·乔·威尔斯（1866—1946）于1899年所写的幻想小说。

从来不洗的臭脚味，受够了臭虫的罪之后，这间窗明几净、床铺清洁的小客房简直像宫殿一般了。

麦克完全清醒了过来，就坐起来，伸手去拿他的英格索尔表①。十一点钟。洒在窗台上的阳光被海岸北面森林大火的烟火映得发红。他起了床，在洗脸盆里用冷水洗濯。他在房间里踱来踱去，用毛巾擦干脸庞和手臂。用新的粗毛巾顺着脖子、肩胛的凹陷处和手臂上的肌肉的线条擦干身子，给他带来一种快感。

"喂，艾克，你看我们该干些什么？我看我们应该像两个公子哥儿似的乘船到华盛顿州的西雅图去。我想定居下来，找个印刷所的活计；那可能赚大钱哪。今年冬天，我要拼命学习。你看怎么样，艾克？我想早早离开这英国佬的鬼地方，回到天府之国②去。你看怎么样，艾克？"

艾克呻吟着，在床上翻了一个身。

"喂，醒醒吧，艾克，看在上帝的分上。我们应该到城里去逛逛，然后拔脚溜走。"

艾克在床上坐起来："他妈的，我想要女人。"

"艾克，我听说西雅图有标致的窑姐儿，真的。"

艾克一骨碌从床上跳下来，开始用冷水从头浇到脚。然后，他急匆匆地套上衣服，站在窗口往外瞧，一边用梳子将头发上的水梳掉。

"这他妈的船什么时候开？天，昨夜我在梦中走了两次阳，你呢？"

麦克涨红了脸。他点点头。

"天，我们必须去找娘们。走阳伤身子。"

"我不想染上花柳病。"

"啊唷，该死，不染上三次花柳，算不上男子汉啊。"

"哎，快，去城里逛逛吧。"

"嘿，我没在等你？我等了半小时啦。"

他们奔下楼梯，走上大街。他们走遍了温哥华，闻着海岸边锯木厂带酒香的气息，在公园的大树底下闲荡。然后他们在轮船售票处买了船票，走进一家男子服饰用品店，买了条纹领带、花袜和四块钱一件的绸衬衫。他们穿上新套装和绸衬衫，手提新衣箱，走上驶往维多利亚③和西雅图的轮船的跳

① 这是美国钟表工业家罗伯特·英格索尔（1859—1928）从1892年开始发售的廉价一美元表。
② 指美国。
③ 加拿大温哥华岛东南端的港口城市，位于温哥华市和美国华盛顿州西北部的西雅图港之间。

板时，觉得自己仿佛成了百万富翁。他们抽着烟，在甲板上散步，瞅着姑娘们。"哎，那边有两个娘儿们，看来很容易上手……我敢说她们是妓女。"当两个戴"春天少女式"帽子、在甲板上溜达的姑娘从他们对面走来、擦肩而过时，艾克在麦克的耳边小声这样说，用肘子往他胸肋间戳了一下。"管它，我们来上去搭搭讪。"

他们到酒吧间要了两杯啤酒，然后走上甲板。姑娘们已经走开了。麦克和艾克在甲板上闷闷不乐地踱了一会儿，后来发现她们正靠在船尾的栏杆上。那是一个月色朦胧的夜晚。大海和覆盖着高耸的常绿乔木的、黑黝黝的岛屿呈一片斑驳的银色与绿色，显得又亮又黑。两个姑娘都是一头鬈发，眼睛上有一圈黑圈。麦克认为她们瞧上去太老了，但还没说出口，艾克已经跑上前去了。他对之说话的那姑娘叫格蕾迪丝。他比较喜欢另一个姑娘的长相，她叫奥利芙，但艾克已经先站到她身边去了。他们逗留在甲板上，开开玩笑，嘻嘻哈哈了一阵，后来姑娘们说感到冷了，才走进酒吧间，坐在沙发上，艾克去买了一盒糖果来。

"我们今天晚饭吃了球葱，"奥利芙说，"希望你们别介意。格蕾迪丝，我告诉过你，上船前不能吃球葱。"

"让我亲个嘴，我再告诉你们我介意不介意。"艾克说。

"小伙子，你可不能这么跟我们胡说八道，在这船上可不行，"奥利芙厉声说，嘴角两边现出两条刻薄的纹路。

"在船上，我们得加倍留神，"格蕾迪丝解释道，"现在人们对两个单身旅行的姑娘可疑心啦。有多罪过啊。"

"千真万确。"艾克在座位上挪近了些。

"别这样……'铁环滚来嘎啦啦，快快滚来快快滚。'①我是说真的。"奥利芙走去坐在对面的长凳上。艾克跟着她。

"从前这种船上是可以乱来的，如今可不行了，"格蕾迪丝用一种低低的、亲热的声调对麦克说，"你们在罐头食品厂干活来着？"

"不，我们给加拿大太平洋铁路公司干了一整个夏天。"

"你们一定赚到大钱了。"麦克注意到，她跟他说话时，一直从眼角瞟着她的朋友。

"对……可钱不太多……我攒下了差不多一百块。"

---

① 此处引用一支流行歌曲的歌词，要麦克走开。

60

"你们现在去西雅图?"

"我想去找个行型铸字排版的活儿。"

"我们就住在西雅图。奥利芙和我有一套房间……我们到甲板上去吧,里边太热了。"

他们走过奥利芙和艾克身边时,格蕾迪丝弯下身子在奥利芙耳边嘀咕了些什么。然后,她向麦克转过身,一脸让人销魂的微笑。甲板上没有人影。她让他用于搂她的腰。他的手指摸到了什么紧身胸衣里的鲸骨。他使劲搂住她。"嗨,小伙子,别太粗鲁。"她用一种可笑的纤细的声音哀求道。他哈哈一笑。他收回手时,摸到她起伏有致的胸部。散步时,他的大腿擦着她的大腿。这是他一生中第一次跟姑娘挨得这么近。

过了一会儿,她说她得上床睡觉了。"我跟你一块儿去,怎么样?"

她摇摇头:"在这条船上不行。明天见;也许你跟你的好朋友到我们公寓来看我们吧。我们带你们去逛逛西雅图。"

"当然啦。"麦克说。他还在甲板上走了一阵子,心跳得非常厉害。他感觉到轮船发动机的颤动和船头所劈开的利箭般的激浪的撞击,他喜欢这一切。他和艾克会面了。

"我那姑娘说她得上床睡觉了。"

"我那个也这么说。"

"有什么进展吗,麦克?"

"她们在西雅图有套公寓。"

"我跟我那个姑娘亲了嘴。她真来劲。天,我以为她会来摸我呢。"

"我们明天就可以享受了,没错儿。"

第二天阳光灿烂;西雅图海岸波光粼粼,弥漫着锯木厂的清香。他们下船时,河滨一片喧闹,充满了车辆的辘辘声和车夫的嘶叫声。他们到基督教青年会要了一间房间。他们不再是劳工和流浪者了。他们将干干净的活儿,过体面的生活,晚上读夜校。他们花一整天逛遍了全城,晚上在拓荒者广场①的图腾柱前跟奥利芙和格蕾迪丝见面。

事情发展得很快。他们到一家餐馆,喝了葡萄酒,吃了一顿美餐,然后去一家有乐队伴奏的花园酒店,喝了柠檬威士忌。去姑娘们的寓所时,他们

---

① 位于西雅图市中心沙滩大道旁,那里有印第安部族的高大的图腾柱,为该处胜景之一。

带了一夸脱①威士忌，麦克险些在台阶上将酒瓶摔在地上，姑娘们说："看在上帝分上，别发出这么大的声响，要不警察会来找麻烦的。"公寓房间里充满了一股麝香和脂粉的味儿，所有椅子上都放着女人的内衣。她们干的第一件事是从每个人那儿要了十五块钱。麦克跟他的姑娘待在浴室里，她把口红沾在他鼻子上，两人哈哈大笑起来，直到他动起手来，她打了他一记耳光为止。然后，他们全坐到一张桌边，又喝了一点酒，艾克光着脚丫子跳莎乐美②舞。麦克大笑起来，这光景太逗了，但是他已经滑坐到地板上了，等他试着站起来，却一头栽下去，跌在地上。突然间，他不得不赶紧对着浴盆呕吐起来，格蕾迪丝一个劲儿地骂他。她让他穿上衣服，可是他找不到领带了，于是人人都说他醉得厉害，把他推出门外，他走上大街，唱着："铁环滚来嘎啦啦，快快滚来快快滚。"他问一个警察基督教青年会在哪儿，警察将他推进警察局一间牢房，关了起来。

醒来时，他脑袋像一块裂开的大磨石。衬衫上沾着呕吐物，裤子上拉了个口子。他摸遍了所有的口袋，找不着钱包。一个警察打开牢房的门，叫他悄悄溜走。他一走上阳光耀眼的大街，阳光就像刀一般刺痛他的眼睛。他走进青年会时，值班的好奇地瞧着他，他上楼走进房间，一头栽进床里，没有一个人跟他说什么话。艾克还没有回来。他睡着了，在睡梦中一直感到头痛。

他醒来时，艾克正坐在他床沿上。艾克的眼睛发亮，脸颊红彤彤的。他仍然有点儿醉意："喂，麦克，她们趁你喝醉了偷你钱了吗？我发现丢了钱包，就往回走，可是找不着那公寓房间了。上帝，我真想揍一顿这些臭婊子……天，我还是醉得够呛。喂，坐在值班室的那小子说我们必须走。说是在青年会不能住酒鬼。"

"但是，天哪，我们付了一星期的房租哪。"

"他要退一部分给我们……嘿，随它去吧，麦克……我们成穷光蛋了，但我倒觉得挺好……喂，她们赶走你之后，我跟你那个娘儿们闹了好一阵子呢。"

"该死，我像条狗似的感到恶心。"

"我不敢睡着，怕醒来后头痛、恶心。到外面去走走吧，你会好受些的。"

这时是下午三点。他们走进海滨一家中国小饭馆，喝了咖啡。他们当掉

---

① 一夸脱：四分之一加仑。
② 圣经故事中的希律王之养女，善跳七纱舞，使希律王着迷，允其所请将施洗约翰斩首，并将首级赐给她，详见《马可福音》第6章第22到28节。

了衣箱，弄到了两块钱。典当铺老板不肯要绸衬衫，说是太脏了。外面正下着倾盆大雨。

"天啊，真该死，为什么我们不能有点儿头脑，保持清醒呢？上帝，我们是两个大醉鬼，艾克。"

"我们玩得可很痛快啊……天，你一脸口红，可滑稽了。"

"我觉得难过死了……我希望学习，努力争取一点什么；你明白我的意思，我不想当个天杀的残酷的老板，而是为了社会主义，为了革命什么的奋斗，不光是干活，酗酒，干活，酗酒，像铁路上的那帮无赖那样。"

"真该死，下一回我们该有点儿头脑，把钞票放在什么保险的地方……哎呀，我也脑袋发沉，要倒下去了。"

"即使这他妈的饭馆着了火，我也没力气跑出去。"

他们坐在这中国饭馆里，尽量拖延着时间，然后冒着大雨走出去，找到一家三毛钱一夜的小客栈过夜，臭虫把他们咬得够呛。第二天早晨，他们到处奔走找工作，麦克到印刷行业，艾克到航运公司。他们晚上见面，谁也没碰上好运气，因为天气晴朗，就睡在公园里。最后，两人都签了合同，到斯内克河①上游的伐木场上去干活。公司派车送他们，车上坐满了瑞典人和芬兰人。只有麦克和艾克讲英语。到了那儿，他们发现工头非常凶悍，伙食糟糕透顶，工棚肮脏难耐，因此过了两天就拔脚溜了，重过流浪生活。蓝山山脉②那一带的天气已经很冷了，要不是一路上在伐木场厨房里讨上点儿东西吃吃，他们早饿死了。在贝克城③他们看见了铁路，想办法偷搭货车回到波特兰④。他们在波特兰因为穿着太邋遢也找不到活儿，只得沿着一道宽阔而似乎无穷无尽的、到处是果园的河谷往南走，在谷仓里过夜，靠在农场主住宅那儿劈劈柴、打打零活混顿饭吃。

在塞勒姆⑤，艾克发现自己染上了淋病，麦克晚上睡不着，担心也染上这种病。他们去城里找医生。那是个圆脸的大高个儿，笑起来很爽朗。他们说起他们没钱，他说没关系，他们可以干点零活来支付医疗费，可是等他听说患的是性病，赶紧吆喝他们滚蛋，还狠狠训了他们一顿，说他们罪有应得。

---

① 位于华盛顿州东南部。

② 在俄勒冈州东北部，向东北延伸到斯内克河南。

③ 位于俄勒冈州东北部。

④ 位于俄勒冈州西北部，和华盛顿州的温哥华隔哥伦比亚河相望。

⑤ 俄勒冈州首府，位于波特兰南。

他们沿着大路艰难地走去，感到饥饿，腿脚又疼；艾克在发烧，走路很难受。两人都默默不语。他们终于走到南太平洋铁路干线上一个小水果发运站，那儿有些水塔。

在那儿，艾克说他怎么也不能往前走了，他们只得等列货车来。"耶稣啊，蹲班房还比这强呢。"

"你要是在这男人的国度里倒霉，你就真个倒霉了。"麦克说，不知为了什么缘由两人都哈哈大笑起来。

在发运站后面的灌木丛中，他们发现一个年迈的流浪汉，正在白铁罐里煮咖啡。他给他们喝了些咖啡，吃了几片面包和熏肉皮，他们告诉他遭难的情况。他说他正在往南方去过冬，还说淋病可以用樱桃核和樱桃梗熬茶来治。"但是，我到哪儿去弄樱桃核和樱桃梗呢？"不管怎么样，他说，别担心，这比重感冒厉害不了多少。他是个乐观的老人，脸上沾满了尘垢，瞧上去就像戴着只棕色的皮面具。他正等着搭一列日落后不久要在这儿加水的货车碰碰运气。麦克打起盹来，艾克和老人聊了起来。等他醒过来，艾克正冲着他大叫，他们就一起奔跑着去追赶那列已经启动的货车。在昏暗中，麦克踩空了一步，合扑倒在枕木上。他拧了膝盖，鼻子里塞满了煤渣屑，好容易爬起身来，只见火车后部两盏尾灯消失在十一月的暮霭之中。

从此，他再也没见过艾克·霍尔。

他又回到大路上，一瘸一拐地走到一座农场主的住房前。一条狗冲着他汪汪直叫，咬他的脚踝，但他情绪太低落，全然顾不上这些了。后来有个身量粗壮的女人来到门前，给他一些冷糕饼和苹果酱，跟他说，要是他交出所有的火柴的话，他可以睡在谷仓里。他瘸着走进谷仓，舒舒服服蜷伏在一堆干燥的甜茅草上，就睡着了。

早上，那农场主，一个身材高大、脸色红润、嗓音洪亮的人，姓汤姆斯，来到谷仓，让他干几天活，代价是管吃管住。他们对他挺和气，有个长得挺俊的女儿，名叫莫娜，他有那么点儿恋上了她。她是个十分丰腴、脸颊红润的姑娘，壮健得像个假小子，天不怕地不怕的。她用拳头打他，跟他摔跤，特别是等他长了点肉、休养生息了一阵之后，他想她想得厉害，晚间几乎无法入眠。他躺在甜茅草铺的床上，回味着当他把果树喷药管的喷嘴递给她时，或者她帮助他堆起剪下的枝条准备焚烧时，她裸露的手臂擦着他手臂时的那种快感，渴念她圆鼓鼓的乳房。回忆晚上吃了饭后，他们相互嬉闹、调笑时，她那像乳牛一般甜蜜的呼吸吹在他脖颈上。但是汤姆斯家对女儿另有安排，他们就跟麦克说他们不再需要他了。他们送他走时十分友善，给了他不少忠告、一些旧衣服和一份用报纸包上的冷午餐，但是没给钱。他顺着尘土飞扬而布满车辙的大车路离去时，莫娜追了上来，当着她父母的面亲吻他。"我只属于你，"她说，"赚够了钱，回来娶我。""我敢对天发誓，一定。"麦克说，走时眼睛中噙着泪水，心中却觉得十分快乐。他特别高兴的是，他没从西雅图那娘儿们身上染上淋病。

新闻短片 VI

巴黎终于震惊不已

铁路巨子哈里曼[①]显示实力

臭名远扬诈骗犯就擒

特迪[②]挥舞大棒

平民百姓要求救济

在月光普照的港湾
　　我们乘帆船航行
你能听见歌声回响
似乎在倾诉
你占有了我的心，请别离去
让我们再唱一曲
　　　　　爱情的
　　　　　　古老
　　　　　　　而甜蜜的歌
在月光普照的港湾

祈祷后暴民施以私刑

当铁水从高炉喷突而出时，我看见工人们撒腿奔到安全的地方。在高炉

---

① 哈里曼（Edward Henry Harriman, 1848—1909），美国金融家，控制美国中部和南部的主要铁路系统，如联合太平洋铁路和南太平洋铁路。
② 指西奥多·罗斯福总统，他归纳其外交政策为"言辞温文尔雅，但手中却要拿根大棒"。

的右边，我看见十个工人个个发疯般地狂奔，衣服上一片火焰。显然，爆炸时伤了几个人，还有些人踉踉跄跄，倒在地上。滚烫的铁水一霎间将这些可怜的人淹没。

赞扬垄断是对大众的恩赐

产业界的敌人们在波特·帕尔默夫人①家为平息纠纷出谋划策

爱情的

古老

而甜蜜的歌

在月光普照的港湾

我们乘帆船航行

摄影机眼（7）②

    在银器公司③工厂边的池塘上溜冰那儿有一股古怪而模模糊糊的味儿是从鲸油肥皂堆中发出的有人说他们就是用这肥皂把银刀叉和银汤匙擦拭得锃亮以供出售　清晨冰面熠熠发光脏冰像锯条般震响刚被早来的溜冰者划得白花花的　　我学不会溜冰老是摔跤　　人人都说留神那些重重地倒下去的小子　　那些中欧人和波兰人的孩子将雪球中塞了石头在墙上涂写脏话在小巷里干脏事他们的父母就在这些工厂内干活

    我们可是干干净净的年轻的美国高年级童子军得心应手地使着球棒宰鹿

---

① 其丈夫波特·帕尔默（Potter Palmer，1826—1902）于1852—1867年间在芝加哥经营纺织品生意致富。

② 此段描述作者于1907年1月开始在康涅狄格州瓦林福德的契特学校的寄宿生活。他一方面未能与"干干净净的"孩子们合群，另一方面又瞧不起"涂写脏话"的移民工人的孩子。

③ 指辛普森-霍尔-米勒公司。

队打冰球童子军在冰上溜8字阿喀琉斯埃杰克斯阿伽门农①我学不会溜冰老是摔跤

植物育种魔法大师

卢瑟·伯班克②诞生在马萨诸塞州兰开斯特③一幢砖瓦农舍里
有一年冬天，他在树林里满世界地乱跑
咯吱咯吱地穿过结硬发亮的雪地
跌跌撞撞走进一个小山谷，那儿一片春意盎然
只见草儿青青，烟草吐芽
臭菘长出有力的嫩枝，
他回到家，坐在火炉旁，读起达尔文的著作来
生存竞争、物种起源、自然
选择，这跟教堂里教导的不一样，
于是卢瑟·伯班克不再信教了，移居卢奈伯格④，
在一棵马铃薯上找到一种种薯
播下种薯，借助于达尔文先生的自然
选择
借助于斯宾塞⑤和赫胥黎⑥
培育出伯班克马铃薯。

年轻人！到西部去；
卢瑟·伯班克前往圣罗莎⑦

---

① 这三个都是古希腊神话中的英雄人物。
② 卢瑟·伯班克（Luther Burbank，1849—1926），美国博物学家、植物育种家。
③ 在马萨诸塞州中部。
④ 在马萨诸塞州北部，兰开斯特以北。
⑤ 斯宾塞（Herbert Spencer，1820—1903），英国哲学家。
⑥ 赫胥黎（Thomas Henry Huxley，1825—1895），英国生物学家。
⑦ 位于旧金山西北。

胸中充满了奇想：冬日的青草、永远
不败的花朵、永远
结果的浆果；卢瑟·伯班克
可以借助于自然选择，卢瑟·伯班克
把他那由上天启示的幻梦：冬日的青草、
无籽浆果、无核李子、无刺玫瑰和多刺仙人掌——
　　在萧索的马萨诸塞州那萧索的
　　砖瓦农舍里冬天是萧索的——
带到充满阳光的圣罗莎去；
他成了一个充满阳光的老人
在那里，玫瑰终年开不败
始终开不败，始终生长出
杂交种。

美国就是个杂交的民族
美国应该借助于自然选择。
他是个异教徒，他相信达尔文和自然
选择和伟大的死者的影响
和经得起装运的良种水果
适合于装罐头。
他一直是位受人尊敬的长者，直到教会
和教众
听说他是个异教徒，信仰
达尔文。
卢瑟·伯班克从来没有一丝邪念，
为美国选育改良的杂交种
在那些充满阳光的圣罗莎的岁月里。
但是，他那回毕竟捅了马蜂窝；
他不愿放弃对达尔文和自然选择的信念
人们就攻击他，他死了
怀着一颗迷惑的心。
人们将他葬在一棵杉树之下。

他最喜欢这样一幅照片：
一个小不点儿
站在一片杂交的
终年开不败的双季沙斯塔雏菊花坛旁
没有一丝邪念
而沙斯塔山①
隐现在背景上，那原是一座火山
可是如今他们不再有
火山了。

---

① 位于加利福尼亚北疆。

新闻短片 VII

说这是一个亿万富翁和智囊统治的世纪

明尼阿波利斯诞生的婴儿用保育箱运抵这里

夏延①夏延
跳上我这小马儿

说吉姆·希尔②列数939条论点打击石油托拉斯

大四轱钩式火车③被炸得粉碎

妇女及孩子被杀　　承认他目睹过鞭笞甚至残杀但没见有惊人的不法行为

关于刚果自由邦的真相

找出无畏战舰④许多致命弱点　　桑托斯-杜蒙⑤谈到猛禽的干扰　　妻子们刚果土人的主要目标一封不同寻常的信函命令美国海军陆战队撤离

白人在刚果道德沦亡

交通事故律师们团团围住一妇女

---

① 位于怀俄明州东南疆，为该州首府。
② 吉姆·希尔（James Jerome Hill，1838—1916），美国金融家、铁路大王。
③ 这种火车有一个四轮转向架，特点为速度高。20世纪初在美国较盛行，又名"大西洋式"。
④ 20世纪初期的一种火力强、装甲厚、吨位大的战列舰。
⑤ 桑托斯-杜蒙（Albert Santos-Dumont，1873—1932），巴西飞机发明家，1898年第一次试飞失败后，于1901年绕巴黎的埃菲尔铁塔飞行成功。

索①在一场生命攸关的争斗中走上法庭

劳方对政治发生威胁

莎乐美在纽约最后一场演出②　　母亲的英雄行为未见成效

　　亲亲，马背上足够咱俩乘坐
　　　一旦成婚哟
　　两个成一体，亲亲，从古老的夏延
　　　骑着我那小马把家回

摄影机眼（8）③

　　你坐在床沿上正在解鞋带嗨法国佬泰勒在门洞里喊道你得跟那小子干架　　不想跟他干架　　必须跟他干架难道他不该跟他干架吗哥儿们？弗雷迪将脸凑在门缝上把大拇指戳在鼻端做了个鬼脸　　必须跟他干一架公证人顶楼上的哥儿们全在那里不干就是没有男子气我穿着睡衣呢他们把那小子一把推进来这小子冲法国佬就是一拳法国佬回手揍了一拳于是你嘴里感到一股血腥味除了古默之外大伙儿全嚷嚷道干啊小子他喊道朝牙床骨揍啊杰克于是法国佬把这小子死死按在床上大伙儿把他拉开他们一起将法国佬死顶在门上他胡乱挥舞拳头他看不清谁在揍他于是泰勒和弗雷迪抓住他的双臂吩咐那小子上来揍他但是这小子不乐意却啜泣起来

　　一嘴血腥的甜丝丝的像呕吐物般的味儿接着熄灯的钟声响了人人奔回自

---

① 哈里·K.索（Harry K. Thaw）于1906年因在纽约麦迪逊广场屋顶花园杀死著名建筑师斯坦福·华德而被捕。此案20世纪初曾轰动美国。

② 指理查德·斯特劳斯（Richard Strauss, 1864—1949）根据王尔德的《莎乐美》改编的独幕歌剧，于1907年1月22日在纽约歌剧院演出。七纱舞和盛在托盘里的先知约翰的头颅使观众大为惊怵，曾被禁演。

③ 多斯·帕索斯在契特学校上学时，被同学讥为法国佬、四眼狗和书呆子。作家在这里描述他作为法国佬所受到的欺凌。

己的寝室你钻进被窝脑袋瓜里血在卜卜跳你哭了这时古默蹑手蹑脚地进来说你把他打败了杰克可丢人现眼啊那会儿揍你的是弗雷迪可是霍佩正在过道上轻手轻脚地走来走去一把抓住想溜回寝室去的古默狠狠训了他一顿

麦 克

感恩节①时，麦克已经一路赶到了萨克拉门托②，在一家干果货栈找到一份拆箱的活儿。第二年元旦，他已经积蓄了足够的钱给自己买了一套深色的套装，乘上轮船沿河下行到旧金山。

他抵达旧金山时大约是晚上八点光景。他手里拎着衣箱，一直从码头走到市场街③。大街上灯火辉煌。年轻的男子和漂亮的姑娘穿着色彩鲜艳的服装，顶着撼人的大风，在街上捷走，风撩拨起衣襟和头巾，将脸颊吹得红彤彤的，飞扬起沙尘和碎纸。大街上有中国人、意大利人、葡萄牙人和日本人。人们急匆匆地走向戏院和餐馆。从酒吧内传出音乐声，从餐馆里飘出油煎食品的黄油香味，还有酒桶和啤酒的气息。麦克想去参加一个社交聚会，但他身边只有四块钱，只得去青年会要了个房间，就在楼下几乎没人光顾的咖啡室里吃未烤透的馅饼，喝咖啡。

在像医院病房般陈设简单的卧室里起床后，他打开窗子，只见窗外是个通风天井。房间里弥漫着某种洗涤剂的味儿，他躺在床上，闻到床单发出甲醛气味。他的感觉太敏锐了。他可以感到周身在沸腾的热血。他希望跟什么人聊聊，去跳跳舞，找个熟识的朋友喝上一杯，或者上哪儿找个姑娘乐一乐。西雅图那两个娘儿们房间里的胭脂和麝香扑粉的馨香重又回到他的记忆之中。他爬起身来，坐在床沿上，挥荡着腿儿。他决意外出，在离室之前，将钱放进衣箱，锁了起来。他像一个孤独的鬼魂在大街上游荡，直到他困乏极了，他走得很快，并不东张西望，擦肩走过街角站着的浓妆艳抹的女人、把名片塞在他手里的招揽员、想跟他干上一架的酒鬼和哀声乞讨的叫花子。

---

① 11月的最后一个星期四。
② 加利福尼亚州首府，在旧金山东北。
③ 市场街：从西南到东北斜贯旧金山前中心的主要街道。

他心中充满了怨恨，感到又冷又困，就回到他的房间，倒在床上。

第二天，他出去在一家小印刷所找到了一份工作。印刷所老板是个秃顶的意大利人，长着一部大络腮胡子，系了一根飘飘然的黑领带，名叫博内洛。博内洛告诉他，他曾经是拥护加里波第①的红衫团团员，现在是个无政府主义者。费勒②是他心目中伟大的英雄；他雇用了麦克，因为他坚信他可以使他皈依无政府主义。整个冬季，麦克在博内洛的印刷所干活，吃意大利实心面条，喝红葡萄酒，跟博内洛和他的朋友们谈革命，星期日去参加社会主义者的野餐会或者意志自由论者的聚会。每星期六晚上，跟一个在青年会认识的姓米勒的家伙去逛妓院。米勒正在学牙科。他跟一个名叫梅茜·斯宾塞的姑娘交上了朋友，她在大百货公司的女帽部工作。星期日，她总是想法要他去教堂。她是个娴静的姑娘，长着双大大的蓝眼睛，当他跟她谈革命时，她抬起这双大眼睛望着他，脸上露出迷惑的笑容。她长着细小整齐的牙齿，像珠玑一般可爱，穿扮得十分漂亮。过了一阵子，她习惯了，不再麻烦他，硬要他上教堂了。她喜欢要他带她去要塞公园③听乐队演奏，或者上苏塔洛公园去看雕像。

地震④的那一天早晨，麦克一阵惊慌之后，第一个想到的就是梅茜。他赶到玛丽波萨街，梅茜家住的房子仍然完好无损，但是人都撤离了。一连三天，他在充满烟火、坠落的木梁和爆破声的城里的灭火队里干，在第三天才见她在金门公园入口处等领必需品的队伍里。斯宾塞一家人正住在被震坏的暖房旁边的一个帐篷里。

她没有认出他来，因为他头发和眉毛都烧焦了，衣服破烂不堪，全身蒙着烟灰。他从来没有吻过她，这时，他当着众人的面搂住了她亲吻。等他松了手，她脸上也沾满了他脸上的烟灰。队伍中有人哈哈大笑，鼓起掌来。她后面的那个老妇人，朝后梳的头发有点倾斜，露出了衬在头发下的假发卷，穿着两件套在一起的粉红色绸面衬棉晨衣，恶狠狠地说："这一来你得走开去洗洗你那脸蛋啦。"

自那以后，他们自以为已经订了婚，但是他们不能结婚，因为博内洛的

---

① 加里波第（Giuseppe Garibaldi, 1807—1882），意大利民族解放运动领袖。

② 费勒（Franciso Ferrer, 1859—1909），西班牙无政府主义者，1909年10月3日被处决。参阅"新闻短片Ⅷ"。

③ 位于旧金山半岛的北端，占地600公顷，曾经是军事基地。

④ 指1906年4月18日旧金山大地震，震后发生大火，死亡七百人，损失价值五亿美元的财产。

印刷所和该街区的其他房屋一样内部都震塌了，麦克失业了。晚上，他送梅茜回家时，她常常让他在黑黢黢的门道里吻她，拥抱她，但是他不想超越这个范围。

秋天，他在《新闻报》①报社谋到一份差事。那是夜班工作，因此除了星期日之外，他很少见到梅茜，但是两人开始合计过了圣诞节后结婚。他不跟她在一起的时候，不知怎的对梅茜觉得怨恨，但一见了面，就完全地消气了。他竭力想让她读关于社会主义的小册子。而她每每笑起来，抬起一对大大的亲热的蓝眼睛瞅着他，说这对她太深奥了。她喜欢去剧院，到桌布上浆、侍者穿晚礼服的餐馆去吃饭。

就在那一段时期，他有一晚去聆听厄普顿·辛克莱②关于芝加哥肉类加工厂的演说。坐在他旁边的是一个穿粗蓝布工装的年轻人。他有一只鹰钩鼻，灰眼珠，颧骨下面布满深深的皱纹，用一种冗缓、拖沓的语调说话。他名叫弗雷德·霍夫。演讲后，他们一起出去喝啤酒、聊天。弗雷德·霍夫属于一个名叫世界产业工人联盟③的新的革命组织。喝到第二巡啤酒，他给麦克念了该组织的总纲。弗雷德·霍夫作为一艘货轮上的辅助发动机手初来乍到。他对海轮上低劣的伙食和艰苦的生活感到腻味了。他兜里揣着工资，下决心决不在闹饮上乱花钱。他听说在戈尔德菲尔德④发生了矿工的罢工行动，想去那儿，瞧瞧可以做些什么。他使麦克认识到自己过的是一种十分庸俗的生活，只是在帮助印刷反对工人阶级的谎言而已。"老天爷啊，老弟，你这种人我们那儿正需要。我们要在内华达州戈尔德菲尔德出版一份报纸。"

那夜，麦克绕道去世界产联支部，填了一张入盟的卡片，回到宿舍时，脑袋在打旋。"我险些把自个儿出卖给那些婊子养的。"他自言自语地说。

下一个星期天，他和梅茜计划搭乘观光车上塔玛尔佩斯山⑤的山顶。闹钟叫醒他起床时，他仍然睡意蒙眬。他们必须早早出发，因为当晚他还得去上夜班。在去轮渡站的路上——他九点与她在那儿会面——他脑袋里仍然响

---

① 该报全名为《旧金山新闻呼声报》，创刊于1855年。
② 厄普顿·辛克莱（1878—1968），美国作家。1906年写作长篇小说《屠场》，揭露芝加哥肉类加工厂的黑幕。
③ 世界产业工人联盟（Industrial Workers of the World，简称IWW），1905年成立于芝加哥；主张工团主义，领袖人物包括德布斯、海伍德和德莱昂。组织宗旨是联合一切熟练和非熟练工人推翻资本主义，在社会主义基础上重建社会。
④ 位于内华达州西南部，一度是个重要的金矿区。
⑤ 位于加利福尼亚州西部的马林半岛上，与旧金山隔金门海峡遥遥相对。

着印刷机的当啷声，鼻子里还带着印刷机上的油墨和纸张的发酸的味儿，在这味儿之上浮泛着他跟二三个伙计去过的妓院里的种种味儿：带霉味的房间和污水桶的臭味儿、跟他在一张黏糊糊的床上睡觉的鬒发娘儿们的胳肢窝和梳妆台的味儿、他们喝的走了味的啤酒味儿；耳际还回响着那嗲声嗲气的呆板的声音："晚安，心肝，过两天就来啊。"

"上帝，我成了猪猡啦。"他自言自语地说。

这个早晨终于晴朗了，街上的一切颜色都像玻璃碎片般发亮。天啊，他腻味总这么追女人了。要是梅茜可以供你消遣，要是梅茜也是个叛逆者，你就可以像跟朋友一般，跟她谈谈了。他到底该怎么跟她开口说他要辞职不干了呢？

她已经在渡口等他了，穿着一身整洁的水手蓝的服装，戴顶阔边花式帽，看上去像个吉布森①笔下的女孩子。他们必须去赶渡轮，根本没时间说任何话。一到了渡轮上，她就仰起脸蛋，等着他去亲吻。她的嘴唇冰凉，戴手套的手轻轻地搭在他的手上。到了索萨利托，他们乘上电车，然后换车，当他们奔跑着到观光车厢里占个好位子时，她一个劲儿地对着他微笑，在辽阔广大的黄褐色的山峦、蔚蓝的天空和海洋之间听着轧轧的车声，他们感到似乎世界上就只他们两人了。他们在一起从没这么幸福过。她一路到山顶一直跑在他前面。到达了气象台，两人都气喘吁吁了。他们站在一堵墙后面，旁人瞧不见的地方，她让他吻遍她的脸蛋，吻遍她的脸蛋和脖颈。

一片片雾霭飘过去，一摊摊地遮住了他们观赏海湾、峡谷和笼罩着云影的山峦的视线。当他们绕到临海的那一边，一股冰冷的风在万物中尖啸。一大片翻滚的浓雾从海面上升起来，犹如奔涌的浪潮。她一把抓住他的手臂。"哦，我吓坏了，费尼！"然后他突然间告诉她已经把工作辞了。她惊呆地抬头望着他，在冷风中瑟瑟发抖，显得那么娇小，那么孤独无援；泪珠顺着她的鼻梁两边往下淌。"可是我还以为你是爱我的，费尼恩……你以为我这么长时间等着你，想你，爱你，是容易的吗？唉，我还以为你是爱我的！"

他伸手搂住她的腰。他无言以对。他们开始往重力车走去。

"我不想让大家瞧见我哭了。我们曾经是那么快活。我们走下山去，到缪尔森林②去吧。"

---

① 吉布森（C. D. Gibson, 1867—1944），美国插图画家，以画19世纪90年代美国年轻姑娘的形象而闻名。
② 位于塔玛尔佩斯山的南麓，有大片的红木林，1908年划为美国国家纪念公园。

"很远哪，梅茜。"

"我不在乎；我想去。"

"哎呀，你真讨人喜欢，梅茜。"

他们沿着小路往下走，雾霭将一切都笼罩在朦胧之中。

过了两个小时，他们停下步来休息。他们离开了小路，在一大丛浓密的岩蔷薇中找到一小块草地。周围是一片浓雾，但头顶上却是亮光光的，透过雾气可以感到太阳的温暖。"哎唷，我脚上起泡了。"她说，做了一个鬼脸，使他不由得笑起来。"现在过去不会太远了，"他说，"真的，梅茜。"他想跟她讲讲罢工、世界产联的伙伴们以及他为什么要去戈尔德菲尔德的理由。但是他开不了口。他所能做的就是吻她。她的嘴紧贴在他的嘴唇上，她的手臂紧紧地抱住他的脖颈。

"说实话，这不会影响我们结婚；说实话，这不会……梅茜，我爱你爱得发疯啦……梅茜，你让我……你得让我……说实话，这么爱着你，可你却又不让我……你哪里知道我有多难受啊。"

他站起来，捋平她的衣裙。她躺在草地上，眼睛闭着，脸色苍白；他担心她晕过去了。他跪下来，轻轻地吻她的脸颊。她微微一笑，将他的头往下拉，摩挲着他的头发。"我的小丈夫啊！"她说。过了一会儿，他们站起来，穿过红木树丛，再也无心观赏，一直走到电车站。在回家的渡轮上，他们决定在这星期内结婚。麦克答应不去内华达州。

第二天早晨，他醒来时感到十分沮丧。他把自己出卖了。当他在浴室刮脸时，他瞧着镜中的影子，声音不大地说："你这混小子，你把自己出卖给那些婊子养的了。"

他回进房间，给梅茜写了一封信。

亲爱的梅茜：

　　说实话，请你千万别以为我不再深深地爱你，但是我答应去戈尔德菲尔德帮助那里的人们办份报纸，我必须信守我的允诺。我一到那儿就写信告诉你我的地址，如果你有什么事真需要我，我立刻赶回来。真的，我会回来的。

连连吻你，爱你的
费尼

他去《新闻报》办公室，领了他的工资，打上行李，到火车站去看看可以搭哪班火车去内华达州的戈尔德菲尔德。

摄影机眼（9）^①

那些肥料厂成日价散发出恶臭到了晚上船舱里蚊子多得要命简直可以把你抬走但这是在东岸的克里斯菲尔德^②要是我们有艘汽油船将产品运到海湾对岸去我们就能运我们的西红柿和玉米和早熟的桃子将它们一口气运到纽约去可以不再受巴尔的摩中间商人的盘剥我们可以经营一家商品蔬菜农场种早熟的蔬菜灌溉施肥使种了烟草而耗尽肥力的北脖子^③上的土地重新肥沃起来要是我们有一艘汽油船冬天就可以运牡蛎养龟鳖卖钱

在货车的旁轨边我跟一个小伙子聊上了他比我大不了多少正躺在棚车里熟睡着就在太阳里空气中弥漫着玉米秆的清香和从肥料厂飘来的腐烂的步鱼的臭味　他一头卷发头发上沾着草屑透过敞开前襟的衬衣你可以瞧见他上身晒成紫酱色的皮肤我料想他不会有什么了不起但他从明尼苏达州一路流浪而来正往南方去我跟他聊起切萨皮克湾他并不惊讶只是说要是游到对岸那可就太远了我想在捕步鱼的船上找份活计

---

① 本段写作者少年时期与一流浪儿的对话。作者的父亲在弗吉尼亚州东部威斯特摩兰有一处规模颇大的农场。农场就坐落在波托马克河注入切萨皮克湾的地方。伦道夫1907年购置了一艘汽船，名为"加维奥特"号。船驶过切萨皮克湾，停泊在克里斯菲尔德。
② 指马里兰州切萨皮克湾东岸。克里斯菲尔德位于这东岸的南端。
③ 指弗吉尼亚州东部濒临切萨皮克湾的地区。

大比尔①

大比尔·海伍德于一八六九年诞生在盐湖城的一座寄膳宿舍里。

他在犹他州长大，在奥菲尔②上学，那是一个矿工区，有枪战的痕迹，有星期六晚上的纸牌赌博，堆着一摞摞新银元的扑克桌上溅着威士忌。

十一岁时，他母亲硬让他到一家农户去帮工，他从那里逃跑了，因为主人用鞭子抽他。这是他第一次罢工。

他在用矮橡树枝削制皮弹弓时弄瞎了一只眼睛。

他给小店主们帮工，摆水果摊，担任盐湖城剧院的领票员，还当过大陆旅社的信差和茶房。

十五岁上

他来到内华达州亨博尔特县的矿山，

他的装备有：一条工装裤、一件工作服、一件蓝衬衫、一双矿工靴、两条毛毯、一副象棋、一副拳击手套，以及他妈妈为他准备的当中饭吃的葡萄干布丁。

结婚以后，他搬到麦克德密特堡去住，那是从前为防御印第安人而构筑的一座要塞，当时已经废弃，因为那里已不是边疆了；

他的妻子在那里生下他们的第一个孩子，没有医生也没有接生的。比尔割断脐带，比尔埋掉胞衣；

孩子活下来了。比尔依靠勘测土地，在天堂谷割牧草，驯服马驹，驾马在辽阔的丘陵地带来往挣钱生活。

有一天晚上，五个男人偶然在汤普森磨坊相遇并且在那废弃的牧场上过夜，比尔是其中的一个。他们都瞎了一只眼，全县的独眼龙就是他们这几位。

他们失去了家园，景况糟透了，他的妻子正在生病，还有嗷嗷待哺的儿女。他到银城去当矿工。

① 这是人们对美国早期工人领袖威廉·达德利·海伍德（William Dudley Hay wood，1869—1928）的爱称。
② 就在盐湖城西南。

在爱达荷州的银城，他参加了西部矿工联合会，他在那里第一次担任了工会职务；他代表银城矿工出席了一八九八年在盐湖城举行的西部矿工联合会大会。

从那以后，他成了一名工会组织人、发言人、鼓动家，全体矿工的愿望就是他的愿望；他在克达伦[①]、泰罗莱德[②]、跛子溪[③]参加斗争。

他参加了社会党，走遍爱达荷、犹他、内华达、蒙大拿、科罗拉多各州，撰文，演说，号召矿工们为争取八小时工作制、改善生活条件、分享他们从山底下挖出来的财富而举行罢工。

一九〇五年一月，在芝加哥大湖街的一座会议厅里召开大会，那里正是二十年前芝加哥无政府主义者举行集会的地方。

威廉·达·海伍德是大会的常任主席。世界产业工人联盟的成立宣言正是在这次大会上制定的。

他回到了丹佛，被绑架到爱达荷州，并与莫耶和佩迪蓬一起受审，他们被指控谋杀爱达荷州前任州长、饲羊场主斯笃纳恩伯格，后者在自己家里被炸弹炸死。

他们在博伊西被宣判无罪释放（达罗[④]担任他们的辩护律师），这时大比尔·海伍德已经成为全国闻名的工人领袖。

全体工人的愿望就是他的愿望，他是西部的代言人，是牛仔、伐木者、收获季临时工和矿工们的代言人。

（蒸汽钻孔机把成千上万矿工推向失业；蒸汽钻孔机给西部的全体矿工带来了恐慌。）

西部矿工联合会正在走向保守主义。海伍德和世界产联一起奋斗，要在旧社会的躯壳内建设一个新社会，一九〇八年他乘"红色专车"为德布斯竞选总统到处游说。在革命精神正在高涨的东部地区，所有重大的罢工都有他参加，例如在劳伦斯、帕特森，还有明尼苏达州的钢铁工人大罢工。

他们[⑤]和美国远征军一起越出国界去拯救摩根借款[⑥]，拯救威尔逊式的民

---

① 爱达荷州北部的一个银矿区。
② 位于科罗拉多州西南部。
③ 科罗拉多州中部的一个金矿区。
④ 克拉伦斯·达罗（Clarence Darrow，1857—1938），美国律师，常站在工人一方，和垄断资产阶级做斗争。上述诉讼发生于1907年。
⑤ 这一段以及下一段中的"他们"都是指美国统治阶级的代表。
⑥ 1915年10月15日，美国大财阀摩根（John Pierpont Morgan，1857—1913）主持美国各财团筹集五亿美元，借给协约国政府，支持它们战胜德国。

主政治，他们站在拿破仑的坟墓上梦想建立帝国，他们在巴黎里兹酒家痛饮香槟鸡尾酒，在蒙马特尔和俄国伯爵夫人睡觉，梦想建立帝国，在全国范围内，在各地的美国军团①会所和工商界人士的午宴上，花钱让那头雄鹰②大叫总是值得的；

他们用私刑对付和平主义者、亲德分子、动摇分子、赤色分子和布尔什维克。

在芝加哥，比尔·海伍德和许多人一起受审，最后，棒球界巨子兰迪斯法官

以交通法庭的那种不合程序的方式

作出处以二十年徒刑及三万美元罚金的判决。

大比尔在利文沃思关了两年，当局才允许人们把他保释出狱（当时他五十岁，身躯巨大，但精神潦倒），战争结束了，但是他们在凡尔赛的明镜大厅里学会了如何建立帝国；

法庭拒绝重新举行审判。

海伍德只有两条路可走：在保释期间逃亡或是回到监狱里去蹲满二十年。

他身患糖尿病，他一辈子吃苦受难，监狱生活毁坏了他的健康。俄国是工人的共和国，于是他去了俄国，在莫斯科住了两年，但是他在那里并不快活，那个世界对他来说太陌生了。他在那里去世，人们把他那毁损了的巨大身躯焚烧掉，并把尸灰埋在克里姆林宫的墙脚下。

摄影机眼 （10）

参议院和众议院开会时常带我去国会山的老少校③曾经在南方邦联军里当过粮秣官风度非常潇洒所以所有的侍从都向这老少校鞠躬除了那些小听差他们并不比你哥哥当年在参议院当小听差时大多少再说偶尔有位众议员或参

---

① 美国全国性的退伍军人组织，成立于1919年初。
② 美国的象征。
③ 指作者的外祖父。

议员眯细着眼睛对他看看兴许是个大人物向他弓一下身子热情地握一下手或者举一举手

老少校穿着一身晨礼服十分讲究养着一部圆形络腮胡子我们缓缓穿过满地阳光灿烂的植物园瞧瞧挂在乔木和灌木丛上的小牌牌观赏丰腴的知更鸟和欧椋鸟在青草地上蹦跳我们步上台阶穿过搁着大大小小的故人塑像的弥漫着一片凄凉气氛的圆形大厅和一色单调的红色的参议院议事厅和委员会办公室和一色单调的绿色的众议院和诸委员会的办公室和最高法院我不记得最高法院是什么颜色的了还有法院诸委员会的办公室

旁听席门背后絮絮的低语声死气沉沉的气氛玻璃天窗下有个声音格格地响写字台发出砰砰的声响漫长的走廊上充满了死气沉沉的气氛我们走得腿儿酸疼极了我想念青草地上的欧椋鸟漫长的街上弥漫着死气沉沉的气氛我的腿儿酸疼我眼眶之间发痛那些老人赶快眯细起眼睛鞠躬

也许是什么重要人物吧一条线似的恶意的大嘴蒙着尘垢的黑毡帽大衣衣柜里的气味死气沉沉的气氛我心中纳闷那老少校对这一切到底是怎么想的而我自己是怎么想的也许想起那一大幅悬挂在科科伦美术馆①里的画上面有许多柱子和台阶还有那些阴谋家和身穿紫袍平躺在地上的恺撒画名叫恺撒之死

麦　克

在戈尔德菲尔德，麦克一下火车，就有一个瘦长的男子，身穿卡其衬衫和马裤，绑着陆军的帆布绑腿，走上前来。"对不起，请问你到这城来干什么，老弟？"

"我来销售书籍。"

"什么书？"

"为芝加哥真理探求者公司销售教科书之类的书籍。"麦克叽里咕噜说得挺快，似乎给那人留下了深刻的印象。

---

① 科科伦美术馆（Corcoran Art Gallery）在华盛顿特区，建于1872年，为美国金融家威廉·威尔逊·科科伦（1798—1888）捐建，以收藏美国艺术品著名。

"看来，你没问题，"他说，"住金鹰旅馆吗？"麦克点点头。"普拉格会带你去的，就是跟我们小队来的那个人……知道吗，我们正防范着那些天杀的煽动家，什么'我拒绝干活'的那帮人。"

在金鹰旅馆外面有两个士兵在站岗，身材矮小，一脸凶相，帽子压到眉毛上。麦克走进旅馆酒吧，所有的人都转过身子来瞅他。他说了声"晚上好，先生们"，说得尽量干脆，就走到老板面前要一个房间。他一直在心里嘀咕他到底敢向谁打听《内华达工人报》编辑部的地址。

"我看可以给你安排一个铺位。旅行推销员？"

"是的，"麦克说，"卖书的。"

有个身材魁梧的、留着八字长胡子的男人站在酒吧的另一头，用一种带有醉意的哀鸣声很快地讲着话："要是他们让我放手干的话，我很快就能叫这些王八蛋滚出城去。他妈的，这么多律师插手在内。把这些狗娘养的全赶出去。他们敢反抗，就毙了他们，我就是这么跟州长说的，可他们全是狗娘养的，什么拘票啦，什么人身保护法啦，啰里啰唆的一大套，这帮律师把什么都搞乱啦。去他妈的人身保护法。"

"行啊，乔，你去跟他们说吧。"老板安慰他说。

麦克买了一支雪茄，迈着优闲的步子走出去。正当他带上了门，那魁梧的汉子又吼了起来："我说哪，去他妈的人身保护法！"

天几乎黑了。凛冽的寒风刮过摇摇欲坠的、安着护墙板的小屋的街道。麦克的双脚在深深的车辙中的泥土里跋涉，走过了几个街区，抬头凝视那些黑魆魆的窗户。他跑遍了全城，没见到报纸编辑部的任何迹象。他第三次走过一家中国人开的小饭店的时候，放慢了脚步，踌躇不决地伫立在人行道边。在街的尽头处，有座高耸的锯齿形山峰矗立在全城之上。街对面有个年轻人。脑袋和耳朵全蜷缩在厚呢短大衣的翻领里，正在一家五金店黝黑的橱窗前踱来踱去。麦克看得出来这是个正儿八经的小子，就走上前去跟他说话。

"喂，老弟，《内华达工人报》编辑部在哪儿？"

"你到底干什么想知道？"

麦克和那人对视了一会儿："我想找弗雷德·霍夫……我是从旧金山来的，来帮助印刷工作。"

"有红派司吗？"

麦克拿出世界产联的盟员证："如果你想看的话，我还有工会会员证呢。"

"哼，不用了……我看得出你是正派人，但是，不瞒你说，要是我是个侦探，你就得进牛棚，老弟。"

"我对他们说我是个他妈的卖书的，才进得了这该死的城市。花了我仅剩的两毛五分钱买了支雪茄，为了装出一副资产阶级的派头。"

那人大笑起来："好吧，我的工友。我带你去吧。"

"他们算是干什么，执行戒严吗？"麦克问，这时正跟着这人在一条两边排满了小棚屋的小弄堂里走着。

"内华达州所有狗娘养的骑兵全开到这城里来了……不瞒你说，算你运气好，两腿间没有插着一把刺刀给赶出城去。"

在弄堂的尽头处有一座小屋，像只鞋盒，窗子里灯火辉煌。穿着矿工服或工装的年轻人挤满了弄堂尽头，在那摇摇欲坠的台阶上坐着三排人。

"这是什么？弹子房吗？"麦克问。

"这就是《内华达工人报》报社……喂，我名叫本·埃文斯；我把你介绍给他们这帮人……喂，弟兄们，这是工友麦克里利……他从旧金山来，帮咱们排字印刷。"

"来握手吧，麦克。"一个身高六英尺的人说，他瞧上去像个瑞典伐木工人，他使劲握住了麦克的手，叫他的骨头咯咯作响。

弗雷德·霍夫戴着一个绿色的眼罩，坐在一张堆满了长条校样的办公桌后面。他站起来，跟他握手："哦，老弟，你来得正是时候。我们损失可不小啊。他们把印刷工人关进了牛棚，而我们必须把这份传单印出来。"

麦克脱去上衣，走到屋子后部去看看印刷机。当弗雷德·霍夫走过来招呼他到室内的一角时，他正俯身在瞧排字机的调墨石台。

"喂，麦克，我想给你解释一下这里的形势……情况非常可笑……西部矿工联合会①将变成黄色工会来反对我们……吵得一塌糊涂。'圣人'那天来过这儿，那狗杂种莫拉尼开枪打中了他两个胳膊，他眼下正在医院里……他们恨得要命，因为我们在灌输革命团结的思想，明白吗？我们动员餐馆工人罢工，还得到一些矿工兄弟的支持。现在劳联②得悉了内情，雇了个笨蛋工贼组织者在蒙特佐马俱乐部跟矿山主打得火热。"

"嗨，弗雷德，让我慢慢了解这些情况吧。"麦克说。

---

① 西部矿工联合会为1905年组成世界产联时的三个组织之一，一年后该组织领导人和社会主义职工联盟领导人德莱昂发生意见分歧。西部矿工联合会领导人对促进劳工直接目标的实现比建立社会主义国家更感兴趣。

② 美国劳工联合会，简称劳联，成立于1886年，主张以技术为基础成立熟练工人的工会。

"还有，前些日子在一家餐馆门前的纠察线上发生了枪击事件，那餐馆老板被击伤，他们为此逮了两三个小伙子去蹲班房。"

"真是乱七八糟。"

"大比尔·海伍德下星期要来作演讲……这就是目前的形势，麦克。我得赶紧写篇文章……你当印刷所的头儿，跟我们所有的人一样，拿十七块五毛钱工资。写过东西吗？"

"没有。"

"这种时候，人就要悔根当初在学校念书时为什么不多用点功啦。天，我希望我能写篇像样的文章。"

"要是有机会的话，我来试试吧。"

"大比尔要给我们写点文章。他写得真漂亮。"

他们在印刷机后面给麦克安了张小床。忙活了一个星期，他才有时间到金鹰旅馆去拿他的衣箱。在办公室和印刷机上面有个长长的小阁楼，里头生着只炉子，大部分人都睡在那儿。有毯子的，就蜷缩在毯子里，没毯子的拿茄克衫盖上，没茄克衫的就凑合着睡。在房间的一端钉着一张长纸条，上面有人用带阴影的大写印刷字体写上了世界产联的总纲。在办公室的灰泥墙上，有人画了一幅漫画，画着一个标明为"世界产联"的工人给一个标明为"矿山主人"的戴大礼帽的胖子屁股上猛蹬一脚。在漫画上方，他们想写上"solidarity"（团结）一词，结果写到"solida"就没再写下去。

十一月的一个夜晚，大比尔·海伍德在矿工工会作演讲。麦克和弗雷德·霍夫为报纸前往采访演讲消息。在这充满了凄厉的寒风和纷飞的大雪的大山谷中，这城显得十分孤单，像是这山谷里的一个古老的垃圾堆。大厅里暖融融的，充满着从魁伟的躯体里蒸发出来的汗气和口嚼烟草的味儿，还有厚实的爬山服上发出的由煤油灯、烧焦的木柴、油腻的煎锅和纯威士忌混在一起的粗俗的味儿。会议开始时，人们还在不安地走动着，磨蹭着双脚，清除喉咙里的痰液。麦克本人也觉得不舒服。他兜里揣着一封梅茜的来信。他已经能背诵出来：

最亲爱的费尼：

我害怕的事终于都发生了。你应该明白我指的是什么，最亲爱的小丈夫。已经有两个月了，我害怕死了，没一个我可以告诉的人。亲爱的，你必须马上回来。你要不回来，我就要死了。说真的，我会死的，不管怎么样，因为你不在身边，我感到孤独。我害怕别人会看出来。既然这样，我们必须结了婚，然后到另外一个地方去，过好长时间再回来。要是我能在戈尔德菲尔德找到一份工作，我就来。我想我们最好到圣迭戈①去。我在那儿有朋友，他们说那儿很美，在那儿，我们可以跟人说我们早就结婚了。请回来吧，最甜蜜的小丈夫。没有你，我是这么孤独。而且一个人单独经受这一切有多么可怕。打的叉代表我的吻。爱你的妻子，

梅 茜

××××××××××××××××②

　　大比尔讲到面对统治阶级相互声援、团结一致的重要性，麦克一个劲儿地想要是大比尔也有个女朋友遇到那样的烦恼，他该怎么办。大比尔正在大谈在旧社会的躯壳里开始建设新社会的一天终于来到，工人阶级应该准备接管他们用血汗创造的工业。当他说到"我们主张建立一个统一的大工会"时，整个大厅里的产联盟员一齐欢呼并鼓起掌来。弗雷德·霍夫一边鼓掌，一边用手肘碰了一下麦克。"我们来拍得震天价响，麦克。"面对整个工人阶级的团结，剥削阶级将一筹莫展。民兵和骑兵也是劳苦人民。一旦他们觉悟到团结起来这一历史任务，统治阶级就不能再利用他们来残杀自己的兄弟了。工人们必须认识到任何一次哪怕很小规模的斗争，例如为了增加工资、言论自由、改善生活条件的斗争等等，必须作为为革命和合作性共和国而奋斗的总的斗争的一部分才有意义。麦克将梅茜遗忘了。大比尔演讲结束的时候，他的思想走了神，因而忘掉了刚才自己说了些什么，可是麦克周身热血沸腾，扯开了嗓门欢呼起来。他和弗雷德·霍夫在欢呼，他们身边那个散发着那么难闻的臭气的矮矮胖胖的波希米亚矿工在鼓掌，在另一边的那个独眼龙波兰人在鼓掌，那帮意大利移民在鼓掌，在蒙特佐马俱乐部当侍者的小日本人在鼓掌，原先仅想到这儿来看打架的那个身高六英尺的牧场工人也在鼓掌，连连鼓掌。"这婊子养的真能讲，"他不断地说，"我告诉你吧，犹他州可是个男子汉大丈夫待的地方。我就是从奥格登③来的。"
　　大会之后，大比尔到办公室来转了一圈，跟所有的人打打哈哈，坐下来当

---

① 位于加利福尼亚南部，濒临太平洋。
② 每一个×代表一次亲吻。
③ 位于犹他州北部。

即为报纸写了一篇文章。他拿出一只扁酒瓶，除弗雷德·霍夫之外，每人都喝了点儿，弗雷德·霍夫不喜欢大比尔喝酒，也反对任何人喝酒，等下一期报纸上了机器印刷时，大伙儿都上床去睡，感到困乏，两颊发红，情绪却非常好。

第二天清晨麦克醒来时，突然想起了梅茜，又重读了一遍她的来信，在所有的人还未起床之前，他坐在床沿上，眼睛里涌出了泪水。水泵结冰冻上了，他不得不从火炉上拿来一锅热水将它化开；他将脑袋往水泵抽出来的一桶冰凉的水里一浸，然而，他却无法甩掉脑袋里的忧虑和局促不安的感情。当他跟弗雷德·霍夫一起到中国小饭馆吃早餐时，他告诉弗雷德·霍夫，他要回旧金山去结婚。

"麦克，你不能这么干，我们需要你。"

"但我会回来的，说实在的，我会回来的，弗雷德。"

"一个人首要的责任是对工人阶级负责。"弗雷德·霍夫说。

"只等孩子一生下来，她能恢复工作后，我就回来。不过，你该知道我的情况，弗雷德。一星期挣十七元五角，我付不起医院费用。"

"你早该小心点儿。"

"但是，真该死，我跟所有的人一样，是有血有肉的啊。天啊，你希望我们成为什么人，锡做的圣人吗？"

"世界产联成员在革命成功之前不应该娶妻育儿。"

"我并不是放弃斗争，弗雷德……我并没出卖自己；我向上帝发誓，我没有。"

弗雷德·霍夫脸色变得十分苍白。他用牙齿咬住嘴唇，从餐桌边站起来，走出了餐馆。麦克在那儿坐了很长一段时间，心中别提有多忧郁了。然后，他回到《内华达工人报》办公室。弗雷德·霍夫正坐在书桌后面，在奋笔疾书。"喂，弗雷德，"麦克说，"我再待一个月。我这就给梅茜写信。"

"我知道你会留下的，麦克；你不是那种半途而废的逃兵。"

"但是，耶稣基督，老兄，你对别人要求太高了。"

"要求再高也不好算过分。"弗雷德·霍夫说。

麦克动手在印刷机上印报纸。

在此后的几个星期里，梅茜每次来信，他都放在兜里不去看它。他给她写信，尽可能地安慰她，说一旦他们找到人手来顶替他的工作，他就回去。

到了圣诞之夜，他一口气看了梅茜的所有来信。它们内容都差不多；看得使他动情哭泣起来。他并不想结婚，但是在内华达州度过整个冬天，身边没个姑娘，这种生活糟透了；再说，他又腻味去嫖女人。他不想让周围的人看出他情绪这么低沉，所以去餐馆工人常去的酒馆喝酒。酒馆里传出醉鬼们在唱歌的大吵大闹声。

走进门时，他撞见了本·埃文斯："喂，本，你上哪儿？"

"不瞒你说，去喝一杯。"

"好极了，我也想喝。"

"你怎么啦？"

"我难受极了。"

本·埃文斯哈哈大笑："耶稣，我也是……这不是圣诞节吗，是不是？"

他们每人喝了三杯酒，酒吧里挤满了酒客，但他们并不想庆祝一番；于是买了一瓶一品脱①的酒——花完了所有的钱——回去上楼到本·埃文斯的房间里。本·埃文斯是个皮肤黝黑而体形矮胖的年轻人，眼珠和头发非常黑。他是肯塔基州的路易斯维尔人。他上过许多年学，是个汽车维修工。房间里刺骨地寒冷。他们坐在床上，两人都裹上了毯子。

"哈，敢情这也是一种过圣诞节的方式！"麦克说，"谢天谢地，弗雷德·霍夫没发现我们。"他窃窃笑道。

"弗雷德真是个大好人，跟大白天一样光明磊落，只是他不让别人活。"

"我琢磨，要是所有的人都像他那样，我们也许成功得要快一些。"

"我们是会这样的……嗨，麦克，这里的所有事儿，比如开枪杀人，还有西部矿工联合会那帮小子赶到蒙特佐马俱乐部去跟华盛顿派来的那个该死的工贼头子串通在一起，都让我感到难受极了。"

"得，可世界产联没一个人干那种事。"

"是的，但是我们人不够……"

"你需要的是喝酒，本。"

"就像这一品脱该死的酒，不瞒你说，要是我们有足够的酒，我们可以喝得酩酊大醉，但是我们没有。要是我们有足够的伙计像弗雷德·霍夫那样，我们就可以发动革命，但是我们也没有。"

他们俩各从这一品脱酒里喝上一口，然后麦克说："嗨，本，你给你爱极了的姑娘带来过麻烦吗？"

"当然啦，有好几百呢。"

---

① 等于八分之一加仑。

"你担忧吗?"

"看在老天的份上,麦克,要是那姑娘不是个该死的妓女,她才不会让你干呢,是不是?"

"天,我可不这么看,本……但是,真该死,我不知道该怎么办……不管怎么着,她是个正派姑娘,哦……"

"我对她们谁也不相信……我认识个家伙,跟那样的姑娘结了婚,起先两人打情骂俏,吵吵闹闹,后来发现他让她怀上了。他好歹娶了她,而她却原来是个该死的妓女,他从她那儿染上了梅毒……你听我说呀,老弟……爱她们,然后丢掉她们,我们这号人只能这样。"

他们喝完了那一品脱酒。麦克回到《内华达工人报》办公室,睡觉时,威士忌还在胃里燃烧。他梦见在一个温暖的日子里跟一个姑娘漫步走过一片田野。嘴里的威士忌热辣辣、甜丝丝的,仿佛有蜜蜂在耳际嗡嗡作响。他不能肯定这姑娘是梅茜还是个该死的妓女,但他感到暖洋洋的,满怀柔情,她呢,正在用又热又甜的声音小声说"跟我好好吧,好孩子",他呢,朝她弯下身去时可以透过她蝉翼般薄的衣裳看见她的肉体,而她不断地低声说"跟我好好吧,好孩子",又热又甜的嗓音嗡嗡作响。

"嗨,麦克,你到底要不要醒过来啊?"弗雷德·霍夫用毛巾擦着脸庞和脖颈,站在床前说,"我想在大伙儿来到之前,将这地方收拾干净。"

麦克在床上坐起来。"哎呀,怎么回事?"他没有宿醉,但是感到颓唐,这是他立刻意识到的。

"喂,你昨夜肯定喝醉了。"

"去你的吧,我没醉,弗雷德……我喝了几杯,但是,耶稣啊……"

"我听说你上床前在这儿走路歪歪扭扭的,跟那些该死的非工会会员一个样。"

"听着,弗雷德,你别婆婆妈妈的。我自己管得了自己。"

"对你们这种人就是要婆婆妈妈的……你简直来不及等到罢工胜利,就这么饮酒作乐,嫖女人。"

麦克正坐在床沿上绑靴子带:"老天在上,你以为我们所有的人待在这儿为的是什么?……没有自己的打算吗?"

"我不明白你们大多数人待在这儿为了什么。"弗雷德·霍夫说罢,走出去,砰地关上了门。

几天后,麦克发现另外有个人也懂得操作行型铸字排版机,就离城而去。

他把衣箱和好衣服卖了五块钱，就登上一列装运矿石的平板货车，它把他送到了勒德洛。他嗽掉了满嘴的碱尘，吃了顿饭，多少洗净了身子。他行色匆匆，想赶紧回到旧金山，他一直在想梅茜会不会自尽。他想找她，坐在她的身边，像往日一样，肩并肩坐着聊天，她轻轻拍打他的手，他几乎想疯了。在荒凉而尘土飞扬的戈尔德菲尔德过了这几个月之后，他需要女人了。去旧金山的车费是十一元一角半，可他只剩下四元和一些分币了。在一家酒馆的后间，他用一块钱碰运气跟人掷骰子，但一下子输了，就泄了气，离开了那儿。

新闻短片 VIII

巴塞罗那①现代学院前任院长费勒教授因被指控为最近的革命运动的主要煽动者而受到审讯被判处死刑将于星期三执行除非

库克②依旧对爱斯基摩人寄以信任说吕宋岛腹地是世界上最美丽的地方

电台问答节目煽起关于极地探险的热烈争议

哦，别把我埋在凄凉的草原上
那儿野狼将在我头上嚎叫
那儿响尾蛇咝咝作声，野风萧萧

吉卜赛示威者捣毁罪恶的渊薮

国家显要人士等待出游　　恩格尔伍德③女俱乐部会员决议提高戏剧的影响　　福音传道士的队伍达数千人之多穿过人头济济的广场中心肃静的总统招待会有3108元终于被捕

在与钩虫的斗争中资助百万

吉卜赛人史密斯④领导的幽灵游行队伍穿过南区红灯区
弗朗西斯科·费勒今天上午毫无惧色地迈步走向在挨到致命的排枪射击之

---

① 位于西班牙东北部；滨地中海。
② 库克（Frederick Albert Cook，1856—1940），美国医生、探险家，1907—1909年率领探险队试图抵达北极，他宣布于1908年4月21日和两名爱斯基摩人到达北极。但丹麦科学家根据他提供的数据分析，否认了他到达极地的结论。
③ 位于新泽西州东北部，在纽约市之西北，赫德森河右岸。
④ 史密斯（Gipsy Rodney Smith，1860—1947），英国福音传道士，是吉卜赛人的后裔，曾几度周游世界传布福音。

后将掩埋他躯体的地坑其英雄气概使被派来枪毙他的十二名刑警无不黯然泪下

汽车冲进大河，车中人被溺毙

摄影机眼（11）

彭尼帕克一家上长老会教堂做礼拜他家的妞儿们扯着令人毛骨悚然的尖声尖气的嗓子在唱诗班唱诗他们走进教堂时个个受到人们致意教堂外面树木上夏日的树叶在摇晃在窗外闪动着点点碧绿蔚蓝鹅黄我们全体列队走进一排排座位我问彭尼帕克先生他是教堂的执事摩利·麦奎尔斯[1]都是些什么人？

一只松鼠在白橡树上吱吱叫唤彭尼帕克家的姑娘们所有的年轻小姐全戴着华贵的帽子唱着赞美诗摩利·麦奎尔斯都是些什么人？缕缕思绪，一座古老谷仓壁上的弹洞被丢弃的矿坑黑魆魆的只有骨架的筛煤场长满野草的垃圾堆摩利·麦奎尔斯都是些什么人？但是太迟了在教堂里谁也不能说话所有的年轻小姐全戴着华贵的帽子穿着漂亮的粉红碧绿蔚蓝鹅黄的衣裙那松鼠在吱吱叫唤摩利·麦奎尔斯都是些什么人？

猛然间我发现领圣餐开始了我想说我还没受过洗礼呢但是当我刚悄没声儿地跟康说话大伙儿的眼睛看上去都闭上了

圣餐是一小玻璃杯葡萄酒和隔宿的小面包片你不得不一口吞下面包将手绢掩在嘴上显得非常圣洁虔诚那些小玻璃杯在人们喝时发出滑稽的咂舌声教堂里一片沉寂在这阳光灿烂和蔚蓝的星期日在微微摇曳的白橡树丛中在从那白屋飘送来的油煎食品的气味中在蔚蓝的静谧的星期日的炊烟之中那儿炉灶上正在煎嫩鸡发出咝咝的声音油煎饼浇上棕色的肉汁放在炉灶边保温

---

[1] 摩利·麦奎尔斯（Molly Maguires）为宾夕法尼亚州与西弗吉尼亚州煤矿工人的秘密组织，于1862年到1877年间进行活动。摩利·麦奎尔斯原为19世纪40年代领导反对地主的一位爱尔兰寡妇。

在宾夕法尼亚州蔚蓝的夏天的一个星期日在松鼠与筛煤场之间人们咽下小玻璃杯里最后一滴圣餐酒

我的脖颈感到发痒我会被雷电击死吗吃着面包喝着圣餐酒我却不信教没受过洗礼也不是长老会信徒摩利·麦奎尔斯都是些什么人？戴着面具的人们在夜晚骑马飞奔在深夜向谷仓射击在那昔日的夜晚他们图个什么呢？

礼拜结束了人们列队顺次走出教堂步出教堂时有人向他们点头致意圣餐后每个人的食欲都非常好我可吃不下脖颈怪痒的心中特别惧怕戴面具骑马奔来的人们摩利·麦奎尔斯

因醉酒被没收星形勋章

"哦，别把我埋

　　　　在凄凉的草原上"

人们无视他临死的祈祷

将他埋在那凄凉的草原上

院长矢口否认亲吻

于是我们又振作起来，因为我们知道营救人员正在向我们靠近，我们又大声呐喊、狂叫，但天晓得他们能不能听见我们。陡然间，洞口豁然打开，我晕厥了过去。挨过的日日夜夜又涌上心头，我昏睡过去

午夜选举结果将决定奥尔特曼①的命运

我们困在地下已整整四天。这只是我的估计而已，我们的表全停了。我一直在黑暗中等待着，因为我们已经开始啃安全灯中的白蜡了。我还吃了一块口嚼烟草、一些树皮和我的皮鞋。我只能咀嚼而已。我希望你能读到这个。我并不怕死。圣母玛利亚啊，怜悯我吧，我想我的末日到了。你知道我有些什么财产。那是我们共同挣来的，全部属于你了。这是我的遗嘱，请你遵守它。你一向是一位贤惠的妻子。愿圣母玛利亚保佑你。我希望这有朝一日能到达你的手里，你能读到它。地下静极了，我纳闷同志们怎么样了。再见，

---

① 奥尔特曼（Benjamin Altman, 1840—1913），美国商业资本家。

等着在天国相聚。

污辱少女的流氓当众挨鞭打

垂涎鸵鸟

葬在六乘三的小木箱中
在凄凉的草原上尸骨腐烂

麦　克

　　麦克走到货车车站外的水塔边，等机会偷搭货车。一个老人，帽子和裂开的鞋子上沾满了灰色的尘土，正弯着上身坐在那儿，脑袋垂在两膝之间，麦克走到他跟前，他还是动也不动一下。麦克在他身边坐下来。老人身上散发出一种发烧时出的汗的恶臭。"怎么啦，老爹？"

　　"我快玩完了，就这么回事……我生了一辈子的肺病，我想该是完蛋的时候了。"由于一阵痛苦的抽搐，他的嘴角都扭歪了。他将脑袋往膝间垂得更低。一会儿，他又抬起头，像一条垂死的鱼，嘴里发出微弱无力的喘息。他缓过气来之后说："这就像用刀片在割我的肺，每一次割那么点儿。在这儿待一会儿，好吗，孩子？"

　　"当然行啦。"麦克说。

　　"听着，孩子，我想到西面去，那儿有树木什么的……你得帮我上一节车。我身子骨太弱，爬不上车杆儿了……别让我平躺下……一躺下，我就要吐血，明白吗？"他的呼吸又憋住了。

　　"我还有两三块钱。我可以买通制动手，也许行吧。"

　　"你的口气不像是个流浪汉。"

　　"我是个印刷工人。我要尽快赶到旧金山去。"

　　"是个工人；那我真是婊子养的。听着，孩子，我十七年没活儿干啦。"

　　货车驶进站来，火车头就停在水塔旁边，发出嘶嘶的声响。

　　麦克把老人扶起来，将他安靠在一节平板车的一角，车上运的是机械零件，上面盖着一张油布。他瞅见司炉和司机从司机室里瞧着他们，但他们没说什么。

列车起动时，寒风凛冽。麦克脱下上衣，将它枕在老人的脑袋后面，免得脑袋因为火车的轧轧震动而摇晃起来。老人坐着，闭着眼睛，头往后靠着。麦克不知道他还活着还是已经死了。天断黑了。麦克觉得冷极了，在车子的另一头龟缩在油布的一角里打寒战。

黎明熹微的时候，麦克从打盹中醒过来，牙齿格格发抖。火车在一条旁轨上停了下来。他腿脚麻木，费了好长时间才站立起来。他走去瞧瞧老人，他不清楚老人是不是还活着。天更亮了点儿，东方的天际开始发出红光，就像铁工厂的一块锻铁的边沿。麦克纵身跳到地上，沿着火车往回走到末一节公务车厢。

制动手正坐在提灯旁打盹。麦克告诉他有个老流浪汉快死在一节平板车上了。制动手从挂在车厢钉子上的一件很好的大衣口袋里拿出一只很小的扁瓶，喝了口威士忌。他们一起沿着路轨走去。他们到达那节平板车时，天已大亮了。只见老人侧身倒在车厢板上。脸色苍白而严峻，犹如一座内战期间的将军的雕像的面容。麦克解开他的上衣和污秽不堪的破衬衫和内衣，伸手摸老人的胸脯，它像硬木板一样冰冷而没有生命。他把手缩回来，发现上面沾着黏糊糊的血迹。

"出血。"制动手说，漫不经心的嘴里发出嘟嘟哝哝的声音。

制动手说，他们必须将尸体从车上抬下来。他们把他平放在道碴旁的沟里，将他的帽子盖在脸上。麦克问制动手有没有铲子，好把老人埋了，免得秃鹫来咬噬他，但是制动手说没有，铁路工段上的工人见了尸体会埋掉的。他带麦克到他的公务车厢，请他喝了口酒，询问他老人是怎么死的。

麦克没买票一直乘到旧金山。

起初，梅茜既冷淡而又气愤，可是等他们交谈了一会儿，她说他瞧上去又瘦弱又破烂，像个流浪汉，就哇的一声哭起来，并且吻他。他们去将她的储蓄从银行里取出来，为麦克买了一套衣服，没跟她家人打个招呼，就到市政厅去结了婚。两人乘在去圣迭戈的火车上都非常快乐，他们租了一个带家具的房间，有使用厨房的优惠条件，跟女房东说一年前就结了婚，他们给梅茜家人打了个电报，说是在圣迭戈度蜜月，很快就会回去的。

麦克在一家承印零星印件的印刷所找到了工作，开始为太平洋海滩上一所带凉台的平房预付购款。工作并不赖，跟梅茜过着平静的日子，他觉得非常幸福。不管怎么样，他过腻了流浪生涯，一时不想再过了。当梅茜上医院生孩子时，麦克不得不请求老板埃德·鲍尔德斯顿预支两个月的工资。即使这样，他们还必须从凉台平房的预购款中以再抵押的形式借出一部分付医生的费用。生下的是个女孩，一对碧蓝的眼睛，他们给她取名为罗丝。

在圣迭戈的生活是宁静的，充满阳光。麦克每天早晨乘蒸汽车去上班，晚上也是乘蒸汽车回家，逢到星期日，他在屋前屋后忙碌着，要不带上梅茜和孩子上海滩去玩。他们两人之间有着默契，既然在婚前他让她过了那么一段艰难的日子，他如今干每一件事必须顺着梅茜的意。第二年，他们又生了个孩子，梅茜病了，产后在医院里住了很长时间，结果，他每星期的工资只够支付债务的利息，并且总是设法跟食品店、送牛奶的和面包房周旋，使他们个个星期都能让他赊下去。梅茜订了不少杂志，老是想给屋子添置新的玩意儿，什么自动钢琴啦、新冰箱啦，或者电热锅啦。她有两个兄弟在洛杉矶做房地产买卖，赚了不少钱，她的家人在这世界上正发迹起来。她一收到他们的信，就缠着麦克，要他去向老板坚决要求增加工资，或者去换个更好一些的工作。

要是他在城里见到个非常穷困潦倒的世界产联的成员，或者碰到他们为筹集罢工基金而募捐什么的时候，他总是拿出两三块钱来帮助他们，但不能再多了，因为生怕梅茜会发觉。每次她在家里发现《理性呼声》和其他激进报刊时，她总是将它们付之一炬，然后两人恶声相向，紧绷着脸，弄得双方好几天不痛快，后来麦克明白这一切都无济于事，从此再也不跟她提这些事了。但这使他们两人疏远起来，几乎无异于她怀疑他跟别的女人在外面鬼混一般。

一个星期六的下午，麦克和梅茜设法请邻居看管小孩子，正要走进一家杂耍剧院时，发现在街角马歇尔杂货店门前聚集了一群人。麦克挤了进去。一个瘦弱的年轻人，穿着蓝色斜纹粗棉布的工装裤，站在街角灯柱边的火警警钟旁，正在读《独立宣言》：在人类事务的过程中，……一名警察走上前来，叫他走开……不可剥夺的权利……生命、自由和对幸福的追求。

这时已来了两名警察。其中的一名一把抓住那年轻人的肩膀，想把他从灯柱旁拉开。

"走吧，费尼，看戏要迟到了。"梅茜一个劲儿催促道。

"嗨，拿把锉刀来；这杂种把自个儿锁在灯柱子上了。"他听见一名警察对另一名说。这时，梅茜已经推推搡搡把他拽到售票处。他毕竟是答应带她来瞧杂耍的，而她有一整个冬天没出门了。他最后一眼瞥见的是那警察缩回手来，对准那年轻人的下巴角就是一拳。

麦克一整个下午坐在那阴暗而令人窒息的杂耍剧院里。他没去瞧杂耍节目和各个节目之间放映的电影。他不跟梅茜讲一句话。他坐在那儿，感到一阵阵恶心。世界产联的弟兄们一定是在城里进行一场争取言论自由的斗争。在舞台射下的微弱的灯光中，他不时瞥一眼梅茜的脸。只见她脸颊微微鼓起，一副十分闲适、自得其乐的表情，犹如一只猫蜷伏在暖暖的火炉边，不过她仍然是很好看的。她已经忘却了一切，整个身心完全幸福地沉浸在杂耍节目之中，嘴唇张开着，眼睛里闪着光芒，就像一个舞会上的小姑娘。"我想我已经把自个儿出卖给婊子养的了，正是这样，没错儿。"他一个劲儿对自己说。

最后一个节目由埃娃·坦圭[①]演出。她以浓重的鼻音演唱《我是埃娃·坦圭，我不在乎》一曲，把麦克从阴郁的恍惚之中惊醒过来。突然间，一切都显得明朗而清晰：这刻着厚实的金色凹槽装饰的台框啦，包厢里的人们的脸啦，在他面前攒动的人头啦，舞台上混在一起的花哨庸俗、布满尘埃的琥珀色与蓝色的光柱啦，这个在聚光灯的彩虹光圈里忸怩作态的瘦骨嶙峋的女人啦。

报上说我是个疯女人
但……我……不……在乎

麦克倏地站起来："梅茜，回家再见。你瞧完节目吧。我觉得不好受。"不等她回答，他已经从那排座位上的看客前面溜出来，穿过过道，走了出来。大街上只有平常星期六下午的人群，麦克在闹市区转悠着。他甚至不知道世界产联的总部在哪儿。他得跟什么人聊聊。他走过布鲁斯特旅馆门前时，闻到了一股啤酒的香味。他所需要的正是喝酒。如果长期这样下去，他会发疯的。

在下一个街角，他走进一家酒店，喝了四杯纯裸麦威士忌。酒吧旁站满了酒客，彼此请客喝酒，大声聊着棒球赛、职业拳击赛、埃娃·坦圭和她那莎乐美七纱舞。

---

① 埃娃·坦圭（Eva Tanguay，1878—1947），美国音乐喜剧和杂耍剧演员，以穿着裸露、演唱淫猥歌曲而闻名。

麦克身边站着一个身材魁梧、脸色红红的男子，脑勺上压着顶宽边毡帽。麦克伸手去拿第五杯酒时，这人将手按在他手臂上说："伙计，要是你不在意的话，这一杯我请你喝……我今天正在庆祝呢。"

"谢谢，干杯。"麦克说。

"伙计，你不在意的话，我就明说吧，你喝起来就像要把整桶酒一口气喝完似的，不想给我们留下一滴酒……来点饮料解解酒意吧。"

"行啊，老兄，"麦克说，"就来点儿啤酒解解酒意吧。"

"我姓麦克里利，"那身量魁梧的人说，"我刚把收下的水果卖掉。我是从北边的圣哈辛托来的。"

"我也姓麦克里利，"麦克说。

他们热情地握起手来。

"啊唷，老天，真是凑巧……我们一定是亲戚，至少很近……你是哪儿人，伙计？"

"我从芝加哥来，但我父母是爱尔兰人。"

"我是从东部，特拉华州来的……但我家是真正的苏格兰-爱尔兰血统。"

为了这情分，他们又喝了好多酒。然后，两人到另一家酒店去，坐到屋角一张桌边去聊天。这魁梧的男子汉谈起他的农场，他的杏子收成，他妻子怎么生了最小的孩子后一直卧床不起。"我真是喜欢我那老伴儿，但是有什么办法？不能光为了忠实于老婆而不让自己碰女人哪。"

"我非常爱我的老婆，"麦克说，"孩子们也挺好。罗丝四岁，已经开始认字了，埃德正开始学步……但是，真该死，我结婚前一直想我兴许能在这世上有点儿成就……我并不是说我有什么特别了不起……你明白我的意思。"

"当然啦，伙计，我年轻时也总是这么想的。"

"梅茜也是个好姑娘，我越来越爱她了。"麦克说，感到一阵激烈的爱的暖流向周身袭来，犹如在一个星期六夜晚，当他帮她给孩子们洗好澡、将他们放在床上、房间里仍然弥漫着洗澡水冒出的蒸汽时，他眼睛刹那间与梅茜的相遇，此时也无须到什么地方去，两个人像一个人，融为一体。

那个从圣哈辛托来的男子汉开始唱道：

> 哦，我妻子去了乡下
> 　乌拉，乌拉，
> 我爱我妻子，但是孩子哟，

我妻子已经离去啦。

"但是，他妈的，"麦克说，"人工作不该光为了自己或自己的孩子们，这样他才觉得安心。"

"我完全同意你的看法，伙计；每个人净顾了自己，那可要遭殃啦。"

"哦，真该死，"麦克说，"我但愿再去过流浪生活，或者回到戈尔德菲尔德那帮人中间去。"

他们喝了又喝，吃了免费的晚餐，晚餐后又喝酒，一个劲儿喝裸麦威士忌，威士忌后又喝啤酒，那个从圣哈辛托来的人知道个电话号码，给娘儿们打了电话，他们就买了一瓶威士忌到她们的公寓去，从圣哈辛托来的农场主两膝上各坐了个娘儿们，嘴里唱着：我妻子去了乡下。麦克坐在角落里，脑袋耷拉在胸前打嗝儿；他倏地感到火冒三丈，霍地一下子站起来，带翻了桌子，一只玻璃花瓶坠在地上。

"麦克里利，"他说，"这不是有阶级觉悟的叛逆者应该待的地方……我是世界产联成员，去你妈的……我要去参加争取言论自由的斗争。"

另一个麦克里利只顾唱着，不去理睬他。麦克走出去，砰地关上了门。一个姑娘跟了出来，嚷嚷着说要他赔砸碎的花瓶，他一把往她脸上推去，走上了静悄悄的大街。天上有月光。他错过了最后一班蒸汽车，不得不走回家去。

回到屋前，他发现梅茜穿着和服式的晨衣坐在门廊上。她在啜泣。"我给你准备了一顿多好的晚饭啊！"她一个劲儿喃喃道，她眼睛冷冷地、充满怨恨地瞅着他，就像他们还未结婚时，他从戈尔德菲尔德回来后的那一次对视一样。

第二天，他脑袋撕裂般地疼痛，感到一阵阵恶心。他合计了一下，竟花掉了他不应该浪费的十五块钱。梅茜不愿跟他说话。他睡在床上不起来，翻来覆去，心里难受，渴望能睡着，永远待在睡梦中不要醒来。星期天晚上，梅茜的哥哥比尔来家吃晚饭。他一进屋，梅茜就开始跟麦克说话，好像什么事也没发生过似的。他意识到只是为了向比尔掩饰吵架才这么假情假意，心里感到不悦。

比尔身材奇伟，一头亚麻色头发，通红的脖子，正开始发胖。他坐在桌边吃梅茜做的炖肉和玉米面包，大聊特聊在洛杉矶蓬勃发展的房地产买卖。他曾经当过火车司机，在一次车祸中受了伤，用抚恤金买了两三块地皮的买卖特权①，结果价格暴涨，他由此而时来运转。他竭力劝麦克放弃在圣迭戈的工作，跟他一块儿干房地产买卖。"看在梅茜份上，我要给你个有利地位，"他说了一遍又一遍，"十年内，你就可以成为富翁，就像我那样，还用不到这么多时间呢……是时候了，梅茜，你一家子该转运了，趁你还年轻，要不就要来不及了，而麦克只能当一辈子工人了。"

梅茜的眼睛闪亮起来。她拿来一只多层的巧克力蛋糕和一瓶甜葡萄酒。她脸颊绯红，一个劲儿地笑，露出了一副珍珠般的皓齿。自从她生了第一个孩子以来，还从没这么漂亮过。比尔关于金钱的话使她迷醉了。

"要是一个人不想发财呢？……你知道吉恩·德布斯说过，'我要跟大众一起富裕，而不是超越了大众富起来'。"麦克说。

梅茜和比尔哈哈大笑起来。"要是真有人这么说。请相信我，这人准可以送精神病院。"比尔说。

麦克脸红了，没再说什么。

比尔将椅子往后一推，清了清嗓子，用严肃的口气说："听着，麦克……我要在本城待上几天，了解一下情况，不过依我看这儿好像死气沉沉。我眼下建议……你知道我是怎么看梅茜的……我简直把她当作世界上最甜蜜的小姑娘。但愿我老婆顶得上她的一半就好了……嗯，不管怎么样，我有一个主意：在海景大道我有几幢出色的西班牙传教时期式的平房还没脱手，房屋正面宽二十五英尺，面临一个高级住宅区的一条街，宅地有一百英尺进深。哈，我花了足足五千元现钞买下来的。再过一两年，我们这种人就别想在那儿沾边啦。那将是一条百万富翁居住的街道……要是你现在愿意用梅茜的名义买下这房子，我就告诉你我的打算……我跟你换地产，由我来支付为获得地契、过户凭单和抵押收付平衡所需的一切费用，我将保有土地所有权，这样，它们还是我们家的，而你付的钱实际上也不会比这儿的多，你就可以从此走上发迹之路了。"

"哦，比尔，亲爱的！"梅茜喊道。她奔过去，吻他的前额，在椅子的扶手上坐下来，晃着腿儿。

"哎呀，我得考虑考虑，明天给你回音，"麦克说，"你这样做太够朋友了。"

"费尼，我想你该好好感激比尔，"梅茜突然插进嘴来，"当然，我们会照你说的做的。"

---

① 指在契约有效期内可附加一定贴水做买卖的特权。

"是啊，你说得很对，"比尔说，"一个男子汉必须好好考虑这样的建议。但是别忘了种种好处，孩子可以上好学校，环境更高雅，那是个生气勃勃、有发展前途的城市，而不是像这座死城，有出头的机会，而不是老他妈当个受人雇用的奴隶。"

于是，一个月后，麦克里利全家搬到了洛杉矶。搬家和置办家具使麦克负了五百元的债。这还不算，小罗丝得了麻疹，医疗费用越来越大。麦克在任何一家报馆都找不到工作。在麦克转去的那个工会地方支部，已经有十个失业工人。

他花了不少时间在城里奔波，十分忧虑。他不再喜欢待在家里了。他和梅茜再不能和睦相处。梅茜总是在想哥哥比尔家里正在干些什么，比尔的妻子玛丽·弗吉尼亚穿什么衣服，他们怎么抚养孩子，他们刚买的新的胜利牌留声机是怎么样的。麦克坐在城里公园的长椅上，看《理性呼声》《产业工人》和一些地方报纸。

有一天，他注意到他身旁有个人口袋里戳出一份《产业工人》。他们一起坐在一条长椅上已经好久了，后来，他转过身子看清了这个人："喂，你不就是本·埃文斯吗？"

"啊，麦克，真该死……你瘦了，怎么回事，老弟？"

"啊，没什么，我在找个雇主，就这么回事。"

他们聊了好长一阵子。然后他们去一家墨西哥餐馆喝杯咖啡，那儿已经有些人在闲坐着。一个金发碧眼的年轻人，说起英语来带点土音，凑到他们跟前来。麦克惊奇地发现他是个墨西哥人。所有的人都在议论墨西哥。马德罗①发动了革命。迪亚斯随时随地会垮台。所有的雇农都涌到山里，将有钱的牧场主全部从牧场赶走。无政府主义正在城市工人群众中传布。餐馆里有一种温馨的辣椒和炒得过分焦的咖啡的味儿。每张桌子上都放着深粉红和朱红色的纸花，在一张张古铜色或棕色的脸庞上雪白的牙齿不时闪亮，人们正压低着嗓子在说话。有些墨西哥人是属于世界产联的，但大部分是无政府主义者。关于革命和异国地名的谈话他觉得兴奋，心中重又充满了冒险精神，仿佛他又找到了生活的目的，就像当初跟艾克·霍尔一起过流浪生活

---

① 马德罗（Francisco Idalecio Madero, 1873—1913），墨西哥自由派革命家，于1910年11月发动革命。独裁统治者、总统迪亚斯（Porfirio Diaz, 1830—1915）于1911年5月被迫下台，马德罗于当年10月当选为总统，1913年2月被维多利亚·乌埃尔塔（1854—1916）所推翻，并被枪杀。

时一样。

"喂，麦克，我们去墨西哥瞧瞧这些关于革命的传说是不是有点道理吧。"本一直在怂恿着。

"要不是因为孩子……真该死，弗雷德·霍夫骂我骂对了，他说革命者是不该娶老婆的。"

麦克终于在《洛杉矶时报》找到了一份行型铸字排版的工作，于是家里的景况有了一点好转，但他不可能攒下任何余钱，因为所有的钱必须支付债务和抵押的利息。这工作又是夜班，他几乎见不到梅茜和孩子们。星期日，梅茜带小埃德到哥哥比尔家去，而他跟罗丝两人则去散步，或者去乘电车玩。这是一星期中最美好的时光。星期六晚上，他有时去听讲座，或者到世界产联支部去找同志们聊聊，但他有点担忧，不愿跟激进分子过多地待在一起，生怕被人发现而丢掉饭碗。同志们觉得他相当胆怯，但还应付着他，因为他毕竟是个老产联。

他偶尔收到米莱的信，告诉他蒂姆舅舅的健康状况。她已经跟一个姓科恩的有执照的会计师结了婚，他在屠宰场办公室工作。蒂姆舅舅和他们住在一起。麦克倒很乐意接他到洛杉矶来一起过，但是他知道，那就意味着要和梅茜大吵一场。米莱的来信读了真叫人难受。她说她跟一个犹太人结婚，自己都觉得很滑稽。蒂姆舅舅的健康一直很糟糕。医生说这是因为喝酒的缘故，只要他们给他一点儿零花钱，他马上就去买酒，把钱花光。她盼望能有孩子。她认为，费尼生了这么漂亮的孩子，真是幸运。她担心蒂姆舅舅在世上的日子不长了。

报上报道马德罗在墨西哥城被枪杀①的那一天，麦克收到米莱的一封电报，告诉他蒂姆舅舅过世了，请汇款准备举行葬礼。麦克去储蓄银行，把为孩子上学存的账户中的五十三元七角五分钱提了出来，拿了钱去西部联合电报公司，给她汇了五十元。直到孩子生日那天，梅茜去存哥哥比尔赠送的五元生日代仪时，才发现了这件事。

那天夜里，麦克打开大门上的弹簧锁走进家时，惊异地发现客厅里仍然亮着灯。梅茜用一条毯子裹着身子，半睡半醒地坐在客厅长靠椅上，等他回来。他见到她很高兴，走上前去吻她。"怎么啦，妞儿？"他说。她一把将他从身边推开，一骨碌站起来。

---

① 发生于1913年2月23日。

"你这个贼，"她说。"不说清楚我对你有什么看法，我睡不着。我看你准将钱花在喝酒上，要不花在哪个娘儿们身上了。所以我才简直见不到你的人影子。"

"梅茜，镇静点儿，好妹妹……怎么回事呀？我们平心静气地谈谈吧。"

"我要离婚，我就要这么干。从你自己孩子身上偷钱去过你那瘪三生活……你自己那可怜的小……"

麦克挺直了身子，捏紧拳头。他非常平静地说话，虽然嘴唇在颤抖。

"梅茜，我完全有权利取出那笔钱。不出一两个星期，我打算存进更多的钱，而且这他妈根本不干你的事。"

"看你有什么能耐积上五十块钱，你还算个男子汉。连老婆孩子都养不起，还有脸面动用可怜的无辜的孩子们的银行存款。"梅茜一下子抽泣起来。

"梅茜，这一切我受够了……真想跟你断了算。"

"该我跟你、跟你那亵渎神明的社会主义言论断了算。那些玩意儿对谁都没好处，对你那帮下流的流浪汉没好处……我真希望没有嫁给你。你该死的听着，要不是我当初有了身子，我才不会嫁给你哪。"

"梅茜，别用这样的口气说话。"

梅茜径直走到他跟前，眼睛睁得老大，射出狂热的光芒。

"这屋子是在我名下的；别忘了这一点。"

"好吧，我不干了。"

他还没明白过来，就砰然关上大门，在大街上行走了。天开始下雨了。每一滴雨滴在街面的尘土里溅成一个银圆那样大小的水迹。在弧光灯光的四周，看上去仿佛是舞台上的人造雨。到底走向何方，麦克自己也一片茫然。他走了又走，淋得浑身湿透。在一个街角的一片院子里，有一丛椰子树，多少可以遮点雨。他在那儿站了很长时间，瑟瑟发抖。他想起从机器铿锵作响而散发着酸味儿的印刷所下班回家，他总是将被子拉开一点儿，钻进被窝，躺在梅茜身边，她那温馨与柔情，她的乳房，透过薄薄的睡衣触摸到的乳头，还有孩子们躺在睡廊里的小床上，他弯下身去亲他们每人的温暖的小额头，想到这些，差一点哭起来。"得，我不干了。"他出声地说，仿佛在跟什么人说话似的。就在这时候，一个想法兜上他的心头："我现在自由了，可以在国内到处去闯闯，为工人运动奋斗，再去过流浪生活了。"

他后来跑到本·埃文斯的寄膳宿舍去。敲了好长时间门，才有人来开门。他走进去之后，本才从床上坐起来，带着一副睡意惺忪的蠢样瞅着他：

"到底怎么啦?"

"喂,本,我刚才和家庭生活决裂了……我要到墨西哥去。"

"是警察要抓你吗?看在老天的份上,那可不是个该去的地方。"

"不,不过是跟老婆闹翻了。"

本哈哈大笑起来:"哦,老天爷啊!"

"喂,本,你想去墨西哥瞧瞧那场革命吗?"

"你在墨西哥到底能干什么呀?……不管怎么样,弟兄们选我当了第257地方支部的书记……我不得不待在这儿挣我的十七元五毛。哎,你成落汤鸡了;把衣服脱下来,穿上我的工作服,就挂在门背后……你最好睡一会儿。我来挪个地方。"

麦克在城里待了两个星期,直到他们终于找到一个可以顶替他操作行型铸字排版机的工人。他给梅茜写了封信,说他要出门了,只要一有办法,就会给她寄钱帮助抚养孩子的。一天早晨,他兜里装着二十五块钱和一张去亚利桑那州尤马①的火车票上了火车。尤马原来比地狱里的门铰链更热。在铁路工人寄宿舍里有个家伙告诉他,要是他从此地去墨西哥,他肯定会渴死的,再说,反正谁也不知道关于革命的情况。于是他偷搭南太平洋铁路公司的货车一直到了埃尔帕索②。人人都在说,边界另一边一切都乱了套。匪徒们随时都可能占领华雷斯城。他们只要见到美国人就开枪。埃尔帕索的酒吧里挤满了牧场主和矿山主,仍然忘不了当年迪亚斯当政、白人可以在墨西哥赚钱的美好日子。所以,当麦克跨过边界桥,走上华雷斯城尘土飞扬的、熙熙攘攘的、两边是砖坯砌的房屋的街道时,心房怦怦地跳着。

麦克在大街上闲逛,他见到狭小的电车、骡子、拙劣的刷成海蓝色的墙、蹲在市场上成堆的水果后面的雇农的农妇们、涡卷花式门面已破败的教堂,以及临街开着门的进深很深的酒吧。一切都是那么陌生、奇特,空气中弥漫着刺鼻的胡椒味儿,他考虑着下一步该干些什么。那是四月天的傍晚时分。麦克穿着蓝色的法兰绒衬衫,沁出汗来。他觉得身上沾满了灰尘,痒痒的,想洗个澡。"干这种事儿,已经太老啰。"他自言自语地说。他终于找到一个名叫里卡多·贝雷兹住的房子,那是洛杉矶一位墨西哥无政府主义者介绍他去寻找的。他费了好大劲儿才在城边一座大房子里找到他,房前的院子杂乱不堪。那些晾晒衣物的女人似乎没一个能听懂麦克讲的外国话。末了,

---

① 在该州西南边境,圣迭戈东不远处。

② 位于得克萨斯州西部边境,与墨西哥的华雷斯城隔格朗德河相望。

麦克听见有人从楼上用小心地发出的英语调儿对他说话："你找里卡多·贝雷兹的话，就上来吧……请……我就是里卡多·贝雷兹。"麦克抬眼一望，只见一个古铜色皮肤的头发花白的高个子，穿着一件深褐色的旧风衣，正弯身倚在院子顶层的阳台上。他爬上铁梯子。高个子跟他握手。

"工友麦克里利……同志们给我写信说你要来。"

"那就是我，正是……我很高兴你说英语。"

"我在圣菲①住了好多年，马萨诸塞州的布罗克顿②也住过。坐吧……请……我很荣幸欢迎一位美国革命工人……虽然我们的思想也许并不完全一样，但我们有许多共同之处。我们是一场大斗争中的同志。"他拍拍麦克的肩膀，硬让他坐进一把椅子。"请坐。"有几个混血种小孩，穿着破旧的衬衫，光着脚丫子到处乱奔。里卡多·贝雷兹坐下来，把最小的孩子放在膝头上，那是个小妞儿，梳着鬈曲的小辫儿，脸蛋肮脏不堪。这地方散发出一种辣椒、烧焦的橄榄油、孩子和洗涤衣物的味儿。"你想在墨西哥干什么，工友？"

麦克脸红了："哦，我想多少干点事儿，干革命。"

"这里的形势叫人非常迷惑……城里的工人正在组织起来，是有阶级觉悟的，但是那些雇农，庄稼汉，却容易被不择手段的领导人引入歧途。"

"我想参加具体行动，贝雷兹……我住在洛杉矶，跟其他人一样，只是个该死的支援者而已。我可以在印刷方面挣口饭吃，我想。"

"我得把你介绍给同志们……请……我们现在就走吧。"

他们走出屋去，蓝色的暮霭正笼罩着大街。盏盏路灯亮了，发出昏黄的光。酒吧间里回响着自动钢琴的叮咚声。在一个门洞子里，一支走调的乐队在演奏。市场灯火通明，琳琅满目的色彩鲜艳的货物摆在一个个售货摊上出售。在一个角落，有个年迈的印第安人和一个阔脸膛的老太婆，两个都是盲人，长着一脸麻子，正在一大群又矮又胖的乡下人中间尖声吟唱一支歌，好像永远唱不完似的，围观的娘儿们用黑披肩包住了头，男人呢，穿着白棉布衣裤，像睡衣一般。

"他们在唱马德罗被杀的事……这对人民是很好的教育……你知道，他们看不懂报纸，所以从歌谣里了解新闻……是贵国大使杀害马德罗的。他是个资产阶级理想主义者。但是真是个伟人……请……到礼堂了。你瞧那标

---

① 圣菲在美国新墨西哥州北部，为该州州府。
② 布罗克顿在波士顿南。

语，'作为社会革命的前奏的维护革命行动万岁'。这是工农无政府主义者联盟的礼堂。乌埃尔塔在这里有几个联邦主义者，可是力量薄弱，不敢向我们进攻，华雷斯城全心全意支持革命……请……你来给同志们讲几句话吧。"

烟雾弥漫的礼堂里和讲台上挤满了穿蓝色斜纹粗棉布工作服的皮肤黝黑的男人；在大厅后部有一些穿白衣服的雇农。许多人跟麦克握手，乌黑的眼睛直盯着他，有几个人还拥抱了他。人们请他坐在讲台上第一排的一把折椅上。很明显，里卡多·贝雷兹是土席。他讲话每停顿一下就响起掌声。礼堂里笼罩着一种正在发生重大事件的气氛。当麦克站起来时，有人用英语高喊"永远团结"。麦克结结巴巴讲了几句，解释他为什么不是世界产联的正式代表，但所有美国有阶级觉悟的工人弟兄正怀着巨大的希望密切注视着墨西哥革命，结束时喊了一句世界产联关于在旧社会的躯壳里建设新社会的口号。讲话由贝雷兹翻译出来后，得到了极为热烈的反响，因此麦克觉得非常愉快。会议一直开下去，不断的讲话，偶尔唱支歌曲。麦克发现自己有几次打起盹儿来，异国的语言使他昏昏欲睡。当他几乎控制不住要睡去的时候，终于礼堂敞开的门口有支小乐队奏起一支曲调，大伙儿一起唱起来，会议就宣告结束。

"那是'Cuatro Milpas'……意思是四块玉米地……那是支雇农们唱的歌，如今谁都在唱。"贝雷兹说。

"我很饿了……我想在哪儿吃点什么，"麦克说，"从早上在埃尔帕索喝了杯咖啡，吃了只炸面饼圈以来，我还没吃过东西。"

"我们到一位同志家里去吃饭吧，"贝雷兹说，"请……这边走。"

他们离开如今又黑暗又阒无一人的大街，穿过一道挂着珠帘的后门，走进一间粉刷得雪白的房间，由一盏发出一种强烈的电石气的矿灯把它照得十分明亮。他们在一张铺着点花桌布的长桌子的一端坐下来。桌边渐渐地坐满了从会场上来的人，大部分是穿蓝色工作服的年轻人，脸容瘦削。在另一端坐着个黑皮肤的老人，鼻子很大，颧骨像印第安人一般宽阔而平塌。贝雷兹给麦克斟了两杯味道奇特的白酒，喝了使他头晕目眩。菜肴里加了胡椒和辣椒，辣嘴得很，他吃得有点噎住了。那些墨西哥人像对待过生日的孩子那样宠着麦克。他不得不喝许多杯啤酒和科涅克白兰地。贝雷兹很早就回家了，让一个名叫巴勃罗的小伙子照顾他。巴勃罗肩带上挂支柯尔特牌自动手枪，非常神气活现。他讲一点蹩脚英语，一只手搭在麦克脖子上坐着，另一只手按在手枪皮套的扣子上。"外国佬坏……杀掉算了……工人兄弟好……国际……万岁。"他一个劲儿地说。他们唱了好几遍《国际歌》，然后唱《马赛曲》和《卡玛涅尔》①。在一片带辣椒味的烟雾中麦克变得昏昏然了。他唱啊，喝啊，吃啊，一切都变得朦朦胧胧的了。

"工友跟好姑娘结婚。"巴勃罗说。他们站在不知什么地方的酒吧边。他合起双手，贴在脸的一边，表示睡觉的样子。"来。"

他们来到一家舞厅。在门口，每个人必须卸下枪支放在一张桌子上，由一名戴顶遮阳帽的士兵看管。麦克注意到男人和姑娘们都跟他保持一定的距离。巴勃罗哈哈大笑："他们当你是外国佬……我告诉他们你搞国际革命。啊，她在那儿，好姑娘……不是该死的妓女……不要钱，很好的女工……同志。"

麦克发现介绍给他的姑娘名叫恩卡娜西奥，一个棕色皮肤的宽脸膛的姑娘。她穿得很整洁，一头很亮很亮的黑发。她对他明媚地笑笑。他在她腮帮上轻轻拍了几下。他们在酒吧边喝了些啤酒，然后离开。巴勃罗也跟一个姑娘在一起。其他人还留在舞厅里。巴勃罗和他的姑娘陪着他们绕道来到恩卡娜西奥的屋子。那是坐落在一个小院子里的一间屋子。屋子后面是一大片浅色的荒地，在下弦月的照耀下，伸展到望不到头的地方。远方有几点细小的火光。巴勃罗摊开手指着它们，悄没声儿地说："革命。"

然后他们在恩卡娜西奥小房间的门口互相道别，小房间里有一张床、一幅圣母像和一幅用一枚针钉在墙上的马德罗的近影。恩卡娜西奥关上门，插上门闩，坐在床沿上，抬头望着麦克，脸上漾着笑容。

摄影机眼（12）

趁大家出去旅游的时候冉娜领着我们天天到法拉格广场上玩她还给我们讲冬天汝拉山区②的狼群怎么跑下山来嗥叫声响彻村里的街头巷尾

有几次我们看见罗斯福总统独自骑着一匹栗色马路过有一回我们感到十分得意因为我们向他脱帽致敬的时候他露齿一笑跟报上登的照片上的模样一样我们感到十分得意他还举手碰了碰帽檐我们感到十分得意那回他带着一名副官

---

① 这是法国大革命时代流行的革命歌曲。
② 在法国东部和瑞士接界的地方。

从前我们常常坐在台阶上玩弄一只布做的鸭子一直玩到天开始暗下来狼群噪叫着在村里满街乱跑阔嘴巴流淌着小孩子的血不过那是夏天于是还在想着狼呀狗呀的时候大人领我们去睡了冉娜是个法国姑娘从狼群狂叫乱跑的汝拉山区来的等人人都去睡了她会把你领到她自己床上

　　那是个又长又可怕的故事狼群噪叫满街乱跑吓得小孩子的血凝住了其中最可怕的部分是讲到在汝拉山区嚎叫的卢加罗①我们都吓坏了她睡衣里有两只乳房卢加罗可怕极了长着黑毛擦着她的身子外面狼群在街上乱叫乱跑她身上很湿她说不要紧她刚刚洗过澡

　　可是卢加罗其实是个男人紧紧地抱着我亲人儿一个在街上狂叫乱跑的男人阔嘴巴里满是血迹他用它来撕裂姑娘和小孩子的肚子这就是卢加罗

　　到后来你就知道姑娘的身体是什么样的了她真傻竟要你保证不告诉别人然而你本来就是不会告诉别人的

---

① 原文为古法语名词，意为人狼。

新闻短片 X

月球专利告吹

堪萨斯州选举结果离经叛道者获胜　　橡树园镇情侣分手八千人将参加赛车　　传闻姑娘为夫求乞

交易所群情盼回涨

啊，你这美丽的娃娃
你这美丽的大娃娃

她说世上的人无法理解这回事所涉及的一切。表面上看来像是一般的世俗事，具有一切低级庸俗的标志，实际上却完全不是这样。他真诚、笃实。我了解他。我曾经与他并肩战斗。我的心现在仍旧向着他。

让我张开手臂拥抱你吧
亲爱的，找到了你真高兴

仲夏季节几乎毫无动静　　贸易界大不景气　　百万人目睹醉汉被解雇

陪审员在牛肉大王门前

将爱比作维苏威火山　　街上挂灯结彩恭候英雄光临

亲爱的，找到了你真高兴
啊，你这美丽的娃娃

你这美丽的大娃娃

白马换红马

马德罗的军队于帕拉尔一役击败叛军罗斯福在伊利诺斯州选举获胜演讲乏味听众闭眼　芝加哥呼吁增加自来水供应

认错服罪的无政府主义者跪着亲吻美国国旗

日光节约运动在发展

码头斗争中第四枚炸弹粉碎西区一酒店

星期三刊出一篇报道称圣路加医院特别病房中做舌根肿瘤摘除手术的病人是格兰特将军[①]该院负责人与豪兹中尉均予否认后者认为该条消息属故意捏造

摄影机眼（13）

他是一艘拖轮的船长对这条河熟悉得连蒙住了眼睛也能航行从印第安人头镇到弗吉尼亚角和海湾再沿着海湾东岸朝北到巴尔的摩都行[②]他住在亚历山德里亚[③]一所红砖房子里他的驾驶室像一百只刚熄灭的烟斗那么难闻

那是总统的游艇五月花号那是海豚号那是艘老式铁甲舰蒂普卡努号那是艘海关缉私船我们刚刚越过警察巡逻艇

基恩船长伸手去拉驾驶室天花板上的汽笛时你可以看到他手腕上黑色的

[①] 美国第十八任总统尤利塞斯·格兰特之子弗雷德里克·格兰特（1850—1912），于1906年被提升为少将。

[②] 意为从马里兰州西南部沿着波托马克河驶入切萨皮克湾再朝北到该州中部的大城市巴尔的摩。

[③] 位于弗吉尼亚州东北部，首都华盛顿南。

汗毛下面刺着一只红绿两色的手镯

　　我一点不骗你吉福德船长从前是我的朋友我们常常一起在海湾东岸捕牡蛎那时候偷捕牡蛎的强人往往拐骗青年充当水手逼着他们整个冬天不停地干活他们没法逃走除非从水里游到岸上可是水冷得要命这老家伙还把这些人的衣服剥掉这么一来遇到船抛锚停泊在小河里或者停在房子附近这类时机他们就没法逃上岸了乖乖这帮偷捕牡蛎的真缺德我决不胡说有一次一个年轻人被逼着干活干得倒了下来他们就那么把他从甲板上抛下海去用钳采集牡蛎或者像偷捕牡蛎的那样用拖网捞取是冬天最苦的活了那时浪花溅上绳索结成了冰把手都划破划得一条一条的拖网老是给缠住我们只得把它拖起来用手在冰凉的水里把它整理好有一回还捞起过一具僵尸　　什么叫僵尸？　　我的老天啊那是个死人而且是个青年浑身一丝不挂身上看上去像是用系绳栓打的真是怕人也许是用桨打的大约估计到他干不了活了或者病了什么的老头子就把他活活打死这种事没有别人干得出只有偷捕牡蛎的才会干

珍　妮

　　珍妮小时候住在乔治城[①]M街旁边山坡上的一座旧砖房里，那座房子门面平直，离开街道有两三个门面。房子的前部老是那么阴沉沉的，因为妈妈总爱把厚实的网织窗帘拉上，还要把镶着花边的黄色麻布遮光帘也放下来。每星期天的下午，珍妮、乔、埃伦和弗兰西只能坐在前房里看画册和书本。珍妮和乔一起看报上的滑稽漫画专栏，因为他们俩最大，能看得懂，另外那两个还是小娃娃呢，根本不懂滑稽是怎么回事。他们高兴时也不敢大声地笑，因为爸爸也坐在那里，大腿上放着其余那几页《明星报星期刊》；吃完午饭他总会这样睡着的，一只青筋暴出的大手把"社论页"捏成一团。阳光透过窗帘上的网眼射进来，他那光秃秃的脑袋，又大又红的鼻子的一翼，一撇下垂的小胡子，有斑点花样的礼服背心以及用橡皮筋在肘弯上的、浆得邦硬、袖口磨得发亮的白衬衫袖子上都洒落着凝乳状的点点阳光。珍妮和乔

---

　　① 位于美国首都华盛顿的西北，为哥伦比亚特区的一部分。

两人合坐一把椅子，看到漫画上那几个小淘气鬼在船长的凳子底下燃放大炮仗时都笑了，彼此感到对方的肋骨在抖动。两个小家伙看见他们在笑，也跟着笑了起来。"你们别出声，行不行，"乔从嘴角边发出嗞嗞声来制止她们，"你们又不知道我们在笑什么。"星期天午后，他们的妈妈穿着件褪了色的有饰边的淡紫色宽袍，躺在楼上后部的寝室里午睡，有时候她声息全无，两个大孩子听了很久，听爸爸打起鼾来，一阵长长的鼻息声，接着是低低地发出嘶嘶声，这时候乔就会从椅子上溜下来，珍妮屏住了呼吸跟着他溜进门厅，走出前门。他们小心翼翼地关上了门，不让门环发出声响，这时乔就会拍她一下，喊一声"你来追我"，就顺着山坡向M街直奔而下，珍妮只好在后面追赶，心跳得厉害，双手都发冷了，生怕他跑掉，撇下她一个人。

　　冬天，砖砌的人行道上结了冰，孩子们早晨去上学时，看见有些黑种妇女在家门口的地上撒炉灰。乔从来不肯和大家一起走，因为她们都是女孩子，他不是落在后面就是跑在前头。珍妮希望能和他一起走，但她没法撇下两个小妹妹，他们正紧紧地拉着她的手。有一年冬天，他们老是和住在马路对过的一个黄种小姑娘一起上坡回家，那个小姑娘名叫珠儿。每天下午，珍妮总和她结伴回家。珠儿身上老是有几个铜子，可以在威斯康星大道的一家小店里买牛眼硬糖或糖香蕉，她总是分一半给珍妮吃，因此珍妮非常喜欢她。有一天下午，她把珠儿请进家去，她俩在后院一大丛木槿下一起玩娃娃。珠儿走后，珍妮听到妈妈在厨房里喊她。妈妈卷起了袖子，露出苍白的胳臂，围着一条格子花围裙。正在擀晚餐用的馅饼皮，弄得两手沾满了面粉。

　　"珍妮，过来。"她说。听到她那冷冰冰的颤抖的声音，珍妮就明白，准是出了什么差错。

　　"来啦，妈妈。"珍妮站在她妈妈面前，摇晃着脑袋，弄得两条扎得邦硬的沙黄色小辫子来回抽打着。

　　"站好了，孩子，天呐……珍，我要和你谈件事儿。你今天下午带来的那个黄种小姑娘……"珍妮的心往下一沉。她很难过，不知为什么，她觉得自己的脸都红了。"听着，你不要误解我；我也喜欢并尊重有色人种；他们中间有些人是不错的，懂得自爱，了解自己的身份……不过以后你可不能把那个黄种小姑娘再带回家来了。对待这种人，要客气，要尊重，一个人有没有教养，从这点也能看得出来……千万别忘了，你妈妈的亲眷一个个都是十足的好出身……那时候，乔治城和现在大不一样。那时候，我们住在一座大宅子里，周围有最最可爱的草坪……但是你绝对不能和有色人种平起平坐。住在咱们家这个地段，尤其要注意这类事儿……白人也好，黑人也好，都不会尊敬做出这类行为的人……就这样吧，珍妮，你懂了；出去玩吧，很快就要吃晚饭了。"

珍妮想说些什么，然而没能说出来。她呆呆地站在院子中央那罩住排水明沟的格栅盖上，眼睛注视着后面的栅栏。"你跟黑鬼好，"乔在她耳边喊道，"你跟黑鬼好，臊、臊、臊……你跟黑鬼好，你跟黑鬼好，臊、臊、臊。"珍妮哭起来了。

乔是个长着沙黄色头发、沉默寡言的男孩，很小就会投掷很难对付的外曲球①。他在石溪里学游泳和潜水，他老说长大了要当电车司机。这几年，他和巴尔的摩–俄亥俄铁路上的一名司机的儿子亚历克·麦克弗森成了好朋友。于是，乔又想当火车司机了。只要这两个男孩答应，珍妮就常常跟随他们到宾夕法尼亚大道一端的电车停车场去，他们和那里的几名售票员和司机交上了朋友，只要检查员不在，这些朋友就会让他们站在车厢的平台上，带他们白乘几站，或者沿运河而下，或者顺着石溪而上，他们在那里捉蝌蚪，然后跳进水里，互相往对方身上泼泥浆玩。

夏天的傍晚，晚饭后天色还要很久才黑，他们就和邻近的孩子们一起来到橡树山公墓附近的空地上，在高高的草丛中玩狮子老虎游戏。有很长一段时期，这里流行麻疹或猩红热，妈妈就不许他们出去。于是亚历克就上他们家来，他们一起在后院里玩三人捉猫游戏。那是珍妮最高兴的时刻。那时，男孩们把她看作是自己人。夏夜降临，天气闷热，到处是萤火虫。假如爸爸情绪好，就会让他们上山到N街的杂货店去买冰激凌，路上有没穿上装、戴着草帽的小伙子带着他们的女朋友在散步，姑娘们为了驱赶蚊子，在头发上插一根火绒，黑人们聚集在家门口的台阶上，时时传来一阵腥臭味儿和廉价香水的味儿，他们低声谈笑时，偶尔能见到白牙的闪亮和眼白的转动。漆黑而叫人冒汗的夜晚挺吓人，远方传来隆隆的雷声，近处六月甲虫营营作响，还有M街上传来的辚辚车声，大街上，浓密的树丛下一点风都不透，闷得使人喘不过气来；但是，只要跟亚历克和乔在一起，她就放心了，就连醉鬼或走路摇摇晃晃、身躯高大的黑人也不怕了。回到家里，爸爸点上一支雪茄，和大家一起坐到后院去，蚊子尽情地吮吸他们的血，妈妈、弗兰香姨妈

---

① 指棒球游戏中投手投出的弧线球，使对方的打球者难以击中。

114

和孩子们吃冰激凌，爸爸一边抽雪茄一边给他们讲故事，讲他年轻时在切萨皮克湾的一艘拖船上当船长，有一次他们在凯特尔博顿斯河口，在强劲的西南风中如何救援遇难的三桅船"南希王后"号。到了该睡觉的时候，亚历克就被打发回家，珍妮只得上顶楼那闷热、窄小的后房里去睡觉，两个小妹妹的小床，搁在她对面的墙根里。也许有时会来一场雷雨，那她就会睡不着觉，吓得发冷，眼睛盯着天花板，听着两个小妹妹在睡梦中抽噎，后来安心地听到母亲在屋里走动着关窗了，房门砰地关上了，风声呼呼，雨声飒飒，头顶上雷声隆隆，响得可怕，近在咫尺，好像成千辆运啤酒的马车轧轧地驶过桥梁。每逢这种情景，她巴不得下楼到乔的房间里去，爬上床去挨着他，但她不敢这样做，尽管有时她一直走到了楼梯口。他会取笑她，称她为胆小鬼。

乔大约每星期要挨一次打。爸爸从他工作的专利局回来，心情不佳，怒气冲冲，女孩子们都怕他，在房间里走动时步子轻得像小耗子；但是乔好像喜欢故意惹他发火，他吹着口哨跑步穿过后门厅，或者在楼梯上跑上跑下，他那双打着铁掌的方头皮鞋发出巨大的声响。爸爸就会开口责骂他，乔就会一言不发地站在他面前，瞪视着地板，蓝眼睛里满是怨恨。看到爸爸推推搡搡地赶着乔往楼上的浴室走去，珍妮觉得自己的心在收缩，凝成一团了。她知道接下去会发生什么事。他已从门背后把磨剃刀的皮带解了下来，伸出一条胳臂夹住乔的脑袋和肩膀，开始抽打他。乔咬紧了牙关，满脸通红，一声不吭，等爸爸打累了，两人互相对视片刻，然后乔给打发到他自己的房里去，爸爸浑身颤抖地下楼，装得若无其事，珍妮就溜到院子里，握紧了拳头，低声自语道："我恨他……我恨他……我恨他。"

有个星期六的晚上，细雨濛濛，她在黑暗中背靠栅栏站着，抬头看望亮着灯光的窗户。她听见爸爸和乔在争论的声音。她感觉到只要皮带声一响，自己就会倒毙在地上。她听不清他们说的话。突然，皮带声响起来了，不断地抽打着，乔拼命忍住了喘息。那时她十一岁，心中好像迸发出来什么东西。只见她满头是被雨淋湿的头发，一下子冲进厨房："妈妈，他要把乔打死了。快制止他。"妈妈正在擦洗一只平底锅，闻声抬起头来，枯萎的脸上显出颓丧而无可奈何的表情。"唉，什么法子也没有啊。"珍妮跑上楼去，敲打浴室的门。她连声喊道："住手，住手。"她虽然害怕，但还有一种更强烈的感情攫住了她。门开了；乔驯服得像只小绵羊，爸爸的脸涨得通红，手里握着那根皮带。

"打我吧……是我不乖……我不让你这样打乔。"她害怕死了，不知如何是好，眼睛让泪水扎得好痛。

爸爸的声音却出乎意外地柔和：

"珍妮，你不要吃晚饭了，马上去睡觉，记住了，你自己该操心的事儿还多着呢。"她奔上楼去，躺在自己房里的床上，身子瑟瑟发抖。她刚睡着，乔就把她喊醒，吓了她一跳。

他穿着睡衣站在门口。"喂，珍妮，"他低声说，"下次你可不要这么干了，懂吗？我能照顾自己的，你要知道。女孩子不应该这么插手管男人之间的事。等我有了工作，挣到了足够的钱，我就要买一支枪，如果爸爸再要这么打我，我就开枪打死他。"珍妮又抽噎起来。"你哭什么；这里又没有发约翰斯敦①那样的大水。"

她听见他踮起一双赤脚悄悄下楼的声音。

在念中学的时候，她上的是商科，学了速记和打字。她是个相貌平常、脸庞瘦削、头发沙黄色的姑娘，沉静端庄，老师们都喜爱她。她十指灵巧，很容易就掌握了打字和速记的本领。她爱读书，常常从图书馆借《杯中》《强者的战争》《赢得巴巴拉·沃思》②这一类书来看。母亲不断提醒她，老这么看书会把眼睛弄坏的。看书时，她总把自己想象成书中的女主角，那个意志薄弱的哥哥，虽然堕落了，其实在内心深处正像《双城记》中的西德尼·卡尔顿③那样，是个能做出任何牺牲的君子，他真像乔，而书中的男主角则是亚历克。

她认为亚历克是整个乔治城里最漂亮、最强壮的小伙子。他的那头黑发剪得短短的，皮肤白皙，有几颗雀斑，走起路来肩背挺得笔直。除去了他，乔就算得上城里最漂亮、最强壮的小伙子了，他还是个最佳的棒球运动员。人人都说，就凭他是个这么优秀的棒球运动员，他也该继续念完高中。但是他刚念完第一年，爸爸就说他还有三个女孩子要抚养，乔必须去找个活儿干，于是他当上了西部联合电报公司的信差。他穿上制服的神气样儿使珍妮非常为他自豪，结果中学里的姑娘们为这事一直打趣她。亚历克的家人答应

---

① 在美国宾夕法尼亚州西南部，1889年5月31日曾因水库崩裂而被洪水淹没，死者达两千多人。

② 这些是20世纪初期的美国流行小说，今天早已绝版。《杯中》（1918）为温斯顿·丘吉尔（Winston Churchill，1871—1947）写的宗教性小说，《赢得巴巴拉·沃思》（1911）为哈罗德·贝尔·赖特（Harold Bell Wright，1872—1944）写的浪漫小说。

③ 狄更斯的名著《双城记》中的西德尼·卡尔顿，甘愿为他所爱的露西以及露西所爱的人的幸福牺牲生命，最后代替露西的丈夫达内上了断头台。

供他进学院，只要他在中学里得到好成绩，因此他学习得很刻苦。他不像乔结识的其他小伙子那样性情粗暴、满口脏话。他对珍妮始终很亲切，只是从来没有表示想要单独和她在一起。她心里很清楚自己已经深深爱上亚历克了。

夏季里一个酷热的星期天，他们一起荡舟游览了大瀑布①，那一年是她一生中最美好的日子。头天晚上，她就准备好了要带的午餐。早晨，她在冰箱里找到了一块牛排，也带上了。那天早晨七点钟左右，人们都还在睡梦中，她和乔就悄悄溜出屋来。每条街的两旁都是砖房和夏季郁郁葱葱的树木，朝街的尽头望去，只见一抹青色的雾霭。

他们在车站前的拐角处找到了亚历克。他手拿一只长柄煎锅，正站着等候他们，两只脚叉得很开。

他们一起奔跑，搭上了即将开往卡平·约翰桥的那辆电车。车中没有别的乘客，好像这是他们的专车。电车隆隆地行驶在铁轨上，沿着运河驶过刷成白色的小屋和黑人住的棚屋，绕过一些山坡，两旁六英尺高的玉米波动起伏，像士兵在列队前进。阳光透过浅蓝耀眼的天幕投射在已抽穗的玉米那低垂、摇曳的叶片上；耀眼的阳光下，在隆隆地晃动着前进的电车的两旁，蚱蜢和其他可作钓饵的虫子嗡嗡营营，回旋飞舞，声音随着炎热的气浪升向浅蓝的天空。他们品尝乔在车站上向一个黑人妇女买来的甘甜的夏季苹果；他们在车厢里到处追逐着，倒在角落里的座位上，一个压在另一个的身上；他们哈哈大笑又咯咯痴笑，直到笑不动了为止。接着，电车穿行在林间；透过树木，他们可以望见回声谷游乐场的滑行铁道的高架，他们推推挤挤地在卡平·约翰桥下了车，比一伙小猢狲更欢快。

他们奔到桥上，向上、下游张望，在白色耀眼的晨光映照下，河水呈棕黑色，两旁是铺满落叶而变得湿润的河岸；随后他们在运河边的一所屋子前找到了亚历克一位朋友的小船，买了些香草汽水、沙士水和几包奈柯饼干，就出发了。亚历克和乔划桨，珍妮坐在船中，把羊毛衫绕在座板上当枕头。亚历克在船首划桨。天气酷热，汗湿的衬衫黏在他厚实的背部的低凹处，这背部随着每划一下桨，就朝下弯一次。过了一会儿，两个小伙子把衣服统统脱掉，只穿着里边的游泳衣。珍妮看到亚力克的背脊以及胳膊上随着划桨而一鼓一鼓的肌肉，不禁喉头一阵颤栗，心中感到又惊又喜。她身穿白色凸纹细棉布衣服坐在那儿，把一只手放在长满水草的、绿褐色的河水中拖着。他

---

① 此处指波托马克河上的大瀑布，在美国西弗吉尼亚州东北部，以风景奇伟著称。

们把船停下，采撷睡莲以及像冰块一样闪烁的白色慈姑花，于是船内到处弥漫着睡莲花泥根的湿腥味儿。香草汽水变得温吞吞的了，他们就喝了下去，一边互相打闹取笑，亚历克捉到了一只螃蟹，绿色的污泥溅了珍妮一身，可是她一点儿也不在乎；他们戏称乔为船长，这使乔信口开河起来，说是要去参加海军，亚历克说自己将来要当土木工程师，还要造一艘汽船，带上他俩一起去兜风。珍妮很高兴，因为他们谈未来时都没有把她排除在外，就像她也是一个男孩子。大瀑布下面有一个运河水闸，他们得走很长一段路把船搬过去，重新放进河里。珍妮拿着食物、船桨和煎锅，小伙子们抬着倒扣的小船，弄得汗流如注，嘴里咒骂着。接着他们划到弗吉尼亚州那边，在灰色和铁锈色的漂石之间的一片小凹地上燃起一堆篝火。乔炸起牛排来，珍妮把亲手做的三明治和饼干拿出来，小心地翻动在火灰里烤着的土豆。他们把从运河边的田地里掰来的玉米棒子也烤上了。结果一切都令人满意，只可惜带来的黄油太少了。后来，他们坐在余烬旁，吃着饼干，喝着沙士水，悄悄地交谈着。亚历克和乔拿出烟斗来抽，珍妮坐在波托马克河的大瀑布旁，身边有两个抽烟斗的男子汉，觉得非常惬意。

"乖乖，珍妮，乔炸的牛排真出色。"

"亚历克，咱们小时候常去石溪逮青蛙，拿来烤着吃，你还记得吗?"

"当然记得，有一次珍妮也跟去了；乖乖，珍妮，你当时那大惊小怪的样子，真够瞧的!"

"你们剥青蛙的皮，我看得真受不了。"

"当时我们自以为是西部荒野里地道的猎户哪。当时我们玩得可乐啊!"

"亚历克，我更喜欢像现在这样玩。"珍妮支支吾吾地说。

"我也是……"亚历克说，"天知道，我真想吃只西瓜啊。"

"也许在回家路上，我们能在河岸上找到几只。"

"哎呀，乔，要是有西瓜，瞧我对它还有什么干不出来的。"

"妈妈有只冰镇西瓜，"珍妮说，"也许等我们回到家还能吃上点儿呢。"

"我才不想回家呢。"乔，突然变得怪严肃起来。

"乔，你不应该这么说话。"她像个女孩子那样害怕起来。

"我爱怎么说就怎么说……天呐，我恨那个要不得的臭地方。"

"乔，你不应该这么说话。"珍妮觉得自己快要哭了。

"天知道，"亚历克说，"已经到了返航的时候了……老弟，你看怎么样……? 我们再下水去泡一泡就快快回家转吧。"

等小伙子们游了个够，大家一起登高去观赏瀑布，然后出发回家。他们顺激流而下，迅速驶过长满了树木的陡峭河岸。下午非常闷热，他们穿过湿热的层层气浪。北方天空中积聚起巨大的云块。珍妮再也感觉不到有趣了。她担心会下雨。她觉得恶心，精疲力竭。她担心要来月经了。迄今为止，她还只来过几次月经，一想到这件事就害怕，使她全身一点儿力气都没有了，她巴不得像只满身疥癣的老猫那样爬到一个谁都见不到的地方去。她不愿意让乔和亚历克看出她正感到不舒服。她想，如果她把小船翻扣过来，情况会怎么样。两个小伙子可以轻易地游到岸上，而她却会淹死，于是他们会在河里打捞她的尸体，大家都会为此伤心地哭泣。

紫灰色的阴影冉冉升起，掩没了高耸的白色云朵。一切都染上了灰白和浅紫的色彩。小伙子们拼命划船。他们已能听到渐渐迫近的隆隆雷声。当疾风向他们袭来时，大桥已清晰可见，一股雷雨前的热风卷起尘土、败叶和草沫，搅动着河水。

他们及时上了岸。"天呐，这雷雨可不会小，"亚历克说，"珍妮，躲到船底下去。"他们把小船翻扣在卵石岸上，就在一块大漂石的上风处，三人躲了进去，挤成一团。珍妮坐在他俩中间，手捧几株早晨采撷的睡莲，此刻已被手的热力焐得枯萎而湿润了，两个小伙子穿着湿漉漉的游泳衣靠在她的两旁。亚历克乱蓬蓬的黑发抵在她面颊上。乔躺在另一边，脑袋挤在船尾中，他裤腿卷起了，瘦弱的棕色的双脚和腿儿插在珍妮的衣服下面。汗水和河水的气味以及亚历克头发和双肩上散发出来的那股热烘烘的男人味儿使她眩晕。当雨滴像擂鼓似的敲击着船底，并溅起一片白色的水花，像帘子般把他们围在里面时，她伸出手臂轻轻搂住了亚历克的头颈，一只手怯生生地落在他赤裸的肩膀上。他一动也不动。

一会儿雨过去了。"嗨，情况可没有我料想的那么糟。"亚历克说。他们身上都湿透了，感到发冷，但空气被雨涤荡后很是清新，使他们觉得很愉快。他们重新把小船放进河里，继续顺流而下，直到桥头。然后他们把小船放回原先的那座房子，走到窄小的候车棚去等电车。他们疲惫不堪，皮肤晒黑了，身上黏糊糊的。车上挤满了星期日下午到大瀑布和回声谷去野餐的人们，他们挨到了阵雨，这时才回家，身上都湿漉漉的。一路上珍妮都以为自己再也撑不下去了。她腹中痉挛得厉害。回到乔治城时，小伙子们身边一共还剩下五角钱，想去看场电影，但珍妮却撇下他们走了。她只想往床上一躺，把脸埋在枕头里哭一场。

从此以后，珍妮就不大哭了；她遇到过糟心事儿，但只引起一种冷静而坚定的反应。中学生活很快就结束了，在学期之间的暑假中，华盛顿总是那么炎热，常下雷雨，他们偶尔到马歇尔·霍尔去野餐或是到附近某人家里去参加舞会。乔在亚当斯捷运公司找到了一份工作。从此他再也不在家里吃饭了，因此珍妮不常有机会见到他。亚历克买了一辆摩托车，虽然他还在上中学，但珍妮几乎得不到任何有关他的消息。有时，当乔晚上回家时，她没有上床，却是坐着等他，和他说句话。他身上有烟味和酒味，但从来没见他喝醉过。每天早晨七时，他出门上班，晚间常和自己的伙伴们一起到设在四号半街上的弹子房去，或者去掷骰子和玩保龄球。星期天他到马里兰州去打棒球。珍妮会坐着等他回来，问他工作得怎么样，他总说"很好"，并问她在学校里怎么样，她也总说"很好"，于是两人就各自去睡觉了。她间或问他是否见到过亚历克，他说"见过"，还微微一笑；她接着问亚历克近况可好，他说"很好"。

她有一个朋友名叫爱丽丝·迪克，是个皮肤黝黑、身材矮胖的姑娘，戴着眼镜，在中学里和她每一课都同班。星期六下午，她俩穿上她们最好的衣裳，到F街去看商店橱窗。她们会买一两件零星物品，走进店里去喝一杯苏打水，然后乘电车回家，自以为度过了一个忙碌的下午。每隔很长一段时间，她们会到波利剧院去看一场日戏，散场后珍妮就把爱丽丝·迪克带回家吃晚饭。爱丽丝·迪克喜欢威廉斯一家人，他们也都喜欢她。她说，和心胸宽广的人们待上几小时，她感到很自在。她的家庭属于南方卫理公会，见解很狭隘。她父亲是政府印刷局的职员，每天都在担心他的职位会受到文职人员条例的不利影响。他身材粗壮，老爱生气，爱用恶作剧来对付自己的妻女，还经常受到慢性消化不良症的折磨。

爱丽丝·迪克和珍妮商量好，等她们中学一毕业就找工作做，并从家里搬出去住。甚至租哪儿的房子都已经打算好了，就是托马斯圆形广场附近的一座绿色石头筑的房子，房东是詹克斯太太，一位海军军官的遗孀，她非常文雅，会烧南方菜，包办膳食，收费低廉。

在珍妮中学毕业前最后那个学期，时届春天，有一个星期天的晚上，她在房间里正准备脱衣服上床。弗兰西和埃伦还在后院玩耍。邻院里的紫丁香正在盛开，一阵花香和两个女孩的话声从敞开的窗户外传来。她刚把头发披了下来，一边照镜子，一边想，如果她是个红褐色头发的美女会是什么样子，这时突然有人敲门，门外传来乔的声音。他的声音似乎有些异样。

"进来，"她喊道，"我正在梳头呢。"

她第一眼是在镜子里望见他的脸的，那张脸非常苍白，面颊和嘴角的皮肤绷得紧紧的。

"哟，出了什么事儿，乔?"她蹦了起来，转身面对着他。

"是这么回事儿，珍妮，"乔痛苦地一字一顿地说，"亚历克死了。他是骑摩托车摔死的。我刚从医院回来。他死了，没错儿。"

珍妮一句话也讲不出来。她似乎在把这些话全都记录在自己心灵的白纸上。

"他是从切维蔡斯①回家的途中给摔死的……就为了看我投球，他才上那儿去看球赛的。你要是去就会看见他给摔得一塌糊涂的样子。"

珍妮还在努力想说些什么。

"他是你最好的……"

"他是我见过的最好的小伙子，"乔轻声地说，"哎，不必多讲了，珍妮……我还要告诉你，现在亚历克不在了，我更不想再在这鬼地方待下去了。我打算应征入伍当海军。你告诉家里的人吧，明白吗……我不想和他们谈。对啦，我要参加海军去见见世面。"

"可是，乔……"

"我会写信给你的，珍妮;真的，我要……我要写给你很多很多的信。你和我……好吧，再见了，珍妮。"他一把搂住她的双肩，笨拙地亲了亲她的鼻子和面颊。她的反应只是站在镜台前喃喃地说了声"乔，你要保重"，这时紫丁香的香味和孩子们的叫声从敞开的窗户外传来。她听到乔轻捷的脚步走下楼梯和关上前门的声音。她熄了灯，在黑暗里脱掉衣服就上了床。她躺着，没有哭泣。

接着举行了毕业典礼，她和爱丽丝出去参加社交聚会，有一次甚至还和一大伙人乘坐"查尔斯·麦克艾列斯特"号汽船到下游的印第安人头镇去赏月。这伙人太粗鲁，使珍妮和爱丽丝感觉不快。有些小伙子大量喝酒，每到一个阴暗处，都有一对对男女在接吻、拥抱;但无论如何那映照在河中涟漪上的月亮是美丽的，两个姑娘便端了两张椅子放在一起，坐下交谈。船上备有乐队，人们翩翩起舞，但她俩没有参加，因为有几个粗鲁的男人站在舞池边评头品足。她们交谈着，在溯河而上的归程中，珍妮站在栏杆前，紧挨着

---

① 切维蔡斯原为马里兰州一镇，在首都华盛顿市北，后划为该市一住宅区。

爱丽丝，低声向她倾吐关于亚历克的事。爱丽丝曾在报纸上看到过那次事故，但从未想到珍妮会和他这么熟，会为他这么动感情。她也忍不住哭了起来，珍妮反倒安慰她，觉得自己很坚强；这样一来，他们都感到她俩将成为最知心的朋友了。珍妮低声说她永远不会再爱上别人了，爱丽丝说她想自己绝对不会爱上任何男人，男人们都喝酒，抽烟，私下里讲猥亵的话，心里总在琢磨那一件事。

　　七月里，爱丽丝和珍妮在鲁宾逊夫人的"大众速记办事处"找到了工作，办事处设在里格斯大厦，有几个姑娘休假去了，招她俩来当替工。鲁宾逊夫人是个头发花白的小个子妇女，患有鸡胸，嗓子尖利，带着肯塔基州的口音，一开口就使珍妮想起了鹦鹉。她要求非常严格，办事处里有一大套规章制度必须遵守。"威廉斯小姐，"她从办公桌旁向后一靠，尖着嗓子说，"罗伯茨法官的手稿务必在今天打出来……亲爱的，我们已经答应，即使要干到深更半夜也必须交件。Noblesse oblige①，亲爱的。"于是打字机就叮叮作响，姑娘们的手指发疯似的按着打字键，打出一份份辩护状、院外活动委员们未经发表的演说稿、报人或科学家灵机一动的作品、房地产办事处或申请专利权者的计划书，以及牙科医生和大医师的催账信。

摄影机眼（14）

　　每到星期日晚上我们吃炸鱼丸和炖黄豆加菲尔德先生以非常美妙的声音为我们朗读大家都屏息静听连一枚针落地都能听得见因为他读的是**没有祖国的人**②这是一个非常可怕的故事艾伦·伯尔是一个非常危险的人物这个可怜的年轻人③曾经说过"让美国见鬼去吧，我永远不想再听到她的名字"说这

---

① 法语，高贵的人应该言而有信。
② 这是美国作家爱德华·埃弗雷特·黑尔（Edward Everett Hale,1822—1909）的代表作，最初于1863年发表在《大西洋月刊》上，为一篇爱国主义的中篇小说。
③ 指菲利普·诺兰，于1807年同曾任美国副总统的艾伦·伯尔一起被控叛国罪受审，在法庭上说了这句话，被判处流放海上，永远不能回美国。1812年美英战争中，在一次海战中为美国英勇作战。流放57年后，他去世时以美国繁荣昌盛为荣。《没有祖国的人》就是写这一段事迹的。

种话是非常可怕的而那位头发花白的法官是如此仁慈善良

　　法官向我宣布了判决书他们用一艘快速炮舰把我送到遥远的异国土地军官们都仁慈善良说话的声音仁慈庄严还非常难过就像加菲尔德先生朗读时的声音一样一切都非常仁慈庄严非常难过那些快速炮舰和蓝色的地中海还有岛屿在我死的时候我开始哭泣我担心其他的小伙子会看见我眼中有泪水

　　美国人不应该哭他应该显得仁慈庄严和非常难过当他们用星条旗将我裹盖用快速炮舰把我送回国去埋葬我是如此后悔我永远不会记得他们究竟是把我送回国去还是为我举行了海葬但无论如何我总算是被古老的光荣①所裹盖的

---

① "古老的光荣"为美国国旗的别称。

新闻短片 XI

合众国政府必须坚决要求凡被某一方或另一方以参加当前骚乱活动为名而逮捕入狱的美国公民将按国际法的广泛原则加以处理

政党提名大会由士兵进行警卫

铁达尼号于四月十日离南安普敦进行她的处女航据"基默尔"称此举与纽约人寿保险公司的愿望相反为什么在奈尔斯他们会知道我是基默尔呢我对每一个人说来都是乔治甚至在街上遇见妈妈和姐姐时也这样

> 马克西姆饭店我一会儿就到
> 那里能尽情地作乐和嬉闹
> 我要和所有的姑娘闲聊
> 又接吻又恭维哈哈大笑
> 罗罗、多多、柔柔、
> 克洛克洛、马戈、弗柔弗柔①

全球最大邮船铁达尼号在沉没中②

我个人没有把握说每天工作十二小时对受雇者不好尤其是因为他们坚持要求工作这么长的时间借以取得更多的收入

> 我仍将所有的歌儿唱起
> 更加靠近你我的上帝

---

① 这是支流行歌曲,大意是要上巴黎的马克西姆饭店去玩,末两行的六个词是法国姑娘的名字。
② 当时世界最大的英国邮船"铁达尼"号于1912年4月14日晚在纽芬兰南触冰山沉没。

更加靠近你①

此刻大约是凌晨一时，虽然没有月亮但夜空中星光灿烂。大海平静得像一潭水，随着船只起伏前进，仅仅出现一些微波，这是完美的一夜，只是天气严寒。铁达尼号在远方显示其又大又长的身影，星光明亮的夜空衬托出它庞大的黑色船身，每一个舷窗和交谊厅里都灯火通明

请卫理公会驱逐三位一体真神

新娘的礼服是软缎做的胸衣部分蒙着薄绸镶着花边。面纱是用绉绸经纱做的镶有威尼斯针绣的花边这是和通常的新娘面纱不同的花束由铃兰和栀子花组成

罗罗、多多、柔柔
克洛克洛、马戈、弗柔弗柔
马克西姆饭店我一会儿就到
你们可以到……

铁达尼号慢慢地倾斜翘起船尾垂直向上在这过程中在我们离开后从未闪烁过一下的船舱和交谊厅中的灯光这时暗掉了后来又亮了一次最终完全熄灭。同时机械设备的嘎嘎声响彻全船只听得一阵嘎嘎声和哼哼声声闻数里之遥。接着船身倾斜着静静地潜入海底

珍　妮

"可是妈妈，那多么有意思呀！"当妈妈为珍妮必须出去工作一事发出悲叹时，珍妮就会这样对她说。

---

① 引自著名赞美诗《更加靠近你我的上帝》，由英国女诗人亚当斯（Sarab Flower Adams, 1805—1848）作词，作于1840年。

"在我年轻的时候，人们会说这不像个小姐的样儿，会觉得这是件低三下四的事。"

"可是时代不同啦！"珍妮说，她发脾气了。

说起来，能从乔治城那沉闷的屋子和树荫覆盖下的沉闷的街道上走出来，绕到爱丽丝·迪克家去找她，两人一起进城看电影，看的还是外国电影，然后走在行人熙熙攘攘的F街上，走进一家杂货店去喝一瓶汽水，在搭上回乔治城的电车前，坐在喷水泉旁谈论刚才看过的电影，谈论奥利夫·托马斯、查理·卓别林和约翰·本尼，这一切对她来说不啻巨大的解脱。她开始养成每天读报的习惯，并对政治发生兴趣。她开始感到身外某处还有一个悸动着的、被弧光灯照亮的巨大世界，而囿于乔治城那么沉闷乏味、因循守旧的环境，在如此沉闷乏味、因循守旧的父母身边，她会一辈子也不能闯入那个世界。

接读乔寄来的明信片，她产生同样的感觉。他在"康涅狄格"号战列舰上当水兵。明信片上印着一张画，那是哈瓦那的滨海区、马赛港或者维尔弗朗什①，要不然就是一位农民装束的姑娘的照片，镶在金箔制的马蹄形框子内，上面只有短短的几句话，问她好，祝她工作称心，可是关于他自己的情况却从来一字不提。她写给他一封封长信，详细询问他的近况以及外国的情况，但他从来没有回答过这些问题。尽管如此，收到明信片一事总给她某种冒险的感觉。每当她在街上看见一个水兵或者从匡蒂科②来的海军陆战队战士，她就会想起乔来，心想不知道他生活得怎么样。一看见穿着蓝军服、歪戴帽子在街上徘徊的水兵，就会在她心中激起一阵奇异的悸动。

每逢星期天，爱丽丝几乎都到乔治城来。如今家里的情况变了，乔走了，父母更衰老、更安静了，弗兰西和埃伦长成两个老爱咯咯笑的漂亮的中学生了，很受到邻近男孩子们欢迎，参加各种舞会，不断地出口怨言——因为一点儿零花钱都没有。星期天晚餐时，和她们一起坐在饭桌旁，珍妮帮助妈妈倒肉汁，把土豆或甘蓝菜端上来，她感到自己已经成年，几乎是个老姑娘了。她现在站在父母一边反对她的两个妹妹。爸爸变得衰老而萎缩。他常常念叨退休的事，算计着能拿到多少退休金。

在鲁宾逊夫人那里工作了八个月，她受到德赖弗斯与卡罗尔律师事务所

---

① 法国东南部沿地中海一港口，为避暑胜地。
② 美国一海军基地，在弗吉尼亚州东北部，波托马克河上，乔治城的西南。

的聘请，这两位专利权律师就在里格斯大厦顶层办公，他们答应给她周薪十七元，比她从鲁宾逊夫人那儿拿到的钱多五元。这使她很高兴。她现在意识到自己工作得不错，以后无论出现什么情况，她都能养活自己。有了这个作为后盾，她和爱丽丝·迪克一起到伍德沃德与洛思罗普商店去买一件衣服。她想要一件成年人穿的绣花绸衣。她二十一岁了，每周即将挣到十七元，因此自以为有得到一件好衣服的权利。爱丽丝说应该买一件带古铜色的金色衣服，以便和她的头发相配。她俩去了F街所有的服装店，但怎么找也找不到一件价廉物美的衣服，只得买了些衣料和几本时装杂志回家，让珍妮的妈妈去做。珍妮还得以这种方式依赖母亲，使她很觉懊恼，然而又没有别的办法；因此威廉斯太太还得为珍妮做新衣服，正如从她所有的孩子诞生时起，她亲手为他们缝制全部衣服一样。珍妮始终没有耐心把缝纫技术学得像妈妈那么好。她们买来的料子有多余，于是爱丽丝也能得到一件，也就是说威廉斯太太必须做两件衣服。

在德赖弗斯与卡罗尔律师事务所工作与在鲁宾逊夫人处工作大不相同。办公室里几乎都是男人。德赖弗斯先生身材矮小，面容瘦削，留着两撇黑色的小胡子，一双小而黑的眼睛闪闪发光，说话吐字时的腔调使他具有一位著名的外国外交家的风度。他戴着一副黄色软皮手套和一根黄手杖，还有许多式样不同、做工考究的大衣。正如杰里·伯纳姆所说，他是这个合伙事务所的智囊。卡罗尔先生身材短粗，面色红润，他每天要抽不少支雪茄，常常要咳嗽一声清清嗓子，说话时带着一种旧时南方的天知道叫什么的腔调。杰里·伯纳姆说他是这个合伙事务所的凸肚窗。杰里·伯纳姆是事务所的工程技术顾问，他是个脸有皱纹、目光放荡的年轻人。他常常放声大笑，上班老是迟到，不知为什么对珍妮很感兴趣，在他口述信件要她打字时，老和她说笑话。她喜欢他，然而他那放肆的目光又使她有点惊慌、畏缩。她希望能像个小妹妹那样和他说话，并且劝他不要继续浪费自己的精力。此外，还有一位干瘦的老会计西尔斯先生，他住在安纳科斯蒂亚①，从来没见他主动跟别人说过哪怕一句话。中午他不出去吃午饭，而是坐在他的办公桌旁吃一块三明治和一只苹果，吃完后还把包三明治和苹果的那张蜡纸小心叠好，重新装进口袋。另外还有两名活泼的小信差和一个小个子打字员西蒙斯小姐，她容貌平常，每周只挣十二元。白天，各种各样的人，身穿破衣烂衫或皮科克巷

①　位于哥伦比亚特区华盛顿市的南部。

的盛装华服到办公室里来，他们站满了办公室的外间，隔着毛玻璃门听卡罗尔先生用洪亮的声音侃侃而谈。德赖弗斯先生出出进进，一言不发，看见熟人微微一笑，总在神秘地忙碌着，中午在自助食堂或冷饮柜进餐，珍妮总是把办公室里的一切都告诉爱丽丝，而爱丽丝则以羡慕的眼光仰视着她。每天中午一时，爱丽丝总在门厅里等候她。她俩安排在这个时候出去，因为只有这个时候街上不大拥挤。她俩谁也不会花费两角钱以上，因此午餐很快就能吃完，她们在回去上班以前能有时间绕拉斐特广场转一圈，或者有时在白宫前的空地上漫步。

有一个星期六晚上，她不得不加班，打一份艇外推进机说明书，星期一一大早就得送到专利局去。别人全都下班了。她努力辨认复杂的技术术语和措词，但心里却想着当天接到的一张乔寄给她的明信片，上面印着安第斯山基督像①。信上只写着这样一些字：

"让山姆大叔的烂舰艇见鬼去吧。即将归家。"

下面连个名儿都没签，可是她认识他的笔迹。这使她担心。伯纳姆坐在电话交换机前核对她打好的信件。他不时要到盥洗室里去一趟；等他一回来，办公室里就飘荡着一股热辣辣的威士忌味儿。珍妮忐忑不安。她不断按着打字键，直到眼前那黑色的小字一个个蠕动起来。她为乔担心。他怎么能在服役期满之前就回家呢？其中必定有蹊跷。杰里·伯纳姆坐在女接线生的座位上不断旋转，使珍妮觉得心烦。她早就和爱丽丝谈起过独自和一个男人这样待在办公室里的危险性。这么晚了，又喝了酒，男人心里只会惦记着一件事。

当她把倒数第二页打字纸交给他时，他用那亮晶晶、水汪汪的眼睛盯住她的眼睛看。"我敢打赌，你准是累了，威廉斯小姐，"他说，"真太不像话，这么晚还要把你留下，而且又是个星期六的晚上。"

"这没什么，伯纳姆先生。"她非常冷淡地回答，她的手指仍在哒哒地打字。

"这都是那该死的老凸肚窗的过错。成天大谈政治，吵得别人什么事情也干不成。"

"好了，现在没有关系了。"珍妮说。

---

① 1902年，阿根廷和智利签订边界条约，解决了多年来的争端，后由群众筹款，在安第斯山的乌斯帕雅塔山隘顶端竖起一座用旧大炮铸造的基督像，高度比两个人的身长更高，以志纪念两国之间的和平。

"什么关系也没有啦……快八点钟了。我只能放弃和我最要好的女朋友的约会了……不这样的话，也差不了多少。我敢打赌，你的约会也给耽误了，威廉斯小姐。"

"我本来是打算和一个人见面的，可她也是个姑娘。"

"现在我来讲一只……"他笑得多么自在，她发现自己也大笑起来。

最后一页信稿打好并装进了信封，珍妮站起身去拿她的帽子。"我说呀，威廉斯小姐，咱们先把这东西扔到信筒里去，然后你还是跟我去随便吃点儿什么。"

珍妮和他一起乘电梯下楼时，打算找个借口回家，但不知为什么她没有这样做，终于和他一起在H街一家法国餐馆里坐下来，外表很冷静，内心却非常激动。

"喂，你对于新自由纲领①是怎么看的，威廉斯小姐?"杰里·伯纳姆坐下后笑着问。他把菜单递给她："这就像是'记分卡'……你要凭你的良知做出抉择。"

"唔，我什么都不懂啊，伯纳姆先生。"

"对啦，说老实话，我赞成。我认为威尔逊是个大人物……总之，什么也比不上变革重要，世上最好的事情就是变革，你觉得怎么样？布赖恩是个只会大喊大叫、胡说八道的人，但是即使是他也代表着某种变革，甚至连约瑟夫斯·丹尼尔斯②还为海军充分供应葡萄酒呢。我认为我们也许有回到民主政治去的机会……也许不需要一场革命；你认为怎么样?"

他提出问题来是从不等待她回答的，他自己只管又说又笑。

后来，珍妮把当时的情景告诉爱丽丝，发现杰里·伯纳姆所谈的事情并不十分有趣，那天的饭菜并不十分精美，这段经历也并不十分令人愉快。爱丽丝对这件事很反感。"噢，珍妮，你怎么能在那么晚的时候和一个喝醉酒的男人到那种地方去呢，而我倒真为你担心……要知道这种男人心里只会惦记着一件事……我正告你，这样做简直没有头脑，而且轻浮……我真想不到你竟会做出这样的事来。""可是，爱丽丝，事情一点都不像你说的那样。"珍妮急忙往下说，但爱丽丝哭了，整整一个星期，她到东到西都像是受到了

---

① 这是美国第二十八任总统（1913—1921）伍德罗·威尔逊（1856—1924）于1912年竞选总统时提出的经济、政治纲领。

② 丹尼尔斯（Josephus Daniels, 1862—1948），美国报人、政治家，在威尔逊任总统期间任海军部长。

伤害，所以从此以后珍妮再也不对她提起杰里·伯纳姆了。这是她和爱丽丝之间出现的第一次意见分歧，她为此心里很不好受。

她继续和杰里·伯纳姆保持友好关系。看来他喜欢带她出去，喜欢让她听自己高谈阔论。即使他后来辞去了在德赖弗斯与卡罗尔律师事务所的职务之后，有几个星期六下午还照旧去找她，带她到基思剧院去。珍妮约爱丽丝在石溪公园跟他见一次面，然而结果并不十分好。杰里请两位姑娘在一座古老的石头磨坊里吃茶点。他在为一家工程学报社工作并为《纽约太阳报》每周写一篇通讯。他把华盛顿称为藏垢纳污之地和令人厌烦的污水坑，说他正在这里走向堕落，并说这里的大多数居民的脖子以上都已经死掉了，这种奇谈怪论使爱丽丝大为不安。他把她俩送上了回乔治城的电车，爱丽丝在车上郑重其事地说，一个受人尊敬的姑娘不该结识像伯纳姆这种年轻男子。珍妮愉快地靠在无顶电车的椅背上，窗外的树木、穿着夏装的姑娘们、戴草帽的男人、信筒、商店的铺面在她眼前掠过，她说："可是，爱丽丝，他着实聪明、词锋犀利……天啊，我喜欢有头脑的人，你难道不这样？"爱丽丝望着她，摇摇头，露出发愁的模样，一句话也没有说。

就在那天下午，她们到乔治城的医院去探望爸爸。那情景真可怕。妈妈、珍妮、医生和病房护士都知道他患的是膀胱癌，没多久可活了，但是她们心里不承认这一事实。他们刚把他挪到单人病房里去，好让他舒服一些。这一来花费很大，她们不得不把家里的房子再次抵押出去。她们把珍妮未雨绸缪而在银行里开的存款户的积蓄早已花光了。那天下午，她们不得不在病房外等候很久。等一位护士捧着用毛巾盖住的玻璃尿瓶走出来，珍妮就独自走了进去。

"你好，爸爸。"她勉强装出了笑容说。房间里弥漫着一股消毒剂的气味，熏得她直恶心。通过敞开的窗子，热空气从被阳光晒得树叶萎缩的树木下吹来，伴随着星期日下午催人欲眠的声息，一只乌鸦哇地叫了一声，远处传来车辆来往的声音。爸爸的脸凹陷了下去，歪向一边。爸爸长长的八字胡子白得像丝一样，显得可怜巴巴。珍妮知道自己爱他甚于世上其他所有的人……

他的语声微弱然而相当坚定："珍妮，我现在好比待在干船坞里，姑娘，我想我永远也不会再……你知道得比我清楚，那帮狗杂种不肯告诉我……啊，告诉我乔现在怎么样。你接到他的信了，是吧？我真不愿意他参加海军；小伙子在那里如果上面没有门路是没有前途的；不过他学我的样去航海，我还是高兴的……从前我不到二十岁就三次绕过合恩角①。那还是在我到拖轮上干活之前，你知道……我躺在这里可总在想乔干的正是我早就干过的事，有其父必有其子，我对这个很高兴。我对他倒不担心，我担心的是我还没有亲自把你们几个女孩子嫁出去。要不然我心里还会轻松一些。我不放心现在这种穿着齐脚踝的裙子之类玩意儿的女孩子们。"爸爸眼睛里闪着一丝冷冰冰的微弱的光，扫视着她全身上下，使她虽想说话，但喉头哽住了。

"我想我能照顾好自己的。"她说。

"现在你必须照顾好我。我为你们这些孩子尽了最大的努力。你们不懂得生活是怎么回事，你们谁也不懂得，因为有我保护着你们，可现在你们把我送进了医院，让我死在这里。"

"但是，爸爸，你亲口说过最好能到一个可以得到较好照顾的地方去的嘛。"

"我不喜欢那个夜班护士，珍妮，她护理我的时候，手脚太重了……你给值班室去提提这事。"

终于到了离开的时候，这真是一种解脱。她和爱丽丝在街上走着，谁也一言不发。最后还是珍妮开了口："看在老天的分上，爱丽丝，别绷着脸儿。你要是知道我也嫌恶这一切就好了……"

"噢，老天，我希望……"

"你希望什么，珍妮?"

"噢，我也说不清。"

那年夏天，七月份炎热不堪，在办公室里工作，电风扇老是呼呼地吹着，男人的硬领被汗水弄得皱巴巴的，女人连连往脸上搽粉，搽得过多了，唯有德赖弗斯先生仍然保持冷静，穿着得还是那么整洁，好像刚从硬纸匣中取出似的。月底那一天，珍妮在办公桌前静坐片刻，好有力气沿着热得像蒸笼的街道走回家去，这时杰里·伯纳姆走了进来。他把衬衫袖子卷到胳膊肘上，穿着一条白帆布裤子，手里拿着上装。他问她爸爸的病情怎样，还说欧洲传来的消息使他非常激动，非要带她出去吃晚饭不可，以便一吐为快。"我把伯格斯·多兰的汽车开来了，我没有驾驶执照，可是我想我能偷偷地开上快车道，兜兜风，消消暑气。"她打算拒绝他，因为她应当回家去吃晚饭，而且每次她和杰里一起出去，爱丽丝总要显出很不高兴的样子，然而他

---

① 在南美洲的最南端。

看出了她其实很想去，所以就坚持要她去。

他俩都坐在那辆福特牌汽车的前排，把上衣扔在后座上。他们在快车道上兜了一圈，但沥青路面热得像烤饼盘一般。树木和凝滞的棕色河水在朦胧的黄昏里炖煮着，就像菜锅里的肉和蔬菜一样。汽车发动机的热力使他俩喘不过气来。杰里满脸通红，不断谈论正在欧洲酝酿中的战争，说它将成为文明的终结和工人阶级革命总爆发的信号，但他对此并不担心，只要有机会离开华盛顿他都很乐意。他在这里喝酒喝得迷迷糊糊，再加上炎热的天气和《国会记录》，头脑更加乱了；他说他对女人简直厌烦之极，她们只知道向他要钱，要他带去参加宴会或是要和他结婚，还有天知道的那些别的蠢事，唯有珍妮和她们不一样，因此和她谈话令他头脑冷静，感到抚慰。

天气实在太热了，他们只能停下车来等夜里凉快了再开，两人一起到威拉德饭店去吃点东西。他坚持要到那里去，说他衣服口袋里装满了钱，反正总是要花掉的；珍妮非常不安，因为她从未在一家大饭店里进过餐，觉得自己的衣着太不像样，说是怕丢他的面子。他听了哈哈大笑说绝不会的。他俩坐进了又进深又宽大的金碧辉煌的餐厅，杰里说这餐厅像一间百万富翁的陈尸所。侍者彬彬有礼，菜单那么长，珍妮不知道该点什么菜好，就要了一份色拉。杰坦劝她来一杯杜松子酒汽水，说是喝了会感觉清凉，可是她喝了觉得头晕目眩，身子飘飘然，动作也笨拙了。她聆听他说话，听得上气不接下气，就像小时候紧跟着乔和亚历克到电车库去时跑得气喘吁吁那样。

吃完了晚饭，他俩继续开车兜风，杰里变得安静了，她觉得有点拘束，不知该说些什么好。他们驶过罗得岛大道，从"老兵之家"兜了一个圈子回来。到处都没有风，汽车一路开去，马路两旁一色的耀眼街灯和悄然无声的树木被那灯光照亮的部分都向后退去。甚至在高坡上都没有一丝风。

在没有街灯照耀的阴暗小道上要觉得舒服一些。珍妮失去了一切方向感，背靠在座位上，呼吸着从玉米田或矮树丛里偶尔传来的一丝新鲜空气。在一处潮湿的地方，飘过路面来的气息使人几乎有了点凉意，杰里突然停下车来俯身亲吻她。她的心快速地跳动起来。她想要劝阻他，但没法让自己这样做。

"我不是故意要这样，不过我控制不住了，"他低声说，"华盛顿的生活使人意志薄弱……也可能我爱上了你，珍妮。我说不上来……咱们坐到后面去吧，后面凉快些。"她心窝里涌出一阵虚弱的感觉，溢满了全身。当她走出汽车时，他伸出双臂抱住了她。她低下头靠在他肩膀上，嘴唇贴住他的颈项。他火烫的双臂搂住了她的肩膀，她可以感到他衬衫下的肋骨紧紧抵住了她的身子。那股烟草、酒和男人的汗味儿使她的脑袋发晕。他的双腿开始紧紧地朝她的腿上压过来。她猛然抽身钻进了后座。她浑身颤抖。他紧跟着也钻进车来。"不，不。"她说。他在她身旁坐了下来，搂住了她的腰。他用颤抖的声音说："咱们抽支烟吧。"

抽烟使她有些事情做，觉得跟他和解了。燃着的香烟在黑暗中形成两个红色的小圆点，紧靠在一起。

"你是说你喜欢我吗，杰里？"

"我为你简直快发疯了，小妞。"

"你是想要……？"

"想要和你结婚……为什么不呢？我不知道……就算咱俩已经订婚了怎么样？"

"你是说想要我和你结婚？"

"只要你愿意……可是你难道不理解……在这样的一个夜晚……闻着沼泽地的气息……一个男子是怎么感觉的……天呐，为了得到你我宁愿抛弃一切。"

他俩吸完了烟。彼此都不说话，坐了很久。她感到他赤裸的手臂上的汗毛紧贴住她赤裸的手臂。

"我正在为我的哥哥乔担心……他在当海军，杰里，我怕他会开小差或干出什么别的事儿来……我相信你会喜欢他的。他是个很出色的棒球运动员。"

"你怎么想起他来了？你对我的感情难道也是这样的吗？爱情是桩不起的东西，真该死，你难道不懂得爱情和你对哥哥的感情不是一回事儿吗？"

他一手放在她膝盖上。在黑暗中，她感觉到他正在朝她望。他凑过身子，非常轻柔地亲吻她。她喜欢他的嘴唇就像这样轻柔地贴在她的嘴唇上。她正吻着他的嘴唇。她正堕入带有沼泽气息的夜晚里，好像已经过了好几个世纪。他火热的胸膛紧贴着她的乳房，把她的身子压倒。她甘愿紧紧依偎着他，让他把她压倒，堕入带有沼泽气息的夜晚里，好像已经过了好几个世纪。突然她打了一个寒战，觉得恶心，像溺水一样透不过气来。她开始挣扎。她弓起一条腿，狠狠地用膝盖顶他的腹股沟。

他把她放开，钻出汽车。她能听到他在她身后黑暗的路上来回踱步，她浑身发抖，又害怕又恶心。过了一会儿，他钻进车来，拧开车灯，开车前进，没有朝她看一眼。他一面开车一面抽烟，不时地闪亮出一些小火星。

他开到乔治城M街拐弯处威廉斯家住宅的下边，把车停下，下车替她打开车门。她下了车，不知说什么好，眼睛都不敢朝他看。

"也许你认为我应该为刚才的粗野行为向你道歉吧?"他说。

"杰里，我很抱歉。"她说。

"真该死，我是无论如何不会这样做的……我原以为我们是朋友。我早该知道在这个堆满垃圾的鬼地方，没有一个女人身上还会保留一星人性的火花的……我看你认为你该保持清白身子，到正式结婚时再说。那你就这样坚持下去吧；这是你的事儿。至于我所需要的，我可以在这条街上从任何黑人婊子身上得到……再见。"珍妮一句话也不说。他开车走了。她回到家里就上了床。

整个八月份，她父亲躺在乔治城的医院里，用足了吗啡，在逐渐走向死亡。每天出版的报纸上都用大字标题报道欧战的消息，在列日、卢万、蒙斯①的战斗。德赖弗斯与卡罗尔律师事务所里，人们大为兴奋。关于军火专利权的大诉讼案正在进行。有人暗中传说：纯洁无瑕的德赖弗斯先生是德国政府的一名代理人。一天中午，杰里来看珍妮，为那天晚上他的粗野行为向她道歉，并告诉她说他已弄到一份随军记者的工作，还有一星期就要奔赴前线了。他们一起吃了顿丰盛的午餐。他谈到间谍、英国的阴谋诡计、泛斯拉夫主义、饶勒斯②的被刺以及社会主义革命，不断地哈哈大笑，说一切事情都正在变得一团糟。她觉得他真了不起，想提提他俩是否算是订婚了，她觉得对他怀有一股强烈的柔情，担心他会被打死。但是突然到了她该回办公室去上班的时候了，所以双方都没有提起这件事。他陪她一起走回里格斯大厦，和她道别，在大庭广众面前着着实实地给她一吻就走了，说是会从纽约写信给她。正在这时，爱丽丝恰好也上楼往鲁宾逊夫人的办事处走去，珍妮不由自主地告诉她说自己已经和杰里·伯纳姆订了婚，他将作为一名随军记者前往欧洲。

九月初，她父亲去世了，对一切有关的人们来说，这都是一个极大的解脱。只是从橡树山公墓回家的途中，她还是一个小姑娘时所憧憬的一切又重新回到了她的心头，她思念着亚历克，一切都如此令人沮丧，真使她无法忍

---

① 这三个城市都在比利时，在第一次世界大战中都曾遭德国的兵祸。

② 饶勒斯（Jean Jaurès, 1859—1914），法国社会党右翼领袖，因反对第一次世界大战，于1914年7月31日被暴徒暗杀。

受。她母亲表现得很安详，眼睛哭得红红的，不断地念叨说，在橡树山公墓里为她留了一块坟地，将来也可以埋在那里，这使她很觉快慰。她绝对不愿让他被埋在别的公墓里。那里多美啊！乔治城里一切有教养的人士都是安葬在那里的。

靠了得到的保险金，威廉斯太太翻修了住宅，把顶上两层装修一新，当公寓出租。珍妮长期以来一直想要有一个自己的家，现在是实现的时候了，她和爱丽丝一起在马萨诸塞大道靠近卡内基图书馆的地方租了一个房间，还带有厨房设备。于是在一个星期六的下午，她在杂货店里打电话叫了一辆出租马车，从她房间里搬出大小箱子和一摞装在画框里的画，放在她身旁的座位上。这些画里有两张彩色复制品，是雷明顿①画的印第安人，还有一幅吉布森画的女郎像、乔寄给她的一张"康涅狄格"号战列舰停泊在维尔弗朗什港内的照片，以及一幅她父亲的放大照片，他身穿制服，站在一条假船的舵轮前，背后是暴风雨的天空的布景，那是弗吉尼亚州诺福克的一位摄影师为他布置的。此外还有她新近买来的两张没有画框的彩色复制品，是马克斯菲尔德·帕里什②的作品，还有一张乔穿着棒球运动员服装的快照，早已配好了相框。她把亚历克的那张小像用衣服包好放在自己的手提箱里。马车里有一股霉味，在街上行驶时发出隆隆声。那是个清新的秋日，明沟里积满了枯叶。珍妮既害怕又兴奋，好像正在独自出门旅行。

那年秋天，她读了许多报纸和杂志，还读了威·约·洛克③的《被人热爱的流浪汉》。她开始仇恨毁灭艺术、文化、文明和卢万④的德国人。她等待杰里来信，但始终没有等到。

一天下午，她离办公室时稍微晚了些，只见有个人站在电梯前的门厅里，一看竟然是乔！"喂，珍妮，"他说，"好家伙，你的样子真像个百万富翁了。"她看见他真是高兴极了，连话都说不出来，只是紧紧地握住他的手臂。"我刚拿到工钱……我想还是趁我还没有花得一个子儿不剩，先到这儿来看看家里人……我要带你出去，请你结结实实地吃上一顿美餐，你要是高兴的话，再去看场戏……"他皮肤晒得黝黑，肩膀也比走的时候更宽了。他

---

① 雷明顿（Frederic Remington，1861—1909），美国画家，以画牛仔和印第安人的题材著称。

② 帕里什（Maxfield Parrish，1870—1966），美国画家，以作书籍插图和壁画著称。

③ 洛克（William John Locke，1863—1930），英国小说家，该书出版于1906年，在当时很受欢迎。

④ 卢万位于比利时首都布鲁塞尔以东，为文化古城，1914年，其大学图书馆、市政厅及圣彼得堡教堂等中古时期的建筑都被德军毁掉。

那双大手和关节突出的手腕从一件样子很新的蓝色上衣里伸出来。这件上衣穿在他身上，腰身太紧了，衣袖也短了点儿。

"你上乔治城去了没有？"她问他。

"去了。"

"你去公墓了吗？"

"妈妈要我去，可是那有什么用？"

"可怜的妈妈，一提起这事来她就伤心……"

他们向前走着。乔什么话也不说。那天天气炎热。马路上尘土飞扬。

珍妮说："乔，亲爱的，你得把自己的冒险经历全都讲给我听……你准到过一些了不起的地方。有一个当海军的哥哥真使人激动呀！"

"珍妮，别提海军的事，成不成？……我不愿意听人谈起它来。我在布宜诺斯艾利斯开了小差，明白吗？上了一条英国船往东走，在一条英国船上……过的也不是人的生活，不过什么都比在美国海军里要强啊！"

"可是，乔……"

"没有什么可发愁的……"

"可是，乔，到底出了什么事？"

"你可一句话都别对别人说，行吗，珍妮？你知道吗？有一个小军官把我欺负得真他妈太厉害了，我就和他干了一架。我朝他下巴狠揍过去，有点儿伤着他了，懂吗？我眼看要倒霉，就赶紧逃走，又去流浪了……就这些。"

"噢，乔，我还一直盼着你能当上个军官呢。"

"水兵要熬成个军官？可没多大门儿。"

她把他带到杰里曾带她去过的马比里翁饭店。乔在门口以挑剔的眼光朝店里看了看："这儿就是你数得上来的最高级的地方了吗，珍妮？我兜里可装着一百块大洋呢。"

"噢，这儿的价钱贵得吓人……是一家法国餐厅。再说你也不该把钱花在我身上。"

"除了你，你还指望我会把钱花在谁的身上呢？"

乔在一张桌子前坐了下来，珍妮跑去给爱丽丝打电话，告诉她很晚才能回家。当她回到桌子边时，乔正从衣袋里掏出几个裹着红绿条纹皱纸的小包包来。

"噢，这是什么？"

"你打开看看，珍妮……是给你的。"

她把这些纸包拆开。里面是几条领圈的花边和一条绣花桌布。

"花边是爱尔兰货，桌布是马德拉①产的……我还有一只中国花瓶也打算给你，可是让哪个狗娘养……狗娘养的给偷掉了。"

"你实在太好了，还把我记在心上……我很感激。"

乔不安地摆弄着他的刀叉。"咱们赶紧吃吧，珍妮，要不然就赶不上看戏了……我买了《乐园思凡》②的戏票。"

当他们走出贝拉斯科剧院，走上拉斐特广场时，广场上清凉、安静，可以听见风吹树叶发出的飒飒声。乔说："这声音算不上什么，我有一回可看见了真正的沙暴。"珍妮看到哥哥已经成了个鄙陋无文的粗人，心里很难过。刚才看的戏唤回了她童年的感情，充满了对异域的渴望，那里有焚香的味儿、黑眼睛、穿着燕尾服在蒙特卡洛赌台上挥金如土的公爵、僧侣以及东方的神秘。假如乔稍稍多受到一些教育，他就能真正欣赏他到过的一切有趣的港口。他和她在马萨诸塞大道那座房子门前的台阶上分手。

"你上哪儿去住呢，乔？"她问。

"我想我会回纽约去，在船上找个职位的……自从打了仗，水手这一行挺吃香。"

"你是说今晚就走？"他点点头。

"我真想给你腾出个床位来，可是因为有爱丽丝，不大方便。"

"好啦，我不想在这肮脏的地方逗留啦……我只不过是为了见你一面才来的。"

"好，再见，乔，一定要给我写信啊。"

"再见，珍妮，我一定写。"

她目送着他在街上走去，直到他的身子消失在树荫里。看着他孤零零地沿着黑影重重的街道走去，她很难过。他虽然还没有完全像水手那样迈着蹒跚的脚步，但无论如何看起来像是个干活的粗人了。她叹息一声，走进屋里。爱丽丝为了等她还没有睡。她把花边拿出来给爱丽丝看，两人戴上领圈试了试，都认为这些东西非常漂亮而且一定很值钱。

那年冬天，珍妮和爱丽丝过得很快活。她们开始养成吸烟的习惯，星期日下午准备茶点招待朋友。她们读阿诺德·本涅特③的小说，把自己看作是

---

① 葡萄牙属的群岛，位于葡萄牙西南的大西洋中。

② 这是根据英国小说家罗伯特·希琴斯（Robert Hichens，1864—1950）于1904年发表的同名小说改编的话剧。

③ 本涅特（Arnold Bennett,1867—1931），英国小说家，其代表作为《老妇人的故事》（1908），并以其家乡五座工业城镇为背景写了一系列现实主义小说。当时他的作品正受人欢迎。

独立生活的单身女人。她们学会玩桥牌，把裙子也改短了。圣诞节，珍妮得到了一百元奖金，在德赖弗斯与卡罗尔律师事务所的薪金也加到每周二十元了。于是她对爱丽丝说，继续待在鲁宾逊夫人那里简直是傻到家了。至于她自己，则开始产生了干一番事业的雄心。她再也不怕男人了，也会在电梯里与年轻的男职员彼此打趣，他们之间开的玩笑，要是拿到上一年来说，是会把她羞得脸红的。当约翰尼·爱德华兹或莫里斯·拜尔在晚间带她出去看电影时，要是他们伸手搂住她的腰，或者趁她在手提包里掏前门钥匙之机吻她一两下的话，她也不在乎了。当对方对她过于亲昵，对她动手动脚时，她知道不必发脾气。只要抓住对方的手腕把他推开就行了。爱丽丝总爱用警告的口吻说，男人心里只惦记着一件事，她听了大笑起来说："噢，他们还没有这么精呢。"她发现在洗头发的时候往水里稍稍加一点双氧水就会使头发显得更其金黄，不再看来像原先那样糟糕。当她晚间准备出门时，有时还用小指沾上一小点口红，非常仔细地抹在嘴唇上。

摄影机眼（15）

在舒尔基尔河河口皮尔斯先生[①]上了船他已九十六岁精神仍然矍铄他[②]入伍时正在皮尔斯先生事务所里当听差因为痢疾害得很凶错过了安蒂埃坦姆之战[③]皮尔斯先生的女儿布莱克夫人叫他杰克她抽小支的棕色香烟我们在留声机上放**魔鬼兄弟**[④]人人都非常快乐皮尔斯先生捋一下长长的连鬓胡子呷一口热甜酒布莱克夫人一支接一支地抽烟他们谈论起往昔的日子谈论起他父亲怎样期望他成为一名牧师他那可怜的妈妈[⑤]怎样为了养活一家胃口奇大

---

① 作者父亲约翰·伦道夫的老师。
② 指作者父亲，在内战期间曾参加宾夕法尼亚州民兵，当鼓手。
③ 安蒂坎坦姆是马里兰州西北部的一条小河，1862年9月17日在那里发生一场大战，南北双方死亡盈万。
④ 这是法国作曲家奥柏所作的三幕歌剧，1830年初演于巴黎。脚本由法国剧作家斯克里布撰写。
⑤ 指约翰·伦道夫的母亲罗辛达·安·卡特尔。其丈夫马诺埃尔于1830年由葡萄牙属马德拉群岛移居美国，先在巴尔的摩、后在费城当鞋匠，共生了六个孩子，约翰·伦道夫排行第五。

的孩子而茹苦含辛他父亲沉默寡言基本上只会说葡萄牙语要是餐桌上端来一盘不合口味的菜二话不说操起盘子就往窗外扔他曾想到海上去在大学和皮尔斯先生的事务所学法律他唱道

啊，船儿在浪沫上颠簸
谁能道出他心中的欢乐

　　他兑了一杯热甜酒皮尔斯先生捋一下长长的连鬓胡子人人都非常快乐他们谈起玛丽·温特沃思号纵帆船①谈起霍奇森上校和墨菲神父怎样死死地盯着使人欢乐的酒杯他兑了一杯热甜酒皮尔斯先生捋一下长长的连鬓胡子布莱克夫人一支接一支地抽小支的棕色香烟人人都非常快乐在留声机上放着**魔鬼兄弟**的唱片飘来港湾的气息还有渡轮特拉华河一片银光闪闪的涟漪那儿昔日全是一片沼泽我们常常去打野鸭子他随着留声机唱起**维多利亚**
　　墨菲神父深深地为痛风所扰人们不得不用窗板把他抬走皮尔斯先生九十六岁了精神矍铄呷一口热甜酒捋一下长长的连鬓胡子一片银光闪闪的涟漪随着清风飘来港湾的气息还有坎登②造船厂的烟雾柠檬黑麦酒热甜酒的香甜味儿人人都非常快乐

---

① 这是约翰·伦道夫早年购置的由双桅纵帆船改装的游艇。
② 位于新泽西州西部，与费城隔特拉华河相望。

新闻短片 XII

警察未到希腊人先溜号

士兵执枪唤醒卧车乘客

流吧，河啊，流吧
一直流向大海
光灿灿的流水哟
带回我的心上人

托雷翁①激战

密苏里州政运亨通的议员钱普·克拉克②写道，上次竞选结束时，我险些因为过度操劳、神经紧张、缺乏睡眠、食欲不振、演讲过多而垮掉，但喝了三瓶电力牌苦啤酒，竟然精神完全恢复

罗斯福当选为新党领袖③

克拉克对布赖恩形成致命威胁；帕克支持④

忠实，亲爱的，忠实
我真想能做到忠实

---

① 墨西哥中部一城市。此处指美墨于1911年上半年在该地的武装冲突。
② 克拉克（Champ Clark，1850—1921），美国政治家，于1911—1919任众议院议长。
③ 1912年，共和党内的进步派与塔夫脱为首的保守派公开决裂，西奥多·罗斯福参加了进步派于8月5日在芝加哥成立的进步党，并成为该党的总统候选人。
④ 此处指1912年美国民主党在决定总统候选人时，克拉克对布赖恩的威胁，帕克在当时曾支持克拉克，但后来布赖恩转而支持威尔逊，后者终于成为总统候选人。

但是听我说呀

这儿离塞纳河河岸

真是遥远而又遥远

理查森被判电椅处死，其罪状为确实无疑地谋杀年仅十九岁、出生于海恩尼斯的前情人阿维斯·林内尔，林内尔原是波士顿新英格兰音乐学院的学生。

这姑娘不幸成为理查森牧师与其新欢、一位社交界女郎、布鲁克莱区[①]的女继承人的婚姻的障碍，理查森和这两个女人都订有婚约，且已使林内尔小姐怀有身孕。

理查森诱骗该姑娘服一种毒药，她以为是一种能中止妊娠的药物，不幸在女青年会宿舍中毒身亡。

罗斯福首次披露美国占有巴拿马运河内幕

十万人无法进入
大厅回响欢呼声

晚餐时，州长[②]说他当天没有从布赖恩先生处得到任何直接的消息。"按目前的得票率计算，"威尔逊先生说，"我看了第十五次投票的结果，估计我要获胜还得需要一百七十五票。"

红发青年说描述如何捞取来得容易的钱的小说唆使他犯罪

十二月二十日传出消息，那位前牧师在查尔斯街监狱里自我伤残，公众对此案兴趣大增

抵南极后五人死亡

迪亚斯往商业区运送大炮

这儿离塞纳河河岸

真是遥远而又遥远

---

① 波士顿西南郊一居住区。
② 指当时任新泽西州州长的伍德罗·威尔逊。

对一个去生活在

萨斯喀彻温河①畔的姑娘

普拉特河的少年演说家②

那是一八九六年芝加哥年会③上发生的事，那位曾经获奖的少年演说家，牧师的滴酒不沾的贵子，发出银铃般的嗓音，充斥了那巨大的会堂，充斥了平民百姓的耳管：

主席先生，在座的大会的先生们：

　　如果我要发表和你们刚才聆听的

　　　　德高望重的先生

　　不同的意见，那确实是过于冒昧，如果这仅仅是衡量一下

彼此的能力的话；

　　　　但这决不是个人之间的较量。

　　全国最卑贱的公民，

　一旦赋予正义事业的甲胄，

　　　　是足以战胜任何错误的。

我今天到这儿来演说，是旨在捍卫一桩和自由事业同样神圣的事业……

一位嘴巴偌大的看上去还相当年轻的人，系着白领带

四出游说人，告诫者，福音传教士，

他的声音使大平原上那些拖欠许多抵押借款的农夫感到着迷，响彻在密苏里河谷那些装有檐板的校舍中，使急于取得低息贷款的小铺子老板们感到甜蜜，

---

① 在加拿大南部，向东注入温尼伯湖内。

② 普拉特河发源于科罗拉多州，横贯内布拉斯加州，在东疆奥马哈城南十五英里处流入密苏里河。1891年起，布赖恩曾两度担任代表内布拉斯加州的民主党众议员，时青春正富，口才出众，故有此说。

③ 民主党全国性年会于那年7月7日至11日在芝加哥召开。布赖恩在大会上作了脍炙人口的《金十字架》演说，使他第一次获得总统候选人的提名，下文引用的就是这篇演说。

142

像日出前灰色的寂静中画眉或百舌鸟的歌声，或者冬麦田里一阵突然的呼啸声，或者号手吹的熄灯号，或者飘扬的旗帜那样，使人们内心深处漾起柔情；

平民百姓的银嗓子：

……为了工资而被雇佣的人和他们的主子同样是实业家，乡村小镇上的律师和大都会的公司法律顾问同样是实业家；岔路口小店的掌柜和纽约城里的商人同样是实业家；

　　日出而作、操劳终日的农夫，躬耕一春、劳作一夏的农夫，把智慧和肌肉用在我国的自然资源上来创造财富的农夫，和商会董事、在粮食价格上投机的资本家同样是实业家；

　　　　入地千尺
　　　　　　或上山千仞的矿工们
　　　　从隐蔽的处所
　　　　　　开发出宝贵的金属
　　　　　　　　拿来输送进商业的条条渠道，
　　　　和少数的金融巨头——
　　　　　　他们
　　　　　　　　在暗室
　　　　　　　　　　收敛全世界的金钱——
　　　　　　　　　　　　　　同样是实业家。

被雇佣的人们和乡村律师们屏息凝神地静听着，
　　对于抵押庄稼来购买肥料的农夫，这是篇堂皇的演说，对于小镇上的五金商人、食品店老板、饲料与玉米商人、殡仪馆老板、蔬菜农场主，这是篇堂皇的演说……

　　　　在我们背后
　　　　有这个国家和全世界的
　　　　　　　　生产大众，
　　　　有商界、劳工界和处处地方的劳动者的支持，
　　　　对于他们

> 要求的
>
> > 金本位，
> >
> > > 我们将回答他们：
>
> 你们不能将荆棘的桂冠硬套在劳工的额上，
>
> > 你们不能将人类钉在金十字架上。

人们尽情欢呼起来（荆棘的桂冠和金十字架）

用肩膀抬着他绕会场一周，拥抱他，亲他，用他的名字为孩子起名，选他当总统候选人，

这普拉特河的少年演说家，

> > 平民百姓的银嗓子。

但是，两位苏格兰人麦克阿瑟和福雷斯特在兰德山区①发明了用氰化物从矿石中提取黄金的工艺，南非黄金涌向黄金市场；人们已无需银嗓子的先知了。

大嘴巴银嗓子继续高唱着，高唱和平主义、禁酒、原教旨主义，

在讲台上啃小萝卜，

喝葡萄汁和白开水，

大口吞咽一大顿玉米地带的美餐；

> 布赖恩，在肖托夸湖②边帐篷里酷热的空气中，在掌声、握手、拍肩膀之中，在民主党大会各委员会的会议厅的雪茄烟雾中，头发渐渐花白，这大嘴巴的银嗓子。

> 在达顿，他梦想再为平民百姓玩弄开倒车的权术，揶揄，痛责，嘲弄
>
> > 达尔文主义和城里人、科学家、蓄胡子的外国人的不信教观点和猴子道德观念。③

在佛罗里达州，他每天中午在一辆有遮篷的彩车上演讲。为科拉尔盖布尔斯④出卖地产……他不得不演说，听那些拖长声调的嗓音寂静下来，感受

---

① 全名为威特沃特斯兰，在南非约翰内斯堡那一带，盛产黄金。
② 在纽约州西南端，是夏季避暑胜地。布莱恩于1915年辞掉了公职，来到肖托夸巡回律师会做讲师。
③ 1925年3月，田纳西州颁布禁止在公立教育机构中讲授反对上帝创造人的学说，同年7月，对宣传达尔文主义的达顿市中学教师斯科普斯（John Thomas Scopes, 1900—1970）提出公诉，由布莱恩任主要公诉人，在法庭上遭到以克拉伦斯·达罗为首的辩护律师们的痛斥。虽然结果败诉，但布莱恩因此大失面子，几天后就在当地中风身亡。该案被人称之为"猴子案"。
④ 位于佛罗里达州东南端，为大迈阿密市的郊区，是冬季旅游胜地。

到人们紧张而乐意地听他讲话，一阵阵迸发的掌声。

为什么不再到全国各地去搞竞选活动，再用模棱两可的话语去满足那些希望倾听上帝的简单明了的话的平民百姓呢？

（荆棘的桂冠和金十字架）

用上帝的简单明了的叫人发迹的听上去令人惬意的话去满足那些单纯的正在发迹的过着惬意生活的美国中部的老百姓呢？

他吃起东西来胃口很大。但天气正热。因中风而病殁。

三天后，在南方的佛罗里达州的那家公司送来了
他订购的用来锻炼身体的电马
那是他看见美国总统在白宫
用电马锻炼身体后订购的。

摄影机眼（16）

从特拉华城①出发航行在运河上天气热得像在烤面包炉内一般躺在岸边晒太阳的乌龟急匆匆钻进我们的船掀起的混浊的赭色波浪之中他非常快乐她这一次好不容易身体这么好②他用茶和薄荷和圣十字架牌朗姆酒为我们调制了五味酒但天气像特拉华州所在的铰链状的半岛那么炙热我们看到猩红色的莺和红翅的燕北哥和翠鸟拼命地咯咯叫这时白色的船头劈开黄色波浪使芦苇和香蒲和白菖瑟瑟作响他谈起法律改革政客们的为人在美国到哪儿去找好人还问我为什么如果抱着我的那种想法就休想在本州的任何一个县里当选为公证员即使赔上全世界所有的钱也罢是啊甚至当个逮狗员都不成

---

① 位于特拉华州北部切萨皮克-特拉华运河的东口。
② 1910年春天开始，露西因多次中风的袭击，健康日益恶化。这一次身体很好，所以"他"，约翰·伦道夫很快乐。

约·华德·摩尔豪斯

　　他在七月四日生于特拉华州的威尔明顿[1]。可怜的摩尔豪斯太太在分娩时的阵痛中一直听到医院外面噼噼啪啪放爆竹的声音。她醒过来了一点儿，护士把婴儿抱给她看，她用颤抖沙哑的嗓音低声问，这些吵闹的声音对婴儿会不会有不好的影响，你知道这叫胎里疾。护士说这小男孩在这光荣的四日[2]诞生，长大了该是十分爱国的，说不定还能当上总统，接着讲了一个很长的故事，说有一个妇女在分娩前突然看见一个乞丐把一只手伸到她鼻子底下，结果孩子生下来长了六只手指头，但是摩尔豪斯太太过于虚弱，没有听完就睡着了。后来，摩尔豪斯先生从他当站长的火车站回家的路上弯过来，他们决定根据摩尔豪斯太太的父亲的名字，给孩子取名为约翰·华德，她父亲是在衣阿华州办农场的，家境相当富裕。事后摩尔豪斯先生到希利酒店去喝个大醉，因为他当了爸爸，因为今天是光荣的四日，而摩尔豪斯太太又睡着了。

　　约翰尼[3]在威尔明顿长大。他有两个弟弟——本和埃德，三个妹妹——默特尔、伊迪丝和海珊尔，可是人人都说他不仅是最大，也是最聪明的一个。本和埃德个子比他大，也比他强壮，可是学校里打弹子的冠军还得数他；有一个学期，他在一个名叫艾克·戈德堡的犹太籍孩子帮助下，把所有的弹子都赢到了手，从而名声大噪；他们把弹子租给别的孩子，十颗弹子一分钱，借用一个星期。

　　西班牙战争[4]爆发了，威尔明顿人人热衷于打仗，男孩子个个缠着父母亲要买一套"粗犷骑士"的服装，扮演煽动叛乱的美国人、波尼族印第安人和罗斯福上校，他们玩"别忘了'缅因'号"[5]的游戏，其中包括白色舰队和穿过麦哲伦海峡的"俄勒冈"号战舰。夏天的一个下午，约翰尼正在码头上，

---

① 位于特拉华州最北端，特拉华城之北，特拉华河右岸，为该州最大城市。
② 七月四日是美国国庆节。
③ 约翰的昵称。
④ 指19世纪末的美西战争，是美国与西班牙争夺古巴与菲律宾的一次战争。
⑤ 美国战舰"缅因"号停泊在哈瓦那港口，于1898年2月15日爆炸，美国以此煽起战事，4月对西班牙宣战。"别忘了'缅因'号"是当时的一句口号。

据说塞尔维拉海军上将[1]的中队正以作战的队形通过特拉华州海岬，一支州国民警卫队的分队见了之后，马上向一个在河里捕蟹的老黑人开火。约翰尼像保尔·勒维瑞[2]那样跑回家，摩尔豪斯太太聚集起六个孩子，两个坐在一辆童车里，四个跟在她后面，赶到火车站去找她丈夫。他们正打算跳上下一趟火车去费城，听得消息传来，说是所谓西班牙舰队无非是几只捕步鱼的船，而那些开火的军人因为酗酒在营房里关了禁闭。那老黑人收起他最后一根捕蟹的绳索，划回岸边，把船身上几处打得碎裂的弹痕指给他的老朋友们看。

约翰尼高中毕业的时候，是班里的辩论小组组长、演说代表，他的作文在比赛中得了奖，题目是《当代英雄罗斯福》，人人都觉得他应该去上大学。但是他父亲摇摇头，说家里经济状况不大妙。可怜的摩尔豪斯太太自从生了最小的孩子之后一直闹病，后来进医院动手术，还得过一段时间才能出院。小孩子们一年到头不是得麻疹、百日咳、猩红热，便是患腮腺炎。房子分期付款又该到期，摩尔豪斯先生原以为新年可以提薪，结果没有提。往年夏天，约翰尼不是去帮忙运货，便是到多佛附近去摘桃子，今年他只好到特拉华、马里兰和宾夕法尼亚等州为一个图书发行公司推销书籍。九月中，他收到该公司一封感谢信，说他是他们所有的推销员中第一个兜售掉一百套布赖恩特的《美国史》的。他靠了这个条件，跑到费城西区向费城大学去申请奖学金。他弄到了奖学金，通过考试成了大学一年级生，攻读理学士学位。头一个学期，他搭车来回于威尔明顿和学校之间，省得付住宿的房租。星期六和星期天，他帮助征求斯托达德[3]的《演说集》的订户，赚一点钱。可是好景不长，约翰尼上二年级的时候，一月份的一个早晨，他父亲下车站台阶时踩在冰上，一跤摔断了髋骨。他被送进医院，得了一个又一个的并发症。有一个讼棍，就是艾克·戈德堡的父亲，前去探望摩尔豪斯，摩尔豪斯的腿上了夹板，用吊架悬在空中。他劝摩尔豪斯去控告铁路公司，根据雇主责任法，要求赔偿十万元。铁路公司的律师们用证人证明摩尔豪斯嗜酒成习，为他检查的医生证实有迹象表明，他在跌倒的那天早上喝过烈性酒，所以在仲夏季节他拄着拐杖走出院门，既丢了工作，又没有捞到抚恤金。约翰尼的大

---

① 当时指挥西班牙舰队的海军上将。

② 保尔·勒维瑞（Paul Revere, 1735—1818），美国独立战争时期的爱国者，曾多次策马飞奔报信，以半夜飞驰至列克星敦报告英军即将来犯的那一次为最著名。

③ 约翰·劳森·斯托达德（John Lawson Stoddard, 1850—1931），美国作家，常至国外旅行，以旅行题材作讲演，1897年至1898年发表10卷本《演说集》，1901年又出补篇5卷。

学教育就此告终。这桩事使他思想上终生痛恨喝酒，痛恨他的父亲。

摩尔豪斯太太只得写信向她的父亲求救，先保住房子，但迟迟没有回音，等到回信来的时候银行已经取消赎回权，而且，即使及时复信也无济于事，因为她父亲只用挂号信寄来了十张十元的钞票，这一百元钱只够搬家的费用。他们搬到宾夕法尼亚铁路公司货运车场旁边一幢四家合住的木结构房子里。本高中不读了，去当助理货运员，约翰尼进了希利亚德与米勒房地产公司。默特尔和她母亲晚上烤馅饼、做蛋糕，送到妇女合作社去，摩尔豪斯先生坐在前厅的轮椅子上咒骂讼棍、法庭和宾夕法尼亚铁路公司。

对约翰尼·摩尔豪斯来说，这是一个坏年头。他二十岁了，既不喝酒，也不抽烟，洁身自好，准备同他可爱的女朋友结婚，那姑娘，身穿粉红色蝉翼纱衣，鬈发金黄，戴着阔边遮阳帽。他坐在希利亚德与米勒公司带着霉味的小办公室里，列表登记租房、带家具的房间、公寓和准备出售的良好的空地，但他心里想的是布尔战争①、"奋发图强的生活"②和勘探金矿。他从写字台旁边积满污垢的玻璃窗望出去，看得见街头一部分木结构房子和两三棵榆树。夏天，窗前放着一只圆锥形铁丝网捕蝇器，苍蝇飞进之后嗡嗡嗡嗡地叫着；冬天放一只敞口的小煤气炉，发出它独有的微弱的嘘嘘声。他背后是一道毛玻璃隔板，高度不到天花板，隔板另一边，希利亚德先生和米勒先生两人合用一张双人大写字台，面对面坐着，边抽雪茄边翻弄文件。希利亚德先生脸色灰黄，黑头发过长了一点。他本来能成为一名刑事律师，成名有望，但出了桩丑事，什么丑事可没有人提起过，反正威尔明顿的人都认为他已改正了错误，但他被逐出了法律界。米勒先生是个小个子，长得一张圆脸儿，同他年迈的母亲一起住。他之所以做房地产生意，是因为他父亲死时留下了一批在威尔明顿和费城郊区的房地基，他只得靠这些产业为生。约翰尼的工作是坐在外头的一间办公室里，殷勤接待有希望的买主，登记房地产，经手办广告，打印公司的信件，倒废纸篓和捕蝇器里的死苍蝇，陪顾客去看公寓、住宅和房地基，一句话，用和蔼的态度为公司办事。正是在做这工作的时候，他发现自己有一双明亮的蓝色眼睛，还能用惹人喜爱的孩子般的笑容，受到顾客欢迎。找房子的老太太们常常特地提出要这位可爱的年轻人陪同，而来找希利亚德先生或者米勒先生谈谈的人见了他，常常会对他会意地

---

① 1899年，英国对荷兰人在南非移民的后裔布尔人发动战争，布尔人战败，于1902年讲和，他们建立的德兰士瓦共和国及奥兰治自由邦被英国吞并。

② 引自西奥多·罗斯福于1900年发表的论文集的书名。文中提倡这样生活。

点点头，说一句"聪明的孩子，真是的"。他挣八元一个星期。

约翰尼·摩尔豪斯坐在办公桌边登记值得想望的五间或七间一套的住宅，包括客厅、餐室、厨房与备餐室、三间带浴室的东家卧房和女用人的住房，供水、供电与煤气，地处砾石铺地的空气新鲜的高级住宅区；他做这些事的时候，除了考虑"奋发图强的生活"和想他心爱的女朋友之外，还想着一件事：他想当一个写流行歌曲的作家。他有一副不错的男高音的嗓子，唱《喂，左舷值班的》《我梦见住在大理石的厅堂里》或者《我忧伤地在欢乐和宫殿中漫步》等歌曲，都唱得非常得体。他每星期天下午跟一位瘦小的爱尔兰女人奥希金斯小姐学习音乐，这女人三十五岁左右，没有结过婚，教他钢琴的原理，非常神往地听他自己创作的歌曲，她把这些歌曲替他记在音乐本上，他来的时候，她已经在本子上画好了线。有一首歌曲是这样开头的：

> 啊，带我去看看那桃花盛开的州，
> 那里的姑娘真美丽……那就是特拉华州。

她认为写得相当好，就寄给了费城一家音乐出版社，但是被退了回来，第二支曲子也给退了回来。奥希金斯小姐——现在他叫她玛丽，她说她教他不愿收任何费用，至少要等到他发了财和成名之后再说——听了他这第二支曲子激动得流泪，觉得很美，比得上麦克道尔[1]的曲子。它这样开头：

> 特拉华州银色的海湾
> 穿过桃花林流向大海
> 当我的心被忧伤困扰
> 这甜蜜的回忆就兜上心来。

奥希金斯小姐家有个小客厅，里面放着金漆的椅子，她就在那里教音乐。客厅里挂满了网织窗帘和橙红色的织锦缎门帘，这是她从拍卖行里买来的。客厅中央是一张黑色的核桃木桌子，桌上高高地堆放着破旧的黑色皮面的乐谱。星期天下午上完课以后，她端出茶、小甜饼和烤得黄黄的面包片，

---

[1] 爱德华·麦克道尔（Edward MacDowell, 1861—1908），美国钢琴家、作曲家，除了创作不少钢琴协奏曲、交响诗以外，尚写了50多支歌曲。

约翰尼就懒散地坐在马鬃圈手椅里，这把椅子实在太破旧了，不管春夏秋冬，都得罩上花布套。他的眼睛蓝得可爱，他会向她诉说他的抱负，嘲笑希利亚德先生和米勒先生，她呢，跟他讲伟大的作曲家的故事，她的脸颊涨得绯红，觉得自己算得上漂亮，感到他们之间年龄差距毕竟不算悬殊。她靠教音乐来供养她父亲和有病的母亲，她父亲年轻时是个有名的男中音，都柏林的爱国者，但后来喝酒成习。她深深地爱上了约翰尼·摩尔豪斯。

约翰尼·摩尔豪斯继续在希利亚德与米勒公司工作，坐在闷热的办公室里，无事可做时心情烦躁，自以为要发疯了，甚至想杀人。他寄出去的歌曲都被出版商退了回来；他阅读《成功杂志》，一心想飞黄腾达；他要离开威尔明顿，不想听他父亲抱怨，看他抽板烟，不想听他弟弟妹妹的吵闹声，不想闻腌牛肉和卷心菜的气味，不想看到他母亲衰老瘦弱的身影和她那双操劳过度的手。

有一天，他被派到马里兰州的海洋城①去了解公司登记过的一些地产。希利亚德先生脖子上长了一个痈，不能亲自前去。他给了约翰尼来回车票，还有十元钱供路上零用。

那是七月中一个炎热的下午。约翰尼跑回家去取旅行包，换了衣服，及时赶到车站上车。旅途湿热得厉害，火车穿过桃园和只长松树的砂地，天空阳光闪耀，像是一块石板，从下面那些杂乱无章的玉米地之间的一块块砂地、白粉粉刷的棚屋和一条条沼泽地上反射出来。约翰尼脱掉了灰色法兰绒套装的上衣，折起来放在座位旁边，免得弄皱，还把硬领和领带放在上面，这样再穿的时候可以保持整洁。这时他注意到过道对面坐着一位黑眼睛的姑娘，她身穿打褶裥的粉红色衣裳，头戴白色意大利阔边草帽。她的年龄比他大得多，像一个时髦女人，这种人该坐豪华客车而不该坐普通客车，但约翰尼想起了这列火车上没有豪华客车车厢。他不朝她看的时候，总觉得她在对他看。

下午，天色变得阴沉，下起雨来，大雨点打在车窗玻璃上。穿粉红色褶裥衣裙的姑娘正使劲把窗拉下来。他纵身跳过去，替她关上了。他说："我来吧。""谢谢。"她抬起头来，冲着他笑笑，"这车真脏得可怕。"她把白手套伸给他看，手套都被窗上的开关弄脏了。他又在自己座位上靠里面坐下来。她掉过脸来面对着他。这是张五官不匀称的棕色脸蛋，从鼻子到嘴角的

---

① 位于马里兰州东南部，濒大西洋。

线条不好看，但她那双眼睛看得他热辣辣的。"咱们谈谈，你看不算越轨吧，对吗？"她说，"这讨厌的火车坐得腻死人了，没有豪华客车车厢，可是纽约那个人一口咬定说是有的。"

"我想你一定在路上走了一整天了吧。"约翰尼腼腆地说，一副孩子气。

"不止呀。我昨天晚上从新港①上的船。"

她随随便便提到新港，使他非常吃惊。"我到海洋城去。"他说。

"我也是。是个讨厌的地方吧？要不是为了我爹，我才不去呢。他嘴上说他喜欢海洋城。"

"听说海洋城很有前途……我是从房地产这个方面来说的。"约翰尼说。

他们沉默了一会儿。

"我从威尔明顿上的车。"约翰尼笑着说。

"威尔明顿，可怕的地方……我受不了。"

"我是在那里出生和长大的……我想这是我为什么喜欢那个地方的原因吧。"约翰尼说。

"哦，我不是说威尔明顿没有挺上等的人士……那里有可敬可爱的世家……你知道罗林斯家族吗？"

"啊，那没关系……反正我也不想一辈子待在威尔明顿……啊呀，你看这雨。"

雨下得很大，一道涵洞被雨水冲垮了，以致火车到海洋城晚点四小时。到海洋城的时候，他们已经成了好朋友，一路上，天又打雷又闪电，她害怕得很，他表现得非常坚强，处处护着她。车厢里尽是蚊子，他俩被咬得不轻，还在一起挨着饿。车站上一片漆黑，找不到脚夫，他来回走了两趟才把她的行李搬了下来，即使这样，还是差一点忘了她的鳄鱼皮手提包，他只得第三次回到车厢里去取手提包和他自己的衣箱。这时候来了一个老黑人，驾着一辆双座马车，说是从海洋旅馆来的。"我想你也上那儿去吧。"她说。他回答说是的，就一起上了马车，不过她行李太多，两人连脚都没处放。因为下大雨，海洋城没有灯火。马车的轮子驶过一片厚厚的沙地，车子的声音和马车夫的吆喝声常常为岸边的浪涛声所淹没。唯一的光亮是从月亮来的，但不断地被飞驰的乌云盖住。雨已经停了，但雨意很浓，好像随时会再来一场大阵雨。"要是没有你帮忙，我肯定已经给大雨淋死了，"她说，接着突然像

---

① 罗得岛州东南部一海港，在纽约东北，为高级避暑胜地。

男人似的伸出一只手来，"我姓斯特朗……叫安娜贝尔·玛丽·斯特朗……这名字怪吗？"他握住了她的手："我叫约翰·摩尔豪斯……很高兴认识你，斯特朗小姐。"她的手掌心又热又干，像要贴进他的掌心里去。他放开的时候，好像觉得她还想握得更久一些。她用沙哑的嗓音低声一笑："摩尔豪斯先生，我们现在认识了，而一切都进行得很顺利……我见了爸爸一定要说他两句。居然不到车站来接他的独生女儿。"

旅馆的门廊光线暗淡，只点着两盏被烟熏黑的煤油灯，他从眼角瞧见她伸出胳膊搂住一个白头发的高个儿男子，但是等他用有力的笔迹登记好约翰·华·摩尔豪斯这名字、从账房手里拿到房间钥匙的时候，他们已经不见了。楼上松木做墙壁的小卧室内非常热。他把窗子推上去，发锈的纱窗外马上传来海浪的吼声，还夹杂着雨点打在屋顶上的哒哒声。他换下硬领，从脸盆架上裂了缝的水罐里倒了点温吞水，洗了手和脸，走下楼去，想到餐厅去吃点儿东西。一个长着山羊牙齿的女招待正给他端汤的时候，斯特朗小姐来了，后面跟着那个高个儿男子。因为餐室里唯一的一盏灯放在他的桌上，他们就走过来，他站起身，笑脸相迎。"就是他，爸爸，"她说，"那车夫把我们从车站送到这里来，是他付了钱，你得还他……摩里斯先生，你一定得见见我父亲，斯特朗博士……你姓摩里斯，对不对？"约翰尼脸上一红："我姓摩尔豪斯，不过那没有关系……见到您很高兴，先生。"

第二天，约翰尼早早起了床，来到"海洋城不动产开发公司"的办事处，那是一所漆成绿色的铺着木瓦的新平房，坐落在海滨后面新铺的街道上。办公室还没有来人，所以他在城中转了一圈。那一天灰蒙蒙的，天气闷热，铁路沿线的村舍、木结构的商店和没有上漆的棚屋显得孤寂荒凉。他不时在脖子上拍打蚊子。他戴的是他最后一条干净硬领，他担心它会发软。他一离开木板铺的人行道，鞋子里就进沙子，脚踝上给扎着了尖尖的芒刺。后来，他看见一个穿一身白色亚麻布衣服的胖子坐在房地产公司门口的台阶上。"早上好，先生，"他说，"您就是丰奇伍德上校吗？"胖子上气不接下气，没法答话，只点了点头。他在硬领后面塞了一条丝织大手绢，用另外一条擦脸。约翰尼把公司的信交给他，站在旁边等他说话。胖子皱着眉头读信，然后领路走进办公室。"我在发哮喘，"他呼哧呼哧地直喘气，在间歇时说，"一着急就喘。很高兴认识你，年轻人。"

整个上午，约翰尼围着韦奇伍德老上校身边转，眯起蓝色的眼睛，摆出一副孩子气，洗耳恭听关于内战、李将军和他的白马"旅行者"的故事，还有内战之前在海湾东岸一带旅游野餐。他替上校跑到商店里去买块冰来放进冰箱，作了一篇短短的演说，谈到海洋城发展为避暑胜地的前途——上校大声叫道："大西洋城和梅角①的好处，我们这里哪条没有啊？"约翰尼跟他回到他的平房去吃中饭，因而耽误了返回威尔明顿的火车。他谢绝了喝薄荷白兰地冷饮——他烟酒不沾——却站在一旁，钦佩地看上校调制并喝下了两大杯烈性酒，说是为了治他的哮喘病。他眯起蓝色的眼睛，做出一副孩子的样子，朝上校的黑种厨师玛米微笑。到四点钟的时候，他嘲笑起南北卡罗来纳州两州的州长来了。他接受了"海洋城不动产开发公司"的雇用，周薪十五元，外加一幢带家具的小别墅。他回到旅馆，写信给希利亚德先生，把那些地产的契约和他开支的账目附在信里，并就急于辞职表示歉意，说这是由于家境穷困，急需尽力改进自己的处境；然后他写信给母亲，说他要留在海洋城，请她把衣服用快递捎来；他想了一想，要不要给奥希金斯小姐写信，后来决定不写。过去的事情让它过去算了。

　　他吃完晚饭到旅馆工作台去结账，怕钱不够，非常紧张，出来的时候口袋里只剩下两个两毛五的硬币，手里拿着行李，这时正巧碰见了斯特朗小姐。她正同一个皮肤黝黑的矮小男子在一起，那男子身穿白色法兰绒衣服，她介绍说是德拉罗什维兰先生。他是法国人，但英语说得很好。"我想你不是要离开本城吧。"她说。"不，小姐，我不过是搬到海滨那边韦奇伍德先生的小别墅去。"那个法国人在场，使约翰尼很不自在；他站在斯特朗小姐身旁，温和地微笑着，像一个理发师似的。"啊，你认识我们那个胖子朋友，是吗？他是我爸爸的老朋友啦。我以为他讲起白马'旅行者'的故事来，真叫人厌烦。"斯特朗小姐和那个法国人一同笑起来，好像两人之间有什么心照不宣的秘密似的。那法国人站在她身边，用脚跟轻松如意地转来转去，仿佛正站在什么家具旁边，在给朋友吹嘘怎样出色似的。约翰尼真想在他白色法兰绒下面腆起的大肚子上给他一拳。"好吧，我得走了。"他说。"你还回来吗？要开舞会了。我们希望你来参加。""对了，你无论如何要来。"那法国人说。"我能来就来。"约翰尼说罢，拿起手提箱就走了，觉得硬领粘在脖子上有点发痛。"那法国人真讨厌。"他说出声来。不过，斯特朗小姐看着他时那副眼神却有点名堂。他想自己一定是爱上她了。

　　这是炎热的八月天气，早上风息全无，下午越来越闷热，下起雷阵雨

---

① 这两地都是新泽西州东南部的海滨游览城市。

来。约翰尼陪顾客去看被阳光晒炙的沙土空地和准备铺设街道的只长松树的砂地，除此之外，他就独自坐在办公室里的双翼电扇下。他身穿白色法兰绒裤子，把粉红色网球衫的袖子卷到了胳膊肘，正在起草一份说明书，作为一本广告小册子的前言。写法是用抒情的笔调描绘马里兰州的海洋城①（这是上校最得意的想法）："宽阔的大西洋富于生命力的海浪拍打着海洋城（马里兰州）光洁如镜的海滩……松树散发出令人振奋的气息，对哮喘病患者和肺病患者颇有裨益……附近有印第安河，是爱好钓鱼的旅客的天堂，河口宽广，富有……"下午，上校常常流着汗、喘着气走进办公室，约翰尼就把他写好的稿子念给他听，他就说："棒极了，我的孩子，棒极了。"但是提出要他全部重写。约翰尼就翻阅书页折了不少角的《世纪大辞典》，查找一套新的词汇，重起炉灶。

要不是他堕入了情网，这生活是蛮不错的。晚上，他不愿离开海洋旅馆。他每一次走过坐在摇椅上用棕榈叶扇扇着的老太太们身边，走上吱嘎作响的门廊台阶，推开纱门，进入休息室的时候，总以为会遇见安娜贝尔·玛丽独自一人，但是每次那个法国人总是在场，腆着大肚子微笑着，而又那么冷淡。他们两人见了约翰尼，就啰里啰唆，像宠爱一只小狗或者一个早熟儿童似的爱抚他；她教他跳"波士顿舞"，那法国人原来是个公爵或者男爵什么的，老是要请他喝酒、抽雪茄或者有香味的香烟。约翰尼见她也吸烟，吓了一大跳，但是她同公爵们来往，到过新港，去国外旅游过什么的，吸烟似乎与这些经历很相称。她搽着某种带麝香味的香水，他同她跳舞的时候，那股香味加上她头发里透出来的淡淡的烟味，熏得他头昏脑胀，好像要发烧了。有几个晚上，他同那个法国人打台球，想累垮对方，但她却上床睡觉去了，他只好回家，嘴里小声骂着。他脱衣服的时候，鼻孔里还闻到一丝麝香味儿。他想写一首歌：

> 在那月光照耀下的海边，
> 我是多么想念你
> 安娜贝尔·玛丽……

可是突然又觉得写得实在太幼稚，他就穿着睡衣在他的小门廊上踱来踱去，

---

① 在它东北，新泽西州南部有另一更著名的避暑胜地，也名海洋城，处于大西洋城和梅角之间。

蚊子在他头上嗡嗡叫，海浪拍打在岸上，耳际听得虫子和蝈蝈的嘲笑声，他咒骂自己年轻、贫穷、没有受过教育，盘算怎样赚一大笔钱，把该死的法国人一个个全收买过来，这样，他就能成为她唯一敬爱的人，这时候如果她爱找一些天杀的法国人当吉祥物，他就不放在心上了。他捏紧拳头，在门廊上转来转去，嘟囔着说："老天爷哪，我能办到。"

有一天傍晚，他发现安娜贝尔身边没别的人。那法国人坐中午的火车走了。她见了约翰尼好像挺高兴，但心上显然有什么事情放不下。她脸上粉擦得太多，眼睛发红；也许她哭过。那是在月光之下。她把手放在他胳膊上。"摩尔豪斯，陪我到海边走走，"她说，"我讨厌那些坐在摇椅里的老母鸡。"他们穿过不整齐的草坪，在去海滩的路上，碰见了斯特朗博士。

"罗什维兰是怎么回事，安妮①？"他问道。他是个高个儿，前额很高。他双唇紧闭，好像很忧虑。

"他母亲给他来了一封信……她不同意。"

"他成年了，对不对？"

"爹，你不了解法国贵族……家族会议不同意……他们可以紧缩他的收入。"

"你们的钱，两个人用也够了……我同他说过了。"

"啊呀，你不用提了，行不行？……"她突然像孩子似的哭了起来。她奔过约翰尼的身边，跑回旅馆，把约翰尼和斯特朗博士撇下在狭窄的木板路上。两人面对着面，斯特朗博士这才看见了约翰尼。他说了一声"嗯……请原谅"，就擦身而过，大踏步走去，剩下约翰尼独自一人到海边去赏月。

可是，后来几个晚上，安娜贝尔·玛丽同约翰尼一起沿着海滩散步，他开始感觉到，也许她对那法国人的爱恋并不那么深。他们走过那些零落的别墅，走得好远，升起一堆火，并肩坐下，望着火焰。他们在一起走时，有时候手碰着手；等到她想站起来，他就抓住了她的两只手把她朝自己拉过来，他老想把她拉到自己身边来吻她，但是不敢。

有一天晚上，天气很暖和，她突然提出去游泳。

"可是我们没有穿游泳衣啊。"

"你不穿游泳衣没有游过泳吗？不穿舒服多了……怎么，你这古怪的孩子，在这月光下，我都看得见你脸红了。"

---

① 安娜贝尔的爱称。

"你这是在激我?"

"我就是要双倍地激你。"

他顺着海滩跑了一段路,脱掉衣服,很快就钻进了水里。他不敢看她,只从眼角看到雪白的腿儿、雪白的乳房和浪花在她脚边溅起的白色泡沫。等他穿上衣服时,他想:他愿不愿同一个竟会这么一丝不挂地和男人一起游泳的姑娘结婚。不知道她同那个该死的法国人是不是也干过这种事。"你像一尊大理石牧羊神像。"她说,这时他回到了火边,她正在那里把黑头发盘在头上。她嘴里咬着发夹说:"像一尊非常紧张的大理石牧羊神像……我头发给弄湿了。"

他并没有存心这样做,却突然把她一把拉过来接吻。她好像毫不惊慌,反而紧缩起身子,依偎在他的怀里,抬起头来让他再吻。"你愿意同我这样的穷光蛋结婚吗?"

"我没想过。亲爱的,也许会吧。"

"我看你很有钱,我可一分钱也没有,我还得寄钱给家里……可是我有前途。"

"什么样的前途?"她把他的头朝下拉,弄乱他的头发,吻他。

"这种房地产生意,我能成功。一定能成功。"

"能成功吗,可怜的孩子?"

"你不比我大多少……你多大了,安娜贝尔?"

"我啊,我承认已二十四了,可你别告诉人家,今天晚上的事,也别说出去。"

"我能告诉谁啊,安娜贝尔·玛丽?"

回家的路上,她好像有什么心事,因为他说的话她没注意听。她嘴里老在小声哼着。

又有一天晚上,他们坐在他那小别墅的门廊上吸烟——他如今有时也吸一支陪陪她——他问她在想什么心事。她把双手搭在他的肩上,摇撼着他:"啊呀,摩尔豪斯,你真笨……不过我喜欢这个笨。"

"不过你一定是在为什么事情发愁,安娜贝尔……我们一起坐火车来的那一天,你并不发愁。"

"我要是告诉你……天哪,我能想象你这张脸会变成什么样儿。"她用生硬沙哑的声音笑了起来,这种笑声总是使他很不舒服。

"好吧,我希望我有权利叫你跟我直说……你应该忘掉那个该死的法国人。"

"啊，你真是个小天真。"她说罢站起身来，在门廊上走来走去。

"你不坐下，安娜贝尔？你一点也不爱我吗？"

她用手弄弄他的头发，又往下抚摸他的脸。"当然爱你的啰，你这蓝眼睛的小傻瓜……但是难道你没看见，样样事情都惹得我发疯，旅馆里那帮老雌猫都在议论我，好像我是个佩戴红字①的女人，因为我有时候在自己房间里吸烟……嘿，在英国，有些最贵族化的妇女当众吸烟，也没有人嘘她们……再说，我还替爸爸担心；他在房地产上投进去的钱太多了。我看他快发疯了。"

"但是，从各方面的迹象看来，都说明这里要大大繁荣起来。到时候会成为另一个大西洋城的。"

"现在你说实话，这个月卖出了多少处地基？"

"嗯，不太多……可是还有几笔大买卖没有定下来……还有一家大公司要盖一幢新旅馆。"

"爸爸要是能在一元钱里捞回五角就算幸运的了……可他老说我脑子太笨。他是医生，不是生财有道的能人，他应该明白这一点。对像你那样没有什么好损失、想做一番事业的人来说，做房地产生意混混日子是不错的……至于那个胖上校，我真不知道他究竟是傻子还是骗子。"

"你爸爸是什么方面的医生？"

"你难道是说从来没有听说过斯特朗博士？他是费城最出名的鼻科和喉科的专家……啊哟，你真逗……"她在他脸上吻了一下，"……真幼稚……"又吻了他一下……"真纯洁。"

"我不那么纯洁。"他马上说，死劲盯着她的眼睛。他们对望着，渐渐脸红起来。她慢慢地把头靠在他的肩上。

他的心怦怦地跳着。她头发的香味和搽的香水使他头晕。他用胳膊搂住她的肩头，把她拉得站起来。他们俩有点儿蹒跚地走着，腿挨着腿，她那硬邦邦的紧身胸衣贴他肋骨上，头发挨着他的脸，他拉着她穿过小客厅，走进卧室，随手把门锁上。然后他拼命吻她的嘴唇。她往床上一坐，开始脱衣服，他觉得她有点儿冷漠，但是他已经无法挽回了。她脱掉胸衣，往屋角一扔。"去吧，"她说，"我恨这些讨厌的东西。"她站了起来，穿着无袖小衫向他走去，在黑暗中抚摸他的脸。

---

① 指有通奸罪。

"怎么啦，亲爱的?"她急切地轻声问道，"你怕我吗?"

事情比约翰尼原来想象的简单得多。他们穿衣服的时候一起咯咯地笑着。他沿海滩走向海洋旅馆，心里老在想："现在她不得不同我结婚了。"

九月份劳动节①一过，就起了两三场风暴，冻得海洋旅馆和那些小别墅里的游客都走光了。上校越发大谈即将来临的繁荣和他的广告攻势，酒也越喝越多了。约翰尼现在同他一起吃饭，不在艾姆斯太太的寄宿舍里包伙了。小册子已经写完并通过了，约翰尼去了两三次费城，带着稿子和照片去找印刷商估成本。他路过威尔明顿，不用下车，为自己独立自主的地位感到一阵高兴。斯特朗博士看上去越来越担忧，说要保护他的投资。他们没有谈过约翰尼同他女儿订婚的事，但看来是心照不宣。安娜贝尔情绪起伏无常。她总是说她厌烦死了。她老是跟约翰尼打趣，唠叨个没完。有一天晚上，他突然醒来，发现她站在床边。"叫你吓一跳吗?"她说，"我睡不着……听海浪的声音。"小别墅周围，风嗖嗖地叫，震耳的海浪拍打岸边。等他叫她起床回旅馆的时候，天快亮了。"让人家看见好了……我不在乎。"她说。另外有一次，他们正沿着海滩散步，她突然呕吐起来，他只好站在旁边等着，让她在一个沙丘背后呕吐，她吐得脸色苍白，全身哆嗦，然后他扶着她走回海洋旅馆。他心里担忧，忐忑不安。他有次到费城出差时，到《大众纪事报》报馆去访问，看看能不能弄个当记者的职位。

一个星期六下午，他坐在海洋旅馆的休息室里看报。没有别人在场，多数旅客已经离去。旅馆十五日就要关门了。突然他听得一段对话。已经走了进来的两名小郎在靠墙的长椅上低声说着话。

"啊，我这个夏天没有出毛病，真的没错，乔。"

"我要不是生了一场病，也还可以。"

"我不是早跟你说过别跟那娘儿们鬼混吗? 老兄，城里个个王八蛋都跟这姐儿睡过，黑鬼她也要。"

"那你……你认识那个黑眼珠的? 你说过你要搭……"

约翰尼愣住了。他捏紧报纸，挡在他面前。

那小郎轻轻地吹了一声口哨。"骚货，"他说，"天啊，这帮子交际界的妇女把我给掏空了。"

"真是这样吗?"

---

① 1882年，美国劳工组织"劳动骑士团"提出每年九月第一个星期一为劳动节，1894年美国议会通过，定为全国"劳动节"。

"嗯，不完全是这样……我害怕染上什么病。可是那个法国人真……老天，他白天黑夜都待在她房间里。"

"我知道。我撞见过他们一次。"他们笑了起来，"他们忘了锁门。"

"她是不是一丝不挂？"

"我看是这样吧……只披了一件睡衣……那男的若无其事，还跟我要冰水。"

"你为什么不叫格里莱先生上去呢？"

"去你的，我干吗要叫他上去？这法国人不坏。他赏了我五元钱。"

"她想干什么还不是就能干什么。这鬼地方快归她爸爸了，人家跟我说，归他和韦奇伍德老上校。"

"我看现在那房地产公司的年轻家伙来劲了……像是要同她结婚的样子。"

"妈的，哪个姑娘有这么多钱，我也会同她结婚的。"

约翰尼出了一身冷汗。他想溜出休息室，不叫他们看见。铃响了，其中一名小郎跑开去了。他听见另一名在长椅上坐定了下来。也许他在看一份杂志或者什么的。约翰尼悄悄地折起报纸，走到门廊上。他向街上走去，什么也没看见。有一阵子他想到火车站去，见第一趟火车就上，叫一切都见鬼去，但是小册子等着要出版，而且还有一个好机会，如果那个地方果真繁荣起来，他就能取得有利的地位，加上发财的机会以及跟斯特朗父女的关系；对于年轻人来说，机会之神来敲门只敲一次啊！他回到小别墅，把自己反锁在卧室里。他在五斗橱的镜子面前站了一会儿，瞧着自己：浅色的头发分梳得整整齐齐，鼻子和下巴轮廓分明，可是影像模糊起来了。原来他流了泪。他脸朝下扑在床上哭泣。

他下一次去费城，看小册子的校样：

海洋城（马里兰州）

度假胜地

他还起草了一份结婚请柬，叫出版商刻印：

阿朗索·B. 斯特朗博士

邀请阁下出席

其爱女安娜贝尔·玛丽与

约·华德·摩尔豪斯先生之

结婚典礼

地点：宾夕法尼亚州日尔曼镇①圣斯蒂芬圣公会教堂
时间：一九〇九年十一月十五日正午十二时

还有一份招待会的请柬，专送给列上名单的客人。这将是一次规模盛大的婚礼，因为斯特朗博士社会关系极广。安娜贝尔认定约·华德·摩尔豪斯这个名字比约翰·华·摩尔豪斯来得显赫，就开始管他叫"华德"。他们问他要不要邀请他家里人参加，他说他父母亲都有病在身，弟弟妹妹又太小，参加也没有意思。他写信给他母亲，说他觉得她是能谅解的，情况就是如此，父亲又是那个样子……他相信能取得她的谅解。后来有天晚上，安娜贝尔告诉他，她快要生孩子了。

"我以为也许就是这么回事。"

在他眼里，她的黑眼珠陡地变得冷漠得吓人。他这时真恨她，然后他眯起蓝色的眼睛，孩子似的微笑。"我是说你情绪这么紧张。"他笑出声来，握住她的手。"好，我要跟你结婚，使你成为一个清白的女人，难道不是这样?"他占了上风。他吻她。

她哇地哭了起来。

"啊哟! 华德，我希望你不要用'不是这样'②这种词儿。"

"我是说着玩的，亲爱的……但是难道没有什么办法吗?"

"我都试过了……爸爸会发觉的，可是我不敢告诉他。他知道我是相当独立自主的……但是……"

"我们结婚以后不得不离开这里一年……算我倒霉。我刚刚从《大众纪事报》弄到了一份工作。"

"我们到欧洲去……爸爸会给我们安排蜜月的……他也很高兴甩掉我，但我自己名下有钱，是妈妈传给我的。"

"也许是一场虚惊吧。"

"怎么会呢?"

"你什么时候开始……注意到的……?"

她的眼睛突然变得乌黑乌黑的，又在他的眼睛里探索他的心意。他们相互瞪着，满是怨恨。"很长时间了。"她说，拉拉他的耳朵，好像拿他当小孩

---

① 位于费城郊区。

② 原文"ain't"是口语的表达方式，当时认为不是上层社会使用的语言。

子似的，然后窸窸窣窣走上楼去换衣服。上校听说他们已订婚高兴得要命，邀请他们全体赴宴，以表祝贺。

婚礼举行得很体面，约·华德·摩尔豪斯穿着合身的礼服，戴着大礼帽，成了人们注意的中心。大家认为他非常英俊。他母亲在威尔明顿聚精会神地看报上登的婚礼消息，熨斗放在一边，冷了烧热，烧热了又冷，最后她摘掉眼镜，小心翼翼地折起报纸，放在烫衣板上。她非常高兴。

第二天，这对年轻夫妇乘坐"条顿"号从纽约启程。海上风浪很大，到最后两天才能到甲板上走走。华德晕船，由一个好心的伦敦东区出身的茶房照顾，他称安娜贝尔为"夫人"，以为是华德的母亲。安娜贝尔虽然坐得惯船，但是因为怀着孕，也很不舒服，她每次照手镜时，见到自己面容憔悴，不愿意走出船舱。女招待建议她喝杜松子酒，掺点儿苦味药酒，这才使她熬过最后几天的航程。船长举行宴会那天晚上，她总算在餐厅露面了，身穿镶法国花边的黑色晚礼服，人人都觉得她是船上最漂亮的女人。华德非常害怕她香槟酒喝得太多，因为他看见她在穿礼服时已经喝了四小杯掺苦味药酒的杜松子酒，外加一杯马丁尼鸡尾酒。他结识了一位上了年纪的银行家贾维斯·奥本海默先生和他的太太，生怕他们会发觉安娜贝尔对他们有点轻浮。可是，船长的晚宴进行得很顺利，安娜贝尔和华德发现他们两人配一对很相称。晚饭后，认识斯特朗博士的船长到吸烟室来陪他们坐坐，还同他们和奥本海默夫妇一起喝了杯香槟酒。他们听得人们互相询问，这一对容光焕发、年轻漂亮的夫妇是什么人，他们准是有点来头的。他们见到了爱尔兰海上的灯塔之后就回舱睡觉，认为这次航行虽然晕船，但还是非常值得的。

安娜贝尔不喜欢伦敦，嫌街道阴暗凄凉，老下蒙蒙的雨夹雪，所以他们在塞西尔旅馆只待了一个星期就渡过海峡去巴黎。从福克斯通到布洛涅①的船上，华德又晕船了，安娜贝尔连人影都不见，等到船驶进布洛涅港长长的防波堤之间平静的水面，华德才发现她在餐厅里同一个英国军官在喝白兰地苏打水。他原以为到了法国不懂法语不好办，后来还算可以，因为安娜贝尔法语说得很好。他们包了个头等车的单间，篮子里带着冷鸡肉、三明治和一些甜葡萄酒，这酒华德还是头一次喝——入境随俗嘛——他们在去巴黎的火车上真是好一对蜜月夫妻。他们从车站雇了一辆马车到瓦格拉姆旅馆，随身只带手提包，其余行李由旅馆脚夫运送。他们路过的街道闪着微光，那是湿

---

① 该两地分别位于英吉利海峡的英国和法国那一边。

漉漉的人行道上点的绿色煤气灯。马蹄哒哒地踩在柏油路面上，橡皮车轮稳稳地滚转向前，虽然是冬天的夜晚，又下着雨，街上却很拥挤，人们坐在咖啡馆门前的大理石面小桌子边，围着小炉子，空气中好一股咖啡、葡萄酒、烤成棕色的黄油和烤面包的香味！灯光反射到安娜贝尔的眼睛里，她显得非常漂亮，她常常轻轻地推推他，把巴黎有名的地方指给他看，一只手拍着他的腿。那家旅馆她从前和她父亲住过，这次早写信去通知，旅馆给他们留了一间粉刷得雪白的卧室和一间客厅，那个圆脸的经理举止文雅，态度殷勤，哈着腰陪他们进去，壁炉里正升着火。他们在上床前喝了一瓶香槟酒，吃了点鹅肝酱馅饼，华德快活得像当上了国王似的。她脱下旅行装，换上法式长睡衣，他穿上她送给他的尚未穿过的吸烟服，上一个月那股怨气就此一扫而光。

他们坐了很长时间，望着炉火，吸着用白铁盒子装的莫拉蒂香烟。她一直抚摸着他的头发，用手擦他的肩头和脖子。"你为什么不跟我亲热亲热，华德？"她用沙哑的嗓音低声问道，"我这种女人喜欢别人热情地把我抱起来……小心点……你也许会失掉我的……这里的男人可懂得怎么向女人求爱哪。"

"等一等，行不行？……第一，我要向一家美国公司或者别的什么公司找一份工作做。我想奥本海默先生会帮我忙的。我马上去学法语。这将是给我的大好机会。"

"你这孩子真有意思。"

"你难道以为，我自己没有挣到钱，就会像狮子狗似的跟着你，对吗？……才不呢，妞儿。"他站起身来，把她拉起来，"咱们上床吧。"

华德按时到柏利兹语言学校去上法语课，同老奥本海默和他妻子去参观圣母院、拿破仑墓和卢浮宫。安娜贝尔说她一进博物馆就头痛，于是天天上街买东西，找裁缝做衣服，穿样子。巴黎的美国行号不多，所以，即使在交游甚广的奥本海默先生的帮助下，华德唯一能找到的是报馆的工作，那是戈登·贝内特办的报纸《纽约先驱报》的巴黎版。他的工作是访问前来法国的美国工商界人士，请他们谈谈对巴黎的美景和国际关系问题方面的看法。他对此很在行，因而建立了不少很有用的关系。安娜贝尔觉得这些事挺没意思，连听都不想听。她叫他天天晚上换上礼服，陪她去歌剧院和戏院。这个差使他很愿意干，因为对他学法语有好处。

她去找了一位非常有名的妇科专家，那个专家也认为她此时绝对不宜生孩子。必须马上动手术，这有一点小小的危险，因为胎儿已经很大。她没有告诉华德，只是在动手术之后才从医院里捎信给他。那天正是圣诞节。他立即去看她。他听到动手术的细节，吓得出了一身冷汗。他一直以为该生个孩子，认为这一来可以使安娜贝尔安定下来。她躺在这家特别疗养院的病床上，脸色煞白，他站在床边，握紧了拳头，一言不发。后来，护士对他说太太累了，他就离去。四五天以后，安娜贝尔从医院回来，高高兴兴地宣称自己精神健旺，要到法国南部去玩，他也不说什么。她准备停当，一厢情愿地以为他必然陪同，谁知临到她乘火车去尼斯的那天，他说他想留在巴黎。她用锋利的目光看着他，然后笑着说："你这是放我自由了，是不是？"

"我有我的工作，你玩你的。"他说。

"那好，年轻人，一言为定。"

他陪她到车站，送她上火车，给了车掌五个法郎来照料她，然后步行回家。麝香和香水的味儿他闻够了，可以歇一会儿了。

巴黎比威尔明顿好，但是华德不喜欢。人们闲工夫那么多，许许多多人坐在那儿吃吃喝喝，叫他看着不舒服。海洋城那本小册子寄到了，里面还附了韦奇伍德上校一封热情的信，那一天他非常想家。上校说，事情终于动起来了；他本人正把可以抓到的每一分钱，不管是借来的还是讨来的，统统投在获得不动产的买卖权上面。他甚至提出要华德寄点钱给他帮他投资，因为他现在可以冒一冒风险来试试大转机的可靠性；说冒风险并不恰当，因为全局都控制在他手里；他只消摇一摇树，果子便能落进他们的嘴里。华德从摩根·哈杰斯的办公室中取了信件，从台阶上下来，走上豪斯曼林荫大道。他手指摸着上光的厚纸封面，心里觉得高兴。他把信放进口袋，沿着林荫大道走去，大道上马车喇叭嘟嘟叫，马蹄嘚嘚响，还有人们的脚步声，他耳朵听着这些声音，时不时读一两句小册子里的话。啊，这几乎使他想回到海洋城（马里兰）去。街上一片冬日灰沉沉的气氛，一丝淡红的阳光带来了暖意。不知哪儿传来一股炒咖啡豆的香味；华德想起家乡起风的日子里的阳光闪亮的白天；这种日子使你精力充沛、满怀希望；就是那种"奋发图强的生活"。他同奥本海默先生约定在平民区一家非常讲究的名叫"银塔"的小饭店里吃中饭。他跳上一辆红色轮子的计程马车，车夫居然听懂了他要到哪里去，他觉得很高兴。这毕竟是受教育的好处，弥补了这些年的失学。他到达饭店时，已经把小册子读到第三遍了。

他在饭店门口下车，正在付车费的时候，看见奥本海默先生和一个男人从码头步行而来。奥本海默先生穿一件灰色大衣，戴一顶灰色圆顶礼帽，帽子发出珍珠的光泽，同他的小胡子交相辉映。另外那个人身穿铁灰色衣服，鼻子和下巴长得尖尖的。华德见了他们，心想他往后穿什么衣服一定要更讲究些。

他们这顿饭吃了很久，吃了好几道菜，虽然那个穿铁灰色衣服的人——他姓麦吉尔，是匹兹堡琼斯与劳夫林钢铁公司的一爿厂的经理——说他胃不好，只吃得下一块牛排和一只烤土豆，而且不喝葡萄酒，只喝威士忌苏打。奥本海默先生吃得津津有味，还老跟侍者领班长时间地商量烧什么菜。"先生们，你们该纵容我一下……这是我大吃大喝的好机会，"他说，"眼下没有我老婆在盯着我，我可以放开肚子吃……我老婆进了胸衣店这一圣地，在试样子，是不容许打扰的……你啊，华德，年纪还轻，不会享受美味。"华德显得窘困，一脸稚气，说他觉得鸭子非常好吃。奥本海默先生继续说："吃喝是老人最后能享受的乐趣。"

他们坐在那里，用碗形的玻璃杯喝着拿破仑牌白兰地，抽着雪茄，华德鼓起勇气拿出宣传马里兰州海洋城的小册子。他们吃那顿饭的过程中，这本小册子一直憋在他口袋里，放也放不住。他谦逊地把小册子放在桌子上。"奥本海默先生，我想您也许有兴趣看一下，这……这在广告宣传方面有点儿新意。"

奥本海默先生拿出眼镜，在鼻梁上架正，呷了一口白兰地，带着和蔼的微笑翻阅小册子。他合上小册子，鼻孔里喷出一小缕卷卷的青烟，说道："啊，海洋城准该是个人间天堂……你是不是……嗯……夸大了一点?"

"可是你知道，先生，我们必须叫一般人看了之后巴不得想去……这得想出一种说法，叫人一看就给吸引住。"

至今没有瞧过华德一眼的麦吉尔先生用一双灰色的鹰眼尖利地看着他。他伸出一只厚实的红手去拿小册子。他马上专心地从头看下去，这时奥本海默先生继续谈论白兰地的香味，说应该怎么先把酒杯捧在手里暖和一下，然后小口小口地呷，是往里吸而不是喝。突然，麦吉尔先生用拳头敲了一下桌子，干笑了一声，脸上一丝肌肉也没有动。"天哪，这会打动人心的，"他说，"我记得是马克·吐温说的，傻瓜平均一分钟产生一个……"他转过脸来对华德说："对不起，我没有听清你姓甚名谁，年轻人，请再说一遍好吗?"

"好，好……我姓摩尔豪斯，叫约·华德·摩尔豪斯。"

"你在哪里工作?"

"眼下在巴黎版的《先驱报》工作。"华德红着脸说。

"你在美国住在哪里？"

"我老家在特拉华州的威尔明顿，不过我想回国之后不再住在那里。费城的《大众纪事报》要我去担任编辑工作。"

麦吉尔先生拿出一张名片，在上面写了一个地址。

"好吧，你要是将来想到匹兹堡去，你来找我。"

"我会去拜访您的。"

"他的妻子，"奥本海默先生插嘴道，"是费城的鼻喉科专家斯特朗博士的女儿，……噢，华德，那可爱的姑娘怎么样了？我希望尼斯这地方能治好她的扁桃腺炎。"

"是的，先生，"华德说，"她来信说好多了。"

"这姑娘长得很可爱……很迷人……"奥本海默先生说，他眼睛往上一翻，呷干了杯子里最后一点儿白兰地。

第二天，华德收到安娜贝尔的电报，说她要回巴黎了。他到车站去接她。华德走上前去，见一个留着范戴克式胡子①的高个儿法国人帮她把行李取下车来，她介绍说是"福莱尔先生，我的旅伴"。他们一齐上了马车才有机会交谈。外面下着大雨，他们不得不关上车窗，弄得马车里尽是霉味儿。

"啊，我亲爱的，"安娜贝尔说，"你在我走的时候的那股气消了没有？……我希望已经消了，因为我有个坏消息要告诉你。"

"什么坏消息？"

"爸爸经济上弄得一塌糊涂……我料到会有这个下场的。他不懂怎样做买卖，算盘跟一只猫差不多……好啊，你吹嘘的'海洋城大繁荣'，还没有开始就垮了，爸爸害怕了，想抛出他那些砂土地基，当然谁也不愿买进啦……接着那家'不动产开发公司'破了产，你那位宝贝上校不知去向，而公司的一大堆债务多少得由我爸爸一个人承担……情况就是如此。我已经打电报给他，说我们一弄到船票就回去。我得去看看有什么办法可想……他做生意跟小孩子似的，束手无策。"

"我倒不着急。要不是为了你，反正我原来就不会到这里来。"

"那你这全是自我牺牲，是不是？"

"咱们别吵了，安娜贝尔。"

---

① 指17世纪侨居英国的佛兰德斯画家范戴克（1599—1641）画的肖像画上的那种修齐的尖胡子。

在巴黎逗留的最后几天，华德喜欢起巴黎来了。他们上歌剧院去看《波希米亚人》①，两人看得都非常兴奋。后来他们到一家咖啡馆去，要了冷松鸡和葡萄酒。华德告诉安娜贝尔，他从前曾怎样想当作曲家，玛丽·奥希金斯怎样教他音乐，他着手为她写过一支歌曲，双方感到非常投机。华德在马车里一而再、再而三地吻安娜贝尔，只恨把他们送上楼去的电梯开得太慢。

他们还有一千元存款，这是斯特朗博士作为婚礼送给他们的信用状，所以安娜贝尔买了各式各样的衣服、帽子和香水，华德到马德兰教堂附近一家英国裁缝店定做了四套衣服。最后一天，华德从巴黎版《先驱报》给他的薪水中拿出钱来给安娜贝尔买了枚公鸡形的胸针，那是利摩日②的珐琅制品，上面镶有一些石榴石。他们把行李送上联运的列车之后去吃中饭，席间对巴黎恋恋不舍，互相体贴入微，也都很欣赏那枚胸针。他们从勒阿弗尔③搭"都兰"号出海，虽是二月天气，航行极其顺利，一路上明净的灰色海面泛着小浪。华德没有晕船。每天早晨，安娜贝尔起床之前，他就在头等舱周围的甲板上转悠。他戴一顶苏格兰粗花呢鸭舌帽，配上一件苏格兰粗花呢大衣，肩头挂着一副望远镜，苦思苦想筹划他的前程。威尔明顿毕竟已远远撇在身后，像是船身隐没在地平线背后的一条船。

轮船两边是一些嘎嘎作响的拖船，迎着呼呼直叫的冰冷的西北风，穿过纽约港内的驳船、拖船、车辆轮渡和鸣着汽笛的红色渡船之间，向前驶去。

安娜贝尔牢骚满腹，说这一切看起来真可怕。但华德感到劲头十足，有位戴格子呢鸭舌帽的犹太绅士指给他看炮台公园、海关大厦、水族馆和圣三一教堂。

他们从码头直接上了渡船，在泽西城宾夕法尼亚车站的铺着红地毯的餐厅用饭。华德要了煎牡蛎。他见了态度和蔼的穿白上装的黑人侍者，感到像是到了家一样。"回到了上帝的国土。"华德说，他决定得回威尔明顿去一趟，向家里人问好。安娜贝尔讥笑他，他们僵硬地坐在去费城的豪华客车车厢内，不说一句话。

斯特朗博士把地产生意弄得一团糟，他每天忙于看病，安娜贝尔就把他的生意全部揽了过来。她处理经济问题十分能干，使华德和她父亲两人都觉得意外。他们住在斯普鲁斯街斯特朗博士的老式大房子里。华德通过斯特朗

---

① 意大利歌剧家普契尼（1858—1924）的名作，一译《艺术家的生涯》。
② 位于法国中西部，以产精美的瓷器及珐琅制品著称。
③ 位于法国西北部英吉利海峡边。

博士一个朋友的帮助，进《大众纪事报》报馆工作，不常在家。他有空就去德雷克塞尔学院听经济学与贸易的讲座。晚上，安娜贝尔喜欢同一位名叫乔基姆·皮尔的年轻建筑师一同出去玩，皮尔很有钱，备有一辆汽车。这个瘦小的年轻人喜欢花式陶器，喝波旁威士忌，他管安娜贝尔叫"我的克莉奥佩特拉①"。

有一天晚上，华德回家，发现他们两人喝得醉醺醺的，坐在安娜贝尔的顶楼小房间里，身上没穿多少衣服。斯特朗博士去堪萨斯市参加医务会议了。华德交叉着双臂站在门口，说这下彻底完了，他要提出离婚，他把门使劲一关，离开了家，到青年会去过夜。第二天下午他到办公室上班，发现安娜贝尔派专人送来的一封信，要求他谨慎从事，不要外扬，以免影响她父亲的业务，至于他提出的任何要求，都可以满足。他马上回信：

亲爱的安娜贝尔：

我现在才明白你一直是在利用我来掩盖你不名誉和不正经的行为。我现在明白了你为什么不愿意同有抱负的年轻美国人来往，而与外国人、放浪形骸的人等为伍。

我不想使你或者你的父亲感到痛苦，也不愿加以宣扬，但是首先你不得以依旧拥有的摩尔豪斯太太的合法地位来辱没这个姓氏，而且我将提出，等离婚之事作出令人满意的安排时，我有权要求一些赔偿费，因为你的过失，我耽误了时间等等，还损害了前程。我明天去匹兹堡，那里有一份工作等着我，我希望在工作中能忘却你和由于你的不贞所带给我的巨大痛苦。

他想了一想这封信该如何结尾，末了签上了"约·华·摩诚上"，便发了出去。

去匹兹堡的火车上，他躺在卧车上铺，一整夜没有睡着。他二十三岁了，没有得过学位，哪行都不精通，又放弃了编写歌曲的企望。真见鬼，他再也不愿去伺候什么社交界的名媛了。卧车车厢内非常闷热，耳朵下面的枕头老是纠成一团，他耳际响起推销班克罗夫特和布赖恩特的历史著作时的谈话片断……"穿过桃园到海边……"希利亚德先生在威尔明顿房地产公司办

---

① 古埃及一位漂亮的女王。

167

公室深处对评审员说:"先生,房地产业是一项稳定、可靠、有把握的事业,不会受水灾或者火灾的影响;房地产主与这个城市或国家有着密不可分的联系……城市和国家发展也好,不发展也好,随着这强大的国家的财富不可避免而不可分割地增长,他只消悠然自得地坐等在家,财富自会掉进他的怀里……""对于一位有恰当的社会关系以及可以说是态度和悦、受过良好的传统教育的年轻人来说,"奥本海默先生说过,"银行业该是培养热忱、交际手腕甚至是勤劳等美德的宝贵场所……"这时有一只手拽动他的床单。

传来了黑人茶房的声音:"先生,匹兹堡再有四十五分钟就到。"华德穿上裤子,看到裤子上的烫迹线不分明了,感到沮丧,他跳下铺来,把双脚伸进鞋子,那双鞋黏糊糊的,因为是用劣等鞋油匆匆忙忙擦的。他跟跟跄跄地顺着过道走到男盥洗室去,一路上经过衣冠不整的人们身边,他们正从铺上下来。他眼皮粘在一起,想洗一个澡。车厢里闷得要命,盥洗室里尽是内衣和男人刮胡子的肥皂的气味。他透过窗子,看见黑黝黝的山丘,上面盖着白雪,有时有一片倒煤场,还有一排排灰色的棚屋,都是同一个样式的,一道河床上散放着矿砂和炉渣,沿山边路上是一道紫色的树,鲜明地背映着一轮红日;然后是挨着山边的熔炉里喷出的一团红火,通红明亮,好似太阳。华德刮好胡子,刷了牙,把脸和脖子尽量洗得干干净净,并把头发分梳好了。他的下颏和颧骨长得方方正正,这是他所欣赏的。他扣上硬领和系领带的时候自言自语道:"好一个整洁漂亮的年轻经理。"这是安娜贝尔教他的办法:领带的颜色要同眼睛的颜色一样。他一想起她的名字,就微微感觉到她嘴唇的亲吻,闻到她用的麝香香水的味道,觉得一阵困惑。他撇开不想,刚吹起口哨就停止了,生怕别的正在梳洗的旅客觉得他奇怪,就走到车厢一端,站在平台上。这时太阳升得相当高了,山峦又红又黑,山谷里满是早晨的炊烟,呈一片蓝色。到处都是一排排棚屋、炼铁厂和倒煤场。有时有一座小山,上面有一排排棚屋或者一组高炉背衬着天空。一些穿深色衣服、面孔黝黑的人三三两两地站在道口的泥浆水里。给煤烟熏黑了的墙壁遮住了天空。火车通过立交桥下的隧道,顺着山里深深地开出来的轨道驶去。茶房喊道:"匹兹堡联合车站到啦!"华德在这黑人手里放了一枚二毛五的硬币,从一大堆行李中间拣出自己的手提包,用轻快而坚定的步伐顺着月台走,深深吸进月台棚下含有煤烟味的冷空气。

摄影机眼（17）

　　那一年春天从高庐顶楼后窗口望得见榆树梢上的哈雷彗星格林利夫先生说你应该去参加坚信礼班等主教来的时候受坚信礼①而这以后你去划独木船的时候你对瘦子②说你不愿受坚信礼因为你喜欢露营划船看哈雷彗星和宇宙听落在篷帐上的雨点声那一夜你们俩一起看**巴斯克维尔的猎犬**③你把牛排挂在树上一条猎犬一定是闻到了气味因为它围着你不停地转叫声很是吓人你害怕死了（不过你没说出口，你不记得那时说了些什么）

　　不是在教堂里瘦子说如果你从来没有受过洗礼就不可以受坚信礼你就去对格林利夫先生说你没有受过洗礼他显得十分冷淡说你最好不要再去上坚信礼班了今后每星期日必须去做礼拜不过可以随你喜欢到两座教堂中的一座去做于是你有时去公理会教堂有时去圣公会教堂主教到来的那个星期天你再也看不见彗星了你看着别人受坚信礼仪式进行了好几个小时因为有一大群小女孩也要受坚信礼耳边听到的只是你的孩子什么什么的喃喃低语于是你寻思不知道自己可活得到下次哈雷彗星再出现的时候

---

① 基督徒出生后即受洗礼，过一时期后受坚信礼，受过坚信礼以后才算正式教徒。
② 指作者在哈佛大学时的同学弗兰克林·诺德霍夫。
③ 这是英国作家柯南·道尔写的"福尔摩斯探案"系列故事之一。

新闻短片 XIII

开火的时候我正在国家宫前面。我和成千上万仓皇奔逃的男女老少一起跑过广场有几十人在逃跑躲避时倒下

新发现几座高山

啊，吉姆·奥谢漂流到一个印度小岛上
岛上的土人喜欢他的头发
他们喜欢他爱尔兰式的微笑

美术作品大混乱

土匪荒野为家

华盛顿方面认为选出乌埃尔塔将军为墨西哥临时总统接任已推翻的前任总统是件不幸的不合理的不自然的事

怕黑社会网三人逃出城

他在旅馆的糖缸中掺沙子这位作家说他以流亡者的身份来到美国发现到处污秽不堪

前中国皇后隆裕薨于紫禁城

蟑螂，蟑螂
我不想走
因为没有

因为没有

大麻烟抽①

组成共和国时不考虑下层阶级有可能导致再次起义

六百名美国人逃出首都

给你手指上戴上戒指

足趾上戴上铃铛

给你几匹象乘骑

我的爱尔兰小玫瑰

到老爷这儿来等明年圣帕特里克节

当上巫医杰杰布霍伊·杰伊·奥谢夫人

埃莉诺·斯托达德

她小时候对一切都憎恨。她憎恨自己的父亲,一个红头发的矮胖子,身上有一股没刮的连鬓胡子的气味和隔宿的板烟味。他在屠宰场的一个办事处工作,下班回家时衣服上总带着牲口棚的恶臭,他老讲一些血淋淋的玩笑话:怎样宰绵羊、宰阉牛、宰猪和杀人。埃莉诺憎恨血腥味,怕见流出的血。夜间,她常常梦见自己和母亲在冬天单独住到橡树园镇②去,住在一座洁白的大屋子里,那时地上盖满了白雪,她把一块白色亚麻桌布铺在桌子上,放上光亮雪白的银餐具,并把白色的花朵和白色的鸡肉放在她母亲面前,她母亲是个上流社会的贵妇人,穿着一件白色的织锦缎衣服,可是,桌布上突然出现一个红色的小斑点,这斑点越变越大,她母亲的双手紧张地颤动着,企图擦掉它,可是没有用,它竟变成了一摊血迹,血淋淋地在桌布上向四面渗透,她这时从梦魇中惊醒过来,闻到牲口棚的气味,尖声大叫起来。

她十六岁在中学读书时,和一个名叫伊莎贝尔的姑娘一起发誓:假如她

① 以上五行原文系西班牙语,引自墨西哥民歌《蟑螂》。

② 位于芝加哥西郊。

们被一个男孩子碰了，她们就自杀。可是就在那年秋天，那位姑娘患猩红热后并发了肺炎，终于死了。

　　除了她以外，埃莉诺只喜欢她的英语教师奥利芬特女士。奥利芬特女士出生在英国。在她十来岁时，随父母来到芝加哥。她非常热爱英语，尽力教学生发好开音节的"a"，她还自认为有权对英国文学具有某种权威性，因为她与19世纪中叶的英国女作家、曾经用华美的词章描写过佛罗伦萨的某位奥利芬特夫人①是远亲。所以，她偶尔把几个比较有出息的、像是上等人家出身的学生请到她的小公寓里去喝茶。她过着独身生活，只有一只贪睡的蓝色波斯猫和一只红腹灰雀和她做伴；她给学生们讲哥尔德斯密斯②，讲约翰逊博士③的精辟言论，讲济慈和cor cordium④，说他死得这么年轻真太可怕了，还讲丁尼生，说他对妇女粗暴无礼，还讲白厅⑤的卫士是怎样换岗的，亨利第八在汉普顿宫亲手栽种的葡萄树以及苏格兰女王玛丽⑥的惨史。奥利芬特女士的父母是天主教徒，认为斯图亚特王族是英国王位的合法继承者，他们经常举起酒杯，越过桌上摆着的大水罐，为国王祝酒。所有这一切都使这些男女孩子感到非常激动，特别是埃莉诺和伊莎贝尔，而奥利芬特女士总给她俩的作文打高分，并鼓励她们多读书。埃莉诺非常喜欢她，上课听讲时总是专心致志。只要听到奥利芬特女士说出诸如"英国散文的伟大纪念碑""伦敦塔中的小王子们"或"圣乔治和欢乐的英格兰"之类的词句，她背脊上就感到一阵阵微的颤栗。伊莎贝尔死后，奥利芬特女士表现得非常感人，她请埃莉诺单独一个人去喝茶，用清脆的声音为她念了《利西达斯》⑦，还让她回家后自己去读《阿童尼斯》⑧，说她不能为她念这首诗，因为她知道埃莉诺会受不了的。接着她说，她小时候最好的朋友是一个红头发的爱尔兰小姑娘，她白皙的皮肤晶莹、温馨，像德比皇冠瓷器⑨一样，我亲爱的，她后来去了印度，患热病死了，于是奥利芬特女士以为再也别指望能从悲伤中恢复

---

①　指苏格兰小说家玛格丽特·奥利芬特（Margaret Oliphant, 1828—1897）和她的作品《佛罗伦萨的创建者们》（1876）。

②　奥利弗·哥尔德斯密斯（1730—1774），英国作家，其代表作为长篇小说《威克菲牧师传》。

③　塞缪尔·约翰逊（1709—1784），英国作家，为第一部有分量的英语词典的编纂者。

④　拉丁文，相当于英语heart of hearts：（济慈的）内心深处的感情。

⑤　英国亨利第三时期所建王宫，在伦敦市中心。

⑥　苏格兰女王玛丽·斯图亚特（1542—1587）被英格兰女王伊丽莎白杀害。

⑦　这是英国诗人约翰·弥尔顿（1608—1674）写的一首挽诗（1637）。

⑧　这是雪莱为哀悼济慈而作的，发表于1821年。

⑨　18世纪末英国德比郡所产的优质瓷器，以皇冠为标志。

过来了。她还告诉埃莉诺，德比皇冠瓷器是怎样发明的，那发明家为研制这种奇妙无比的瓷器花掉了最后一文钱，在配方中最后还需要些黄金，这时他们一家都快饿死了，唯一剩下的就是他妻子的结婚戒指，后来他们为了维持炉火，竟把家里的桌椅都烧光了，可是他终于制造出这种皇家专用的、奇妙无比的瓷器。

正是奥利芬特女士竭力劝诱埃莉诺到美术学院去上课的。她房间里的墙上挂着罗塞蒂和伯恩-琼斯①的绘画的复制品，她向埃莉诺讲述了前拉斐尔派协会的事。她使埃莉诺感到艺术犹如象牙般洁白，非常纯粹、高尚、遥远而又忧伤。

当她母亲死于恶性贫血症时，埃莉诺才是个瘦弱的十八岁的姑娘，白天在商业区一家花边店里工作，晚间在美术学院攻读商业美术课程。葬礼一结束，她就回家收拾自己的生活用品，搬到穆迪公寓去了。以后她难得回家看她的父亲。有时他打电话找她，她也尽可能不接。她想把有关他的一切统统忘掉。

花边店里的人都喜爱她，因为她非常优雅，正如老板兰老太太说的，有了她店里就有"一种难以形容的时新的气派"，可是他们每周只给她十元，其中五元她要用来付房租和饭钱。她的饭量很小，可是饭厅里的饭菜太坏了，而且她也不愿意和别的姑娘坐在一起吃，所以有时候还得再买一瓶牛奶，带到自己的房间里去喝；就这样，有几个星期她竟连买铅笔和画图纸的钱都没有了，不得不去找她父亲要两块钱花。他非常乐意地把钱给了她，可是不知怎的，这一行动却使她比以前更加憎恨他了。

每天傍晚，她总坐在她那可怜巴巴的小安乐窝里，屋里安着丑陋的铁床，床上铺着丑陋的床罩，窗外传来公共会堂里唱赞美诗的声音，她读着从公共图书馆借来的罗斯金②和佩特③的书。有时她让书落到自己的膝上，整整一晚坐在那里，眼望着那只暗红色的电灯泡（公寓里只允许她用这样低度数的）出神。

---

① 英国画家、诗人但丁·加布里埃尔·罗塞蒂（Dante Gabriel Rossetti，1828—1882）和英国画家爱德华·布恩-琼斯（Edward Burne-Jones，1833—1898）为1848年成立的艺术团体前拉斐尔派的中坚人物。
② 约翰·罗斯金（John Ruskin，1819—1900），英国作家，著有有关美术、考古及社会改革的作品多种。
③ 华尔特·佩特（Walter Pater，1839—1894），英国散文家、批评家，在作品中阐述他的美学观点，文笔优美。

每当她要求加薪时，兰太太总是说："啊哟，你很快就要结婚的，要离开我的，亲爱的，一个有你这种风度和难以形容的时髦气派的姑娘是不会长期过独身生活的，到那时你就不需要靠薪水过活了。"

星期天，她常坐火车出城到普尔曼①去，她母亲的姐姐在那里有一座小房子。贝蒂姨妈是个性格安静的、家庭妇女类型的小个子女人，她把埃莉诺的一切怪癖都归结为小姑娘的幻想，经常乐观地留心着，要物色一个合适的年轻人做埃莉诺的情侣。她的丈夫，乔姨夫是个轧钢厂的工头。在轧钢厂工作了多年，已使他的耳朵完全聋了，但他还肯定地说，在车间里，别人讲什么，他能听得一清二楚。夏季里，他的星期天总消磨在耕耘他那一小块菜地上，他是栽种莴苣和紫菀的行家。在冬天或天气不好的时候，他就坐在前房看《铁路员工杂志》。贝蒂姨妈会按照《妇女家庭杂志》上的食谱，精心烹调出一顿饭菜来，他们就会请埃莉诺安排饭桌上的插花。饭后，贝蒂姨妈洗盘子，埃莉诺帮她擦干，两位老人午睡时，她就到前房去，坐着看《芝加哥论坛报》的社会新闻栏。晚饭后，只要天气好，两位老人总要陪她走到车站，把她送上火车，贝蒂姨妈就会说，让她这样一个可爱的姑娘留在大城市里过独身生活简直太不应该了。埃莉诺总会露出明朗而凄苦的微笑说她并不害怕。

星期天晚上回家时，车厢里总是挤满了到乡间或湖滨沙丘游览归来的青年男女，他们身上黏糊糊的，弄得很脏，皮肤都晒黑了。埃莉诺憎恨他们和携带着尖声号哭的小家伙的意大利夫妻们，他们使车厢里充满了酒气和大蒜味儿，她也憎恨那些喝了整整一下午啤酒、脸都涨红了的德国人，喝醉了酒的芬兰和瑞典工人，他们凝视她的时候，木然无表情的脸上的蓝眼珠里会发出酒精灯似的火焰。有时会有一个男人试图和她搭讪，害得她只好躲到另一节车厢去。

有一次，车厢里非常拥挤，有个头发鬈曲的男人带着挑逗的意味用身子贴着她。四围密密麻麻都是人，她没法从他身边抽出身去。她急得几乎要大喊救命，只是想到就此大惊小怪实在不成体统才勉强忍住了。到了该下车的时候，她终于挤出了车厢，感到一阵无法控制的头晕，在步行回家的途中，不得不弯进药房去买了一点阿摩尼亚香精。她冲进穆迪公寓的门厅，上楼进了自己的房间，周身还在颤抖。她感到恶心，她的一个女伴发现她在浴室里

---

① 位于芝加哥郊区。

想吐，竟用非常奇怪的眼光盯住她看。遇到这样的时候，她感到非常不幸，想到了自杀。她来月经时腹痛得很厉害，常常每月至少要在床上躺一天，常常整整一星期都打不起精神来。

秋季里的一天，她打电话给兰太太说自己病了，不得不卧床休息。她上楼回到自己的房间，躺在床上看《罗慕拉》①。她正在从头至尾阅读穆迪公寓图书馆里收藏的乔治·艾略特全集。当那位年老的女清洁工开门来替她收拾床铺时，她说："我病了……我会自己收拾的，孔茨太太。"到了下午，她饿了，身子底下的床单都皱成一团。她曾告诉兰太太说她病得不能动弹了，现在感到能出去走动了，未免觉得很是可耻，但是她突然感到只要在这间屋里再待上一分钟就要憋死了。她仔细地穿好衣服，走下楼去，觉得有点鬼鬼祟祟的样子。"看来你到底病得还不怎么厉害。"舍监比格斯太太说，这时埃莉诺正好在门厅里同她擦身而过。"我只是觉得需要透透新鲜空气。"她走出门去，听到比格斯太太低声说："这对你真太糟糕了。"比格斯太太对埃莉诺非常猜疑，就因为她是个学美术的。

她觉得有点儿眩晕，就弯进药房里去用了点溶在水里的阿摩尼亚香精。然后她乘电车到格兰特公园去。强劲的西北风吹起砂砾和碎纸在湖边平地上飞旋。

她走进美术学院，上楼进了斯蒂克尼陈列室去看惠司勒②的画。她喜欢美术学院，胜于芝加哥和世界上任何其他场所，喜欢这里的安静，没有讨厌的男人们，只有画幅上涂的凡立水发出悦人的香味。只有星期天除外，那时人群拥到这里来，情况就糟了。今天，斯蒂克尼陈列室里除了她只有一位衣着讲究的姑娘，围着一条灰色的狐狸圈脖，头戴一顶饰有一根羽毛的灰色小帽。那位姑娘正目不转睛地在看那幅马奈③的肖像。这引起了埃莉诺的兴趣；她装作在看那些惠司勒的画，其实并不真在看。只要一有机会她就看那位姑娘一眼。结果她发现自己竟和那位姑娘站到一起看起那幅马奈的肖像来了。她俩的目光突然相遇。那位姑娘的眼睛是浅棕色的，形状像杏仁，分得很开。

"我认为他是全世界最优秀的画家。"她挑战似的说，似乎希望有人站出来否认她这论断。

"我认为他是一位动人的画家。"埃莉诺说，努力使自己的声音不致颤

---

① 英国女作家乔治·艾略特所作的长篇小说，以文艺复兴时期的佛罗伦萨为背景，出版于1863年。
② 詹姆斯·惠司勒（James Whistler, 1834—1903），美国画家，其代表作为《母亲肖像》。
③ 马奈（Edouard Manet, 1832—1883），法国印象派画家。

抖，"我喜欢这幅画。"

"你知道吧，这幅肖像不是马奈自己画的，而是芳丹-拉图尔①的手笔。"那位姑娘说。

"噢，对，当然啦。"埃莉诺说。

接着她们的话断了。埃莉诺担心她俩的交谈会到此为止，但那位姑娘又说了："你还喜欢什么别的画？"

埃莉诺仔细地看看惠司勒的画，然后用缓慢的声音说："我喜欢惠司勒和柯罗②。"

"我也喜欢，不过我最喜欢的是米勒③，他的画多么圆润，有温暖感……你曾到过巴比松④吗？"

"没有，可是我真想去呀。"谈话停顿了一下。"不过我觉得米勒稍微有点儿粗俗，你说呢？"埃莉诺冒昧地说。

"你是指彩色石印的《晚钟》⑤吗？是的，我就厌恶和鄙视绘画中的宗教情绪，你呢？"

埃莉诺对这一问题不太知道应该讲些什么，于是摇摇头说："我真喜欢惠司勒；我对他的画看了一阵子，再扭头向窗外望去，你可知道，窗外的一切景物就看起来都像是他那种带粉画色调的画幅了。"

"我有一个想法，"那位姑娘说，从手提包里拿出一只小表，看了一眼，"我六点钟以前不必回家。你为什么不和我一起去喝茶呢？我熟悉一家小店，我们可以在那儿吃到很好的茶点，那是一家德国点心店。我六点钟前不必回家，这样我们可以有很长时间好好聊聊。你不会认为我这样邀请你不合乎常规，对吗？我就喜欢不合乎常规的事情，你呢？你憎恶芝加哥吗？"

对了，埃莉诺确实憎恶芝加哥，憎恶那些遵奉常规习俗的人以及所有这一切。她们俩到了那家点心店，要了茶，这位穿灰色衣服的姑娘名叫伊夫琳·赫钦斯，她往自己的茶里加了柠檬。埃莉诺说了很多话，引得对方哈哈大笑。埃莉诺发现自己居然同对方说，她父亲是一位画家，住在佛罗伦萨，

---

① 芳丹-拉图尔（Jgnace Henri Jean Théodore Fantin-Latour, 1836—1904），法国画家，石版画家。
② 柯罗（1796—1875），法国著名风景画家。
③ 米勒（1814—1875），法国画家，以描绘田园风景著称，笔触极细腻。
④ 巴黎东南枫丹白露附近一村庄，1849年米勒定居于此，后形成描绘农民淳朴生活的巴比松画派。
⑤ 米勒所作的一幅名画。

她还是在很小的时候见过他的呢。后来她父母离婚了，母亲改嫁了一位和阿穆尔肉食品公司有来往的商人，如今她的母亲已经去世，她只有几个住在森林湖城[①]的亲戚；她在美术学院学习，可是不想继续学下去了，因为她对那些教师不满意。她认为在芝加哥生活简直太可怕了，想到东部去。

"那你为什么不到佛罗伦萨去和父亲生活在一起呢？"伊夫琳·赫钦斯问。

"嗯，等我发了财，总有一天我会去的。"埃莉诺说。

"噢，得了，我一辈子也不会发财，"伊夫琳说，"我父亲是个牧师……我们一起到佛罗伦萨去吧，埃莉诺，去拜访你的父亲。我们真要是到了那里，他总不好意思把我们赶出来吧。"

"我真想将来出去旅行一次。"

"我该回家了。顺便问问你，你住在哪里？明天下午我和你碰头，一起把那些画都看一遍。"

"我怕是明天有事儿。"

"好吧，也许你哪天晚上能到我家吃饭。我要问妈妈哪天可以招待你。能遇见一位谈得来的姑娘也真难得。我家住在德雷克塞尔林荫大道。这是我的名片。我要寄给你一张明信片，你会答应来的，对吗？"

"我很愿意，只要是在七点钟以后……你知道，我干着工作呢，除了星期天，每天下午都很忙，可是星期天我总要去看我的亲戚，他们住在……"

"森林湖？"

"对……我在城里时，住在女青年会的某个宿舍穆迪公寓里；那是个平民化的住处，可是倒很方便……我把地址写在这张卡片上。"那是一张兰太太的名片，上面印着"专营进口花边和手工刺绣织物"。她把自己的住址写在上面，撕去另一边，把它递给伊夫琳。

"这真是太好了。"伊夫琳说，"就在今天晚上，我要寄一张明信片给你，你会答应来的，对吗？"

埃莉诺送她登上了电车，然后慢慢地在街上步行。她本来已经把自己生病的事统统忘却了，但现在那姑娘一走，她顿时感到沮丧，感到自己衣服破旧并感到寂寞，在晚风呼啸、市声喧嚣的街道上踽踽独行。

通过伊夫琳·赫钦斯的介绍，埃莉诺结识了几位朋友。她第一次到赫钦

---

① 芝加哥北一个小城，有不少高档住宅。

斯家去时，因为过于拘谨，对那里的人们未能多加观察，后来才对他们渐渐随和起来，尤其是她发现他们都把她看作一位很有意思而十分有教养的姑娘。他们是赫钦斯博士和夫人，他们有两个女儿、一个儿子，都在外地上大学。赫钦斯博士是位唯一神教派的牧师，思想非常开放，赫钦斯夫人会画花卉水彩画，显得很有才华。他们的大女儿葛蕾丝在东部的瓦萨学院①学习，据认为已在文学方面显露出才能，他们的儿子在哈佛大学念研究生，攻读希腊文，而伊夫琳就在附近的西北大学②学习最感兴趣的课程。赫钦斯博士是个语声温柔的男人，一张皮肤光滑的大脸盘呈粉红色，双手又大又白，皮肤光滑但没有血色。赫钦斯一家计划于明年出国旅游，明年是赫钦斯博士的休假年。埃莉诺从未听到过像他那样的谈话，这使她很激动。

有天晚上，伊夫琳带她到舒斯特夫人家去。"在我家里你可千万不能提到舒斯特夫人，你能做到吗？"她俩从高架铁路下来时，伊夫琳嘱咐她说。"舒斯特先生是个画商，我爸爸觉得他们有点过分豪放不羁……这只是因为有天晚上安妮·舒斯特到我们家来，吃饭时一直在抽烟。……我说过咱俩是上大会堂去听音乐会的。"

埃莉诺替自己做了一件新衣服，一件十分朴素的白衣服，镶着一小点绿色，它不好算是正式的夜礼服，而是在任何时候、任何场合都可以穿的，当那位红头发、短粗身材、说话和走路都充满活力的安妮·舒斯特在门厅里帮她们脱下外套时，她不禁惊呼多么漂亮。

"噢，对啦，是漂亮，"伊夫琳说，"说实话，埃莉诺，你今天晚上真是艳若桃李了。"

"我敢打赌，这件衣裳不是本城的产品……我看像是在巴黎做的。"舒斯特夫人说。

埃莉诺微笑着表示否认，她的脸微微红了起来，使她更显得娇艳动人了。

两个小房间里挤满了许多人，香烟抽得烟雾腾腾，到处是咖啡杯，还有一股子某种五味酒的味儿。舒斯特先生头发已经白了，脸色发灰，脑袋比起身子来显得太大了，他的神情有些疲惫。他说起话来像是英国人。有几个小伙子站在他的周围；其中有一个，埃莉诺在美术学院学习时见过面。他名叫埃里克·埃格斯特洛姆，她一直对他怀有好感；他的头发是亚麻色的，眼珠

---

① 位于纽约州东南部的波基普西，是一所著名的女子学院，由慈善家马修·瓦萨于1861年创立（1865年开始招生），故名。
② 位于芝加哥北的埃文斯顿。

碧蓝，长着两撇金黄色的小胡子。她看得出来，舒斯特先生很器重他。伊夫琳带着她到处转转，把她介绍给每一个人，还向每一个人提些有时是使人感到狼狈的问题。男男女女都吸烟，谈论书籍、图画以及埃莉诺从未听到过的人物。她打量周围的一切，很少说话，注意到橘红色灯罩上的那些古希腊人的剪影以及墙上挂的一些看来非常奇特的画，还看到书架上放着两排黄色封面的法文书，心想自己能从这地方学到很多知识。

她们很早就离开了，因为伊夫琳必须弯到大会堂去看看音乐会的节目，她怕父母也许会问起它来。埃里克和另一位青年送她们回家。等他们把伊夫琳送到家里，就问埃莉诺住在什么地方，她不肯说出穆迪公寓来，因为公寓所在的那条街实在太不像样，于是她让他们陪她步行到一个高架铁路站口，就快步走上楼梯，不让他们再送了，尽管在这么晚的时候独自回家心里很害怕。

兰太太的许多顾客都以为埃莉诺是法国人，因为她的头发乌黑，长着一张椭圆形的清瘦的脸，皮肤洁白得几乎透明。事情的经过是这样的，有一天，有位麦考密克夫人（兰太太估量她就是那个麦考密克家族①的一员）问起上次接待她的那位可爱的法国女郎在哪儿，这一问使兰太太想出了个好主意。从今以后埃莉诺必须扮成法国人，于是她替她买好二十张柏利兹语言学校的听课券，说如果她愿意去学法语的话，每天上午九至十点钟可以给她放假。就这样，整个十二月和一月，埃莉诺每周都跟一个穿着件发臭的羊驼绒上衣的老头子学三次法语，开始在跟顾客说话时竭力装得漫不经心地偶尔夹进一两个法国词儿，并且只要店里有人在，兰太太总是称她为"Mademoiselle"②。

她努力工作，还从舒斯特家借来黄色封面的法语书，晚上边查字典边读，因此不久她的法语程度就超过了伊夫琳，尽管伊夫琳从小就有一位法国家庭女教师教她。有一天，她到柏利兹语言学校去时发现换了个新老师。那老头子得了肺炎，所以换了个年轻的法国人教她。他身材瘦削，刚刮过的尖下巴上颜色青青的，一对棕色的大眼睛上有长长的睫毛。埃莉诺马上就喜欢他了，喜欢他的贵族气派的瘦削的手和冷峻的神态。半小时以后，他俩把教课的事全然忘却了，却用英语交谈起来。他讲起英语来带有很滑稽的口音，

---

① 赛勒斯·霍尔·麦考密克（Cyrus Hall McCormick, 1809—1884），美国发明家，以制造农业机器发家，1848年迁芝加哥，经办报馆，创办神学院。本书故事发生时，其子继承他的报馆及收割机公司，族人中有当大使、议员的，成为芝加哥的显赫家族。
② 法文：小姐。

不过相当流利。她特别爱听他发 "r" 时那种很强的喉音。

下一次上课，她浑身激动地走上楼去，想看看是否还是那位年轻人给她上课。正是他。他告诉她那位老人已经死了。她觉得应当表示悲伤，可是伤心不起来。年轻人注意到了她的表情，把脸部拧成一副滑稽的样子，既像哭又像笑，他说："Vae victis."①接着他向她讲自己在法国的家，说他如何憎恨那里的陈陈相因的资产阶级生活，他到美国来正是因为美国是属于年轻人和代表未来的国土，有摩天大楼和"20世纪高级快车"②，他认为芝加哥简直美丽极了。埃莉诺从来没有听到别人讲过这种话，就说他来美国的途中一定经过爱尔兰，吻过那里的巧言石③。他听了显出非常伤心的样子说："Mademoiselle，c'est la pure vérité."④她说她绝对信任他，能结识他真是太有意思了，她一定要介绍他认识自己的朋友伊夫琳·赫钦斯。他接着告诉她说自己曾在新奥尔良居住过，他是在法国轮船公司的一条船上当茶房来美国的，他当过洗盘子的和饭店里的勤杂工，在"卡巴莱"⑤或更下等的场所弹过钢琴，他非常热爱黑种人，他是个画家，巴不得有个自己的画室可以作画，可就是眼下还拿不出这笔钱来。听他说到有关洗盘子、卡巴莱和有色人种的话，埃莉诺有点儿扫兴，可是听说他对美术感兴趣，她又觉得真该把他介绍给伊夫琳，她请他星期日下午到美术学院去与她俩见面，这样做时她感到自己很大胆、不拘礼节。话得说回来，假如她们考虑下来觉得这样做不合适，她们尽可以不去。

这件事使伊夫琳激动得要命，但是她们还是让埃里克·埃格斯特洛姆陪同前往，因为法国人都是声名狼藉的。那位法国人到得很晚，她们起先担心他不会来了，或是他混在人堆里她们没有看见，可是埃莉诺终于看见他登上了宽阔的楼梯。他名叫莫里斯·米勒——不，和那位同姓的画家可不是亲戚——使他们三人都万分震惊的是他拒绝参观美术学院里的任何绘画，说这些东西应该统统付之一炬。他讲了一大套新名词，像立体派呀、未来派呀，这些词儿埃莉诺从未听说过。但她一眼就看得出来，他已经把伊夫琳和埃里克大大地吸引住了；他们俩当真凝神谛听他说的每一个字，在吃茶

---

① 拉丁文，原是高卢人领袖布莱纳斯与罗马人谈判和平时所说的话，意为：战败者活该遭殃。
② 当时的豪华型特快列车，行驶在纽约和芝加哥之间。
③ 爱尔兰南部布拉尼城有一座15世纪的古堡，上面镶有一块刻有建堡人姓名及日期的石头，相传吻此石后即善于阿谀奉承、花言巧语，故名"巧言石"。
④ 法文：小姐呀，我这可是句句真言。
⑤ 有歌舞助兴的餐馆。

点的整个过程中，他们俩谁也没有理睬埃莉诺。伊夫琳邀请莫里斯到她家去，于是这一行全都到德雷克塞尔林荫大道她家去吃晚饭，莫里斯在那里对赫钦斯博士和夫人彬彬有礼，他们饭后又到了舒斯特家。他们一起从舒斯特家出来时，莫里斯说舒斯特夫妇俗不可耐，他们墙上挂的画很蹩脚。"Tout ca c´est affreusement pompier."①他说。埃莉诺觉得很费解，但伊夫琳和埃里克说他们完全听得懂，他这是说舒斯特夫妇对艺术的理解和对救火员的集会的理解差不多，大家为这句话还笑了很久。

下一次她看见伊夫琳时，伊夫琳袒露衷曲说她已疯狂地爱上了莫里斯，她们俩哭了个够，并一致认为：尽管这样，她们之间的美好友情是经得起考验的。当时她们在德雷克塞尔林荫大道伊夫琳家楼上她那房间里。壁炉架上放着一幅伊夫琳正在作的粉画像，她试图凭记忆把莫里斯的形象画出来。她们俩紧挨着坐在床上，互相搂住了腰，严肃地谈论着各自的情况，埃莉诺讲了她对男人的看法；伊夫琳不大同意这种看法，但她认为任何情况也破坏不了她们的美好友情，她们俩将永远毫不保留地彼此交心。

大约就在这时候，埃里克·埃格斯特洛姆在马歇尔·菲尔德百货公司②的室内装饰部谋得一个周薪五十元的职务。他在北克拉克街边的一条小巷里租得一间从北面采光的很好的画室，莫里斯就搬去与他同住。两位姑娘常到那儿去，他们请了不少朋友到那里，按俄国方式用玻璃杯喝茶，有时还喝一点儿弗吉尼亚·戴尔牌葡萄酒，这样她俩再也不用到舒斯特夫妇家去了。埃莉诺总设法和伊夫琳单独说句知心话；由于莫里斯对伊夫琳的感情并不像伊夫琳对他的那样深，伊夫琳心里很难过，但是莫里斯和埃里克看来确实生活得很愉快。他们在一张床上睡觉，无论干什么都在一起。埃莉诺有时对他们抱着怀疑的态度，然而结识两个不讨厌女人的小伙子总是件叫人高兴的事。他们一起上歌剧院，听音乐会并看画展——入场券的钱和在饭店进餐时的餐费通常是由伊夫琳或埃里克付的——那几个月，埃莉诺过上了她有生以来从未有过的较好的日子。她再也没到普尔曼去过，她和伊夫琳两人商议等赫钦斯一家从国外旅行归来后，要合租一间画室。有时，当她想起六月份一天天近了，伊夫琳将离她而去，她得在芝加哥独自面对尘沙飞扬、挥汗如雨、

<hr>

① 法文：都是些十足陈腐娇饰的东西。其中"陈腐娇饰"（pompier）一词，在法文中另有"救火员"之意，所以伊夫琳和埃里克理解错了。

② 美国商人马歇尔·菲尔德（1834—1906）于1881年在他与人合伙的百货公司的基础上，在芝加哥创办马歇尔·菲尔德百货公司，后来在其他大城市开设分公司。

令人生畏的夏日，心里就升起一阵淡淡的哀愁，可是埃里克正设法替她在马歇尔·菲尔德百货公司他工作的那个部门里谋一个职位，而她和伊夫琳在晚上常到大学里去听室内装饰学课程，这件事又使她得以展望未来。

莫里斯用浅黄和淡紫等色画出几幅极可爱的画来，画的是长着明亮的大眼睛和长睫毛的长脸男孩子和看来像是男孩子的长脸女孩子，还有长着明亮的大眼睛的俄国猎狼犬，而背景上总有几根梁桁或一座白色的摩天大楼，还有一大团白云，伊夫琳和埃莉诺不由得认为，他仍然不得不在柏利兹语言学校教书实在太不应该了。

伊夫琳乘船赴欧洲的前一天，他们在埃格斯特洛姆的画室里开了个小小的告别宴会。四面墙上挂着莫里斯作的画，他们全都既快乐又悲伤，情绪激动，不断吃吃地笑。这时埃格斯特洛姆走进来，带来一个消息：他已经把埃莉诺的事对老板说了，说她懂法语，学过美术，长得很美等等，斯波特曼先生就说明天中午带她去，要是她能弄到这份工作，周薪至少二十五元。有一位老夫人进来看莫里斯的画，她打算买一幅；他们都高兴极了，喝了不少葡萄酒，等到最终要告别的时刻，出乎埃莉诺的意料，结果倒是伊夫琳为要离开这些朋友而感到寂寞，而不是埃莉诺因被撇下而感到寂寞。

第二天晚上，埃莉诺送赫钦斯一家启程赴纽约，他们的行李都贴上了"波罗的海"号轮船的标签，由于即将到东方去旅行，并且出国，他们眼睛里都闪烁着兴奋的光芒，车站上有一股煤烟的气味、一片机车的钟声和杂沓的脚步声……当她沿着月台往外走时，她握紧双拳，尖尖的指甲埋入了掌心，一遍遍地对自己说："我也会出门去的；这仅仅是早晚的问题；我也会出门去的。"

摄影机眼（18）

她是一位极时髦的太太喜欢牛头㹴狗她有个朋友是位绅士以长得像爱德华国王而闻名

她是一位极时髦的太太大厅里摆着白色的百合花别摆在那里亲爱的房间里有花香我可受不了她那些㹴狗咬了些生意人咬了那小报童不会的亲爱的它

们从来不咬好人的它们对比利和比利的朋友们都好极了

我们都乘上四匹马拉的车子去兜风坐在后面的车夫吹起长号那就是迪克·惠廷顿[1]站过的地方带着他的猫还有大钟　食品篮里放满了当午餐的食物她的眼睛是灰色的尽管她讨厌对一般小孩简直都讨厌待她朋友的小儿子却很好那位长得像爱德华国王的绅士朋友既不喜欢小孩也不喜欢猥狗她老是问你为什么要这么称呼他?

你想起了迪克·惠廷顿和鲍教堂[2]的大钟,他当过三届伦敦市长,望着她那双灰色的眼睛回答说也许是因为我初次见到他时就这么称呼他的我不喜欢她我不喜欢猥狗我不喜欢那四匹马拉的车子但我希望迪克·惠廷顿三届伦敦市长鲍教堂的大钟当当地响了我希望迪克·惠廷顿我希望回家可是我已经没有家了那个坐在后面的车夫吹起长号

埃莉诺·斯托达德

在马歇尔·菲尔德百货公司工作和在兰太太店里工作大不相同。在兰太太店里,她仅有一个上司,而在这家大百货公司,似乎所有人的地位都比她高。她仍显得如此优雅而冷静,仍以她那种特有的欢快的小声小气的方式说话,所以,尽管大家并不十分喜欢她,她和人相处得还算不错。室内装饰部的两位主任,波特夫人和斯波特曼先生甚至还对她怀有几分敬畏之意。人们传说她是个上流社会的小姐,并不真正需要挣钱糊口。她总是非常体贴同情地解答顾客提出的关于家庭布置方面的问题,还以纡尊降贵的态度对待波特夫人,称赞她衣着雅致,于是在埃莉诺工作满一个月的时候,波特夫人对斯波特曼先生说:"我看我们物色到的这位斯托达德小姐真是个人才。"斯波特曼并不张开他那老太婆般的苍白色的嘴,只是嗫嚅地说:"我一直就是这样想的。"

---

①　即理查德·惠廷顿(Richard Whittington, 1358? —1423),曾三度担任伦敦市长。1600年左右,有人把早在12世纪就在欧洲流传的一段轶事加在他的身上,说他在伦敦一商人家帮佣时,用一个便士买了只猫,后来带它漂洋过海,到了一个耗子横行的国家,卖了好大一笔钱,就此发了财。
②　即伦敦的圣玛丽·勒·鲍教堂,以建筑优美、钟声响亮著称。

一个阳光灿烂的下午，当埃莉诺手握装着第一周薪水的信封，从公司出来走上伦道夫街时，心里很是喜悦。她一路走着，薄嘴唇上分明露出一个可爱的微笑，以致有两三个行人竟回过头来朝她看望，这时迎面吹来一阵大风，她迅速低下头来，以免帽子让风刮走。她拐上密执安大道，往大会堂走去，望着明亮的商店橱窗、浅蓝色的天空、大湖上空那一堆堆鸽灰色的薄云以及火车头喷出的一团团白色蒸汽。她走进大会堂新楼进深很长的门厅，里面亮着琥珀色的灯光，她独自在休息室角落里一张柳条桌旁坐下来，一个人坐了好一会儿，喝了一杯茶，吃了抹上黄油的烤面包，用清脆而高雅的有钱人的口气支使着侍者。

随后她到穆迪公寓去，打好行李，搬到埃莉诺俱乐部去，她在那里租了一个房间，租金七元半，包括伙食。房间比她原先住的那间也好不了多少，还带着慈善机构的阴郁气息，所以在下一个星期又搬到北区一家作住家用的小旅馆去，那儿每周租金和伙食费共十五元。这一来她每周只剩下三块半钱了——原来她这工作的周薪只有二十元，扣去保险费只剩下十八块半——她不得不又去找她父亲要钱。她社会地位的提高以及加薪的可能性给他以深刻的印象，竟使他答应每周贴补她五元，其实他自己每周只能挣到二十元，而且正准备再结婚，娶那位带着五个儿女的寡妇奥图尔太太，她在埃尔斯顿附近经营一家寄膳宿舍。

埃莉诺拒绝去见她未来的后母，她使她父亲答应，以后每周把钱用邮政汇票寄给她，因为他不能指望她会远远地跑到埃尔斯顿去取钱。她和他道别时，在他前额上吻了一下，这使他感到非常高兴。她不断地嘱告自己：这可是最后一次了。

她随后回到艾凡赫旅馆，上楼进了自己的房间，仰面躺在她那张舒适的铜床上，浏览这小房间的四处：白色的木质门窗、有深色闪亮条纹的浅黄墙纸、网织窗帘以及厚实的帷幔。尽管天花板的灰泥上有一条裂纹，地毯也磨光了，但这家旅馆还是很讲究的，这她能看得出，这里住着的尽是些靠小笔进款为生的老年夫妇，旅馆的仆役都是些彬彬有礼的上了年纪的人，她平生第一次感觉到安适自在。

第二年春天，伊夫琳·赫钦斯从欧洲归来，戴着一顶宽边帽，上面插了一根羽毛，嘴里谈不完的杜伊勒里宫①的大厅、和平大街、博物馆、画展和

---

① 在巴黎，那里定期举行艺术展览。

歌剧院，她发现埃莉诺变了。埃莉诺看来比她实际年龄要大些，衣着素雅而入时，言谈中有了一种以前没有的辛辣、尖刻的口气。她在马歇尔·菲尔德百货公司的室内装饰部已经完全站稳了脚跟，随时都可以指望加薪，不过她不愿意提到这一点。她早就不去上课，也不常去美术学院了，很多时间都和同住在艾凡赫旅馆的一位老小姐待在一起，那位老小姐名叫伊丽莎·珀金斯，以非常富有和非常吝啬著称。

伊夫琳归来后的第一个星期天，埃莉诺请她到旅馆里去吃茶点，她们坐在闷热的休息室里用优雅的慢声细语和那位老小姐交谈。伊夫琳打听埃里克和莫里斯的近况，埃莉诺说他们大概过得还不错，不过在埃里克失去在马歇尔·菲尔德百货公司的工作以后，她不常见到他们。她还说他并不像她希望的那样有良好的发展。他和莫里斯都染上了酗酒的恶习，和一些形迹可疑的人为伍，因此她不常有见到他们的机会。她每天晚上陪珀金斯小姐吃饭，珀金斯小姐处处想到她，买衣服给她，带她坐车到公园去兜风，有时还上剧院，只要那里上演的戏真正值得一看，比如明尼·马登·菲斯克①或盖伊·贝茨·波斯特演出的一部有意思的戏。珀金斯小姐是个有钱的酒馆老板的女儿，年轻时曾受过一个青年律师的欺骗，她信任他，把一笔钱交给他作投资之用，还给了他爱情。结果他和别的姑娘一起跑了，带走了一些支付现金的票据。埃莉诺无法探明她手头还留下多少钱，可是她看戏时总买最好的座位，总爱上高级的饭店和餐厅进餐，只要她高兴就租下一辆马车用个半天，埃莉诺估计她的经济条件还着实宽裕呢。

在她们俩离开珀金斯小姐到赫钦斯家去吃晚饭的路上，伊夫琳说："对了，听我说……我不像你，我可看不出那个……那个小个子老小姐有什么长处……我憋着满肚子的话要对你说，还要问你无数个问题……可我看你不肯好好听。"

"伊夫琳，我和她的交情很深。我原以为你一定会乐意会见我任何一个亲密朋友的。"

"噢，那当然啦，亲爱的，可是，天哪，你真使我无法理解。"

"好吧，以后你不见她就是了，不过从她的态度看来，她对你颇有好感。"

从高架铁路站走到赫钦斯家的路上，她俩又像是回到了往昔的时光。埃莉诺告诉她，斯波特曼先生和波特夫人之间越来越不和了，两人都想拉埃莉

---

① 明尼·马登·菲斯克（1865—1932），美国女演员，三岁即登台，十六岁成为红星，和下述波斯特都是当时美国有名的舞台演员。

诺站在自己一边，伊夫琳听了大笑起来，伊夫琳向她透露，在搭"克隆兰"号轮船回国途中，她深深地爱上了一个盐湖城人，在结识所有那些外国人以后遇上他，真感到宽慰，埃莉诺就拿这件事来取笑她，说他可能是个摩门教徒，伊夫琳大笑起来说，不，他是个法官，不过承认确实早就结婚了。"你瞧，"埃莉诺说，"他当然是个摩门教徒啰。"可是伊夫琳却说，她知道他不是，还说如果他和妻子离婚，她愿意马上就嫁给他，埃莉诺说她不相信离婚会有什么用处，幸亏这时赫钦斯家的门口到了，否则的话她俩会争吵起来。

那年冬天，她不常见到伊夫琳。伊夫琳有不少情郎，常出去参加宴会，埃莉诺习惯了在星期日早晨从报纸的社交界新闻栏中看到关于她的消息。她非常忙，累得连晚上陪珀金斯小姐去看戏都不成了。波特夫人与斯波特曼先生之间的争吵达到了高潮，公司管理部门把波特夫人调到了另一个部，她扑通一声坐进一把西班牙式的旧椅子里，精神上垮了台，竟当着顾客的面大哭起来，埃莉诺不得不把她扶进化妆室，替她要了些嗅盐来闻，替她把用双氧水洗过的头发重新梳成大大的蓬巴杜式①，还安慰她说，也许换了个新环境她会更加喜欢的。这事发生后，斯波特曼先生接连几个月脾气一直很好。他偶尔带埃莉诺出去吃顿中饭，他们爱讲一段小小的趣话，那就是说波特夫人当着顾客的面大哭时蓬巴杜式的头发摇摇欲坠，谈起这事来两人都忍俊不禁。他常派埃莉诺到富贵人家去办许多小差事，这些主顾都喜欢她，因为她仪态非常优雅，态度非常周到，于是室内装饰部的其他雇员都忌恨她，给她起了个外号叫"老师的宠儿"。斯波特曼先生甚至说他打算给她佣金的百分之几，还常常谈起要把她的薪金加到每周二十五元。

有一天埃莉诺很晚才回家吃晚饭，旅馆的老茶房告诉她，珀金斯小姐中午吃牛排和腰子馅饼时突然心力衰竭，当场死在旅馆的餐厅里，遗体已移至欧文殡仪馆，问她是否知道她有什么应该通知的亲属。埃莉诺对此一无所知，只知道珀金斯小姐的金钱事务是由玉米交易银行经办的，在芒德城有几个侄女，但是不知道她们叫什么名字。那茶房很担心，不知由谁来付搬运尸体的费用、医生的诊金以及一星期未付的旅馆账单，他说珀金斯小姐的一切遗物都要封存起来，等待某位有资格的人士来认领。看来他似乎认为珀金斯小姐的死是存心和旅馆管理部门找麻烦。

埃莉诺上楼走进自己的房间，锁上门，往床上一倒，哭了几声，因为她

---

① 一种从四面向上梳得又松又高的发型，以法王路易十五的情妇蓬巴杜夫人命名。

很喜欢珀金斯小姐。

接着她脑子里不由得产生了一个想法，使她的心跳都加快起来。也许珀金斯小姐会在遗嘱里留给她一笔财产。这类事情以前有过。开教堂座位矮门的年轻人、帮忙捡起手提包的马车夫，老小姐往往把财产遗赠给这样的人。她仿佛已在报纸的标题上读到：

马歇尔·菲尔德百货公司雇员继承百万巨款

她彻夜不眠，第二天早晨就去找旅馆经理表示愿意尽力帮忙。她打电话给斯波特曼先生，用好话哄他答应她请一天假，说是她确实因珀金斯小姐的去世而悲不自胜。接着她打电话给玉米交易银行，和负责经管珀金斯的产业的某位史密斯先生说上了话。他向她保证说，银行将尽一切可能保护死者后嗣以及剩余遗产的继承人的利益，并说遗嘱安放在珀金斯小姐的银行保险箱里，他敢担保一切都合乎正常的法律手续。

这一整天埃莉诺都没事儿，于是找到了伊夫琳，两人一起吃午饭，饭后一起到基思剧院去。她想到自己那年迈的朋友这时还躺在殡仪馆里而她却去看戏，未免太不合情理，可是她神经实在太紧张了，甚至有点歇斯底里，必须做些什么事情来分散一下这件事对她的可怕冲击。伊夫琳非常富于同情心，她们感到自从赫钦斯一家出国以来她们之间从没这么亲近过。埃莉诺对她所抱的希望一句话也没有透露。

举行葬礼时，参加的人只有埃莉诺和旅馆的一名爱尔兰女仆。那个老妇人抽抽噎噎地不断在自己胸前画十字，此外还有史密斯先生以及芒德城那些亲戚的代表沙利文先生。埃莉诺穿着一身黑色丧服，殡仪馆承办人走过来对她说："对不起，小姐，我实在忍不住要对你说，你显得多么可爱，就像一朵百慕大百合花。"事情不像她料想的那么坏，等到从火葬场走出来时，她和史密斯先生以及沙利文先生（他是律师事务所派来的代表，受托照顾亲戚们的利益）已经相处得很融洽了。

那是十月里一个灿烂的日子，人人都同意十月份是一年中最美好的月份，而那牧师在葬礼仪式上的讲话十分出色。史密斯先生问埃莉诺愿不愿意和他们一起吃午饭，因为她的名字是遗嘱里提到的，埃莉诺激动得心脏都几乎停止了跳动，她垂下了目光说她非常乐意。

他们一起坐进一辆出租马车。沙利文先生说，能离开举行丧礼的小教堂，摆脱掉如此悲伤的情绪，真令人愉快。他们上德扬格饭店去吃中饭，埃莉诺把旅馆里人们的举动和大家的惊慌失措的样子讲给他们听，把那两位先生都逗乐了。但是，当他们把菜单递到她手上要她点菜时，她却说什么东西都吃不下。尽管这样，当她看到放在菜板上端出的鲑鱼时，却说只要一小块，放在她盘子里切得细细地吃。事实证明这金风飒爽的十月天以及乘车走了很长的路程使他们全都饿了。这顿中饭埃莉诺吃得津津有味，吃完鲑鱼，吃了点儿沃尔多夫色拉，接着吃了客桃子冰激凌。

两位先生问她，要是他们抽雪茄她是否介意，史密斯先生还装出一副放荡的表情问她要不要来一支香烟。她脸红了，说不要，她从不吸烟。沙利文先生就说他绝对不愿尊敬一个吸烟的女人，可是史密斯先生说在芝加哥一些最富贵显赫的家庭中，有些姑娘却是抽烟的，在他看来这没有什么坏处，只要她们的烟瘾不太大。吃完中饭，他们一起跨过马路，乘电梯上沙利文先生的办公室。他们坐在屋里的大皮椅里，这时沙利文先生和史密斯先生都装出一副严肃的表情，史密斯先生清了清嗓子，开始宣读遗嘱，起初，埃莉诺还搞不清究竟说了些什么，史密斯先生不得不为她解释说死者三百万元遗产的绝大部分都捐赠给"弗洛伦斯·克里坦登失足女孩教养院"，她在芒德城的三个侄女每人各得一千元，还有一只漂亮的、火车头形状的钻石胸针是留给埃莉诺·斯托达德的。"如果你明天什么时候到玉米交易银行来一趟，斯托达德小姐，"史密斯先生说，"我将很高兴把它移交给你。"

埃莉诺哇的一声哭起来。

两位先生都对她非常同情，而且大受感动，因为斯托达德小姐竟然会被她这年老的朋友留给她的纪念品弄得这样激动。她离开办公室时，答应明天去取那枚胸针，这时沙利文先生正以最友好的语气说："史密斯先生，你要知道，我将不得不为芒德城那几位姓珀金斯的人的利益，通过法律手续使遗嘱失效。"而史密斯先生也以最友好的语气说："我看你是要这样做的，沙利文先生，但是我看不出你能在这方面取得多大的进展。恕我说一句不该说的话，这是一份外包铁甲、铆上铜钉的文件，因为它正是我亲自起草的。"

就这样，第二天早上八点钟，埃莉诺又前往马歇尔·菲尔德百货公司去上班了，她在那里一待就是好几年。她得到了加薪，也得到了佣金的百分之几，她和斯波特曼先生的关系变得相当密切，但他从没试图和她谈恋爱，两人之间的关系始终是正常的；这使埃莉诺感到宽慰，因为她不断听到关于公司巡视员和部门主任硬要追求年轻女雇员的情事，家具部的埃尔伍德先生就因为这个缘故而被免职，那是在小莉齐·杜克斯怀孕的事泄露出来之后；也许这事不能全怪埃尔伍德先生，看来莉齐·杜克斯的行为也不够检点；尽管如此，埃莉诺感到自己的后半生似乎注定只能消磨在替别人布置新会客室和餐厅上了，只能替别人配窗帘、家具套和墙纸的色调，或是对那些本来需要镶嵌花的柚木茶几、却给送去一只东方产的瓷狗、自己选了印花家具布过后又不满意它的花样的女顾客做劝慰工作，平息她们的怒火。

有天晚上公司打烊时，她发现伊夫琳·赫钦斯正在等候她。伊夫琳虽然不在哭但脸色非常苍白。她说已经有两天不吃东西了，问埃莉诺肯不肯陪她到谢尔曼饭店或其他地方去吃些茶点。

她们到了大会堂的新楼，坐在休息室里，要了茶和肉桂烤面包，这时伊夫琳告诉她说自己已经解除了与德克·麦克阿瑟所订的婚约，她决心不去自杀而是要投入工作。"我永远也不会再爱上任何人了，就这么回事儿，可是我必须干点什么工作，而你啊，在那个让人憋气的百货公司里简直是在糟蹋自己，埃莉诺，要知道你还从没得到过一个施展你的能耐的机会；你只是在浪费你的才能。"

埃莉诺说她对那地方简直深恶痛绝，可是她又有什么办法呢？"为什么我们不做这些年一直在议论的那件事呢……噢，人们真使我生气，他们永远也不会有什么胆识或做出些什么有情趣的事情来……我敢和你打赌，要是我们来开一家装饰店，准会有很多生意做。萨莉·埃默森会要我们去装饰她的新房子，然后其他人为了赶时髦，也不得不请我们去搞……我认为人们并不真正愿意住在他们那吓人的叫人憋不过气来的地方，问题在于他们不懂好歹。"

埃莉诺端起茶杯啜了几小口。她望着端住茶杯的那只洁白的小手，指甲已经仔细修过了，修得尖尖的。然后她说："可是我们哪来的资金呢？我们必须有一小笔资金才能开办呀。"

"我想，爸爸会给我们一些钱，也许萨莉·埃默森也会帮忙的，她这个人很讲义气，再说，我们第一桩生意就能使我们……噢，埃莉诺，一定干吧，这将是非常有趣的工作。"

"'赫钦斯与斯托达德，室内装饰业务，'"埃莉诺说着放下了茶杯，"也许可以用'赫钦斯女士与斯托达德女士'；哟，亲爱的，我觉得这主意简直太妙了！"

"你不觉得就用'埃莉诺·斯托达德与伊夫琳·赫钦斯'这店名更好吗？"

"噢，好吧，我们可以等租下了一间工作室，要把店名列在电话簿上时再作决定。为什么不这么办呢，亲爱的伊夫琳……如果你能让你那位朋友埃默森夫人把装饰她那座新房子的工作交给我们，我们就干起来，假如不行，那就等到我们接到一桩真正的生意时再开始干。"

"好吧；我知道她会要我们干的。我现在马上就去找她。"这会儿伊夫琳的脸上有了喜色。她站起来，俯身过去吻了埃莉诺一下。"噢，埃莉诺，你真可爱。"

"等一下，我们还没付茶点钱呢。"埃莉诺说。

接下去的那一个月，办公室变得不堪忍受了：听顾客们抱怨，每天早晨得匆匆离开艾凡赫旅馆，要对斯波特曼先生毕恭毕敬，还要想出些巧妙的俏皮话来引他发笑。她在艾凡赫旅馆租的房间似乎又小又脏，窗口传来下面厨房里做饭时的烟气，旧电梯里也是一股油污味儿。有好几天，她给办公室打电话说是病了，然而发现自己在房间里也待不下去，就走出去在城里溜马路，逛商店，看电影，接着突然感到疲乏不堪，只得坐了辆出租车回家，这是她不胜负担的。她甚至偶尔回到美术学院去看看，但那里的画她全都已经看熟了，实在没有耐心再观赏一遍。后来伊夫琳终于使菲利普·潘恩·埃默森夫人感觉到她那座新房子的餐厅一定要有种新奇的特征，她们俩向她提出一份预算，费用比任何经营室内装饰的老店的开价都要低得多。斯波特曼先生为挽留埃莉诺而把她的薪水加到每周四十元，但她还是拒绝了，当她望着他那张惊诧莫明的脸，感到一种愉快的满足，她告诉他说潘恩·埃默森在森林湖城的那座新房子已经委托给她和一位朋友去装饰了。

"好吧，我亲爱的，"斯波特曼先生咬咬他那张盖满白胡子的四方嘴说，"要是你硬要断送自己的前程，我是不会阻拦你的。你愿意走，这会儿就可以走。当然，你的圣诞节奖金就得不到啰。"

埃莉诺的心跳得快起来。她望着办公室里灰白色的光线、黄色的卡片记录盒、插在文件夹里的信件以及挂在上面的那些小张的样品纸。在外间办公室，速记员埃拉·鲍恩停止了打字；也许她在听他们的谈话呢。埃莉诺闻了闻屋里沉闷的空气，里面混杂着印花家具布、家具上涂的清漆、热水汀的蒸汽的味儿以及人们呼出的气息，然后她说："没关系，斯波特曼先生，我愿意。"

领取薪金并要回她的保险金花了她整整一天时间，为了算清总金额，她和出纳员争论了很久，因此当她终于从屋里出来，走进街上飞旋的雪花中时，天色已经很晚了，她到一家杂货店里去给伊夫琳打电话。

伊夫琳已经在靠近芝加哥大道的一座维多利亚女王时期式的老房子里租了两层楼面，整个冬天她们俩都忙于装饰办公室和楼下的陈列室以及她们打算居住的楼上的套间，还要装饰萨莉·埃默森的餐厅。她们雇了个名叫阿米莉亚的黑种女佣，她虽然爱喝酒但烹饪技术非常好；她们每天傍晚抽支香烟，喝些鸡尾酒，进晚餐时还喝点葡萄酒；她们还找到一个穷愁潦倒的法国裁缝替她们做晚礼服，在和萨莉·埃默森这班人相伴外出时穿；她们乘坐出租车，结识了许许多多真正有意思的人士。到了春天，当她们终于从菲利普·潘恩·埃默森手里拿到一张五百元的支票时，早已欠了一千元账，然而她们总算过上了自己喜欢的生活。人们认为她们装饰的那个餐厅太新式了一点，不过也有人欣赏它，于是又做成了几笔生意。她们结交了许多朋友，又开始跟艺术家们来往，还认识了《每日新闻》和《美国人》的几位特约撰稿人，他们带她们俩到外国餐馆去吃饭，在烟雾腾腾的餐馆里，她们大谈法国现代派绘画、美国中西部地区，还说要到纽约去。她们去参观纹章展览，在办公室写字台上方挂了一幅布兰西①创作的《金鸟》的照片，装有委托人来信和批发商送来的未付账单的几个文件夹之间则放些《小评论》和《诗歌》杂志。

埃莉诺常和一位脸色红润的上了年纪的男人汤姆·卡斯蒂斯相偕出游，他爱好音乐、歌舞团姑娘和喝酒，所有的俱乐部中都有他的份儿，他热烈地爱慕玛丽·加登②已经有好多年了。他在歌剧院包有一个包厢，还有一辆史蒂文斯-杜里埃牌汽车，他无所事事，除非到裁缝店里去做衣服和访问一些专科医生，间或在他所属的某俱乐部为接纳新申请入会者举行无记名投票时，对犹太人或外国移民投反对票。当他还是大学里一名运动员时，阿穆尔公司就已经把他父亲的肉类加工企业收购过去了，从那以后，他一桩工作都没有做过。他自称对社交生活已经完全厌弃，对这两位姑娘开的室内装饰店倒大感兴趣。他和华尔街保持着密切联系，偶尔会把他买下的几份股票移交给埃莉诺。如果股票涨价，赚头归她；如果跌价，损失由他承担。他的太太住在一家私人开的疗养院里，他和埃莉诺相约，他俩只保持朋友关系。有时，当两人晚间一起乘出租马车回家时，他表现得有点儿过分亲昵，埃莉诺就会责骂他，于是第二天他会觉得非常后悔，送给她几大匣白色的鲜花。

① 康斯坦丁·布兰库西（Constantin Brancusi，1876—1957），罗马尼亚抽象派雕刻家，是20世纪最有影响力的雕塑家之一。
② 美国著名女高音歌唱家和歌剧演员，曾参加芝加哥歌剧团演出。

伊夫琳有许多情郎，都是些作家和插图画家之流，可是这些人身边从来不名一文，他们来吃晚饭时，总把屋里的吃喝统统一扫而光。其中有一个叫弗雷迪·西尔金特，他是个暂时流落在芝加哥的演员兼舞台监督。他在纽约舒伯特演出公司的经理部门有些朋友，他的雄图是打算搬演一出像莱因哈特①的《苏默隆》那样的哑剧，不过题材是关于玛雅族印第安人的传说的。他有许多张玛雅人遗址的照片，埃莉诺和伊夫琳开始为这部戏设计戏装和布景。他们希望能获得汤姆·卡斯蒂斯或潘恩·埃默森夫妇的资助，使这部戏能在芝加哥上演。

困难主要在于音乐。汤姆·卡斯蒂斯派到巴黎去学习的那位年轻钢琴家开始为它作曲。有一天晚上，他前来演奏他所写的曲子。他们为他举行了一次相当盛大的宴会。萨莉·埃默森和许多时髦人物都出席了，但是汤姆·卡斯蒂斯鸡尾酒喝得太多，连一个音符也听不进去；女厨师阿米莉亚也喝醉了，把饭菜烧得一塌糊涂。伊夫琳对那位年轻钢琴家说他的曲子听来像是电影音乐，他一气之下就走了。宾客散尽后，弗雷迪·西尔金特、伊夫琳和埃莉诺在杯盘狼藉的寓所里踱来踱去，心里着实不好受。弗雷迪·西尔金特用他那双长手使劲揪住自己那头微露灰斑的黑发，说他要去自杀了，埃莉诺和伊夫琳则激烈地争吵起来。

"它听起来就是像电影音乐嘛，像尽管像，这又有什么不好呢?"伊夫琳还在不住地说。于是弗雷迪·西尔金特拿起帽子就往外跑，嘴里说："你们这帮娘们吵得我实在没法儿活了。"伊夫琳突然哭出声来，越哭越厉害，以至控制不住了，埃莉诺只好去请医生。

第二天，她们俩勉强凑集了五十元，打发弗雷迪回纽约，伊夫琳搬回到德雷克塞尔林荫大道的家里去住了，撇下埃莉诺独自支撑这室内装饰业务。

第二年春天，埃莉诺和伊夫琳以五百元的价格卖出了几只枝形吊灯。那是她们花了二十五元从西区一家旧货店里拣来的，总算勉强能够开出支票，应付日益窘迫的债务，这时来了一封电报。

已与舒伯特演出公司签还乡一剧的演出合同你们是否愿意承担布景与服装制作每人周薪一百五务必速来纽约不来不成即回电中央公园南路艺术家旅馆　弗雷迪

① 马克斯·莱因哈特（Max Reinhardt, 1873—1943），奥地利演员、话剧导演、戏剧大师，1905—1918年间称霸柏林舞台。

"埃莉诺，我们得干。"伊夫琳说着，从手提包里掏出一支香烟，一边在房间里走动，一边猛吸起来，"时间很仓促，但是让我们赶上今天下午的'20世纪快车'吧。""现在已快到中午了。"埃莉诺声音发抖地说。伊夫琳没有回答，跑去给普尔曼公司办事处打电话订票。当天傍晚，她们俩坐在她们的包间里眺望着窗外印第安纳港的炼钢厂和那些吐出灰褐色烟雾的巨大的水泥厂，而加里城的闪烁着火光的熔铁炉也在浓烟滚滚的冬日黄昏中看不见了。她们俩谁也说不出话来。

摄影机眼（19）[①]

卫理公会牧师的妻子是个颀长瘦削的女人弹着钢琴用尖细而走调的声音唱小曲她听说你喜欢看书种菜养花非常感兴趣因为她曾经是圣公会信徒喜爱一切美好的事物她写的短篇小说在杂志上发表过她比她丈夫年轻她丈夫沉默寡言一头黑发嘴巴似捕鼠器下巴上淌着烟草汁她身穿薄薄的洁白衣衫洒着香水用银铃般的嗓音说什么有些事跟百合花一般可爱我们沿着岸边走回来时高大的松树后面的明月宛如行将涨破的气泡一样饱满你感到你应该伸手搂住她吻她只是你不想那么做不管怎么样你也不敢在沙滩与松针上慢慢行走一轮大月亮犹如一滴偌大的水银快涨破了她谈起她曾经希冀的一切音调悲伤极了你寻思这真是太糟了

你喜欢看书吉朋的**罗马帝国衰亡史**[②]马里亚特上尉[③]的那些小说想离家出海去到卡尔卡松[④]马拉喀什[⑤]伊斯法罕[⑥]等异国城域喜欢美丽的事物真希望你

---

① 本篇描述作者早期的性苦闷，严格的家庭教养与青年的浪漫幻想之间的冲突。
② 吉朋（Edward Gibbon, 1737—1794），英国历史学家，主要著作《罗马帝国衰亡史》六卷（1776—1788），叙述自马可·奥勒留末年至东罗马帝国（拜占庭）灭亡之间的史事。
③ 马里亚特（Frederick Marryat, 1792—1848），英国皇家海军军官，小说家，作品多以海洋冒险为题材，为英美广大少年所喜爱。
④ 法国南部城市。
⑤ 摩洛哥中部城市。
⑥ 位于伊朗中部，为伊斯法罕省省会。

能鼓起勇气去搂抱去亲吻有色姑娘马撒人家说她有一半印第安血统老埃玛的女儿还有那红头发的小玛丽我教她游泳要是我有勇气就好了满月的夜晚风息全无但是上帝啊可不是百合花

新闻短片XIV

轰炸员制止澳大利业人

上校①说民主党人给国家带来了灾难我要至死才辞职乌埃尔塔严峻而轻蔑地吼叫墨西哥一半的人将与我同生死共存亡　　火山口不再喷火却吐出一大股发黑的蒸汽往空中冲去足有一英里高火山灰掉落在十三英里外的梅康伯平原上

这些小子太闹？可不是扑克筹码。

> 在古老的亚拉巴马州
> 遥远的埠头
> 站着爹爹和妈咪
> 埃弗雷姆和萨米

喝醉的同性恋者在拉维尼亚②草地上狂舞

威尔逊将听从工商界劝告

承认他扔了炸弹　　做小麦生意亏本女警察买酒喝　　被当作窃贼杀死

> 月光皎洁的夜晚
> 你可以见到他们
> 翘首等待远方的游子
> 弹奏着班卓琴
> 在倾诉着什么

---

① 指老罗斯福总统。

② 指拉维尼亚公园，在芝加哥城北二十五英里处，是美国最古老的夏季室外音乐与文化娱乐中心之一。

195

在吟唱着什么呢

认出詹姆斯①书写的笔迹，总统一把抓住爆竹，拉掉引爆线。许许多多金黄色的橡皮软糖应声哗啦掉在办公桌上，总统瞧了一眼纸条，读道："别吃得太多，因为妈说的，吃多了要生病。"

在墨西哥海域驾驶潜艇

他们一个劲儿摇摆

哼着调儿，打着转

罗伯特·爱·李号啊

要来埠头运棉花

伊莎多拉·邓肯②新的幸福

世界产联闹事者今天下午冲进斯塔腾岛③罗斯班克纪念加里波第诞辰④的会场，污辱意大利国旗，挥舞拳头和棍子殴打意大利来复枪会会员，他们也许会把美国国旗扔进垃圾堆里，要不是

六名裸体浴女打青一名令人厌恶的男人的眼睛

印度潜水员们搜索溺毙男孩的尸体。有些目睹者说他们在人群中曾看见有一名妇女。她被一块砖头击中。那名穿灰衣服的男子躲在她裙子后边开枪射击。上甲板和轮船的其他隐蔽处所是爱动手动脚的男人的天堂，在那里往往调戏痴情的姑娘，她们的母亲是不该让她们单身搭乘公共轮船的。

中西部可能成全或打垮威尔逊

讲述劳工世界骚乱原因

---

① 指詹姆斯·威尔逊（James Wilson，1836—1920），曾在三届总统任内任农业部长。
② 邓肯（Isadora Duncan，1878—1927），美国著名舞蹈家。
③ 位于纽约港港口，曼哈顿岛西南。
④ 7月4日。

"我是个前往美国的瑞士海军上将。"于是那警察赶紧召来一辆出租汽车

　　　　　瞧着他们曳步起舞
　　　　　　听着他们的乐声和歌声
　　　　　简直是太妙了，伙计
　　　　　　站在埠头等待
　　　　等待
　　　　　　那
　　　　　　　罗伯特·
　　　　　　　　爱·
　　　　　　　　　李号。

加勒比海皇帝[1]

　　迈纳·库·基思谢世时，所有的报纸都刊载他的照片，目光炯炯，长着个鹰钩鼻，挺着令人肃然起敬的大肚子，眼睛里露出不安的神情。

　　迈纳·库·基思是一位富翁的骄子，他家的人们喜欢闻金钱的味儿，他们在家中可以闻到半个地球之外的金钱的味儿。

　　他舅舅名叫亨利·梅格斯，西海岸的堂恩里克[2]。他父亲经营大宗木材买卖，在布鲁克林做房地产生意；

　　年轻的基思是这家族一脉相承的后裔。

　　早在一八四九年，堂恩里克就在淘金的浪潮中来到旧金山。他并没有到山间去探矿，也没有因为在死谷筛选碱化的沙子而渴死。他卖装备给淘金者。他待在旧金山，玩弄政治，做巨额金融生意，因陷得太深，后来不得不

---

[1]　这是美国资本家迈纳·库伯·基思（Minor Cooper Keith，1848—1929）的外号。

[2]　拉丁美洲人对他的西班牙语尊称。

匆匆乘船离埠。

那条船把他送到了智利。他在智利闻到了钱味。

他是美国佬式的资本家。他要建一条从圣地亚哥①到瓦尔帕莱索②的铁路。在钦查群岛③上有鸟粪层。梅格斯嗅到了鸟粪可能带来的钱财。他靠鸟粪买卖发了大财，成为西海岸的一霸，玩弄数字、铁路、军队、当地部落酋长和政客的政治；它们全是一场大扑克赌博的赌注。他一手遮天，聚敛了大量美元。

他出资建设令人难以置信的横穿安第斯山脉④的那几条铁路。

当托马斯·瓜迪亚⑤成为哥斯达黎加独裁者时，他给堂恩里克写信，请给他建一条铁路；

梅格斯正奔忙于安第斯山间，一份七万五千美元的合同不值得他亲身躬视，

因此他请外甥迈纳·基思前往。

这家人是决不肯坐失良机的。

迈纳·基思十六岁时自立，在一家服装店卖硬领和领带。

后来，他当上了木材勘测员，做起木材买卖来。

他父亲买下得克萨斯州科珀斯克里斯蒂港⑥外的神父岛后，遣送迈纳到那儿去赚钱。

迈纳·基思在神父岛上开始养牛并用大围网捕鱼，

但是牛和鱼的生意赚钱不够快。

于是他买了猪，宰了小公牛煮牛肉喂猪，杀了鱼喂猪，

但生猪买卖赚钱也不快，

所以他乐意出发去利蒙港⑦。

利蒙是加勒比海地区最糟糕的瘟疫区之一，即使印第安人也每每死于疟疾、黄热病、痢疾。

---

① 智利首都。
② 智利太平洋沿岸海港城市，在首都西北。
③ 在秘鲁西部太平洋中。
④ 在南美洲南部，沿太平洋海岸由北往南延伸。
⑤ 托马斯·瓜迪亚 (Thomas Guardia, 1832—1882)，哥斯达黎加的将军，曾任总统 (1870—1876)。
⑥ 在得克萨斯州南部，濒墨西哥湾。
⑦ 在哥斯达黎加东部，濒加勒比海。

基思搭乘汽船"约翰·G. 梅格斯"号回新奥尔良去雇用建铁路的工人。除伙食之外，他出一美元一天的工资，一共招了七百名工人。有些人在威廉·沃克①在中美洲煽动叛乱的时期去过那儿。

这些人中只有二十五个幸存者活着回来。

其余人将灌了太多威士忌的身子留在沼泽地任其腐烂。

另一次他运了一千五百名工人前去；他们全都死了，这证明只有牙买加黑人才能在利蒙港活命。

迈纳却没有死。

一八八二年，铁路建成了二十英里，基思亏空一百万美元；

铁路没什么货物可运。

基思让人们种香蕉，这样铁路可以有货运，为了销售香蕉，他得办起海运事业；

这开创了加勒比海地区的水果贸易。

而在这整个时期，工人们却死于威士忌、疟疾、黄热病、痢疾。

迈纳·基思的三个兄弟告辞了人间。

迈纳·基恩却没有死。

他造铁路，在布卢菲尔兹②、贝利兹③、利蒙港一线的海岸上开设零售商店，买卖橡胶、香草、龟壳、菝葜等等，一切可以贱买的货物他都买进，一切可以高价卖出的货物他就抛出。

一八九八年，和波士顿果品公司合作，他创办了联合果品公司，后来成为世界上最强大的产业单位之一。

一九一二年，他并吞了中美洲国际铁路公司；

这一切都是靠香蕉买卖而建造起来的；

在欧洲和美国，人们开始食用香蕉，

所以他们砍伐掉中美洲的丛林来种植香蕉，

并铺设铁路把香蕉运至港口，

---

① 威廉·沃克（William Walker，1824—1860），美国冒险家，19世纪中叶在中美洲鼓动叛乱，最后在洪都拉斯的特鲁希略被处决。

② 尼加拉瓜东部加勒比海沿岸港口。

③ 加勒比海地区贝利兹东部的港口城市，当时尚未独立，隶属于英国。

每年，越来越多的大白船队的汽船

满载着香蕉北去，

这就是加勒比海地区的美国帝国、

巴拿马运河、未来的尼加拉瓜运河、海军陆战队、战舰和刺刀的全部
历史。

为什么在迈纳·库·基思逝世时所有报纸登载的他的那幅照片——这位
果品贸易的先驱者和铁路大王——在眼睛里露出一种不安的神情呢？

摄影机眼（20）

当劳伦斯①的有轨电车司机为了声援那帮天杀的意大利移民而罢工这帮
波希米亚佬匈牙利佬他们从不洗脖子吃大蒜养了一屋子的小崽子喔啦喔啦哭
闹老婆全是些油腻腻的肥婆子这帮该死的意大利佬老板贴出告示招募守规矩
的干干净净的年轻的志愿者

去开电车让那些外国鼓动者瞧瞧这儿仍然是白人的

嗯这家伙住在马休斯②他一直梦想当个电车售票员　　人们说格罗弗先
生在奥尔巴尼③当过电车售票员天天喝酒有人还见到他跟妓女在大街上闲逛

嗯这个住在马休斯的家伙和他同室的伙伴到劳伦斯去报名罢工的人们冲
着他们骂工贼无赖但那些人即使不是意大利移民也净是些粗人是下三流的他
们互相之间友爱得很这家伙也是很爱他的朋友的他和同室的伙伴跳上电车平
台转动那亮闪闪的铜车把敲响了车铃

那是在车场　　他同室的伙伴正在保险杆之间鼓捣些什么这家伙转动那
亮闪闪的铜车把电车起动了一下子撞倒那同室的伙伴他的脑袋在保险杆之间
就这么被压得稀巴烂就这么杀死了他就在这车场里如今这家伙不得不来对付
那同室伙伴的家人啦

---

① 位于马萨诸塞州东北部，为一工业中心。
② 位于弗吉尼亚州东部切萨皮克湾边。
③ 位于纽约州东部，为该州首府。

约·华德·摩尔豪斯

华德·摩尔豪斯在匹兹堡弄到了一份工作，为《时代电讯报》当记者。他写了六个月的报道，内容是关于意大利人的婚姻，当地的麋鹿会①大会，立陶宛人、阿尔巴尼亚人、克罗地亚人和波兰人居住区的原因不明的死亡，谋杀案与自杀事件，希腊饭馆老板改变国籍签证的困难，意大利子弟会的宴会等等。他住在一所红色的木结构大房子里，在高原大道的南端，主人叫库克太太，这个脾气古怪的老太婆是从贝尔法斯特②迁来的。她的丈夫原来在霍姆斯特德③的一家工厂里当工头，被起重机上掉下来的一堆生铁砸死，于是她只好招徕房客。她给华德做早饭，星期天还管晚饭。他独自一人在塞满家具的餐室里吃饭，她呢，站在一边，诉说她在爱尔兰北部的年轻时代、罗马天主教徒的伪善和她已故丈夫的美德。

对于华德来说，这些日子很不好过。他在匹兹堡没有一个朋友，冬天阴冷，又是雨又是雪的，他感冒、嗓子痛，闹了一个冬天。他讨厌报社的办公室，讨厌上坡下坡行走，讨厌阴沉沉的天空，讨厌老是在有摔断脖子危险的木头楼梯上爬上爬下，讨厌破旧得格格响的租房，里面散发出一股贫穷、白菜、孩子和晾洗的衣服的味道，可是他老得上那些地方去，去采访什么丈夫在蝗虫街酒店骚乱中被杀害的皮瑞蒂太太，什么当选为乌克兰歌唱协会主席的赛姆·伯柯维奇，或者去采访一个满手肥皂泡的女人，因为她的孩子的手被一个智力不发达的人砍伤。他总得忙到早晨三四点钟才能回家，中午吃完早饭之后又得赶去上班，领受采访任务，从来没有多余的时间干自己的事。他刚到匹兹堡的时候，曾经去拜访过麦吉尔先生，这位先生是他在巴黎去见贾维斯·奥本海默时认识的。麦吉尔先生还记得他，写下了他的地址，叫他保持联系，因为他想替他在商会正筹组中的新情报机构里谋一个空缺，但是

---

① 美国很有影响的社团之一，全名为"麋鹿慈善保障兄弟会"，创立于1868年，在美国各大城市有分会，会员大多为该地的工商界人士。
② 位于北爱尔兰东部，1920年起为北爱尔兰首府。
③ 匹兹堡东南郊的钢铁工业区。

好几个星期过去了，麦吉尔先生那里还是没有消息。有时候安娜贝尔·玛丽寄来一张干巴巴的条子，告诉他有关法律方面的技术细节；她会主动提出离婚，控告他拒绝负担家庭、遗弃和粗暴。他所要做的只是等接到传票后拒绝去费城出庭就行。蓝色的信纸上散发出一股香味，稍稍勾起了他对女人郁结多时的欲念。但是他必须洁身自好，以事业为重。

最难熬的是星期天。他常常舒展四肢在床上躺一整天，情绪低落，不想到外面街上去踩黑泥浆水。他写信给函授学校，申请学新闻和广告宣传，甚至加上一门果树栽培的课程，这是因为他心血来潮，想抛弃这一切到西部牧场或什么地方去干活；但是他倦怠之极，学不下去，而一个个星期学校寄来的小册子倒是堆满了他室内的桌子。看来一切都没有指望。他反复考虑他离开威尔明顿、踏上去海洋城的火车那一天以来的全部行动。他准是犯了什么过错，却又不知道犯在什么地方。他开始一个人玩牌，打通关，可是连这样也心不在焉。他会忘掉纸牌，人虽然坐在铺着姜黄色平绒布的桌子边，眼睛却越过那只插着几支蒙满灰尘的假草的花瓶，花瓶上套着皱纸，系着从糖果盒上拆下来的同样蒙满灰尘的蝴蝶结。望着下面宽阔的街道，街上经过的电车拐弯时老是发出刺耳的声音，弧光灯在阴沉的下午微微照亮明沟里黑色的冰块。他常常回忆过去在威尔明顿度过的日子，想起玛丽·奥希金斯和钢琴课程，想起他小时候坐在一只旧艇中沿着特拉华河钓鱼。他心神不宁，不得不出去跑到拐角饮食店去喝一杯热巧克力饮料，然后上闹市区去看一场便宜的电影或者歌舞杂要表演。他养成吸烟的习惯，饭后吸一支蹩脚雪茄，一天三支。这样，他好像朦朦胧胧地有所指望。

他到弗里克大楼麦吉尔先生的办公室去拜访过一两次。可是他每次去，麦吉尔先生都有事出门了。他一边等候一边同接待的姑娘聊一会儿，等到不得不走的时候，快快不乐地说什么"对了，他是说过要出门的"，或者说"他一定是忘记我们约好的时间了"，来掩饰他的窘境。他不愿意离开这灯火辉煌的接待室，里面放着宽大发亮的桃花心木椅子，椅子的扶手上雕有狮子脑袋形的把手，桌子的腿雕成狮子爪子的形状，隔开的小间里传来嗒嗒的打字声，电话滴铃铃地响，穿着考究的职员和经理们忙忙碌碌，进进出出。可是在报馆的办公室里，印刷机咔隆咔隆响得吵人，还发出一股难闻的油墨和刚刚印出来的报纸的气味，再加上满头大汗的校对员戴着绿色眼罩跑来跑去。你遇不上一个真正高尚的人，你的工作老是同干体力活的人、外国移民或者罪犯打交道；他讨厌这份差使。

开春之后有一天，他到申莱旅馆去会见一位来城的旅行讲演人。他心情很舒畅，指望得到本地消息版编辑的允许，发表一篇署名报道。州里要举行基瓦尼①年会，与会者刚刚到达，他在熙熙攘攘的休息室里挤过去，迎面碰到了麦吉尔先生。

"你好啊，摩尔豪斯。"麦吉尔先生说，口气很随便，好像这段时间以来他们常常见面似的，"我很高兴遇着你。我办公室那些笨蛋把你的地址弄丢了。你现在有时间吗？"

"有，有时间，麦吉尔先生，"华德说，"我跟一个人约好了，不过他可以等一等。"

"你如果有约会，不能叫人家等你。"

"这，这不是谈业务，"华德说，抬起头来看着麦吉尔先生，用他蓝色的眼睛堆出一脸孩子气的笑容，"他等一会儿不要紧。"

他们走进写字间，坐在一张花毯铺面的沙发上。麦吉尔先生说，他刚刚被任命为临时总经理，要重新组织贝塞默②金属装备产品公司，该公司掌握霍姆斯特德那些工厂的大部分副产品。他正在物色一位有抱负而精力充沛的人来负责宣传推销工作。

"我记得你在巴黎给我看过的那本小册子，摩尔豪斯。我看你就是这样的人才。"

华德眼睛瞅着地板："当然这是说要我辞掉目前的工作啰。"

"你干的是什么工作？"

"报馆工作。"

"噢，放弃吧；那工作没有前途……我们还得任命一位宣传部经理，挂个名，理由现在不说了……可实际管事的是你。你想要多少钱的薪水？"

华德正眼看着麦吉尔先生，他听到自己用随随便便的口吻回答的时候，耳朵里血液都停止流动了："周薪一百元行不行？"

麦吉尔先生轻轻捋着自己的小胡子微笑。"好吧，我们以后再研究，"他说着站起身来，"我坚决劝你放弃你现在的工作……我会打电话给贝特曼先生的……这样他会谅解我们为什么把你从他手里弄走……不伤感情，你明白，这么突然辞职……绝对不能伤感情……明天上午十点你来找我。你知道

---

① 这是美国又一工商界人士及专业人士的社团组织，全名为"基瓦尼国际"，1915年创立于底特律，总部设于芝加哥。

② 指亨利·贝塞默（Henry Bessemer, 1813—1898），英国工程师，酸性转炉炼钢法的发明者。

我的办公室在弗里克大楼。"

"我想我对于广告宣传有一些好主意，麦吉尔先生。这工作我做起来最有兴趣。"华德说。

麦吉尔先生没有再朝他看，点点头走开了。华德上楼去找那位讲演人，他生怕自己流露出高兴过头的情绪。

第二天是他去报馆工作的最后一天。他拿的周薪是七十五元，干得好还有希望提薪，他在申莱旅馆包了一间带浴室的房间，在弗里克大楼有他自己的办公室，与他同坐一张桌子的是一个年轻人，名叫奥利弗·泰勒，他是某董事的侄子，正通过公司的组织在往上晋升。奥利弗·泰勒是第一流的网球手，什么俱乐部都加入了，他乐得叫摩尔豪斯多干点活儿。他发现摩尔豪斯到过国外，衣服是英国做的，就推举他参加赛维克莱城郊俱乐部，下班后还请他出去喝酒。摩尔豪斯慢慢地结识了不少人，还作为合格的单身汉受到宴请。他开始到阿勒格尼①一片小球场去跟一位教练学打高尔夫球，他希望他的熟人不会上那儿去。等他学得相当不错了，才到赛维克莱俱乐部去显身手。

有一个星期天下午，奥利弗·泰勒同他一起出去，把在高尔夫场上的所有钢铁厂、矿产公司和石油企业的大经理们一一指给他看，说了他们每个人一些下流的话，华德听了笑笑，但觉得奥利弗说的话趣味不高。这是五月份一个阳光温暖的下午，他闻得到沿着俄亥俄河肥沃的土地吹来的微风中有槐树花的香味，听到高尔夫球落地时清脆的撞击声，俱乐部周围草坪上的鲜艳的服装的拍击声，和风中传来的企业家们那阵阵的笑声和稳健的男中音谈话声，这阳光中的微风里还闻得出一点儿高炉的焦烟味。介绍给他相识的人不难看出，他是多么得意。

其余时间他埋头工作，不干别的。他的速记员罗杰斯小姐，一个相貌平常的老处女，在匹兹堡一些办公室里工作了十五年，精通金属产品业务，他就请她介绍关于这门工业的书籍，晚间在旅馆里阅读，所以，他在行政会议上谈论该门工业的流程与产品时，其知识之丰富使大家为之惊讶。他满脑子都是钻头、活络钩、大锤、窗锤、大斧、小斧、扳手之类的东西；有时，他利用就餐的空隙，借口买一些角钉和平头钉，到五金店里同老板聊聊天。他阅读《小克劳兹》杂志和各种心理学书籍，把自己当作五金商人、哈马舍·施莱默公司或者其他大五金公司的经理，研究他们喜欢阅读工厂印发的哪一

---

① 匹兹堡一郊区。

种介绍文字。早晨，他一边放洗澡水一边刮胡子，照着镜子，可是眼睛看到的却是一长串炉架、炉格、炉子配件、抽水机、研磨机、钻头、卡钳、虎钳、砂箱、拉手之类的产品，心里嘀咕怎样使零售商人对这些东西发生兴趣。他用吉列牌刀片刮胡子；为什么用吉列牌而不用别的牌子的刀片？"贝塞默"这个名字，闻得出钱的味道，看得见巨大的轧钢厂，了不起的经理们从大轿车里走下来。他拿领带时考虑：要紧的是怎样使五金商人发生兴趣，使他们感到他们是伟大坚强事业的　部分。他边吃早餐边自言自语着："贝塞默。"他踏上电车时，心里想的是为什么我们的插销应当比人家的插销更有吸引力。电车往市里驶去，他手拉吊带在人群中颠簸着，眼看着报纸的标题，却一个字也没有看进去，因为在他脑子里推推撞撞的尽是链节、铁锚、联接器、弯管、联管节、轴套、螺纹接套和管套等等。"贝塞默。"

他要求加薪，拿到的是一百二十五元。

在一次城郊俱乐部的舞会上，他遇到一位舞跳得很好的金发女郎。她的名字叫葛屈鲁德·斯坦普尔，是老荷拉斯·斯坦普尔的独生女儿，这位老斯坦普尔是好几家公司的董事，听说拥有大量标准石油公司的股票。葛屈鲁德同奥利弗·泰勒已经订了婚，但是她在一次跳舞休息的时候对华德说，他们两人在一起，除了吵架没有别的。华德的礼服非常合身，看上去比舞会上多数男人年轻得多。葛屈鲁德说匹兹堡的男人没有吸引力。华德谈到巴黎，她说她腻得要命，宁可住到阿拉斯加的诺姆①去，也不愿住在匹兹堡。她特别高兴他了解巴黎，他就谈起银塔饭店、华格拉姆旅馆和里茨酒吧，他感到痛苦的是他没有汽车，因为他注意到她有意叫他开口表示愿意送她回家。但第二天他送了她一些花，还用法文写了一张小条，以为这可以博她一笑。下一个星期六的下午，他到汽车学校去上课，学习驾驶，并漫步到斯德兹汽车经销处，看看买一辆敞篷车要多少钱。

有一天，奥利弗·泰勒走进办公室，脸上挂着奇怪的笑容，说道："华德，葛屈鲁德迷上你啦。她什么都不谈，尽谈你……你干吧；我不在乎。她太难弄了，我伺候不了。我跟她待上半个小时就烦。"

"这可能是因为她不了解我才这样的吧。"华德说话时有点脸红。

"糟糕的是她老头子只许她嫁给百万富翁。不过，你同她搞点恋爱还是可以的。"

---

① 位于阿拉斯加西端，为1898年"淘金热"时所兴建的城市。

"我没有时间干那玩意儿。"华德说。

"我一谈恋爱就没工夫干别的了,"泰勒说,"好,再见……你坚决不要退让;我约了个漂亮的女朋友吃中饭……她很热情,正在《红磨坊》的群舞中跳舞,第一排,左起第三位。"他眨眨眼,拍拍华德的背就走了。

斯坦普尔家的大房子掩蔽在绿树丛的后面,华德第二次去拜访的时候开着一辆红色的斯德兹牌敞篷车,那是他借来试车的。他开得相当好,只是拐上车道时太急了,压坏了花床里几朵郁金香。葛屈鲁德从图书室的窗口看见他来到,拿这事来取笑他。他说自己是个糟糕的司机,过去糟糕,将来也糟糕。她拿茶和鸡尾酒招待他,小桌子放在房子后面一棵苹果树底下,他跟她谈话时,一直在盘算该不该告诉她自己正在办离婚手续。他告诉她,他同安娜贝尔·斯特朗一起生活如何不幸。她表示非常同情。她知道斯特朗博士。"我原指望你只是一个冒险家……从农村的孩子爬到当上总统,你知道……这号人。"

"可我正是个冒险家。"他说,他们两人都笑了,他看得出她真的迷上了他。

那天晚上,他们在舞会上见面,散步到暖房的尽头,那儿的兰花丛中水汽蒙蒙,他吻了她,说她像一朵浅黄色的龙舌兰。从此以后,他们一有机会就偷偷溜出去。她常常会在他吻她的时候突然瘫在他的怀里,使他肯定她是爱上了他。但是,同她在这样的夜晚相处后回到家里,他会紧张而激动得睡不着觉,在房间里踱来踱去,想要一个女人同他睡觉,并且咒骂自己。这时,他常常会洗一个冷水澡,提醒自己专心自己的业务,不要为这些事情分了心,不要为一个姑娘如此扰乱心情。城区南部的街道上多的是妓女,但他害怕得病或者被人敲诈勒索。有一天晚会之后,泰勒带他到一所他说是非常可靠的妓院里,他在那里碰到一位漂亮的黑皮肤波兰姑娘,这姑娘至多十八岁,但是他没有常去,因为一次要五十元钱,而且他一到那儿常常非常紧张,害怕警察突然袭出,被人敲诈。

有一个星期天下午,葛屈鲁德同他说,她母亲责备她,说人家常看见她同他在一起,而他在费城有妻子。离婚判决书已经在前一天早上寄到。华德兴高采烈,把这件事告诉她,并且向她求婚。他们当时正在卡内基学院参加免费风琴演奏会,这是个见面的好地方,因为重要一点的人物从来不会上那儿去。"你到申莱旅馆来,我给你看离婚判决书。"这时演奏已经开始了。她摇摇头,但是拍拍他放在她膝盖边长毛绒座位上的手。节目演到一半,他们走了出去。乐声叫他们心里难受。他们长时间站在前厅里谈话。葛屈鲁德看上去可怜巴巴的，面容憔悴。她说她身体很不好，她父亲和母亲决不会同意她嫁给一个收入比她低那么多的男子，她说但愿自己是个贫穷的速记员或者接线员，这样她爱怎么干就可以怎么干，但又说她非常爱他，而且将永远爱他，她觉得自己会养成喝酒、吸毒之类的恶习，因为生活真是太可怕了。

华德反应非常冷淡，牙关咬得紧紧的，说她不可能真心爱他，就他这方面来说，事情已经到了头，如果再见面，他们只是好朋友的关系。他开着还没有付款的斯德兹牌汽车，送她上高原大道，把他刚到匹兹堡时住的房子指给她看，还说他想到西部去，开办自己的广告事业，最后把她送到高原公园附近的她朋友家，她同司机说过，叫司机六点钟来接她。

他回到申莱旅馆，吩咐送一杯黑咖啡到他房里，心里非常难受，定下心来修改一份要发出去的文稿，嘴里不停地低声骂道："这婊子，滚她的蛋！"

接下来的那几个月中，他没有多操心葛屈鲁德的事儿，因为霍姆斯特德发生了罢工，矿警打死了一些罢工工人，从纽约和芝加哥来了某些作家，他们感情用事，开始在报纸上发表很多文章，痛斥匹兹堡的钢铁工业。用他们的话说，匹兹堡的钢铁工业施行封建宗法关系。议会里的进步党人士大吵大嚷，有流言说那些想利用这场罢工搞政治斗争的人正在要求议会进行调查。麦吉尔先生和华德两人在申莱旅馆吃饭，议论这一形势，华德提出工业宣传方面有必要推行一条全新的路线。工业界的任务是教育公众，在这几年中细心筹划加以宣传。麦吉尔先生听了印象很深，说他要在董事会上提出此问题，研究一下为整个工业建立一个联合的情报部门是否可行。华德说他认为自己应当担任这个部门的领导，因为他待在贝塞默产品公司纯粹是浪费时间，那份差事说到底已成为例行公事，人人都能做。他说他要到芝加哥去，自己开办一家广告宣传公司。麦吉尔先生笑了一笑，捋捋他铁灰色的小胡子，说："别这么着急，年轻人；你在这儿再待一段时间，我担保你不会后悔的。"华德就说他愿意待下去，不过他来匹兹堡已经五年了，而进展如何呢？

情报部建立起来了，华德负责实际工作，年薪一万元，他开始用余钱买卖一些股票，但在他上头有些人，薪水比他高，却什么事都不干，反而碍他的事，他觉得很不舒服。他想他该结婚了，该有自己的公司。他在铸铁、炼钢和石油工业的不同部门有许多关系，觉得应该招待一下。在皮特堡饭店或申莱旅馆设宴花钱太多，看来不大实惠。

有一天早晨，他打开报纸，看见一条新闻，说荷拉斯·斯坦普尔于前一天在卡内基大楼乘电梯上楼时死于心绞痛，葛屈鲁德及其母亲在赛维克莱宏伟的宅邸内悲伤不已。他立即在写字间坐下来，虽然上班将会迟到，他还是给葛屈鲁德写了一封短柬：

> 最亲爱的葛屈鲁德：
> 　　在这极其悲痛的时刻，请允许我告诉你，我常常想到你。我如能助你一臂之力，请立即告知。在这死亡阴影笼罩的谷地，我们必须意识到：赐予我们一切爱情、财富和一切炉边欢情的神明同时也是死亡之神……

他瞧着这些话，把钢笔的顶端咬了一会儿，觉得死亡之神这种说法有点过分，就删去最后一句话，又抄了一遍，签上"忠于你的华德"，派专人送到赛维克莱去。

中午的时候，他正要出去吃饭，勤杂工说有一位小姐打电话给他。正是葛屈鲁德。她的声音发着抖，但听来不是太难过。她请求他当晚带她出去吃饭，什么地方都行，只要不给人看见，因为她家里这一切事情叫她受不了，她要再听到吊唁之类的话可要发疯了。他要她在皮特堡饭店的休息室里相会，他可以带她去一处他们可以静心谈谈的小地方。

那天晚上寒风凛冽。整整一天天空阴霾密布，西北方向刮来的乌云笼罩上空。她用皮大衣把自己裹得严严实实的，所以，她走进休息室时，他都认不出她来。她一走到他面前，就把手伸给他，说："咱们离开这儿吧。"他说他知道去麦基斯波特的那条路上有一家小旅馆，只是怕她坐在他的敞篷车上会觉得冷。她说："我们走；我们……我喜欢暴风雪。"她坐进汽车，用哆嗦的声音说："见到你的旧情人高兴吗，华德？"他说："天啊，葛屈鲁德，我高兴；可你见到我高兴吗？"她就说："你看我高兴吗？"接着他咕咕哝哝地讲起她的父亲来，可是她说："我们别谈他的事了。"

在穿过莫农加希拉河谷的一路上，风一直在他们背后呼叫，有时还刮进一阵阵雪来。倾卸装置、贝氏转炉和一排排高高的烟囱黑黝黝地耸立着，背衬着低压的、模糊的天空，所有的冒火的钢水和红色炉渣都闪亮地映照在天上，还掺杂着白色的弧光灯和机车的车灯。在一个道口，他们差一点撞上一列煤车。他按闸刹车时她的手紧紧地抱住他的胳膊。

"真是死里逃生。"他咬紧牙关说。

"我不在乎。今天晚上我什么都不在乎。"她说。

因为他刚才停了引擎，他得跑到车外去用曲柄发动。他说："我们不冻死就算不错了。"他爬回车上之后，她挨身过去，吻他的面颊。"你还想同我结婚吗？我爱你，华德。"汽车很快地向前驶去，他转过头去，狠命地亲她的嘴，就像那天在海洋城乡间别墅里亲安娜贝尔那样。"我当然爱你的啦，亲爱的。"他说。

那家小旅馆是一对法国夫妇开的，华德同他们说法语，要了以鸡为主菜的晚餐，在等候的时候要了红葡萄酒和热威士忌来暖和暖和身子。旅馆里没有别的顾客，他吩咐把桌子放在粉红和黄色的餐厅一端的煤气炉前，屋内光线黯淡，影影绰绰只见一张张空桌子和冰雪封冻的长窗。他在吃饭时，告诉葛屈鲁德他打算创办一家自己的公司，说他急需一位合适的合伙者，他相信准能把这公司办成全国最大的公司，尤其是要从解决劳资矛盾这个还没有尝试过的角度来办。"啊，只要我们一结婚，我就能帮你不少忙，什么筹备资金啊，出主意啊等等。"她边说边看着他，涨红着脸，两眼炯炯有神。"你当然帮得上忙啰，葛屈鲁德。"

她进餐时喝了不少酒，后来再要了热威士忌，他同她接了不少吻，伸手摸她的大腿。她好像不在乎自己干的什么事，竟当着旅馆老板的面同他接吻。他们走到外面准备上车时，风速达到一小时六十英里，大雪堵塞了道路，华德说像这样的晚上开车到匹兹堡去真等于自杀。旅馆老板说他已经给他们两位准备好了一间房间，并说先生和夫人要是往外走，真是疯了，尤其是一路上都是劈面风。葛屈鲁德听了之后感到一阵恐惧，说她死也不在这里住下。然后她突然倒在华德的怀里，歇斯底里地抽泣着说："我要住下，我要住下，我这么爱你。"

他们打电话到斯坦普尔家，找夜间值班的护士说话，护士说斯坦普尔太太吃了安眠药，睡得很好，安安稳稳像孩子似的，葛屈鲁德同她说，如果她母亲醒来，请告诉她说她住在朋友简·英格利希家里，风雪一停路上能弄到车子就回去。接着她打电话给简·英格利希，说她悲恸过度，在皮特堡饭店开了一间房间，想独自清静一下，万一她母亲来电话，告诉她说她已经睡下了。接着他们打电话给皮特堡饭店用她的名字订了一间房间。然后他们上床睡觉。华德非常高兴，心里十分爱她，但她好像干过这种事，因为她头一句话就说："我们不想因为怀孕而勉强结婚吧，你说呢，亲爱的？"

六个月以后，他们结婚了，华德辞去了情报部门的职务。他买卖华尔街股票走了运，决定去欧洲度一年蜜月。斯坦普尔的家产结果都留给斯坦普尔夫人托管，葛屈鲁德只能拿到一万五千元年金，要等她母亲去世后才能继承家产，但他们打算到卡尔斯巴德①去见老太太，希望哄她拿点儿钱出来投资开办这新的广告宣传公司。他们乘坐"德意志"号的新婚夫妇套房到普利茅斯②，一路顺风，华德只晕过一天船。

摄影机眼（21）③

那年八月老天没下一滴雨七月份也几乎没雨的影儿　　蔬菜农场一片荒芜整个弗吉尼亚州北脖子地区做饲料的玉米颗粒无收因为玉米秆下部的叶片全都枯萎叶边焦黄卷曲起来　　只有西红柿还有点收获

逢到他们在农场上不使用"响尾蛇"时你就骑它（那是匹三岁的栗色阉马走起路来跌跌撞撞的）穿过高高的白松林遛过两旁长满红似火的美洲凌霄花的沙道穿过干裂得像鳄鱼皮般有十字花纹的沼泽地

骑过莫里斯家门口他家所有的孩子看上去都干瘪不堪浑身尘垢一身棕色

沿着河岸拐弯经过哈莫尼霍尔那儿有个身量魁梧身高六英尺六的光脚男子汉西德诺长着一张长脸和一个长鼻子鼻子上长着个大肉赘蹒跚地走来走去不知怎么办好因为有这旱情老婆病魔缠身又快生孩子了而孩子们都染上了百日咳他犯了胃病　　骑过桑迪岬又经过那棵大松树

埃米莉小姐会站在紫薇花丛旁往栅栏外望着（埃米莉小姐戴顶宽边女帽她总有一些鲜花和两三只童子鸡供出售她血管里流着南方望族的血液叫坦契福特我们是这么拼的但念起来却念成托福特但愿那帮小子不那么微不足道成日价喝酒在河边嬉闹从马里兰州偷运威士忌来却不去钓鱼喝得烂醉了出去把鱼网不是割破就是丢得无影无踪　　埃米莉小姐自己也不时喝上一口她老是站在紫薇花丛旁装出一副若无其事的神情往栅栏外望着和路上

---

① 这是捷克斯洛伐克西北部温泉疗养胜地卡罗维发利的德国名称。
② 英国南部一港口。
③ 此段写多斯·帕索斯少年时代在弗吉尼亚州东北部所谓"北脖子"地区的威斯特摩兰他父亲购置的农场上骑马的经历。

来往的行人搭讪）

然后一路向林奇岬驰去老鲍伊·弗兰克林就住在那儿（他也是个微不足道的人活像只矮脚鸡鲍伊·弗兰克林正是这样脖子细长走起路来一颠一颠的干不成什么活儿了他没钱买酒喝就饲养一群灰鸡它们瘦得可怜跟鲍伊差不了多少他成日在码头四周转悠等船舶靠岸或者有些渔民因海湾口风太大而躲进河湾来时有人时而会请他喝上一口威士忌他这就得昏昏沉沉睡上一整天）

这么热的天给"响尾蛇"喂玉米弄得它大汗淋漓那旧马鞍发出恶臭兽医在马儿身旁瞎忙乎了一阵该是吃晚饭的时候了你骑着马缓缓往家走恨透了这天杀的地力耗尽的土地和这干旱它使农场土地一片荒芜恨透了那些沾满尘土的蝈蝈儿和苍蝇它们像幽灵一般从路边的幼桉树和柿子树丛中飞出来似乎在揶揄一切恨透了这镰刀形的海滩你游出海去时刺水母扎得人好疼恨透了那些沙蚤恨透了关于在海牙或华沙或北干通奈发生的事的片言只语恨透了那小木屋中的电话每当哪个农夫的老婆拿起电话跟另一个农夫的老婆聊天时电话铃就响个不停你能听见整个线路上一只只耳机全嗒嗒地响因为娘儿们全争着奔到电话旁偷听

河流之间的土地平坦坦的早在沃尔特·雷利①约翰·史密斯上尉②波卡洪塔丝③时代这块土地就因为种植烟草而被拔尽了地力在吸干了男男女女的鲜血的那场战争④之前这儿又是一幅什么景象呢？

我骑着"响尾蛇"这三岁的栗色阉马颠得够呛我恨透了这被太阳烤炙得硬邦邦的土地这表土下面的黏土这沙沙作响的松林这不起眼的桉树和柿子树丛以及荆棘

我只喜爱这海湾粼粼波光一直漾到天际喜爱这东南风它使每天下午空气新鲜喜爱那些平底船的白帆

---

① 沃尔特·雷利（Sir Walter Raleigh, 1552—1618），英国伊丽莎白女王的宠臣，1581年起到新大陆开辟弗吉尼亚等殖民地，据说他是从新大陆引进烟草到英国的第一人。
② 约翰·史密斯（John Smith, 1580—1631），英国在美洲的殖民主义者，冒险家，曾任弗吉尼亚殖民区总督。著有关于他在弗吉尼亚及新英格兰等殖民地的经历的作品多种。
③ 波卡洪塔丝（Pocahontas, 1595?—1617），印第安人首长之女，据说曾搭救过约翰·史密斯，1614年和英国人结婚，使英国殖民者及印第安人部族之间得以保持多年的和平。
④ 指美国南北之战。

新闻短片 XV

　　为赞助人奏起《可爱的家》①时电灯熄灭了低工资引起骚乱，一位妇女说

　　　　马里兰州中央有位姑娘
　　　　她的心是属于我的

要么大战要么不打

　　作为巴黎赛马场上的特色那位时装模特儿在时装翻新方面从来没有像这次那样精彩。她将穿上最令人惊叹不已的时装，镇定自若地加以展览。不相协调是她的口号。

　　三位在附近路过的德军参谋几乎被热情的群众所包围，人们坚持要跟他们握手

　　　　姑娘踩上火柴；衣衫被点燃；烧死

　　　　马里兰州是
　　　　神仙的土地
　　　　当她说她将是我的爱人

多瑙河枪声预示将早日发生战斗

　　跟所有头脑冷静的妇女一样，我反对死刑。一想到有个女人会去看执行绞刑，我每每痛心疾首。一个国家犯谋杀罪是令人震悚的

---

① 英国作曲家亨利·毕肖普在写作歌剧《米兰少女克拉莉》时，把其旧曲用作主题歌，由美国戏剧家约翰·佩恩撰词。该歌剧于1823年初演以来，该曲成为脍炙人口的歌曲。

沙皇对奥地利失去耐心

从卡尔斯巴德逃难出来的人群惊慌至极　少校的失踪泄露出一系列的谋杀事件　大白天穿袒胸露肩的衣服绝不是洗澡的场合却穿出亵衣式的女上衣下一步天晓得会穿什么？巴黎惊呼唱诗班男生到郊外野营教授将去林间游览贝尔格莱德陷落①

大战临近

刺客谋杀众议员饶勒斯

被刺后两小时才咽气

加罗斯②的死亡使我失去了一位朋友和伙伴但这场战争结束前我将失去更多的这一行业中的朋友

丢失衣箱在伦敦出现

在这百无聊赖或宁静悠闲的夏季的日子里必然会推迟召开或干脆取消任何类型的年会，正因为眼下气氛这么松弛，年轻的一代中有几位（他们要换到第二甚至第三个社交季节之后才能首次进入社交界）却享尽了荣耀

黑人教区神父也被杀害

大量弗吉尼亚烟草在英国进口主要供驻扎在欧洲大陆的英军消费

马里兰州中央有位姑娘
她的心是属于我的

---

① 奥匈帝国军队于1914年7月28日炮击塞尔维亚首都贝尔格莱德，宣告第一次世界大战开始。塞尔维亚政府被迫迁往尼什。

② 加罗斯（Roland Garros, 1888—1918），法国航空家，1913年9月23日曾首次飞越地中海，从法国东南部的圣拉斐尔飞到突尼斯的比塞大。在第一次世界大战中阵亡。

<h1>和平之王</h1>

安德鲁·卡内基
诞生于苏格兰的邓费尔姆林，
搭乘移民船来到美国，
在一家纺织厂当筒子工
烧锅炉
在一家筒子工厂当职员，每周挣二元五角
在西部联合公司当信差，奔走于费城那一带送电报
学会了摩尔斯电码，在宾夕法尼亚铁路线上当报务员
内战期间当上了报务兵

他总是节衣缩食；
每当弄到一元，他就拿来投资。
当亚当斯捷运公司①和普尔曼铁路车辆公司的股票不景气的时候安德
鲁·卡内基动手买进；
他对铁路有信心，
他对邮电通讯有信心，
他对交通运输有信心，
他信仰铁。
安德鲁·卡内基信仰炼铁，建造大桥贝氏炼钢厂鼓风炉轧钢厂；
安德鲁·卡内基信仰石油；
安德鲁·卡内基信仰炼钢；
总是积蓄钱财
每当赚到一百万元，他就拿来投资。
安德鲁·卡内基成为世界上最富有的财主

---

① 亚当斯捷公司为美资本家亚当斯（Alvin Adams，1804—1877）于1854年所创办，是
当时美国最大公司之一。

214

后来死了。

贝塞默杜肯兰金①匹兹堡伯利恒②加里

　　安德鲁·卡内基为和平捐献数百万元

　　建图书馆和科学研究所，捐款，省吃俭用

　　每当赚到十亿元，他就捐献给一个机构来促进世界和平

　　他总是这样做的

　　除了在战时。

摄影机眼（22）

　　整整一星期海面和悬崖上白雾迷漫中午时分从雾霭中透出一点儿阳光刚好温暖得足以晒干架子上的腌鳕鱼　　灰色的晒鱼架绿色的大海灰色的房屋白茫茫的雾霭　　中午时分刚好有足够的阳光让高沼地上的云莓和野梨成熟供月桂果和香蕨木以热量开饭时大家在寄宿舍等候那些无线电报务员　　报务员们简直什么也吃不下　　是的发生战争了

　　我们要参战吗？英国会参战吗？

　　根据某某条约所规定的义务……将他的护照交还大使　　每天早晨他们将鳕鱼拿出来摊在晒鱼架上即使在雾霭中透出一点微弱的阳光时也这样

　　远处有条汽船在鸣笛海浪拍击着爬满海草的礁石边的桩子海鸥在大叫寄宿舍中碗碟叮叮当当地响

　　宣战远征……北海大战德国舰队被摧毁**英国舰队在雷斯角③外歼灭德国海军中队**忠于国旗的纽芬兰人圣约翰港④关闭aux Basques⑤

　　每天晚上他们收回晒鱼架子上的鳕鱼寄宿舍中碗碟盆匙叮叮当当地响人人都在等候报务员

　　海浪拍击着码头桩子飞旋的海鸥在大叫像一道白光穿过白茫茫的雾霭飞扑远处有条汽船在鸣笛每天早晨他们将鳕鱼摊在晒鱼架上

---

① 这三地都在匹兹堡附近。

② 位于宾夕法尼亚州东部。

③ 位于加拿大纽芬兰的东南端。

④ 在雷斯角东北，为纽芬兰省省会。

⑤ 法语：对巴斯克人。

约·华德·摩尔豪斯

　　华德从国外第二次度蜜月回来的时候，正三十二岁，但看来见老。他有资本，有人事关系，觉得大干一番的时刻已经来到。七月份，纷纷议论要打仗，他决定提前回国。他在伦敦遇见一个叫埃德加·罗宾斯的年轻人，他是国际新闻社派到欧洲来的。埃德加·罗宾斯酒喝得太多，对女人往往会入迷，但是华德和葛屈鲁德带着他到处走，两人暗暗商量好要把他挽救过来。有一天，罗宾斯把华德拉到一边，说他得了梅毒，生活不得不守规矩了。华德考虑了一下这个问题，答应一回国就在纽约开设一家公司，给他一个职位。他们对葛屈鲁德说罗宾斯的肝有毛病，于是他一喝酒，葛屈鲁德就像骂小孩似的训他，在回美国的船上，他们感到他完全忠于他们两人。此后华德不必自己动手写稿，可以集中时间筹组新公司了。老斯坦普尔太太被劝说给这公司投资五万元。华德在五马路一百号租了一套办公室，从梵蒂尼商店买了中国瓷瓶和景泰蓝烟缸布置办公室，他私人办公室里还铺上虎皮小地毯。他学英国人的派头，每天下午招待茶点，电话簿上登记的是：约·华德·摩尔豪斯，公共关系顾问。罗宾斯起草准备外发的宣传材料，而华德则到匹兹堡、芝加哥、伯利恒和费城等地去重新建立关系。

　　在费城，他刚刚走进贝勒芙–斯特拉福特旅馆的休息室，正好碰见安娜贝尔·玛丽。她亲切地招呼他，说她听人说起他和他的广告公司，他们一起吃饭，回忆过去的时光。安娜贝尔·玛丽不断地说："你境况确实好多了。"华德看得出来，她对同他离婚觉得有点遗憾，但是从他这方面看，可并不这样。她脸上皱纹加深了，说话不成句，还带点鹦鹉似的尖叫声。她浓妆艳抹，他怀疑她可能在吸毒。她说她丈夫皮尔搞同性恋爱，她正忙着同他离婚。华德干巴巴地告诉她，他已经结婚，生活得很幸福。她说："有斯坦普尔家产做靠山，谁会不幸福？"她这种有产者的小气派头叫华德心里恼火，吃完饭他就借口有工作起身要走。安娜贝尔把头侧向一边，两眼似睁非睁地瞧着他，说了一句"祝你交运"，就去乘旅馆的电梯上楼，一边咯咯地尖声笑着。

　　第二天，他搭宾夕法尼亚铁路线的火车去芝加哥，乘坐的是私人卧铺车厢。他的秘书罗森塔尔小姐和英国籍贴身男仆莫顿和他同行。他在卧铺车厢同罗森塔尔小姐一起进餐，这位小姐脸色灰黄，精明伶俐，长相平平，他感到她对他的利益是忠心耿耿的。她在匹兹堡贝塞默产品制造公司时就一直同他在一起。咖啡杯收掉之后，莫顿给他们每人倒一点儿白兰地，罗森塔尔小姐咯咯地笑，说她会喝醉的，这时华德开始口授。火车隆隆驶去，东歪西扭，这灼热发亮的钢铁机车直穿过黑黝黝的阿巴拉契亚山脉的时候，他不时闻到煤烟味儿、前面机车灼热的蒸汽及机油味儿和钢铁本身发出的味儿。他得大声说话，秘书才听得见。火车隆隆的声音使他的声音发抖。他都忘了自己在说的是什么……美国的工业像一台蒸汽机，一台特别快车上的大马力机车，穿过旧式的、个人经营方式的黑夜……蒸汽车需要什么？需要合作，需要发明家的头脑的配合协作，需要出资人动脑筋使这些大马力产品能获得进展……需要资本的配合协作，需要全民族蓄积的能量以明智地发放的信贷的方式来发挥作用……需要劳力，需要富裕的、心满意足的美国劳工，由各大公司集中的资金所提供的史无前例的机会，使劳工的饭盒装得满满的，享受价格低廉的车辆运输、安全保险和较短的工时……需要在有文字记载的历史的悲惨过程中或者在地球上有人居住的为人所知的地区中空前未有的舒适和繁荣。

但他的嗓子说不出声来了，只得停止了口述。他叫罗森塔尔小姐去睡觉，自己也上床就寝，但是他睡不着，他脑子里的自动收报机的纸条上不断地展现着字眼儿、主意、计划和股票的行情。

第二天下午，他在拉萨尔旅馆接待鲍伊·C. 普兰内特法官来访。华德坐着等他上来，一边眺望着密执安湖上极淡极淡的蓝色天空。他手里拿着一张小小的档案卡片，上面写着：

> 普兰内特，鲍伊·C……田纳西州法官，妻名埃尔西·威尔逊·丹佛；少量铜矿和铅矿投资……在阿纳康达①？做石油股票生意运气不佳……为规模不大的普兰内特与威尔逊法律事务所的成员，该所设在伊利诺斯州的斯普林菲尔德。

有人敲门，他就说："行了，罗森塔尔小姐。"她拿起档案卡片走进隔壁房间。

---

① 位于蒙大拿州西部，为美国冶炼铜矿的中心。

莫顿开了门，让进一位圆脸的人，头戴黑色毡帽，手里夹了一支雪茄。

"你好，法官，"华德说着，站起身来伸出手去，"一切都好吧？请坐。"

普兰内特法官慢慢地走进房来。他走路姿势很怪，摇摇摆摆，好像双脚在发痛。他们握握手，普兰内特法官坐下了，脸朝着从摩尔豪斯写字台后面大窗户里射进来的刺眼的光线。

"您喝茶吗，先生？"莫顿问道，他缓慢地向前走来，手里托着一只茶盘，上面放着闪闪发亮的银茶具。法官吃了一惊，手上夹着的雪茄带着一截很长的烟灰，这本来是为了证明自己没有喝醉酒的，现在掉在他隆起的背心上了。法官的圆脸上表情温和。这是一张俗物的脸，不过庸俗的线条都已经仔仔细细地给按摩掉了。法官呷了一口茶，发现茶是温的，里面放着牛奶。

"能清清脑，清清头脑。"华德说，他面前的茶没有喝过，凉了。

普兰内特法官一声不响，抽他的雪茄。

"哦，先生，"他说，"见到你很高兴。"

正在这时候，莫顿报告巴罗先生来了。那是个瘦子，打了一条绳子似的细领带。上面是一双鼓出来的眼睛和一个突出来的喉结。他说话时神情紧张，拼命抽纸烟。他像是被尼古丁沾满了全身，脸蛋、手指和发黄的牙齿上，全是尼古丁。

华德的桌子上又摆着一张小卡片，上面写着：

巴罗，乔·亨，劳工关系，改良者一路人物。曾任火车司机兄弟会
书记；不可靠。

他站起身来时，把卡片翻了一个身。等他同巴罗先生握了手，请他坐在冲着亮光的地方，给了他一杯茶之后，他开始说话了。

"资方和劳方，"他用缓慢而谨慎的口气说道，像在口授似的，"先生们，就像你们在不同而有益的经历中必定已经注意到的，是我国生活中的两大势力，它们相辅相成，缺了一方另一方就不可能存在，但现在它们之间的距离越来越远了；这一情况，你们只要随便翻翻报纸就能看到。这里我想：这种不幸形势的造成，有一个原因就是我们缺少一个把这一情况公正地公之于众的私营机构。这个世界上的种种误解多数是由于没有恰当地告知有关情况……巴罗先生可能意识到了，美国资本的伟大的领导者们是坚信公平对待、坚信民主的，十分急于给予工人以工业收益中他们应得的一份，只要他们

能公正地对待公众和投资者。公众毕竟是我们大家都要为之服务的投资者啊。"

"有时候是如此，"巴罗先生说，"但是简直不能……"

"你们两位先生也许要一杯威士忌苏打水吧。"头发光洁的莫顿站在他们中间，手里端着一只盘子，上面放着细颈瓶、放满冰块的高玻璃酒杯和几瓶开了盖的只有半瓶的阿波利纳利斯矿泉水。

"我不妨喝一点。"普兰内特法官说。

莫顿轻轻地退了出去，给他们每人留下一杯冰块叮当作响的酒。外面，天上开始出现一点儿夕照。房间里泛起葡萄酒色的光线。酒一下肚，谈话就随便了。法官又掏出一支雪茄，咬着烟头。

"摩尔豪斯先生，你看我们对你的意思理解得对不对。你认为你同广告宣传业和大企业有联系，想用公司的形式开辟一个新的阵地，目的是和平友好地解决劳工纠纷。那么，你打算怎么着手呢?"

"我相信在这样一场运动中，劳工组织将会合作，"乔·亨·巴罗说，他靠在椅子边上俯过身来，"只要他们有把握……嗯，就是说……"

"就是说，他们有把握这不是上圈套。"法官笑着说。

"就是这个意思。"

"好吧，先生们，我把牌摊在桌子上给你们看。我创建事业的座右铭始终是'合作'两字。"

"我完全同意你这意见，"法官又笑着说，还拍拍他的膝头，"问题的困难在于怎样造成这一良好的局面。"

"这个，头一步是建立联系……就在现在我们的眼皮底下，我们看到友好的关系正在建立起来。"

"我应当承认，"乔·亨·巴罗尴尬地笑着说，"我从来没有想过我会同普兰内特与威尔逊事务所的成员在一起喝威士忌。"

法官拍了一下他肥胖的大腿："你是说因为科罗拉多州的闹事①……你不必害怕。我不会吃掉你的，巴罗先生……但是，摩尔豪斯先生，坦率地说，当前这种形势似乎不适宜于实行你这小小的计划。"

"这场欧洲战争……"乔·亨·巴罗说到这里。

"是美国的大好时机……你知道俗话说坏人内讧②……当前，我承认我们

---

① 指1913年发生的科罗拉多州矿工大罢工。

② 下半句是"好人得利"。

处于迟疑与失望的时刻，但是一旦美国企业界从这头一次震惊中恢复过来，开始振作精神……你们看，先生们，我刚从欧洲回来；我妻子和我在英国宣战那一天上的船……我可以告诉你们这是九死一生……有一点，我有相当把握同你们说，就是不管谁打赢，欧洲在经济上将会完蛋。这场战争是美国的大好时机。就我们保持中立这一点来说……"

乔·亨·巴罗插话："我看除了军火商，谁也得不到好处。"

华德谈了好长时间，然后看了看他放在面前的桌子上的表，站起身来："先生们，对不起，我要少陪了。我得赶快换衣服去参加宴会。"莫顿已经站在写字桌边，拿着他们的帽子。屋里已经黑了。"请开灯，莫顿。"华德急促地说。

他们出去的时候，普兰内特法官说："好吧，摩尔豪斯先生，我们谈得非常愉快，但是恐怕你的计划有点理想化。"

"我从没听到一位企业家对于劳工的状况表示过如此的同情，谈得这么通情达理。"乔·亨·巴罗先生说。

华德一边点头送他们出去一边说："我只不过说出我那些委托人的心情罢了。"

第二天，他在扶轮社①一次午宴上作了题为《摆脱劳工纠纷的一个办法》的演讲。他坐在那家旅馆的大宴会厅的一张长桌子边，厅内满是菜肴和纸烟的味道，还有急急忙忙穿梭来去的侍者。他用叉子把菜叉在自己的盘子里，放了一圈，应酬别人的问话，同坐在他对面的普兰内特法官说点笑话，一边在脑子里把朦胧不清的词汇组成句子。最后该他起来讲话了。他站在长桌子的一头，手里夹了一支雪茄，看着两排朝向他的胖得下腭边的肉都垂下来的脸庞。

"我在特拉华河边还是个孩子的时候……"他说到这里顿住了。侍者还在从弹簧门里匆匆忙忙地端着盘子进进出出，这时正传来一阵咔嘟咔嘟声。有一个人走到门边叫他们放轻一点，然后蹑手蹑脚地走回来。可以听见他的鞋子在镶木地板上发出吱吱嘎嘎的声音。桌子两边坐着的听众俯身向前。华德又开始说话了。他接着往下说；他简直不知道他在说什么，但是他引得他们发笑。气氛和缓了。"美国企业界对利用现代宣传的种种可能性认识得较

---

① 这是美国最有影响的工商界人士及专业人士的社团，1905年创立于芝加哥，各地纷纷成立，于1910年成立全国总社。后扩展至国外，于1922年成立扶轮国际，总社设于芝加哥。

为迟缓……要教育公众，教育雇主和雇员，他们同样是为大众服务的……合作……股份所有制使雇员享受到企业的利润……避免社会主义、蛊惑民心的宣传和更坏的事情的严重威胁……正是在这种形势下，我们搞公众关系的人能站出来，心平气和而果断有力地说：请大家注意，咱们来就咱们一致的地方谈一谈……但是他主要发挥作用该是在劳资双方的和平时期……如果双方都动了肝火，都想揍对方一下，这就不是对他们宣讲为公众服务的时机……展开一场教育运动，并进行口头宣传运动，把话讲到美国先进工业这个伟大巨人的广大群众的心里去，时机就在现在，就在今天。"

一片热烈的掌声。他坐下来，眯起蓝眼睛微笑地看着普兰内特法官脸上的表情。普兰内特法官看来颇为所动。

新闻短片 XVI

那位费城运动员已经驶了十三圈第十四圈正驶了两英里。估计他的车速该在每小时一百至一百一十英里之间。他的汽车晃了一下，向左倾斜。它碰在一块微微隆起的地方，往上一跳。车子落地时四轮着地，掉在一道高高的路堤上。它显然可以往前直冲，无所阻挡。威沙特把汽车开下路堤，企图重新回到跑道上。但是速度太快，不容许做必要的小转弯，跑道边有所农舍，汽车从屋前院子里穿过。他避过了一棵树，斜向一边撞上了另一棵。两腿给驾驶盘堵住了，人翻出来，两腿从身躯上给扯下了

> 我要到
> 　墨西哥去
> 在星条旗下打敌人

相机一按；生命完蛋

色彩鲜艳的桌椅冷冷清清地搁在人行道上，因为很少有人觉得喝得起哪怕是一小口酒

管子工有情人上百

带猴子回家

失踪的教区长被找到了据报道美国作物受损如果要婴儿健康别让他们穿衣裤巡警 E. B. 加芬克尔说此疑案若获侦破必然发现与一个女人有关引起当前这场战争的原因可追溯到法国大革命

某大学禁止吃橡皮糖

他们像醉汉一样跟跟跄跄突然一拳打在眉间后来他们向我们冲过来嘴里

222

喊着我们听不懂的外国话

回教闺房中的妇女们
早在东方的巴格达
就知道怎样把它们穿着。

摄影机眼 （23）

妈妈的这个朋友是个非常可爱的女士长着可爱的金黄色头发她有两个可爱的女儿白皮肤的那个女儿嫁了一位石油商他脑瓜光秃得像手掌一般他们去苏门答腊居住了　　黑皮肤的那个嫁了一个波哥大①人坐独木船沿马格达莱纳河往上游驶去要经过很长一段路才能到达波哥大那儿的土著居民是印第安人睡吊床流行着几种可怕的疾病女人生孩子时由丈夫卧床还使用毒箭如果你在这个国家里一旦受了伤就甭想愈合只会恶化并化脓这种独木船极容易倾翻人跌进冒热气的水里到处是饿慌了的鱼要是皮肤上有条抓痕或者有个没愈合的伤口那么血腥气就会把它们引来有时候会把人撕咬成碎片

乘独木船沿马格达莱纳河逆流而上要经过八个星期才能到达波哥大

可怜的乔纳斯·费尼莫尔从波哥大回来时病得很重据说他得的是象皮病　　他是个好人常常讲到关于冒热气的丛林和雷阵雨和鳄鱼和那些可怕的疾病和吃人的鱼等等事情他把餐具柜里的威士忌喝个精光他去游泳的时候可以看到他腿上长着几大摊脓疱就像苹果皮上的锈斑一样他爱喝威士忌说哥伦比亚正在成为世界上最富饶的国家之一出产石油和做贴面板用的稀有木材还有种种热带蝴蝶

可是马格达莱纳河上的航程太长了又热又危险他死了

据说他的死因是威士忌和象皮病

还有那马格达莱纳河

---

①　南美洲哥伦比亚的首都。

埃莉诺·斯托达德

她们俩刚到纽约的时候，从未到东部地区来过的埃莉诺只好事事依靠伊夫琳。弗雷迪到车站来迎接，带她们到布雷武特旅馆去开房间。他说那里离剧院是稍微远了点儿，但比住冷静地段的旅馆要有趣得多，所有的艺术家、激进派和真正有趣的人士都住在那一带，而且法国味儿很浓。他们乘出租汽车进入市区，他谈到那出宏伟壮观、极其动人的戏以及他扮演的主要角色，说导演本·弗里尔比是个大笨蛋，有一位赞助人答应出钱结果只拿出了一半；可是，经理约瑟芬·吉尔克里斯特实际上现在已经把这笔费用都弄到了，舒伯特兄弟[1]很关心，他们将在城外的格林威治[2]开演这出戏，从现在算起恰好还有一个月时间。埃莉诺望着车窗外的五马路，看见料峭的春风掀起妇女们的裙裾，一个男人在追逐给风刮走的圆顶礼帽，看见绿色的公共汽车、出租汽车和亮得耀眼的橱窗；总之，这儿和芝加哥的差别并不很大。然而，在布雷武特旅馆吃午餐时情况就大不一样了。弗雷迪看来交游甚广，把她们俩介绍给所有的人，似乎颇把她们引为骄傲。这些人都是她久已闻名的，或是在《每日新闻》新书栏中看见过他们的名字。他们全都显得很亲切。弗雷迪对侍者讲法语，那种荷兰式的调料是她有生以来吃过的最美味的。

当天下午在赴排练场途中，埃莉诺透过出租汽车车窗第一次瞥见时报广场。在光线幽暗的剧场里，他们看见剧组人员都坐着等候弗里尔比先生。那里的气氛很神秘，舞台上方只悬吊着一只大灯泡。台上放着其他某出戏的布景，看来全都单调乏味，蒙着尘土。

一个头发灰白的男人走了进来，他那宽阔的脸上露出悲哀的神色，眼睛下面的皱纹形成一个个大圆圈。他就是大名鼎鼎的本杰明·弗里尔比；他有一种倦怠的、父亲般的神情，请伊夫琳和埃莉诺当晚到他楼上的套间里去吃饭，也请了弗雷迪，这样他们可以安心地谈论布景和服装问题。埃莉诺感到

---

① 舒伯特演出公司以纽约市的舒伯特剧院为中心，该剧院全名为山姆·S.舒伯特剧院，创办于1913年，是其弟及雅各布·J为纪念他而命名的，这兄弟俩自任经理。
② 位于纽约市东北约三十英里处。

宽慰，因为弗里尔比先生非常和蔼，显出疲倦的样子，她想无论如何她和伊夫琳的衣着可比这些纽约女演员讲究多了。弗里尔比先生为灯光不足非常焦躁不安；难道还能指望他摸着黑排戏吗？舞台监督手捧剧本到处去找电工，还派人去给办公室打电话。弗里尔比先生在舞台周围踱着步，又烦躁，又激动，他说："简直荒唐。"电工总算来了，用手背擦着嘴，终于拧开了照亮观众席的灯光和几盏聚光灯，弗里尔比先生提出必须要有一张桌子和一把椅子，桌子上还得有盏书写灯。看来谁也休想找到一把高度对他合适的椅子。他来回走动，大发脾气，拉扯着他那粗糙的灰白头发说："简直荒唐。"最后他安坐下来，对坐在身旁一把椅子上的那位瘦高个儿舞台监督斯坦先生说："我们从第一幕开始，斯坦先生。角色都准备好了吗？"于是，几名演员走上台去，站在一旁，其余人低声交谈着。弗里尔比先生嘘了他们一声说："请听着，孩子们，我们必须保持安静。"于是排练开始了。

从那时起，一切事情都像是吓人的冲锋。埃莉诺像是从来不睡觉的。布景都是在画师布里奇曼先生的工作室里画出来的，这位先生发现一切都不称他的心；原来得由那个替他当下手的人，一个面色苍白、戴眼镜的青年根据她们的草图来设计布景，而她们只能以戏装设计者的身份在节目单上署名，因为她们没有加入布景设计师工会。她们不是在布里奇曼先生的工作室里吵嘴，就是带上料子的样品坐着出租汽车在街上横冲直撞。不到清晨四五点钟，她们休想上床睡觉。每一个人都这么爱激动，埃莉诺每周都要磨破嘴皮才能从吉尔克里斯特小姐手里拿到一张支票。

戏装做成了，全都是早期维多利亚式的，埃莉诺和弗雷迪以及弗里尔比先生到戏装商那里去看货，东西倒确实漂亮，可是戏装商不拿到支票不肯送货，然而谁也不知道吉尔克里斯特小姐在哪儿，于是大家乘出租汽车到处去找，直到当天很晚的时候，弗里尔比先生说由他开出私人的支票来付钱。运输公司的载重汽车装着布景来到门口，可是不让他们把布景片搬进剧院，也等着要支票。布里奇曼先生也在场，说他的支票已经退了回来，上边加盖了"无存款"的戳子，他和弗里尔比先生已经在票房里吵过嘴了。结果是约瑟芬·吉尔克里斯特坐着出租汽车出现了，拿来五百元现钞，与布里奇曼先生和运输公司清了账。看到那些挺刮的背面橘红色的钞票，大家都露出了笑容。真叫人大大松了一口气。

等他们亲眼看到这些布景正往剧院里搬，埃莉诺、伊夫琳、弗雷迪·西尔金特、约瑟芬·吉尔克里斯特以及弗里尔比先生都到巴斯塔诺比饭店去吃点东西。弗里尔比先生请大家喝了两三瓶波尔·罗杰酒，约瑟芬·吉尔克里斯特说她从骨子里头感觉到这出戏准会轰动的，还说她难得有这种感觉。于是弗雷迪说舞台工作人员都喜欢它，这可总是个好兆头。弗里尔比先生说舒伯特演出公司的勤杂工艾克·戈尔德坐着从头至尾看了全剧的排练，感动得泪流满面。但是在格林威治演出一周接着在哈特福德①再演一周之后，谁也不知道该上什么剧场去演了，所以弗里尔比先生说他明天一早第一桩事情就是要亲自找经理雅各布·J谈谈这件事。

芝加哥的朋友们打电话来，想赶来看正式彩排。埃莉诺觉得这事非同小可，尤其是因为萨莉·埃默森也打来了电话。彩排拖沓得厉害，有一半布景片没有送来，剧中的威塞克斯村民们都没有穿戏装，尽管这样，大家还说彩排不顺利倒是个好兆头。

开演那天晚上，埃莉诺什么东西也没有吃，只有半个小时可以用来换衣裳。她紧张得浑身发冷。她但愿自己穿着新近在塔贝公司定做的那身黄绿色薄纱晚礼服会看起来很漂亮，可是她连担心的时间都没有了。她喝了一杯黑咖啡，那辆出租汽车开得很慢，似乎永远开不出市区了。当她到达剧院时，门厅里灯火通明，只见到处是大礼帽、扑着香粉的赤裸后背、钻石首饰、晚礼服披肩，所有来看首场演出的人都互相张望，招手和向友人致意，议论谁也来了，在第一幕演出时不断涌向前去，站满了半段两面座位之间的走道。埃莉诺和伊夫琳直挺挺地并肩站在后台，看到某件戏装看来很漂亮时，用肘部轻轻推推对方，她们都认为男演员们的表演简直糟透了，最糟的正是弗雷迪·西尔金特。演出后，萨莉·埃默森在她朋友凯里夫妇的那个占两层楼的公寓套房里为他们举行宴会，席间人人都说布景和戏装都很漂亮，他们确信这出戏将取得巨大的成功。埃莉诺和伊夫琳成为一切活动的中心人物，因为伊夫琳酒喝得稍稍过量了，唠叨个没完，埃莉诺为此感到生气。埃莉诺结识了许多有趣的人士，决心在纽约待下去，不管发生什么情况。

戏演了两周就宣告停演了，埃莉诺和伊夫琳始终没有拿到经理部门应该付给她们的七百五十元酬金。伊夫琳回芝加哥去了，但埃莉诺却在八街上租了一套公寓。萨莉·埃默森肯定说埃莉诺有巨大的才能，说服自己的丈夫拿出一千元来帮助埃莉诺在纽约开办装饰店。伊夫琳·赫钦斯的父亲病了，但她从芝加哥写信来说只要能够脱身她就来和她合作。

---

① 位于康涅狄格州北部。

那年夏天萨莉·埃默森在纽约逗留期间，埃莉诺总是和她相伴出游，从而结识了许多阔佬。通过亚历山大·帕森斯的介绍，她弄到了一笔生意：替约·华德·摩尔豪斯夫妇装饰他们正在大内克①附近营建的住宅。摩尔豪斯夫人陪她在未完工的住宅中转了一圈。她是个病恹恹的金发女人，她不断解释道，她本来想自己来装饰的，只是动过手术以后一点力气都没有，自从她生了第二个孩子，大部分时间都卧床休息，还把有关她手术的情况原原本本都讲给埃莉诺听。埃莉诺最讨厌听妇女为疾病诉苦，只不时冷冷地点点头，用公事公办的口吻谈起家具和帘幕，还间或在一张纸上写了些有关装饰的简短笔记。摩尔豪斯夫人请她到他们住的那座小别墅里去共进午餐，在新居完工以前，他们一家将一直住在那里。那座小别墅很大，是荷兰殖民地式的建筑，里面养着很多小狮子狗，还有几名穿着镶荷叶边围裙的女仆和一个男管家。当她们步入餐厅时，埃莉诺听见邻室里有个男人说话的声音，闻到一股雪茄味儿。吃中饭时，她被介绍给摩尔豪斯先生和一位姓佩里的先生。他们刚打过高尔夫球，正在谈论坦皮科②和油井的事。饭后，摩尔豪斯先生主动提出用汽车送她回城，她离开摩尔豪斯夫人时有如释重负之感。迄今为止，她还没有机会谈如何装饰这座新房子的想法，可是一坐上车，摩尔豪斯先生就问了她许多有关这方面的问题，他们说到大部分家庭的室内装饰有多么丑陋时一起大笑起来，埃莉诺想居然还会有一个关心这些事情的生意人，这实在有意思。摩尔豪斯先生建议她把预算准备好，送到他办公室去。"星期四怎么样？"星期四挺合适，这一天他没有约会，假如她愿意，他俩可以一起随便吃顿午饭。"吃饭时间是我能处理这一类事情的唯一时间。"他眨了眨蓝眼睛说。于是，当他让埃莉诺在八街和五马路的拐角处下车时，他们俩又说了一遍"星期四"，埃莉诺想，看来他像是个有幽默感的人，她对他的印象比对汤姆·卡斯蒂斯好得多。

　　随着装饰工作的进行，埃莉诺发觉她不得不多次找华德·摩尔豪斯面谈。她请他到她在八街的寓所里吃饭，让她雇的那个马提尼克岛女仆奥古斯丁做了一种加红椒和番茄的油炸嫩鸡。他们喝了掺苦艾酒的鸡尾酒，还喝了一瓶非常出色的勃艮第葡萄酒，华德·摩尔豪斯喜欢背靠着沙发侃侃而谈，她呢，喜欢听他讲，并开始称呼他"约·华"来了。从此以后，他们在为装饰大内克新居的事务联系之外，成为朋友了。

他告诉埃莉诺自己小时候在特拉华州威尔明顿的经历，有一天国民警卫队向那老黑人开火，以为是西班牙舰队来了，还告诉她自己那不幸的第一次婚姻，他第二个妻子又是个病秧子，说他曾当过报纸记者和在广告公司里任职。埃莉诺那天穿的是一身灰衣服，只是一边肩膀上有一只发亮的别针，她扮演着一位小心谨慎的以家庭为生活中心的女主人的角色，鼓励他接着讲他目前从事的工作，那就是要让公众熟悉劳资关系的状况，抵制感情用事的人和改革家们的宣传，坚持美国的种种观念来反对疯狂的德国社会主义者的设想以及西北部心怀不满的小农的万应药。埃莉诺认为他的想法非常使人感兴趣，但她更喜欢听他讲有关证券交易所和建立钢铁联合企业的情况，还有墨西哥那些石油公司遇到的困难、赫斯特报业托拉斯以及其他大财团的问题。她就自己进行的某些小额投资征求他的意见，他抬起那双闪闪发光的蓝眼睛望着她，在他那张白色的四方脸上，事业的飞黄腾达正开始把方下巴变成弧形，他说："斯托达德女士，我能有幸当你的财政顾问吗？"

埃莉诺觉得他那略带南方味儿的口音和老派的绅士风度非常动人。她但愿能有一套更有气派的公寓，但愿她当初能留下几盏水晶玻璃枝形吊灯，而没有统统卖掉。他待到夜里十二点才走，说他今晚过得愉快极了，但是他不得不去接几个长途电话。埃莉诺坐在梳妆台的镜子前，在两支蜡烛的照耀下，往脸上抹护肤冷霜。她希望自己的脖子并不这样瘦骨嶙峋，心想，要是往后洗好了头发，有时用用散沫花染发液，不知道效果会怎样。

摄影机眼（24）

历史名城魁北克在下雨　　雨正下在历史名城魁北克的城堡上在那里有一幅石印画画着那英勇的沃尔夫①头戴三角帽坐在一艘船里在向士兵们念格

① 英国将军詹姆斯·沃尔夫（1727—1759）在法国与印第安战争期间，被派遣率远征军攻打今加拿大东部的魁北克，被法国守将蒙特卡尔姆侯爵（1712—1759）击退，一个多月后，在1759年9月13日，在该城西南的亚伯拉罕高原上，英军取得决定性的胜利，双方统帅在该战役中相继阵亡。

雷写的《挽歌》①英勇的沃尔夫登上山崖去跟头戴三角帽的英勇的蒙特卡尔姆在亚伯拉罕高原上会战军服上有精巧的领结和打褶的花边站在空心方阵中勇敢善战下令开火打褶的花边在亚伯拉罕高原的泥泞中遭到污损

　　该城堡名弗朗德纳堡②已成为举世闻名的旅店有历史意义在灰色的历史名城魁北克的蒙蒙灰雨中我们从萨盖内河③边爬上河岸游览汽船这是全世界最好的游览路线有肖托夸旅行演讲团④的一位成员及其夫人还有一位肯塔基州雅典市来的男中音歌唱家那里有一座山也叫阿克罗波利斯与希腊雅典的那座山⑤一样其文化还有仿造的巴台农神庙也和希腊雅典的那座庙一样

　　石块般的雨点落在石街上和外面月台上和圣劳伦斯河上人们打着伞在雨淋淋的宽阔的木月台上走来走去眺望着魁北克城一片石板瓦尖屋顶和运煤的码头和起卸机谷仓和轮渡和正喷着蒸汽从彼岸驶来的有乳黄色烟囱的爱尔兰女皇号和莱维斯⑥和河对面葱绿的群峦和奥尔良岛层层叠翠和石块般的雨点落在魁北克城一片闪闪发光的灰色石板瓦尖屋顶上

　　但是那肖托夸演讲团的成员要进晚餐了在历史上闻名的弗朗德纳堡中那间历史上闻名的餐厅里和他夫人争吵出了一次洋相侍者领班赶来了这位演讲者身材高大厚实一头鬈发怒气冲冲声如洪钟一向在阿克罗波利斯山麓周围的帐篷里大声吆喝就像希腊雅典的那座一样还有巴台农神庙也和希腊雅典的一样还有那展翅的胜利女神像⑦那位男中音对那小男孩过分关注那小男孩想溜走心想但愿当初没有说要来直想甩掉大伙儿溜走

　　可是历史名城魁北克正在下雨和男中音两人在街上走他喋喋不休地说这样的城市中有坏娘们男青年不该去和坏娘们鬼混还说到阿克罗波利斯山和美声唱法和巴台农神庙和声学训练和那些美丽的希腊男童雕像和展翅的胜利女神像以及其他美丽的雕像

　　但我终于甩掉了他搭电车去观赏那歌曲中唱到而故事中讲到的蒙特莫伦

① 这是英国诗人托马斯·格雷（1716—1771）的代表作，全名为《乡间墓园挽歌》。
② 这是以法国在北美的殖民地新法兰西的总督弗朗德纳伯爵（1622—1698）命名的。
③ 位于魁北克北，注入圣劳伦斯河。
④ 这是1874年在纽约州西端肖托夸湖畔的肖托夸城创立的大众成人教育团体"肖托夸运动"附设的普及教育组织，在20世纪初的十五年中在乡间地区颇受人欢迎。
⑤ 雅典附近有座小山，名"阿克罗波利斯"，希腊语中意为"山顶城市"，因上有公元前的大量建筑，通译"卫城"。著名的巴台农神庙居高临下，雄伟壮观。
⑥ 加拿大一小城，和魁北克隔圣劳伦斯河相望。
⑦ 希腊著名古雕像，1863年在希腊萨莫色雷斯岛发现，头部已失踪，现藏巴黎卢浮宫。

西河大瀑布①并参观一座放满着拐杖的教堂那是圣安妮·德博普雷的病人留下的

而灰雨蒙蒙的街上多的是女郎

珍 妮

欧洲大战打到第二年，卡罗尔先生把他在德赖弗斯与卡罗尔事务所的股份全部卖给了德赖弗斯先生，回故乡巴尔的摩去了。该州的民主党大会可能会提名他为州长候选人。珍妮在办公室里常常惦记他，因此怀着极大的兴趣注意看有关马里兰州政局的一切报道。卡罗尔先生终于未能得到提名，珍妮很觉遗憾。越来越多的外国人来到办公室，他们的谈话中表现出明显的亲德倾向，这使她憎恶。德赖弗斯先生对雇员们彬彬有礼、宽宏大度，然而珍妮老是想到德国对比利时的残酷侵略和骇人听闻的暴行，因而不愿意再为德国佬效劳，于是她开始四出寻找别的工作。当时华盛顿生意萧条，她明知在这种时候离开德赖弗斯先生是愚蠢的，可是她不得不这样做，于是她到康涅狄格大街上房地产经纪人史梅德利·理查兹那里去工作了，周薪还减少了一元。理查兹先生是个矮胖子，口口声声谈绅士的准则，并向她求爱。接连两个星期，她一直注意不让他接近，但是到了第三个星期，他老是喝得醉醺醺的，常常伸出他那双粗壮的大手去摸她，有一天还向她借了一块钱，到了周末那天，他说一两天之内还不能还她，于是她没有再去上班，就这样失业了。

失业是可怕的，她担心不得不回到母亲身边去和房客们住在一起，去听妹妹们的吵吵嚷嚷。她每天都注意看《明星报》和《邮报》上面的广告栏，看到有征聘广告就去应试，尽管她每天早晨干的第一桩事就是到应征的地方去，可是总是让别人捷足先登了。她甚至还到一家职业介绍所去把自己的名字登了记。坐在办公桌边的一个矮胖女人，牙齿都坏了，笑的样子很刻薄，她让珍妮交两块钱登记费，然后把到她那里求职的熟练速记员的一张名单给她看，说姑娘们应该出嫁，想独立谋生是荒唐的，简直是胡闹，因为这条路

---

① 在魁北克东北。

根本走不通。屋里混浊的空气和坐在长椅上等候雇用的姑娘们脸上的痛苦表情使她觉得很不舒服，所以她就走了出去，在拉斐特广场坐一会儿，晒晒太阳，好鼓起勇气把还没有找到工作的事告诉爱丽丝，后者仍在鲁宾逊夫人处工作。一个红脸蛋的小伙子坐到她身边来了，想和她搭话，她不得不走开。她走进一家杂货店，喝了一杯巧克力牛奶，但那卖冷饮的售货员竟想逗逗她，弄得她号啕大哭起来。那售货员吓得要命，说："请原谅，小姐，我决没有冒犯您的意思。"当她在里格斯大厦遇见爱丽丝走出门来时，眼圈还是红红的；爱丽丝坚持要请她在布朗茶室吃一客三角五分钱的午餐，尽管珍妮连一口饭都咽不下。爱丽丝那种"我早知道会这样"的神气真让人受不了，她说现在想再回到鲁宾逊夫人那儿去工作已经太晚了，因为那里的活儿不如以前多，现有的那些姑娘已经显得人浮于事了。那天下午，珍妮感到情绪过于低沉，不能去找工作，就到史密森博物馆①去转一转，想叫自己对印第安人的珠串饰物、独木战船和图腾柱产生兴趣，然而她看到的一切都使她毛骨悚然，只得回到房间里去痛快地哭了一场。她想念乔和杰里·伯纳姆，心想为什么总收不到他们的信，还想到战壕里那些可怜的士兵，分外感到孤独。等爱丽丝回来时，她已经洗了脸，搽了粉和胭脂，正装出轻快的样子在她们的房间里忙碌着；她以开玩笑的口气对爱丽丝谈到商业萧条，说她要是在华盛顿找不到工作，就到巴尔的摩、纽约或芝加哥去找。爱丽丝说这种话使她听了很难过。她们一起出去吃晚饭，为了省钱，每人只吃了一客火腿三明治，喝了一杯牛奶。

那年整个秋天，珍妮都用于寻找工作。她每天早晨醒来第一个感觉就是因无事可做而陷入沉重的沮丧。她和妈妈、两个妹妹一起吃圣诞晚餐，告诉她们说人家答应她从明年元旦起薪金要加到每周二十五元。她不让她们向她表示同情，不给她们以得到这种满足的机会。

圣诞节那天，她接到乔寄来的一个包裹，包装纸都撕破了，里面是一件绣花晨衣。她在包装纸里找了好几遍，想找出一封信来，然而只找到了一张小纸片，上面潦草地涂着圣诞快乐几个字。包裹上盖的是法国圣纳泽尔②的邮戳，还盖了 Ouvert par la Censure③字样的图章。这样就使得战争似乎离她

---

① 指史密森协会管辖下的华盛顿美国国家博物馆，该协会由美国国会用英国科学家詹姆斯·史密森（1765—1829）遗赠的巨款于1846年创办，先后开设美术馆、图书馆、天体物理学瞭望台、动植物园等文化机构。
② 法国西部一海港，位于卢瓦尔河口。
③ 法文：已经过拆开检查。

很近了，她希望乔不要在那里遭到什么危险。

一月里，有个冰冷的下午，珍妮正躺在床上看《老妇人的故事》，听到房东巴戈特太太在喊她。她还当是为了还没有付当月房租的事，其实是爱丽丝打电话找她。爱丽丝叫她马上去，因为有人打电话来要请一位速记员干几天临时工作，恰好办公室里没有别人，她认为珍妮不妨去看看要不要接受这一工作。"在哪儿？我马上去。"爱丽丝把地址告诉了她。从电话里可以听出爱丽丝的声音因紧张而发抖了。"我害怕死了……要是鲁宾逊夫人知道了这件事，会大发雷霆的。""别担心，我会把这情况对那个人讲清楚的。"珍妮说。

那人住在宾夕法尼亚大道的大陆旅馆里。他有一间卧室和一间会客室，会客室里零乱地堆放着许多打好字的纸张和纸面小册子。他戴着副玳瑁边眼镜，不住地戴上、取下，似乎他不知道究竟怎样才能看得更清楚些。他连看都不看珍妮一眼，等她一脱下帽子，从手提包里取出拍纸簿和铅笔，就开始口述。他一阵阵急促地说着，似乎在发表演讲，同时不停地用他那两条细长的腿来回踱着步。那是要标上"即发"字样的那种文章，讲的都是关于劳资关系、八小时工作制以及火车司机兄弟会的事情。她估计他准是一位劳工领袖，因而稍感不安。他口授完毕，就急忙走出门去，并请她赶快把它打出来，他马上就要回来的。桌上有一架雷明顿牌打字机，但她不得不赶快换好打字机色带，把文章打好，生怕他会在她完工前就回来。她后来坐在那里等候，那篇文章和几份打印的副本都干净利落地叠好在桌子上。过了大约一个小时，他仍没有回来。珍妮开始坐立不安，在房间里徘徊着，拿起那些小册子浏览了一下。它们的内容都是有关劳工和经济问题的，引不起她的兴趣。然后她向窗外望去，试图把脖子伸出去看看邮政大楼钟塔上的大钟指着几点。但是她看不见，于是转身向电话机走去，打电话给旅馆办公室问问时间并说假如巴罗先生在旅馆里，请告诉他，他要的打字稿已经完成了。账台上回答说现在是五点钟，巴罗先生虽然留下过话说他马上就回，但到现在还没有回来。她把电话听筒放回去时，把一封写在淡紫色信笺上的信从架子上碰下来了。她把信捡了起来，由于实在无事可做，一个人玩划圈划叉的游戏①也感到厌倦了，就看起那封信来。她为自己的行为感到羞耻，可是一旦看开了头，就停不下来了。

---

① 一种一般由两个人玩的游戏，一方在九格中的一格里画圆圈，另一方在另一格里画叉号，谁先完成三联格者得胜。

亲爱的乔·亨:

　　我本来不愿意这么干,可是说老实话,孩子,我因缺钱用而陷入极大的困境。你必须拿出两千块钱($2000)来,否则我发誓将不再保持淑女的举止,我会闹到上房揭瓦的。我本来不愿意这么干,可是我知道你咎由自取,否则我决不想像这样来打扰你。这回我可不是开玩笑

——你一向热爱的小姑娘
奎妮

　　珍妮脸红了,她把信按原样放好。难道男人们都这么坏,暗地里都隐藏着丑事吗?屋外天色黑了,珍妮既饥饿又不安,这时电话铃响了。正是巴罗先生打来的,他说让她久等了,很抱歉,说他正在肖伦姆旅馆摩尔豪斯先生的套房里,她能不能马上就过去——不,不用带那份打字件——他有另外一些东西要在那里口授给她,那是约·华德·摩尔豪斯,她一定知道这个名字。珍妮可真不知道这个名字,不过一想到要到肖伦姆旅馆去听人口授文件,加上这封信以及其他一切的影响,使她很激动。这是一种类似她以前跟杰里·伯纳姆一起出去时所体验到的激动。她戴上帽子,穿上大衣,对着壁炉架上的镜子稍稍整了整容,就穿过一月份夜间刺骨的寒气,走到F街和十四街的拐角处,站着等电车。她真想有一只皮手筒,凛冽的寒风钻进她的薄手套,刺得双手生疼,两条腿脚面以上的部分也冻得发麻。她但愿自己是个有钱的已婚女子,住在市郊的切维蔡斯,正在等她的高级轿车来把她接回家去,回到丈夫和孩子们的身边和熊熊的炉火前去。她想起杰里·伯纳姆,心里在琢磨,要是她当初处理得当,是不是已经和他结婚了。或者嫁给了约翰尼·爱德华兹;在她拒绝他以后,他到纽约去了,正在一家股票行里赚大钱。或者嫁给了莫里斯·拜尔,但他是个犹太人。这一年可没有什么男人向她求爱。她已经被束之高阁;情况大致就是这样。

　　到了肖伦姆旅馆前的街角,她下了电车。休息厅里很暖和,穿着入时的人们闲立在那里,用穿着入时的人的声音聊着天。温室里栽培的鲜花散发着幽香。账台上的人员叫她马上到一楼八号房间去。一个头发乌黑发亮、脑袋扁平、满脸皱纹、面色苍白的男人替她开了门。他穿着一套乌黑发亮的衣服,走起路来小心谨慎,像是在地面上滑动。她说她是巴罗先生叫来的速记

员，他就招手叫她到隔壁房间里去。她站在门口，等待别人的注意，在房间最里边有一个很大的壁炉，两根圆木柴烧得正旺。炉前是一张很宽的桌子，上面堆满了杂志、报纸和打字稿。桌子的一头放着一套银茶具，另一头放着一只托盘，上面放有细颈酒瓶、鸡尾酒调制器和玻璃杯。每样器具都擦得光亮异常、银光闪闪：椅子、桌子、茶具以及背朝炉火站着的那个男人身上的表链、牙齿和他那过早花白的头发都是亮的。

一眼望见他，珍妮就觉得他准是个优秀的人物。巴罗先生和一个秃顶的小个子男人正坐在壁炉两侧的两把很深的椅子里，全神贯注地倾听着那个人说的话。

"这件事对国家的前途非常重要，"他认真地低声说，"我敢担保，大企业的经理以及制造业和金融界的大股东们都在怀着莫大的兴趣注视着这些事态的发展。你们不要引用我的话；但我敢对你们说句心腹话，总统本人肯定……"他的目光和珍妮的相遇了。"我看这位就是速记员吧。请进来，您是……"

"我姓威廉斯。"珍妮说。

他的眼睛像酒精灯的火焰那样蓝，带着孩子气的闪光，他一定就是她应该知道他名字的那位约·华德·摩尔豪斯。

"你带着纸和笔吗？很好；坐到桌子边来。莫顿，你还是把这些茶具拿走吧。"莫顿声息全无地把茶具拿走了。珍妮坐在桌子的一头，拿出拍纸簿和铅笔。"你还是把帽子和大衣脱掉吧，否则等会儿出去时就不觉得暖和了。"同她说话时，他的声音带着些亲切的意味，和他跟那些男人说话时不一样。她希望能为他工作。反正她很高兴自己来到了这里。

"哦，巴罗先生，现在我们需要一份能够消除动荡局势的声明。我们必须使这场争论的双方都认清进行合作的价值。这是一个伟大的字眼：合作……我们先把草稿拟出来……请你从有组织的劳工的角度提出建议，而你，乔纳斯先生，则从法律的角度提出建议。准备，威廉斯小姐……约·华德·摩尔豪斯，公共关系顾问，从哥伦比亚特区，华盛顿市，肖伦姆饭店，于1916年1月15日发布……"于是珍妮为了抓住他讲话的含义并速记下来而忙得不亦乐乎。

那天晚上，她回到家里，一看爱丽丝已经上床了。爱丽丝想睡觉，可是珍妮却像只喜鹊那样对她叽叽喳喳讲个不停，讲到巴罗先生、劳工纠纷、约·华德·摩尔豪斯，说他是一位多么优秀的人物，非常客气，待人亲切，对于劳资合作问题怀有如此引人入胜的见解，还以熟不拘礼的口吻谈到总统的想法，安德鲁·卡内基的想法，洛克菲勒财团关心的是什么，希克先生或拉福莱特参议员①有什么意图，还说他有一双多么漂亮的带有孩子气的蓝眼睛，多么和蔼可亲，还有那些银茶具，虽然他头发过早花白了，但看样子非常年轻，还有敞着的壁炉、银质的鸡尾酒调制器和水晶玻璃的杯子。

"啊唷，珍妮，"爱丽丝一面打呵欠一面打断她的话，"我敢说你准是迷恋上他了。以前可从没听见过你用这种口吻谈论一个男人。"

珍妮脸红了，对爱丽丝很生气。"嘿，爱丽丝，你真傻……跟你讲这些真是白搭。"她脱掉衣服关了灯。直到躺下睡觉，她才想起自己还没吃晚饭。她没有把这事告诉爱丽丝，因为她准知道爱丽丝听了又会说出什么蠢话来的。

第二天，她结束了巴罗先生要她做的工作。整个早上她都想向他打听有关摩尔豪斯先生的事：他住在哪儿，他结婚了没有，他是什么地方人；可是她考虑这样做不会有多大好处。那天下午，她领了薪水，竟不由自主地顺着H街走，走过肖伦姆旅馆门口。她为自己找的借口是想看看那里的商店橱窗。她没有看见他，却看见有辆锃亮的大型黑色高级轿车，上边印着交织字母标记，要看清楚究竟是两个什么字母就得俯身向前，可是这样做会使她显得滑稽可笑；她断定这辆轿车准是他的。

她沿着街一直走到拐角处，对面的房屋中间有一个巨大的缺口，那儿人们正在拆掉阿林顿旅馆。那天下午天气晴朗，阳光明媚。她绕着拉斐特广场漫步，观察着光秃秃的树丛中那尊安德鲁·杰克逊②骑着一匹用后腿站立的骏马的雕像。

长椅上坐着一群群孩子和保姆。一个长着灰白的范戴克式尖胡子的男人，臂下夹着一只黑色公文包，在一条长椅上坐了下来，可是马上又站起身走开了，珍妮想他准是外国的外交官，能在有外国外交官和像约·华德·摩尔豪斯这种人物的首都生活多美呀。她又绕着雕像转了一圈，在冬季下午黄褐色的阳光下，安德鲁·杰克逊高扬着泛绿色的高贵身躯，骑在一匹泛绿色的高贵的马的背上，然后她返回肖伦姆旅馆去，步子很急，像是怕误了约定的时间。她问一名小郎公立速记所在哪儿。他指点她上二层楼的一个房间去。那里有一位目光锐利、下颏很长的女人，一边打字一边从半开的门里盯着铺着绿地毯的过道的一小角，珍妮问她是否知道谁要雇速记员。

———————————

① 详见下文"战斗的鲍勃"。

② 安德鲁·杰克逊（Andrew Jackson,1767—1845），美国第七任总统。

235

那位目光锐利的女人盯住她看:"哟,你要知道这儿不是介绍所。"

"我知道;我只是想也许有机会……"珍妮说,突然感到她身上的一切勇气都消失了,"您能让我在这儿坐一会儿吗?"

那位目光锐利的女人继续盯住她看。

"啊,我以前在哪儿看见过你? ……不,不要提醒我……你……那天我到鲁宾逊夫人那里去取加班赶的文件,看见你在那里工作。你看,我完全想起来了。"她不易察觉地微笑了一下。

"我本该记起您来的,"珍妮说,"只是我到处找工作实在太累了。"

"我哪会不知道?"那女人叹口气说。

"您知道我能找到点什么干干吗?"

"我来告诉你怎么办……有人正在打电话想找一个姑娘到八号房间去做口授记录。他们那里用过的姑娘大约……大约有六十个之多,好像在组织什么公司。好了,亲爱的,你听我说,你就到那儿去,进门脱掉帽子,像是刚从什么地方回来,就开始做口授记录,他们不会撵你走的,亲爱的,就算另一个姑娘恰好来了也不碍事,他们换人实在换得太快了。"

在珍妮还没有意识到她在做什么之前,她已经在那位目光锐利的女人的下颏边上吻了一下,急忙沿着走廊向八号房间跑去,给她开门的那个头发发亮的男人还认识她,问了一声:"是速记员吗?"

"是。"珍妮回答,一霎时她已掏出了拍纸簿和铅笔,并且脱掉了帽子和大衣,坐到噼啪作响的炉火前那张暗红发亮的桃花心木桌子的一端去了,那炉火隐约地闪现在银托细颈酒瓶、热水罐和茶壶上,闪现在约·华德·摩尔豪斯那双擦得乌黑锃亮的皮鞋上和那双蓝色火焰似的眼睛里。

她坐在那儿,给约·华德·摩尔豪斯做口授记录。

到了下午下班的时间,那个头发发亮的男人走进来说:"时间到了,该换衣服吃晚饭了,先生。"于是约·华德·摩尔豪斯咕哝了一声说:"真见鬼。"头发发亮的男人在厚地毯上溜近了一步:"请原谅,先生;罗森塔尔小姐摔了一跤,把髋骨摔断了。她是在财政部大楼门前的冰上跌倒的,先生。"

"真见鬼,她……请原谅,威廉斯小姐。"他说,微笑起来。珍妮抬头望着他,露出宽容、理解的神情,也微笑起来。"她的骨头给接好了吗?"

"马利根先生送她上了医院,先生。"

"那就好了……你下楼去,莫顿,给她送点鲜花去。要挑漂亮的。"

"是的,先生……买五块钱左右的,先生?"

"不要超过两块五，莫顿，放上我的名片。"

约·华德·摩尔豪斯在壁炉前来回走了片刻，像是要口授什么似的。珍妮那支准备好的铅笔，对着拍纸簿跃跃欲试。

约·华德·摩尔豪斯停下了脚步，朝珍妮看着："你可认识什么人，威廉斯小姐……我需要一名有教养的、聪明伶俐的姑娘做速记员兼秘书，要一个我可以信赖的人……真倒霉，那娘们摔断了髋骨。"

珍妮的头在旋转："唔，我自己就想找个这　类的工作啊。"约·华德·摩尔豪斯仍用探询的蓝眼睛紧盯着她："你能不能告诉我，威廉斯小姐，你是怎样失去上一个工作的？"

"当然能。是我自己要离开德赖弗斯与卡罗尔事务所的，也许您知道他们……我不喜欢那里所发生的事。假如卡罗尔老先生还在，情况就会不同了，尽管我敢肯定，德赖弗斯先生对人非常和善。"

"他是德国政府的一名代理人。"

"我指的正是这一点。自从总统文告发表以后，我就不愿意再在那儿待下去了。"

"哦，我们这里都是站在协约国方面的，所以一切都没问题。我认为你正是我想要的人选……当然啦，还没有定下来，可是我的一切最好的决定都是在仓猝之间做出来的。开始时周薪二十五元怎么样？"

"好极了，摩尔豪斯先生，我敢肯定这工作准是十分有意思的。"

"请你明天九点钟来，出去时替我把这几份电报发出去：

约·华德·摩尔豪斯太太

纽约长岛大内克

或须去墨西哥城不能出席午宴向索尔特华兹夫妇致歉望

诸事顺利向全家人致爱意华德

埃莉诺·斯托达德小姐

纽约东11街45号

要我从墨西哥带回些什么请来信一如既往约·华

"你不反对出门旅行吧，威廉斯小姐？"

"我还从来没有旅行过，可是我肯定会喜欢的。"

"也许我得带少数几名办事人员同去……石油事务。一两天内通知你……

约·华德·摩尔豪斯转交詹姆斯·弗伦茨
纽约五马路100号
立即往肖伦姆给我发来对于形势发展采取A方案或B方
案的建议巴罗不安分发布文告论及有共同利益的人团结
起来用美国主义来对抗外国的社会主义谬论。约·华·摩……

"谢谢你；今天的工作就这些。等你把这些电文打好，把电报发出去，就可以回家了。"

约·华德·摩尔豪斯从后边一扇门里走了出去，一边走一边脱掉他的上衣。珍妮打完了电文，悄悄地走出饭店门厅到西部联合电报公司去发电报时，瞥见他身穿礼服，头戴一顶灰色呢帽，手臂上搭着一件米黄色的大衣。他正匆匆钻进一辆出租汽车，没有发现她。等她回到家里，已经很晚了。她双颊通红，但并不觉得累。爱丽丝正坐在床沿上看书。"噢，我担心死了……"她说到这里，但珍妮伸出双臂把她搂住，告诉她自己已经找到工作，担任约·华德·摩尔豪斯的私人秘书，并且即将去墨西哥。爱丽丝哇地哭了起来，但珍妮太高兴了，因而没顾得停下来安慰她，却继续把当天下午她在肖伦姆旅馆所经历的一切原原本本讲给她听。

电术士

爱迪生于一八四七年生于俄亥俄州米兰[1]；

米兰是休伦河上的一座小城，一度是整个西部保留地的小麦转运港；后来铁路夺走了运输买卖，爱迪生一家移居北方密执安州的休伦港[2]，随着美国经济的繁荣而发迹；

---

[1] 爱迪生是最小的一个孩子，即第七个孩子，1847年2月11日出世。米兰在该州北部，靠近伊利湖。
[2] 在该州东部，底特律东北，与加拿大的萨尼亚隔圣克莱尔河相望。

他父亲是个木瓦匠，随意搞些不同的小笔投机买卖；他做粮食、饲料和木材生意，建造了一座一百英尺高的木塔；旅游者和远足者每人付两角五分钱登塔远眺休伦湖和圣克莱尔河上的风光，于是萨姆·爱迪生成为休伦港一位殷实而受人尊敬的公民。

托马斯·爱迪生只上了三个月的学，因为老师嫌他不够聪明。他妈妈在家教他自己所学过的一切知识，跟他一起阅读吉朋、休谟和牛顿等18世纪作家的作品，还让他在地窖里搞了个实验室。

他读到了一点什么，就下地窖去试验一番。

十二岁时，他需要钱买书和化学药品；他获得允许在从底特律驶往休伦港的日班火车上卖报纸。在底特律有一家公共图书馆，他进去看书。

他在火车上搞了间实验室，读到了一点什么，就自己试验一番。他装了一架印刷机，印一份名叫《先驱报》的小报，内战爆发时，他建立了一家通讯社，靠报道那些大战役赚钱。一次，他不慎将一根磷棒掉在地上，使车厢着火，被撵下了车。

那时，他作为全国第一家在火车上印行报纸的少年编辑颇有点名声。伦敦《泰晤士报》报道了他。

他学会了拍电报，在加拿大斯特拉特福①枢纽站弄到一个当夜班报务员的职位，但有一天，他让一列货车冲过一道转辙处，不得不去流浪。

（内战期间会收发报的人在哪儿都能找到活儿干。）

爱迪生在全国漫游，干上一阵活儿就辞职去流浪，读一切他能获得的书籍；每读到一项科学实验，他就动手试验一番；每接近一部引擎，他就动手鼓捣一番；每当他一人留在电报室里，他就拿电线来做试验。这每每使他丧失职业，不得不继续流浪。

他成了流浪报务员，在中西部处处留下足迹：底特律、辛辛那提、印第安纳波利斯、路易斯维尔、新奥尔良，总是潦倒不堪，衣衫上沾着化学药品，总是在电报方面做实验。

在波士顿，他为西部联合电报公司干活。

在波士顿，他制成了第一个专利样品，供国会使用的选票自动记录器，

---

① 位于安大略省南部，休伦港的东北。

但是他们不想在国会采用选票自动记录器。所以爱迪生只得前往华盛顿，背了一些债，这就是他得到的报应；他研制了一架股票行情自动记录机和防盗警报器，脸部的皮肤全让硝酸弄伤。

但是那时纽约已经成为股票、新思想、黄金和美钞的大市场了。

（下面这一部分为霍雷肖·阿尔杰①所写写：）

当爱迪生到达纽约时，他身无分文，在波士顿和罗彻斯特背着债。那时，黄金正受人重视，杰伊·古尔德②正竭力垄断黄金市场。华尔街像发了疯一般。一个姓洛斯③的人装了一套电气指示器（是卡拉汉发明的），能在各经纪人的事务所里打印出黄金价格来。爱迪生正在寻找工作，穷极潦倒，无处栖身，在总办事处逗留，跟报务员们混在一起，这时，那台总发送机在紧张交易之际砰的一声出了故障；办事处人人一筹莫展。爱迪生走上前去，将发送机修好，由此谋到了一份差事，每月薪水三百元。

一八六九年，也即"黑色星期五"④那年，他和一位姓波普⑤的人兴办了一家电气工程公司。

从此之后，他便有了安身立命之地。他发明了一种股票行情自动记录机，十分畅销。他设立了一个金工车间和一间实验室；每想到创造什么装置，他就动手试验一番。他从万能股票行情自动记录机上赚了四万元。

他在纽瓦克租了一个车间，钻研一架自动发报机，钻研设计在同一根电线上同时发出两份和四份电报。

在纽瓦克，他和肖尔斯⑥一起摆弄最初的打字机，发明了油印机、碳变阻器、微压测定机，首先造出了蜡纸。

---

① 霍雷肖·阿尔杰（Horatio Alger，1834—1899），美国小说家，作品多达一百多部，内容大多写贫穷的孩子如何通过艰苦奋斗获得成功，开创所谓的"从衣衫褴褛到荣华富贵"类型的供青少年阅读的作品，当时非常流行。
② 古尔德（Jay Gould，1836—1892），美国铁路业巨子。
③ 原文为Law，疑是作家笔误，应指纽约黄金交易所副总裁洛斯。
④ 指1869年9月24日，由于古尔德与詹姆斯·菲斯克等合谋垄断黄金市场未成，在那天引起金融界恐慌。格兰特政府抛出价值四百万元的黄金使价格暴跌，许多投资者因而破产。
⑤ 波普（Franklin Leonard Pope，1840—1895），美国电气专家，曾任洛斯的纽约黄金交易所总工程师。
⑥ 肖尔斯（Christopher Lathan Sholes，1819—1890），美国发明家，1868年发明最早的打字机。

一种他称之为以太力的东西使他不安；他对以太力迷惑不解，但马可尼却靠了赫兹波大获成功。无线电将摧毁古老的宇宙观。无线电将叫那古老的欧几里德上帝灭亡，但爱迪生从来不是个为哲学概念操心的人；

他夜以继日地摆弄齿轮、短段的铜丝和装在瓶内的化学药品，他脑子里一有什么想法，就去试验一番。他做成了不少东西。他并不是一位数学家。他说，我能雇用数学家，但数学家雇用不了我。

一八七六年，他移居门洛帕克①，在那儿发明了炭精电极送话器，使电话具有了商业价值，使麦克风的制造成为可能

他夜以继日地工作，造出了

留声机

白炽电灯

和发电、电流输送、调节和测量系统，还有插座、开关、绝缘体和检修孔。爱迪生首先发明用直流电、小单位灯以及并联弧光灯做成的照明系统，给安装在伦敦、巴黎、纽约和宾夕法尼亚州的森伯里，还发明了

三线制系统②、

磁性选矿装置、

电气火车。

他不断向专利局申报专利和提交保护发明权的请求书，使他们忙得不可开交。

为了找一种灯丝使他研制的电灯能获成功，并具有良好的商业价值，他试用过各种各样的纸和布片、线、钓鱼丝、纤维、赛璐珞、黄杨木、椰子壳、云杉、山核桃木、月桂木、枫树木刨花、青龙木、干燥朽木、软木、黄麻、竹子以及一名红头发苏格兰人的胡须；

一得到什么灵感，他就试验一番。

一八八七年，他搬往西奥林奇③的大实验室工作。

他发明了碎石机、荧光镜、电影摄影机用的圆盘胶片、碱性蓄电池、制水泥的加长窑、第一个活动有声电影摄影放映机、一次成型的水泥屋——这为电气时代的工人们提供廉价、划一、卫生而富于艺术性的居屋。

---

① 位于新泽西州东北部，纽瓦克市西南。

② 这是爱迪生使电灯终于战胜煤气灯竞争的发明之一。

③ 就在新泽西州东北部纽瓦克市西面不远。

即使年届八十二岁，托马斯·阿·爱迪生还一天工作十六小时；

他从来不为数学、社会制度或笼统的哲学概念操心；

他和亨利·福特以及哈维·费尔斯通①合作，他们两人也从来不为数学、社会制度或笼统的哲学概念操心；

他一天干十六小时，探求寻找橡胶的代用品；每当他读到什么，就动手试验一番；一得到什么灵感，就到实验室去试验一番。

摄影机眼（25）

那些春天的夜晚哈佛广场②弧形轨道上有轨电车松动的车架嘎嘎地响轮子发出尖利的叫声在弧光灯光中尘埃构成一片粉雾一整个晚上直到黎明时分都睡不着

没勇气冲出这钟形玻璃罩③

四年来在这乙醚面罩之下深呼吸现在且轻轻地呼吸就这样当个好孩子吧一二三四五六有些课程得优但是不要成为书呆子对文学感兴趣吧但是得当个有身份的人别跟犹太人或社会主义者厮混在一起

与同学们所有的友好关系在以后的生活中都会有用穿过校园跟所有的人友好地打招呼

坐着眺望你一生中最令人愉快的行将消逝的四年时光

对文化变得冷漠犹如一杯遗忘于一只香炉和一本奥斯卡·王尔德著作④之间的茶一般冷了但不浓就像在交响乐厅听流行音乐时喝的兑红葡萄酒的柠檬水一般

四年了我不知道你竟能做到你这米开朗琪罗希冀做的事对

---

① 费尔斯通（Harvey Firestone，1868—1938），美国橡胶业巨子，是费尔斯通轮胎橡胶公司的总裁。

② 波士顿西北郊坎布里奇的一片古老的卵石广场，在哈佛大学附近。

③ 本节写作者在哈佛大学时的感受，他把哈佛比作一个禁锢思想的"钟形玻璃罩"。

④ 多斯·帕索斯在哈佛大学读书时，读了王尔德的《道林·格雷的肖像》，认为是一部"可厌的作品"。

所有的教授

　　讲马克思的

思想在射击场用小号斯威夫特牌手枪击碎格里诺①所有的雕像

　　但我整个春夜眼睛作痛翻来覆去睡不着读**浮士德博士的悲剧**②听着哈佛
广场弧形轨道上有轨电车的车架嘎嘎地响轮子发出尖利的叫声火车驶过盐沼
地时的嘶叫声一条驶离码头的飘扬着蓝底方白格开船旗的轮船呜呜的汽笛声
加上纺织工人随着一支红色的铜管乐队穿过马萨诸塞州劳伦斯城的步伐声叫
人简直要发疯

　　这犹如马格德堡半球③外面的压力维护了内部的真空

　　我可没勇气

　　　　跳起身来走到门外去叫

他们大家到月球去抓住

　　飞往那里的

　　　　兰波④

---

① 格里诺（Horatio Greenough, 1805—1852），美国雕塑家，其作品包括古典风格的华盛
　顿雕像和亚历山大·汉密尔顿、拉斐特等历史人物的半身雕像。作者在此处隐喻"你"
　这个崇尚欧洲文艺复兴先驱者米开朗琪罗的人蔑视美国资产阶级政治代表人物的精神。
② 英国戏剧家、诗人马洛（Christopher Marlowe, 1564—1593）所作，作品描述浮士德
　最终屈服于旧势力，造成悲剧的故事。
③ 德国物理学家奥托·冯·格里克（Otto von Guericke, 1602—1686）于1654年在马格
　德堡用两只金属半球来证明大气压力的存在。
④ 兰波（Arthur Rimband, 1854—1891），法国象征主义诗人。

新闻短片 XVII

子夜前，敌方众多飞艇发动袭击，乱扔炸弹。炸弹不分青红皂白地掉在毫无军事意义的地区

铁路当局决不让步

二时半，已经航行了九十海里、正通过所罗门群岛①的"德意志"号舰长凯尼格说，我们将不得不在对我们不十分有利的条件下通过。每艘经过的轮船，都向它鸣笛致敬。

> 把我糟蹋成这副模样
>
> 你该乐意了吧
>
> 拖我下水、下水、下水
>
> 直到我身中的心灵沦亡

今晨九时在伦敦彭通维尔监狱罗杰·凯斯门特爵士②被处绞刑。

德国潜艇毫无阻拦地越过海角

仅穿和服式晨衣的少女海水浴者叫人震惊在游乐码头上午餐吃奶制品而没去头等咖啡馆美国农业收成报告显示大歉收奥地利人匆匆逃离留下热烘烘的面包意大利人热烈欢呼起来巨大的山洪冲下峡谷教授说听贝多芬的音乐如同吃多汁的牛排

---

① 所罗门群岛在太平洋西南部，巴布亚新几内亚的东南。

② 凯斯门特（Sir Roger David Casement，1864—1916），爱尔兰革命家，1913年帮助建立国民志愿军，1914年前往柏林寻求德国对爱尔兰独立的支持，由德国潜艇送往爱尔兰海岸，以便赴都柏林发动起义，但上岸后即被捕。1916年以叛国罪被绞死。

监狱奇迹①使城市垃圾变成金矿

今晚月影将遮蔽土星

兄弟在漆黑之中火并

麦 克

　　起义者占领了华雷斯城，乌埃尔塔逃之夭夭，驶往欧洲的轮船里挤满了逃往巴黎的庄园主，贝努斯蒂亚诺·卡兰萨②在墨西哥城当上了总统。有人给麦克搞到一张乘墨西哥中央铁路直到首都的通行证。他走时，恩卡娜西奥哭了，所有的无政府主义者都来到车站给他送行。麦克想参加萨帕塔③的队伍。他从恩卡娜西奥那儿学了一点儿西班牙语，对这场革命的宗旨有了点模糊的认识。火车要走五天。车在路上停了五次，因为铁路段工人往前方修理铁轨。在夜晚，偶尔会有些子弹打穿火车的窗户。在卡瓦约斯附近，有一帮骑马的人，跟着火车疾驰，一面挥舞帽子，一面向火车射击。在车尾的公务车厢里的士兵们惊醒过来，开枪还击，那帮人在尘土飞扬之中策马而去。开火时，有的乘客不得不钻在椅子底下，有的趴倒在过道上。射击平息之后，一个年迈的妇女尖声哭号起来，原来有个小孩脑袋瓜开了花。孩子的母亲是个壮实的皮肤黧黑的妇女，穿着件花衣服。她抱着用披肩裹着的鲜血淋漓的幼小的躯体在火车车厢里来回奔走，询问有没有医生，但谁都明白孩子早已死了。

　　麦克以为这趟旅行看来永远不会完结了。他在车站上从年老的印第安妇

---

① 20世纪初美国监狱让犯人把废弃的汽车车身敲打成新汽车用的前护杆，赚了不少钱。

② 卡兰萨（Venustiano Carranza，1859—1920），墨西哥革命中的自由派领袖。他一面镇压农民武装，一面颁布土地改革法，1916—1917年，击退美军对墨西哥北方边境的侵犯，博得群众支持。

③ 萨帕塔（Emiliano Zapata，约1879—1919），墨西哥革命南方农民运动领袖，其队伍于1914—1915年曾三度进驻首都，同比利亚一起反抗卡兰萨政府，后被杀害。

女那里买了辣味的食品和走了气的啤酒，试着喝龙舌兰酒，跟同行的旅客聊天。他们终于开过了克雷塔罗，火车在寒冷而明净的空气中沿着长长的斜坡开始快速地下坡。然后在无边无际的十字形花样的龙舌兰田的远方，在一片蓝色天空中开始现出巨大的火山的峰巅，火车突然轧轧地奔驰在田园的围墙之间，穿过毛茸茸的丛林。车钩哐啷一声，火车停了：墨西哥城到了。

麦克夹杂在低声说话的人群中，在全穿白色衣服的男子和都穿黑色或深蓝色服装的妇女中，在敞亮的大街上闲逛，有一种茫然若失之感。街头尘土飞扬，沐浴在阳光下，十分静谧。街上有开门营业的商店、马车、有轨电车和擦得锃亮的高级轿车。麦克忧心忡忡。他兜里只剩下两美元。他在火车上待了那么长时间，一旦到了目的地，却忘了原来打算来干什么。他需要换身干净衣服和洗一次澡。闲逛了好一阵子之后，他找到了一家酒店，招牌上写着"美国酒吧"。他腿儿走得疲惫了。他坐到一张桌前。一名侍者走上前来，用英语问他要些什么。他想不出什么别的东西，就要了一杯威士忌。他喝光了威士忌，坐在那儿，用双手托着脑袋。酒吧里有许多美国人和两个戴宽边高顶帽的墨西哥人在掷骰子赌谁付酒钱。麦克又要了一杯威士忌。

一个肌肉发达的身穿皱巴巴的卡其衬衣的红眼睛男子在酒吧内不安地踱来踱去。他瞅见了麦克，便坐到他桌边来。"可以在这儿坐一会儿吗，伙计？"他问，"这帮狗娘养的，真他妈太闹了。喂，阔边帽……那天杀的侍者在哪儿？给我拿杯啤酒来。哎，我今天把老婆子和孩子们都送走了……你什么时候开走？"

"怎么，我还是刚开来啊。"麦克说。

"天，你在说什么……这可不是白人待的地方……那帮匪徒随时都会闯进城里来……太可怕了，说真的，没一个白人能活着离去……不过，他们宰我以前，我也要撂倒他们几个够本……上帝啊，我一个人可以解决他们二十五个，哦不，二十四个。"他从口袋里抽出支科尔特牌手枪，将子弹从弹膛里倒在手心上，开始数子弹："八颗。"然后，他开始摸所有的口袋，将子弹一颗颗排列在松木桌上。只有二十颗。"哪个狗娘养的抢走了我的子弹。"

一个瘦高个儿从酒柜那儿走来，一手搁在红眼睛男子的肩上。"尤斯塔斯，你还是把那些玩意儿收起来吧，等用得着的时候再……你知道该怎么做，是不是？"他转过身来对麦克说，"枪击一开始，所有的美国公民都集中到美国大使馆去。我们要在那儿坚持到最后一个人。"

有人从酒柜边喊道："嗨，高个儿，再来一巡吧。"这高个儿就回到酒柜边去。

"你们好像正准备应付一场麻烦。"麦克说。

"麻烦……我的上帝！你不了解这个国家。你还是刚到？"

"刚从华雷斯城赶来。"

"不可能。在克雷塔罗，路轨全给炸了。"

"哦，他们一定修好了，"麦克说，"喂，这儿的人是怎么看萨帕塔的？"

"我的上帝，他是这一帮人中最杀人不眨眼的坏蛋……他们在莫雷洛斯用文火烤一名制糖厂的工头，当着他的面强奸他老婆和女儿……我的上帝，伙计，你哪会了解这是个什么样的国家！你知道我们该怎么干吗……你明白要是我们那待在白宫里的人不是个胆小怕事而长相丑陋的改革家，我们该干什么？我们就会派遣一支十万人的部队，将这地方扫荡干净……这真是个多好的国家，不过这帮子天杀的墨西哥佬啊，没一个值得用火药和子弹去结果他们的性命的……用烟火熏死他们，像对付害虫那样，我就是这么说的……他们中每一个狗娘养的骨子里全是萨帕塔一样的货色。"

"你是干什么的？"

"我是勘探石油的，我在这臭地方待了十五年，现在不干了。要不是还有些账要清，有些家具要卖掉，我今天就乘火车到维拉克鲁斯①去了……说不定什么时候他们把铁路切断了，我们就出不去，威尔逊总统就会让我们在这儿像关在笼子里的耗子似的给枪杀……要是美国公众了解这儿的形势……我的上帝，我们已成为别的国家的笑柄……你是干哪一行的，伙计？"

"印刷工人……行型铸字排版工人。"

"想找活计干？"

麦克拿出了一美元付自己的酒钱。"我看也不得不找啊，"他说，"这是我剩下的最后第二个美元啦。"

"你为什么不去《墨西哥先驱报》碰碰运气？他们老是需要排英语的印刷工人……在这儿没一个留得住的……这地方白人再也待不住了……听着，伙计，喝吧，这一杯我来付钱。"

"好，那我们再来一杯，我付钱。"

"这个国家随时可能出乱子，伙计……一切都糟透了……今朝有酒就今朝醉吧。"

---

① 位于墨西哥城以东，濒墨西哥湾，当时从墨西哥撤出的人从那里上船。

那天晚上，麦克在一家美国小餐馆里吃了点晚饭之后，在林荫大道上漫步了一会儿，让头脑从威士忌中清醒过来，然后上楼到《墨西哥先驱报》社，瞧瞧能不能找到一份工作。他对自己说，在那儿只消干两三个星期，使自己对这个国家形势能有进一步的了解。林荫大道上高大的乔木、雪白的雕像、喷泉、在薄暮中散步的穿着讲究的一对对男女、在卵石道上辚辚作响的马车，还有人行道边那一排排小摊子上卖水果、核桃、粉红和鹅黄和碧绿的糖果的目光呆板的印第安妇女，都显得相当宁静。麦克断定，在酒吧里跟他聊天的那个人，因为他初来乍到，从头到尾在哄骗他。

但他的确在《墨西哥先驱报》社弄到了一份工作，每星期三十墨西哥银元，但是在印刷车间里人人都跟酒吧里遇见的那些人说一样的话。那天夜里，一个看校样的年迈的波兰裔美国人带他到一家小客栈租了个床位，并借给他两个一美元银币，到领工资时再还。

"你该预支工资，越多越好，"这年迈的波兰人说，"只要哪天爆发革命，就跟《墨西哥先驱报》说再见……除非威尔逊总统很快就干涉。"

"对我来说，这听上去倒不赖；我想瞧瞧这场社会革命。"麦克说。

这年迈的波兰人将一只手指按在鼻子上，用一种奇特的方式摇摇头，就撇下他走了。

麦克第二天清晨在一个粉刷成明亮的黄色的小房间里醒过来。家具漆成蓝色，窗户上的窗帘则是嫣红的。在窗帘之间，长长的百叶窗上有一条条鲜明的蓝紫色的阳光，射进来的光线温暖地直照在被子上。一只金丝雀在什么地方鸣叫，他听得见一个女人在拍打玉米面饼的声音。他起床打开百叶窗。红瓦屋顶上面的天空中没有一丝云彩。街上空荡荡的，阳光灿烂。他深深吸了一口冰凉、稀薄的空气，站在那儿，感到阳光将他的脸庞、手臂和脖子晒得暖烘烘的。天一定还早。他又回到床上，重新睡着了。

几个月后，当威尔逊总统命令美国人撤离墨西哥时，麦克正和一个名叫康查的姑娘和两只波斯白猫在卡门广场一套小公寓里定居下来。康查曾经在一家美国公司当过速记员和翻译，跟一个石油商人同居过三年，所以她讲的英语极为流利。那石油商人一听说乌埃尔塔出逃，就惊慌失措，跳上火车往维拉克鲁斯去了，留下康查孤单单的一个人。她第一眼见到麦克走进邮局时就喜欢上了他。她使他过得非常舒适，当他跟她谈起想参加萨帕塔的队伍时，她只是一味地笑，说那帮当兵的雇农都是目不识丁的野蛮人，只配用鞭子来管教。她妈妈，一位年迈的妇女，一年到头拿条黑披巾遮在脑袋上，来给他们做饭，麦克因而开始喜欢上墨西哥饭菜，什么浇上浓厚的深棕色调味汁的火鸡啦，和干酪同吃的夹肉玉米面饼啦。那两只猫起名为波菲里奥和贝努斯蒂亚诺①，总是睡在他们的床脚边。康查非常节俭，日子过得比他工资所能提供的生活水平要好得多，当他在城里饮酒作乐，回家很晚，脑袋因喝了龙舌兰酒而发疼时，她从来不抱怨。麦克非但不设法挤上驶往维拉克鲁斯的火车，反而拿出积蓄的一点儿钱，买下那些惊慌失措的美国商人急于廉价脱手的办公室家具。他把家具堆放在屋子后院。买下这批货首先是康查提出来的，他常常跟她开玩笑，说这辈子甭想再卖掉这些玩意儿了，但她总是点点头说："等着瞧吧。"

康查总是非常乐意让麦克在星期日请朋友们到家里来吃饭，她会和颜悦色地侍候他们，打发她的小弟弟安东尼奥出去买啤酒和科涅克白兰地；如果有人来串门，她总有现成的糕饼拿出来款待客人。麦克有时会想起，这比他在圣迭戈跟梅茜一块儿过日子愉快多了，于是也越来越不想去参加萨帕塔的队伍了。

那个看校样的波兰人姓科斯基，原来是个政治流亡者，社会党人，具有丰富的知识。他可以坐一下午，喝着半杯科涅克白兰地，滔滔不绝地谈欧洲的政局；自从大战开始、欧洲的那些社会主义政党垮台之后，他什么也不参加了；从此之后，他将只是个旁观者。他有一个理论，认为文明和混杂的饮食正在导致人类的毁灭。

来客中还有本·斯托厄尔，一个独立开业的石油商，他正想根据法律和卡兰萨政府做一笔经营油井的交易。大部分时间，他总是亏本，麦克常常借钱给他，但他一讲起话来，总是几百万几百万美元的。他自称为政治上的进步分子，认为萨帕塔和比利亚②都是正直的人。本·斯托厄尔在辩论时老是采取跟科斯基相反的立场，他的反社会主义的态度让老人气愤不堪。麦克想挣点钱给梅茜寄去作为孩子们的教育费用。时不时给罗丝寄去一盒玩具，让自己觉得好些。他和本常常进行长时间的谈话，议论在墨西哥发财的机会。本·斯托厄尔带来了两三个年轻的激进的政客，他们乐意坐一下午谈社会主义，喝酒，学英语。麦克一般不多说话，但是有时候却发起火来，用正统的世界产联的宗旨向他们攻击一通。康查每每送来晚饭，摇摇头说："每个穷人都是社会主义者……不是吗？但是一发了财，你们很快就全都成了铁

---

① 分别为墨西哥总统迪亚斯和墨西哥自由派领袖卡兰萨的名字。
② 比利亚（Francisco Villa, 1878—1923），墨西哥北方农民运动领袖，1923年被暗杀。

杆资本主义者。"这样来结束所有的争论。

有一个星期日，麦克、康查、几名墨西哥报社记者、本·斯托厄尔和他的女朋友安古斯蒂亚斯——抒情剧院的群舞演员，一起乘电车到霍奇米尔戈①去。他们租了一条备有一张桌子和船篷的船舶，由一名印第安人撑船，穿过鲜花盛开的花台和菜园之间，在两旁植有白杨树的运河上游览。他们喝龙舌兰酒，还带了一瓶威士忌，给姑娘们买水芋花。有个墨西哥人弹起吉他，唱起歌来。

下午，印第安船工将船驶回到一个小埠头，他们成双作对地漫步走进树林。一股乡愁突然向麦克袭来，他告诉康查在美国的孩子们，特别是罗丝的情况，康查哇的一声哭了起来，说她多么喜欢有孩子，但是十七岁那年得了重病，人家都以为她没救了，现在可好，生不了孩子，只能与波菲里奥和贝努斯蒂亚诺做伴了。麦克吻她，说他将永远照料她。

当他们手里捧满了鲜花回到电车站，麦克和本让姑娘们先回家去，他们去一家小酒店喝酒。本说他腻味这样的生活，希望能发笔财，回美国去结婚，有个自己的家，生儿育女。"你瞧，麦克，"他说，"我四十岁了。基督，一个人可不能胡闹一辈子啊。""得，我离四十也不远了。"麦克说。他们没有再多说什么，但本陪着麦克一直走到《墨西哥先驱报》办公室，然后到市中心的伊图尔维德旅馆去找几个住在那儿的石油商人。"哎，只要你不示弱，生活可伟大哪。"他向麦克挥挥手说，接着便顺着大街走去。他是一个矮胖的、头颈像牛脖子一般粗的人，走起路来却是一副罗圈腿的样子。

几天之后，本来到卡门广场的寓所，麦克还没有起床。"麦克，今天中午你来跟我一块儿吃饭，"他说，"有个名叫乔·亨·巴罗②的家伙，我要带他去逛逛墨西哥城。他也许会对我们有用……不管怎么说，我想摸一下他来这儿的目的。"那人正在撰写关于墨西哥现状的文章，听说跟美国劳工联合会有联系。午餐时，巴罗忧心忡忡地询问这儿的饮水是否安全，断黑后在大街上走是否很危险。本·斯托厄尔拿他开了些玩笑，跟他讲有些将军和他们的朋友突然闯进一家酒吧，朝地板上开枪，把酒客吓得乱蹦乱跳，然后把那地方当作打靶场。"这里的人称国会为打靶场。"麦克说。巴罗说他那天下午将去参加全国工会的一次会议，他们能不能一起去为他做翻译。那天麦克正

---

① 在墨西哥城南，同属直属墨西哥合众国政府的联邦区。
② 即"约·华德·摩尔豪斯"节中出现过的乔·亨·巴罗。

巧休息，所以他们说："好吧。"他说他得到指示要试图跟泛美劳工联合会接触。假如能产生什么成果的话，冈珀斯①会亲自来一趟。他说他曾经在码头上当过运务员，当过普尔曼列车的车掌，还在铁路工人兄弟会办公室干过，而现在正在为美国劳工联合会办事。他希望美国工人对生活的艺术能有更多的了解。他参加过在阿姆斯特丹召开的第二国际的几次会议，觉得欧洲工人懂得生活的艺术。当麦克问他到底为什么第二国际没有做任何事情来阻止世界大战，他说时机尚未成熟，便讲起德国人的种种暴行来。

"跟每天在墨西哥发生的事儿比较起来，德国人的暴行不过是一次主日学校办的野餐会啦。"本说。

巴罗然后问墨西哥人是不是像谣传的那样不道德。他们午餐时喝的啤酒相当凶，都变得有点儿信口开河。巴罗想弄明白这儿梅毒发病率这么高，跟娘们打交道是不是非常危险。麦克说正是，要是他想去瞧瞧的话，他和本可以带他上几个去处，那儿的娘们没问题。巴罗嗤嗤傻笑，一副窘相，说他倒挺乐意去瞧瞧。"既然要调查研究形势，总得了解一下事物的所有方面吧。"

本·斯托厄尔将手往桌子边一拍，说麦克正是带他去瞧瞧墨西哥阴暗面的人。

他们前去开会，会场上坐满了又瘦又黑的穿蓝色斜纹粗棉布工装的工人。由于大厅中的过道和后部塞得水泄不通，他们起先挤不进去，但麦克遇到了一个认识的管事，他给他们在一个包厢中找到了座位。大厅里的空气令人窒息，乐队在奏乐，人们在唱歌，而演说都是十分冗长。巴罗说听外国话让他犯困，建议上大街去遛遛；他听说红灯区在……他对形势非常感兴趣。

在大厅外面，他们撞见了恩里克·萨尔瓦多，那是本认识的一位报社记者。他有辆汽车，还有司机。他跟大家握手，哈哈大笑，说这小车属于他的朋友警察局长，他们愿意去圣安赫尔吗？他们驱车上了一条很长的大道，驶过查普尔特佩克大道，萨尔瓦多说这是墨西哥的爱丽舍田园大道②。开到塔库巴亚附近，萨尔瓦多把卡兰萨部队和萨帕塔部队在上星期有过小接触的地方，以及一个有钱的服装商被匪徒杀死的街角指点给他们看，巴罗呢，一个劲儿问这样深入乡间安全不安全，于是萨尔瓦多说："我是记者。我是所有

---

① 冈珀斯（Samuel Gompers, 1850—1924）曾长期担任美国劳工联合会主席（1886—1894, 1896—1924）。

② 巴黎著名的林荫大道。

人的朋友。"

到了圣安赫尔，他们喝了点酒，回城时，他们在帕哈里托斯区转了一圈。巴罗变得非常安静，当他瞧见那一座座亮着灯的简陋小屋时，眼睛里水汪汪的，这些小屋每间里都放着张床、一些纸花和有耶稣受难像的十字架，这可以透过敞开的门窥见，车驶过一条条猩红或蓝色的窗帘，还有些黧黑而娴静的印第安姑娘穿着短的无袖衬衫伫立在门外或者坐在门槛上。

"你瞧，"本·斯托厄尔说，"这跟从圆木上滚下来一样容易……但是我劝你在这儿可不能太大意……晚饭后，萨尔瓦多将带我们去个好地方。他知道得清清楚楚，因为警察局长是他的朋友，而大部分妓院全是警察局长经管的。"

但是巴罗想走进一间小屋去瞧瞧，所以他们下了车，跟一个妓女搭上了话。萨尔瓦多打发司机去买几瓶啤酒来。这妓女非常彬彬有礼地接待他们，巴罗让麦克问她各种各样的问题，但是麦克不愿意翻译，所以他让萨尔瓦多来问。巴罗将手按在她赤裸的肩膀上，尝试剥掉她的无袖衬衣，问她要多少钱才愿意让他瞧精赤条条的身子，这娘儿们听不懂，从他手中一下子挣脱开来，大声咒骂起来，但萨尔瓦多不愿意翻译她诅咒的话。"我们来把这混蛋弄走吧，"本压低了声音对麦克说，"免得将不得不干上一架什么的。"

在一家小酒店，他们每人在饭前喝了一杯龙舌兰酒，那儿除了卖盛在涂着清漆的小桶中的龙舌兰酒之外没有别的酒。萨尔瓦多教巴罗怎样喝这种酒：先在大拇指和食指之间放上点盐，然后一口喝下一杯龙舌兰酒，舔一下盐粒，最后吞下一点辣酱。但是他让酒淌进了气管，弄得被呛着了。

吃晚饭时，人人都喝得醉醺醺的，巴罗一个劲儿唠叨墨西哥人懂得生活的艺术，这话题正投萨尔瓦多之所好，就聊起什么印第安天才和拉丁天才来，说麦克和本是他所认识的外国佬中唯一可以与之打交道的人，执意不让他们付钱。他要将饭钱记在他朋友警察局长的账上。然后他们到一家剧院旁边的小酒店去，据说那里有法国妓女，但法国妓女没在。有三个老人在小酒店里奏大提琴、小提琴和短笛。萨尔瓦多让他们演奏《阿黛利塔》①，人人都随之唱了起来，然后奏了《蟑螂》。有个戴顶宽边帽子的老人，腰间挂着一支偌大的光亮可鉴的手枪皮套，在他们走进来时，他一仰脖子喝完了酒，便离开了酒店。萨尔瓦多细声对麦克说，他是冈萨雷斯将军，离开酒店为的是不让人看见他跟外国佬一起喝酒。

---

① 墨西哥流行民歌。

本和巴罗坐在屋角一张桌子边在交头接耳地谈石油买卖。巴罗说，有个代表某几家石油公司的调查员要来；他可能随时随地会来到里吉斯旅馆。本说他很想见见他，巴罗就把手勾住他的肩膀，说他很有把握本正是这调查员想见的人，为了了解眼前的真实情况。这时，麦克和萨尔瓦多正跟姑娘们在跳古巴丹松舞。巴罗腿儿有些摇晃地站起来，说他不愿再等法国娘儿们，为什么不回到原来那个地方，去玩玩那些黑人娘儿们，但萨尔瓦多坚持要带他们到美国大使馆附近的慰安所去。他用蹩脚的法语说："Quelque cosa de chic."①那是幢大房子，有大理石楼梯、水晶枝形吊灯、橙红色锦缎的帷幔和网眼针织窗帘，到处装饰着镜子。"Personne que les henerales vieng aqui."②他把他们介绍给那老鸨后说。这是个眼珠乌黑、头发花白的女人，一身黑衣服，披条黑头巾，瞧上去倒像个修女。只有一个妓女空着没有客人，他们把她安排给巴罗，讲好了价钱，就离开他走了。"乖乖，总算松了口气。"他们走出来时，本说。空气中有一股寒意，天空布满了星星。

萨尔瓦多让那三位老人拿着乐器坐到车子的后座上，说他心里涌起了浪漫的感情，想给他的未婚妻奏小夜曲，于是他们往瓜达卢佩驱车，在宽阔的公路上发疯似的飞驰。麦克、那司机、本、萨尔瓦多和那三个老人唱起《阿黛利塔》，乐器咿咿呀呀地响着，全都走了调。到了瓜达卢佩，他们在几棵美国梧桐树下停下来，这些树靠着一幢宅邸的墙，宅邸的窗户很大，安着铁栅栏，他们唱了《美丽的天空》《阿黛利塔》和《四块玉米地》，本和麦克还唱了《别让她待在雾露里》，等他们刚开始唱《哦，别把我埋在孤凉的草原上》，一个姑娘出现在窗口，用西班牙语跟萨尔瓦多低声地讲了好长时间的话。

萨尔瓦多说："Elle dit que nous make escandalo,③我们必须离开这儿。Très chic.④"

这时，有一队巡逻士兵走上前来，正要逮捕他们所有的人时，那当官的赶到了，认出了汽车和萨尔瓦多，就带他们一起上营房去喝酒。等他们回到麦克家的时候，大伙儿全喝得酩酊大醉。康查因为久等而拉长了脸，在饭厅里给本搞了个铺位，当大伙儿都准备上床去睡时，本说："天啊，康查，你真是个好妞儿。等我发了财，给你买一副联邦区最最漂亮的钻石耳环。"他

---

① 夹杂着西班牙语的法语，意为"是个时髦的去处"。
② 同样是墨西哥人讲的法语，意为"这些将军来这儿想找个女人"。
③ 法语、英语和西班牙语混在一起的话，意为"她说我们闹得太不像话了"。
④ 法语，意为"太美了"。

们最后见到萨尔瓦多时，汽车正把重心放在一边的两个轮子上，拐过街角，他呢，站在汽车的前座上，像个乐队指挥似的用大幅度的手势在指挥三位老人奏《阿黛利塔》。

圣诞节前，本·斯托尼尔从塔毛利帕斯州①出差回来，心情愉快。他的运气来了。他和驻在坦皮科附近的一位当地的将军达成协议，对半经营一口油井。通过萨尔瓦多，他和卡兰萨政府的一些内阁成员交上了朋友，希望能与美国的有些拥有大量土地所有权的人士做笔买卖。他有好多现金，在里吉斯旅馆开了个房间。有一天，他来到印刷车间，叫麦克到小胡同里去聊一会儿。

"听着，麦克，"他说，"我给你找了份事儿……你知道老沃辛顿的书店吗？说起来，昨晚上我喝醉了，花两千比索买下了他所有的产业……他说，要收起摊子，回英国老家去。"

"好家伙，瞧你干的！"

"得，没了他我倒挺高兴。"

"哈，你这老嫖客，你追丽莎啦。"

"嗯，也许她也乐意要他滚蛋的吧。"

"她确实是个大美人儿。"

"我有好多消息，让我慢慢告诉你……在《墨西哥先驱报》社也许混不出什么名堂来……我有件事可以让你来干，麦克……老天明白我欠了你不少人情……你还记得康查让你买下的那些放在后院的办公室家具吗？"麦克点点头。"嗯，我要从你手里买下来，把那书店的一半股权给你。我要开个办事处。你懂得书籍买卖这一行……你自己告诉我你干过……第一年的利润算是你的，以后我们平分，明白吗？你当然能使这买卖赚钱的。沃辛顿那老傻瓜都赚了钱，而且还供养丽莎呢……你肯干吗？"

"天啊！让我好好考虑一下，本……现在我可得赶紧回去印那骗人的日报。"

就这样，麦克在独立大街上经营起一家书店，带卖一批文具和一些打字机。他一辈子第一次当了老板，心情很好。康查本是个商店老板的女儿，这下非常乐意。她管理书籍，跟顾客聊天，这样麦克就没多大的事可干，只消坐在店堂的后部看书或者跟朋友谈天。那年圣诞节，本和丽莎，一个顾长的西班牙女郎，皮肤像茶花一样白皙，头发乌黑，据说在马拉加②当过舞女，

---

① 位于墨西哥东北部，东临墨西哥湾，北邻美国。

② 西班牙南部地中海边的港口。

在他们那拥有美国式洗澡间和厨房设备的寓所里举行各种各样的招待会，这寓所是本在通往查普尔特佩克的路上一个新住宅区内租下的。报刊撰稿人协会举办一年一度的宴会那一天，本顺便来到书店，兴致很高，对麦克说希望晚饭后麦克和康查到他家去，是不是请康查带两三个朋友一起去，就是那种她认识的品行端正的好姑娘，只要不太爱挑剔就成。他要为刚从维拉克鲁斯回来的巴罗以及纽约来的一名大跑街举行一次晚会，这跑街正在搞什么交易，到底是什么本可不知道。他咋天去拜见了卡兰萨，在宴会上人人都忙不迭地对他献殷勤。

"天，麦克，你应该去参加那次宴会；他们租了一辆有轨电车，上面放一张餐桌跟电车一样长，还有一支乐队，把我们大伙儿送到圣安赫尔，再驶回来，在城里兜了一圈。"

"我瞧见他们出发的，"麦克说，"在我看来，活像一场葬礼。"

"天，那倒是挺有气派的。萨尔瓦多和许多人都去了，还有摩尔豪斯那小子，就是从纽约来的那个大人物，我的天。他瞧上去一副坐立不安的样子，好像椅子底下随时都可能爆发一枚炸弹似的……想想看吧，要真是有一颗炸弹爆炸，对墨西哥倒是件天大的好事。城里最坏的恶棍全在那儿。"

在本家里的宴会进行得不大理想。约·华德·摩尔豪斯并没有像本所预料的那样向姑娘们献殷勤。他带来他的秘书，一个一脸倦容的金发女郎，他们两人瞧上去十分惊慌不安。他们吃墨西哥风味的菜肴，喝了香槟和不少科涅克白兰地，胜利牌留声机上放着维克多·赫伯特[1]和欧文·伯林的作品的唱片，一支巡回演出的小乐队被这些集会的人所吸引，在屋外的街头演奏起墨西哥乐曲来。晚餐后，屋内变得太闹了一点，于是本和摩尔豪斯拿了椅子到阳台上，一边抽雪茄，一边长谈石油业的形势。约·华德·摩尔豪斯解释说，他完全是以一种非官方的身份来墨西哥做些联系的，来了解了解情况，弄清楚卡兰萨执意反对美国投资者的用意何在，还说与他有接触的美国大企业家只希望公平交易，他觉得倘若他们的观点可以通过情报机构或者墨西哥报界人士的友好合作让人们彻底了解的话……

本回到饭厅，找来了恩里克·萨尔瓦多和麦克。他们在一起议论了形势，约·华德·摩尔豪斯说，他自己作为一个老报人，对新闻界的情况完全了如指掌，墨西哥城的情况也许不会和芝加哥或匹兹堡的情况相距过远，还

---

① 维克多·赫伯特（Victor Herbert, 1859—1924），美国作曲家，作品中以轻歌剧最为成功。

说所有新闻界人士所希冀的无非是以一种公平合理和友好合作的精神，从每一个新的角度来审视形势，并赋以适当的意义，但是，他认为，在有关墨西哥政治的目的的问题上，墨西哥商界，和美国报界一样，得到的是虚假的情报。倘若恩里克先生愿意到里吉斯旅馆去的话，他十分乐意跟他或者你们各位中任何一位进行更充分的交谈，如果他不在旅馆的话——因为约会甚多而在墨西哥首都只能逗留不多几天——他的秘书，威廉斯小姐，将十分愿意给他们提供他们想了解的情况，以及关于与他仅有非正式接触的那些美国大公司的态度的一些专门准备的绝密材料。

说罢，他说很抱歉，他在里吉斯旅馆有些电报正等待他去处理，萨尔瓦多就用警察局长的汽车送他和他的秘书威廉斯小姐回去。

"天哪，本，这可是个呱呱叫的小子。"约·华德·摩尔豪斯走后，麦克对本说。

"麦克，"本说，"这小子足足捞到了好几百万美元的油水哪。我敢向天发誓，真巴不得跟他说的那些关系接触接触……天啊，我也许干得成……你去操心你自己的事儿吧，麦克。从此之后，我要跟大人物打交道了。"

随后，这宴会的气氛就不那么高雅了。本又拿了许多科涅克白兰地出来，男人们开始带娘儿们到卧房、走廊甚至餐具室和厨房里去。巴罗喜欢上了一个名叫娜迪亚的金发美女，她有一半英国血统，他一整个晚上尽跟她聊生活的艺术。客人都走了之后，本发现他们俩躲在他卧房里，锁上了门。

麦克渐渐喜欢上当店主的生活。他乐意什么时候起床就什么时候起床，到阳光灿烂的大街上去散步，走过大教堂和国家宫，走上独立大街，那儿的人行道刚喷过水，一阵阵晨风刮过，带着甜蜜的鲜花和焙咖啡的香味。他回到店里时，康查的小弟弟安东尼奥已经拿下了窗板，正在清扫店堂。麦克在店堂后部坐下来看书，要不就在店堂里走来走去，跟人用英语和西班牙语聊天。卖出的书并不多，但是他销售的所有美国和欧洲的报刊杂志生意都不错，特别是《警察局公报》和《巴黎生活》[①]。他开了个银行往来户，计划和几家打字机经销行建立关系。萨尔瓦多老跟麦克说他会弄到一份给政府机关供应文具用品的合同，让麦克成为富翁。

一天上午，他发现国家宫前面的广场上聚集了一大群人。他走进连拱廊下一家小酒店，要了一杯啤酒。侍者告诉他卡兰萨的部队丢了托雷翁城，比

---

① 这是当时流行的分别在美国及法国出版的色情刊物。

利亚和萨帕塔的队伍正在向联邦区进逼。当他回到书店，街上在传说卡兰萨政府人员已经逃亡，革命军夜色来临之前就要进城。商店老板都纷纷打烊。康查和她妈妈哭着前来，说这将比马德罗倒台那星期还要可怕得多，说革命军扬言要焚烧、掳掠全城。安东尼奥奔进来说，萨帕塔分子正在炮轰塔库巴。麦克要了一辆马车，直奔下议院，心想能不能找上个认识的议员问问。所有临街的门都敞开着，走廊里到处乱撒着文件和报纸。会议厅里阒无一人，只有一位年迈的印第安人和他的妻子手携着手在走来走去，虔敬地望着那镀金的穹顶、那些油画和覆盖着绿绒的桌子。老人手中握着帽子，仿佛在教堂里一般。

麦克请马车夫驶往萨尔瓦多工作的报社，但那里的看门人眨了一下眼说萨尔瓦多跟警察局长一起到维拉克鲁斯去了。然后他去美国使馆，但也没从任何人那儿得到什么消息。所有的接待室里都挤满了从牧场和特许使用地逃亡来的美国人，他们在臭骂威尔逊总统，互相述说革命军的恐怖行动。在领事馆内，麦克遇见了一个叙利亚人，他主动提出买下麦克的所有存书。"不，不卖。"麦克说，走回独立大街。

一回到书店，报童已经在大街上一边奔一边喊："Viva la revolution revindicadora.①"康查和她妈妈惊慌失措了，说她们必须登上驶往维拉克鲁斯的火车，要不她们会被杀死的。革命军正在抢掠女修道院，杀害神父和修女。老太太在屋角一下子跪在地上，念起《圣母经》来。

"唉，真该死！"麦克说，"我们把店卖了，回美国去。愿意去美国吗，康查？"康查用力点了点头，眼睛里还挂着泪珠，却微笑起来了。"但是，你妈妈和安东尼奥该怎么办？"康查说她在维拉克鲁斯有个结了婚的姐姐，只要他们能设法逃到维拉克鲁斯，就可以把他们留在她那儿。

麦克满头大汗地赶到领事馆找那叙利亚人。他们定不下价钱来。麦克到了几乎山穷水尽的地步，因为银行全关了门，没有任何可以弄到钱的路子。叙利亚人说，他来自黎巴嫩，是个美国公民，基督教徒，要是麦克给一张六十天期限的借据，把他在书店的股份抵押两百元，他愿意先借给麦克一百元。他说他是个美国公民和基督徒，正豁出命来救麦克的妻儿。麦克心乱如麻，但总算及时发现叙利亚人给他的是一百墨西哥银元，而借据上写的却是美元。叙利亚人祈求上帝保佑他们两人，说他弄错了，于是麦克离开时，兜

---

① 西班牙语：维护权利的革命万岁。

里揣着两百金比索。

他发现康查已经将行李都打好了。她打了烊，正站在门外的人行道上，身边放着几捆行李，两只猫装在一只篮子里，还有安东尼奥和她妈妈，两人都用毯子裹着身子。

他们发现车站上挤满了人和行李，根本没法挤进去。麦克绕到调车场，找到个在铁路上工作的姓麦格拉思的熟人。麦格拉思说，他能给他们找到座位，但必须赶紧。他将他们带上调车场上的一节二等车厢，说他去给他们买票，但也许得付双倍的价钱。麦克终于给两个女人安顿好了座位，放好了猫篮和行李，把安东尼奥藏了起来，弄得汗珠不住从他帽圈下往下淌。列车虽然尚未倒车回到车站，车厢里却已塞满了旅客。过了好几个小时，火车终于启动，一排满身尘垢的士兵在月台上阻拦企图爬上正在驶离的火车的人们。所有的座位都被占了，过道上挤满了神父和修女，有些穿得很讲究的人死扒在客车的平台上。

在这行驶缓慢的火车的闷热的车厢中，麦克坐在康查旁边，没什么可说的。康查一个劲儿叹气，她妈妈叹口气说："唉，我的天主！"他们啃着鸡翅膀，吃杏仁酱。火车常常被一队队在铁路线上巡逻的士兵命令停下来。在侧轨上停了许多装满士兵的棚车，但是谁也弄不清楚他们是属于哪一边的。麦克眺望着一行行望不到头的十字形交叉纵横的龙舌兰和破败的教堂，眺望着两座巨大的白雪皑皑的火山波波卡特贝特尔和伊克塔西瓦特尔①在地平线上移动着位置；然后另一座金棕色的圆锥形死火山在火车前方缓缓地转动了；远方，奥里萨巴火山②的蓝白色顶峰在万里无云的天空中显得越来越高峻。

火车过了瓦曼特拉，下坡穿云行驶。铁轨在车轮欢快的轧轧声中吟唱着，火车在陡坡上顺着曲线朝下驶进烟雾迷漫的弯曲的谷地，穿过湿润的林地。人们开始感觉轻松些了。火车每拐一个弯，空气就变得温暖而湿润些。乘客开始见到橘树和柠檬树。车窗全都打开了。到了沿途的车站，妇女们跑上前来卖啤酒、龙舌兰酒、鸡和玉米面饼。

到了奥里萨巴，又是一片阳光。火车停了很长一段时间。麦克在车站的餐厅里独自坐下来喝啤酒。其他旅客都在笑啊，聊啊。麦克却感到伤心。

铃声响起时，他不想再回到康查和她妈妈那儿去，听她们叹息，看她们

---

①　前者在墨西哥城东南45英里处，当地印第安人称它为"烟山"。后者位于前者北面10英里处，当地人称之为"睡女山"。
②　位于维拉克鲁斯州西部，为墨西哥最高峰。

用油腻的手指握着鸡翅膀吃了。

他登上了另一节车厢。夜色降临了，空气中弥漫着鲜花和温暖的大地的芬芳气息。

火车第二天抵达维拉克鲁斯时已经很晚了。城里那些橘红、柠檬黄和香蕉色的大街上，百叶窗漆成草绿色，棕榈树在海风中摇曳，到处挂满了旗帜和巨大的红色横幅标语。横幅标语上写着："奥夫雷贡①万岁""维护权利的革命万岁""劳动党万岁"。

在中心广场上，有支乐队正在演奏，人们在跳舞。受惊的寒鸦在浓绿色的伞盖似的大树间飞来飞去，呱呱地鸣叫。

麦克将康查、行李、老妈妈和安东尼奥撂下在一张长凳上，自己到华德轮船公司去打听到美国的船期。在那儿，人人都在谈论潜艇战、美国参加世界大战和德国人的暴行，麦克发现一星期之内没有轮船去美国，而且兜里的钱连买两张统舱票也不够。他给自己买了一张统舱票，他心中开始嘀咕，带康查回美国去简直是在胡闹，于是断然决定不带她去。

他回到她原来坐的地方，她已经买了些番荔枝和杧果。老妈妈和安东尼奥带了行李上她姐姐家去了。两只白猫从篮子里放了出来，正蜷缩在凳子上她的身边。她抬起头来瞧麦克，黑眼珠里倏地闪出一丝自信的笑意，说波菲里奥和贝努斯蒂亚诺很高兴，因为闻到了鱼的腥味。他伸出两只手把她拽着站起来。在这时，他没法告诉她他决定不带她回美国了。安东尼奥奔着跑来，说他们找到了大姐②，她答应安顿他们，还说维拉克鲁斯城所有的人都支持革命。

重新穿过中心广场时，康查说她渴了，想喝点什么。他们正在一家咖啡店门外张望，想找张空桌，一下子瞥见了萨尔瓦多。他跳起身来，抱住麦克，喊道："奥夫雷贡万岁！"他们一起喝了美国式的威士忌加薄荷的冷饮。萨尔瓦多说，卡兰萨在山里被他自己手下的军官杀了，独臂奥夫雷贡带领着他的雅基印第安人③，骑马进了墨西哥城，穿着白棉布衣服，戴顶偌大的雇

---

① 奥夫雷贡（Alvaro Obregon，1880—1928），墨西哥将军和政治家。1915年1月，他击败萨帕塔的队伍，并把比利亚的队伍赶回山区。作为陆军总司令，他敦促卡兰萨总统实施1917年宪法中提出的土地改革，一时颇得民心。1920年，他领导推翻卡兰萨总统的起义，于12月1日当选为总统。
② 此处原文是姨妈，显系作者笔误。
③ 该部族原居中美洲，现在主要集中在墨西哥西北部索诺拉州南部。

农帽，像个打短工的，还说城里并没有混乱不堪，马德罗和胡亚雷斯①的原则将重新建立起来，一个新的时代现出端倪了。

他们喝了好几杯威士忌加薄荷的冷饮，麦克一句话也没提回美国的事。

他问萨尔瓦多，他的朋友警察局长在哪儿，但萨尔瓦多没听见。麦克对康查说，要是他不带她，一个人回美国去她会怎么样，她说别逗了。她说她喜欢维拉克鲁斯，乐意在这儿住下来。萨尔瓦多说，墨西哥历史上伟大的日子就要来临，他第二天就要回墨西哥城去。那天夜里，他们全在康查的姐姐家里吃饭。麦克拿出科涅克白兰地来。他们全为工人、工会、劳动党、社会革命和平均地权派人士干杯。

第二天早晨，麦克很早就醒了，感到有点儿头疼。他独个儿溜出屋子，沿着防波堤走着。他开始考虑就这样丢掉书店未免太傻了。他走到华德轮船公司去退票。卖票的职员退给了他，他回到康查姐姐家，正好赶上和他们一起吃巧克力和油酥馅饼当早餐。

海　神②

施泰因梅茨是个驼背，
是个驼背石印师的儿子。

他于一八六五年生于布雷斯劳③，十七岁时以最优异的成绩在布雷斯劳中学毕业，然后进布雷斯劳大学读数学；数学对于施泰因梅茨说来就像使肌肉增添力量，像翻山跋涉，吻心爱的姑娘，晚间和朋友们一起狂饮啤酒；

他感到驼背上压着社会的重担，感觉和不驼背的工人一样，也和穷学生一样。他是一个社会主义俱乐部的成员，《人民之声》报的编辑。

---

① 胡亚雷斯（Benito Pablo Juarez, 1806—1872），墨西哥民族英雄，第一位印第安裔的总统。
② 原文为Proteus（普洛透斯），为希腊神话中变幻无常的海神。本段介绍的美国电气工程师施泰因梅茨名叫查尔斯·普洛透斯，故此处有双关之意。
③ 位于当时的德国的东南部，现已划归波兰，名弗罗茨瓦夫。

俾斯麦坐镇在柏林，就像一个巨大的镇纸一般，维护着新德国的封建制度，为他的主子，霍亨索伦皇族，稳住帝国的江山。

因为怕坐牢，施泰因梅茨不得不逃亡到苏黎世；在苏黎世他以丰富的数学知识使工学院全体教授为之震惊；

可是八十年代的欧洲不是他这样的人生活的地方，一个驼背的德国穷学生，大脑瓜里装满了微积分，对于靠数学原理而获得的电能充满好奇心。

而且还是个社会主义者。

他和一个丹麦朋友一起乘一条法国老邮船"香槟"号的统舱去美国，

起初住在布鲁克林区，每天去杨克斯城上班，每周工资十二元，老板是鲁道夫·艾克迈耶，他于一八四八年从德国逃亡过来，是个发明家、电机师，开了一家工厂，生产制帽机和发电机。

在杨克斯，他研究出了三次谐波理论和

滞后现象定律，用公式表明了在交流电作用下磁铁中两极换位时金属的热、密度和频率之间的增强到一百倍的关系。

根据施泰因梅茨的滞后定律才有可能造出各式各样的变压器，它们被搁在小盒子中，安装在有三角屋顶的房子里，布满在高压线通过的一切地方。施泰因梅茨定律的数学符号是世上一切变压器的制作原理。

一八九二年，艾克迈耶把工厂卖给一家公司，即通用电器公司的前身。合同中把施泰因梅茨和其他贵重设备一起写上了。从此他终生成为属于通用电器公司的一件设备。

起先他的实验室在林恩[①]，后来迁到电器城斯克内克塔迪[②]，这位小驼子也一起迁了去。

通用电器公司很迁就他，随他信仰社会主义，让他种了整整一个暖房的仙人掌，用水银灯照明，让他养着几条鳄鱼、几只会说话的乌鸦和一条大毒蜥玩。广告部门吹嘘他神通广大，把他说成是掌握了阿里巴巴叫山洞开门的那句话[③]的巫医。

---

① 位于波士顿东北郊。
② 位于纽约州东部。
③ 即"芝麻，开门！"。

施泰因梅茨在袖口上记下一道公式，第二天早上就出现了上千家新的发电厂。发电机在欢唱，金元滚滚而来，变压器寂然无声，但照样是摇钱树，

广告部门每星期天在公众耳朵里灌进不少吹嘘的话，于是施泰因梅茨成了家喻户晓的魔术家，

他在实验室里制造了一次小型的闪电雷鸣，叫一辆辆玩具火车都按时行驶，使肉类在冰箱里冷藏，点亮了客厅里的灯，进一步点亮了巨型灯塔、探照灯以及在夜间引导飞机飞向芝加哥、纽约、圣路易、洛杉矶的光束旋转的导航灯，

他们听任他信仰社会主义并相信人类社会可以像发电机一样得到改进，他们还听任他亲德并写信给列宁表示愿意为之效劳，因为数学家是不切实际的，他们研究出来一条条公式，虽然可以用于发电厂、工厂、地铁系统、光、热、空气、阳光，但是对人与人之间的关系却无能为力，不会影响股票持有者的钱财，不会影响董事们的收入。

施泰因梅茨是个著名的魔术家，他和爱迪生谈过话，在爱迪生膝上敲摩尔斯电码

因为爱迪生双耳完全失聪了

他还到西部去

作一次次没人听得懂的报告

他还在火车上与布赖恩谈上帝

当他与爱因斯坦会面时

记者们都站在他们四周，

可是听不懂他们在谈些什么

而施泰因梅茨一直是通用电器公司所拥有的一件最有价值的设备

直到他磨损过甚而报废。

珍　妮

墨西哥之行以及在约·华德·摩尔豪斯北上回国时墨西哥政府为他提供的那节专用车厢，这些都令人愉快，但她感到有点儿疲乏，一路穿过沙漠地带时风沙也太大了。珍妮买到了一些既漂亮又便宜的东西，几件绿松石首饰和粉红色的缟玛瑙之类，准备带回家去送给爱丽丝、自己的母亲和妹妹们做礼物。坐在往北开的专用车厢里，约·华德仍一刻不停地叫她做口授记录，而在吸烟车厢里或观光平台上，总有一大伙男人在喝酒，抽雪茄，笑呵呵地讲着猥亵的故事。其中就有她曾在华盛顿为他工作过的巴罗。他如今看见她时总要站住了和她说话，当他站在她桌子前低头和她说话时，他那放肆的眼神使她很不舒服，不过话得说回来，他这人很有意思，与她想象中的劳工领袖应有的模样大不相同，她想起自己知道有关奎妮的事觉得很好笑，要是他发现她知道这一情况，准会大吃一惊。她老拿他开玩笑，心想也许他真是迷恋上她了，其实他正是那种对任何女人都会露出这副模样的男人。

到了拉雷多，他们就没有专用车厢了，旅行就没有前一阶段那么舒服了。他们乘上开往纽约的直达车。她和约·华德以及他的朋友们不在同一节车厢，而是在另一节车厢里占有一个下铺，睡上铺的一个小伙子使她很感兴趣。他名叫巴克·桑德斯，他来自得克萨斯州西部的狭长地带，说起话来拉长了声调，简直有趣极了。他放牧过牛群，还在俄克拉何马州的油田里工作过，攒了些钱要到华盛顿市去逛逛。她告诉他说自己就是华盛顿人，他简直乐坏了，她详详细细地告诉他应该到哪些地点去观光：国会大厦、白宫、林肯纪念堂、华盛顿纪念碑、老战士之家和弗农山。她还说一定要出城去逛逛大瀑布，告诉他有一次在运河上划小船，怎样在卡平·约翰桥附近遭到一场可怕的暴风雨。他们俩一起在餐车里吃了几顿饭，他说她是个衣冠楚楚的漂亮姑娘，跟她谈话非常舒畅，还说他在俄克拉何马州的塔尔萨城有个女朋友，后来她把他扔了，嫁给一个在自己的牧场上找到石油的有钱的农民，于是他打算到委内瑞拉的马拉开波城的油田去找工作。珍妮搭上了这个漂亮小伙子，乔·亨·巴罗拿这事同她开玩笑，她就问他和在圣路易下车的那位红头发女人是怎么回事，于是两人都大笑起来，她觉得自己充满了活力。而乔·亨·巴罗这人毕竟还不算很坏。到了华盛顿，巴罗在下车时送给她一张他站在油井架前的快照，说他将每天都给她写信，如果她允许，还要到纽约去看她，可是他一走就杳无音讯了。

她也很喜欢那个叫莫顿的伦敦佬，因为这男仆同她说话时，总是一副毕恭毕敬的样子。每天早晨他总会来把约·华德的心情报告给她听。"他今天早晨很不高兴，威廉斯小姐"，或者，"他刮脸时还一边吹口哨呢。你问他高兴吗？很高兴。"

他们一行到达纽约的宾夕法尼亚车站，她得和莫顿留下来，负责安排把文件箱送到五马路一百号的办公室去，不要误送到约·华德在长岛的家里去。她看着莫顿坐进从大内克直接开来取行李的那辆皮尔斯阿罗牌汽车走了，然后独自乘出租汽车把她的打字机、文件和档案材料带到办公室去。她从出租汽车的窗口望出去，看到白色的高楼、高耸在空中的圆形水塔、向上空飘去的团团蒸汽、挤满行人的人行道、有许多出租汽车和卡车来往不绝的马路，这一片五光十色的光景，熙熙攘攘、叽叽嘎嘎，使她感到惊慌。她不知道该到哪里去找间住房，怎样结交朋友，到哪儿去吃饭。孤身一人在这样的一个大城市里，看来是非常可怕的，她真不知道自己是否有到这里来的勇气。她决心要替爱丽丝也在这里找份工作，将来她们俩可以合租一套公寓，可是今天她该上哪儿去过夜呢？

她到了办公室，看到一切都很正常，使人放心，室内的家具陈设漂亮极了，擦得锃亮，那些打字机快速地嗒嗒响，气氛比德赖弗斯与卡罗尔的办事处里更活跃和热闹；但是这里的人好像都是犹太人，她担心自己会得不到他们的好感从而保不住她的职位。

一位名叫葛蕾迪丝·康普顿的姑娘告诉她该用哪张办公桌，说那是以前罗森塔尔小姐用的。桌子就在约·华德私人办公室外的一条小走廊上，正好对着罗宾斯先生办公室的门。葛蕾迪丝·康普顿是犹太人，是罗宾斯先生的速记员，她说罗森塔尔小姐是个多么可爱的姑娘，办公室里的人们全都为她遭到意外事故而感到非常难过，珍妮听了觉得自己取代了一个死人的位置，工作着实难办。葛蕾迪丝·康普顿用她那双含着怨恨的棕色眼睛凝视着她，这双眼睛在紧紧盯住什么东西时，微微有些斜视，她说希望珍妮能干得了，这儿的工作有时候简直能要人的命，说完就撇下她走了。

五点钟快下班时，约·华德从他的私人办公室里走了出来。珍妮看到他站到她办公桌边来，觉得很高兴。他说已经找康普顿小姐谈过，请她开头时照看着点珍妮，还说他知道一个年轻姑娘到一个陌生的城市里来，要想熟悉环境，找个合适的住处之类有多困难，而康普顿小姐是个非常好的姑娘，准会乐意帮助她，他相信一切都会安排好的。他向她微笑，蓝眼睛里荡漾着笑意，递给她一叠写得密密麻麻的记录稿，问她能不能早晨早一点来办公室，把它们全都打出来，在九点钟放在他的办公桌上。他说他不会经常要求她这样工作的，可是所有的打字员都很笨拙，加上他离开了一段时间，这儿的工作全都乱了套。珍妮感到自己太乐意做这件事了，他的微笑使她周身暖呼呼的。

她和葛蕾迪丝·康普顿一起离开办公室。葛蕾迪丝·康普顿说，看来珍妮对这个城市很陌生，提议最好还是跟她到她家里去。她就住在弗拉特布什①，和父母住在一起，当然威廉斯小姐会感到不习惯的，可是他们有一个空房间，可以让她占用，直到她对这个城市熟悉了为止，那间房至少是干净的，这就比许多旁的地方都强了。她们顺路到火车站去取了她的提包。珍妮不用独自在熙熙攘攘的人群里择路而行了，这使她松了一口气。她们从地下铁道入口往下走，乘上一列快车，车厢里很拥挤，连车门口都塞满了人，珍妮和这么多人挤得紧紧的，觉得实在受不了。她觉得好像永远到不了目的地，车辆在地道里行进，声音震耳欲聋，另外那个姑娘在说些什么，她听都听不清。

她们终于走出地下铁道口，到了一条宽阔的马路上，头上纵贯着一条高架铁路，街两旁的房屋都只有一二层楼，有杂货店、蔬菜店和水果店。葛蕾迪丝·康普顿说："我们吃柯夏食品②，威廉斯小姐，遵照老人们的习俗。我希望你不要介意；当然本尼——本尼是我的弟弟——和我是没有任何成见的。"珍妮不懂得"柯夏"是什么，但她回答说当然不会介意的，并告诉对方说墨西哥的吃食可古怪啦，辣得简直没法儿吃。

到了家里，葛蕾迪丝·康普顿说起话来就不再拘泥于正确的发音了，她待珍妮非常亲切和体贴。她的父亲是个矮小的老人，鼻子尖上搁着一副眼镜，她的母亲胖得像只大鸭梨，头上戴着假发。他们一家人之间用意第绪语交谈。他们尽一切努力要使珍妮感到舒适，给了她一个精致的房间，还说只要她愿意住在这里，他们将会供给她膳宿，每周收十块钱，一旦她想离开，

---

① 纽约市东南部一住宅区，位于布鲁克林区中部。
② 原文为 kosher，指按犹太教规定烹调的食物。

尽可客客气气地分手。这是座两家人合住的黄色木结构房屋，在这一长段马路上，所有的房子都完全一模一样，然而屋里美美地生了暖气，床铺也很舒适。老人是个钟表匠，在五马路一家珠宝商那里工作。在移居美国之前，他们原姓康普舒乞斯基，可是他们说在纽约没有人能读出这个字的音。老头儿本想改用弗里德曼①这个姓，但是他妻子认为康普顿②这个姓听起来更文雅些。他们吃了一顿丰盛的晚餐，有盛在玻璃杯里的茶、和饺子煮在一起的羹汤、红色的鱼子酱以及犹太式鱼饼。珍妮结识了这一家人感到愉快极了。那个男孩本尼还在上中学，是个瘦高个儿，戴着一副深度近视眼镜，吃饭时脑袋低垂在盘子上，对任何人的任何话，他都以粗暴无礼的态度和别人唱反调。葛蕾迪丝说不要计较他这些，他的学习成绩十分优异，准备将来念法律系。在陌生感消失了一些以后，珍妮开始喜欢起康普顿一家人来了，尤其是康普顿老先生，他非常和气，不管发生什么事，他都以一种温和而带点伤感的幽默感来对待。

办公室里的工作非常有意思。约·华德开始把事情放心地交给她办。珍妮觉得这是一个给她带来幸运的年头。

最伤脑筋的是每天早晨要乘坐三刻钟的地铁赶到联合广场。珍妮设法在车厢里避开推挤的乘客，躲到一个角落里去看报纸。她喜欢到办公室时生气勃勃，干净利落，衣着洁净，头发整齐，可是经过了车上的长途颠簸，使她疲惫不堪，巴不得再去洗个澡、换一套衣服才去上班。她喜欢打扮得鲜艳夺目，光彩照人，在清晨的阳光中，踩着尘土顺着十四街走，一直走到五马路上的办公室里去。她和葛蕾迪丝总是属于最先到达办公室的人。珍妮在自己的办公桌上摆着鲜花，有时候会悄悄地溜进约·华德的办公室，在他那张宽大的桃花心木办公桌上的银花瓶里插上两枝玫瑰花。接着她把邮件分类，把他的私人信件叠得整整齐齐，放在一块安在带彩花的红色意大利皮革框里的吸墨垫板的一角；她阅读其余的信件，逐项细看他的约会本，用打字机打出一张小表，上面列着他和别人的约见、面谈、应发出的稿件以及对报界的声明。她把这张表放在吸墨垫板的中央，用一块密执安州北部的半岛所生产的生铜镇纸压好，对于表上那些她能够独自处理、无须与他磋商的事项，她都签上一个端端正正的 w③。

---

① 意为"获得自由的人"，表示他们到新大陆的愉快心情。
② 这是个英国的历史悠久的姓氏。
③ 即"威廉斯"这姓氏的缩写。

等她回到自己的办公桌前，改正前一天从罗宾斯先生办公室送来的文稿上的拼法错误时，心头感到一阵异样的悸动；约·华德很快要进来了。她告诫自己这一切想法多么无聊，但是每当通外面的门一开，她还是充满期待地抬头望去。她开始有些担心了；也许他从大内克驱车前来时途中会出意外。正在她放弃等待时，他却急速地走进来了，匆匆地朝所有的人微微一笑，接着他私人办公室的毛玻璃门就在他的身后关上了。珍妮会注意到他穿的是一套深色的还是浅色的衣服，打着什么颜色的领带，新近理过发没有。有一天，他那套蓝色哔叽衣服的裤腿上溅上了一点泥，她整个上午心里都放不下这件事，想找个借口进去告诉他。难得有几回，当他经过她身旁时，他会径直地朝她望，蓝眼睛闪亮一下，或是站定了问她一句什么话。要是这样，她就会感到很快乐。

办公室里的工作非常有意思。工作把她的身心都带进了每天发生的大事件中去，就像以前她从德赖弗斯与卡罗尔事务所回来，老是向杰里·伯纳姆谈论那些事一样。这些事情中有关于奥能达加①盐产品公司的报道，关于浴盐、化学制品、雇员棒球队、自助食堂和老年退休金的资料，以及马里戈尔德铜公司的问题，反对矿工中出现的颠覆活动倾向的问题（这些矿工大多数是外籍移民，必须用忠于美国的原则对他们进行教育），此外还有柑橘中心商会发起的那场运动，目的在于教育北方的小投资者相信佛罗里达果品业牢固树立起来的优良信誉，还有为鳄梨生产者合作公司提出"让每一张早餐桌上都摆上一只大鳄梨"的口号的问题。这家公司有时送一箱鳄梨来，因此办公室的每个成员都可以带一只回家，只有罗宾斯先生不要他那一份，说那玩意儿味儿像肥皂。当前的头等大事是西南石油公司发起的一场运动，目的是反对在墨西哥的几家英国石油公司的恶毒的反美宣传，以及反对赫斯特报系在华盛顿进行的要求出兵干涉的院外活动。

六月里，珍妮回去参加她妹妹埃伦的婚礼。真有趣，又回到华盛顿来了。在乘火车去华盛顿的途中，她眼巴巴地盼望着与爱丽丝重逢，但是一旦见了面，彼此却似乎找不出多少话可以交谈。她在母亲家里感到不得其所。埃伦嫁的是一位在乔治城大学读法律的学生，以前是她家的房客，婚礼结束以后，屋里挤满了一伙年轻的男大学生和姑娘。他们一起哈哈大笑或咯咯傻笑，威廉斯太太和弗兰西似乎对这一切很欣赏，可是珍妮很高兴总算熬到了

---

① 位于纽约州中部，是一个盐湖。

去车站乘火车回纽约的时候。她和爱丽丝道别时，竟只字未提要她也去纽约、两人合租一套公寓的事。

她坐在闷气的客车车厢里，眼望着窗外的城镇、田野和广告牌，心情很是低沉。第二天早晨回到办公室，她觉得好像回到了家里一样。

生活在纽约使人兴奋。"卢西塔尼亚"号的沉没①使每一个人都感到不出几个月美国就会参战。五马路上挂了很多国旗。珍妮对战争考虑得很多。她收到乔从苏格兰写给她的一封信，说他所在的轮船"侯爵夫人"号被鱼雷击沉，他们坐着一条无甲板的小船，在彭特兰海峡②的暴风雪中漂流了十个小时，激流把小船直往大海里冲，但是他们最终还是登岸了；他感觉良好，他们这一伙都得了奖金，不管怎样，他总算得了一大笔钱。她看完信就拿上刚从科罗拉多州发来的一份电报走进里屋去见约·华德，把她哥哥遭到鱼雷袭击的事告诉了他，他对此很感兴趣。他谈到应当爱国，应当拯救文明以及里姆斯大教堂③这样的具有历史价值的文物。他说他已准备好到时候尽自己的责任，他认为美国的参战只是几个月时间的问题了。

一个衣着非常讲究的女人时常来找约·华德。珍妮怀着妒意察看她那可爱的面容、不尚浓艳虚饰而潇洒雅致的整洁的衣着、修剪涂染过的指甲和娇小玲珑的双足。有一天那扇门开了，使她得以听到她和约·华德在一起亲昵地交谈。"可是，约·华，我亲爱的，"她正说着，"这办公室真丑死了。就像上一世纪八十年代初期芝加哥一般的办公室那个样子。"他大笑起来。"好吧，埃莉诺，你为什么不替我重新装修一下呢？只是装修工作不能妨碍业务的正常进行。我不能搬场，现下重要的事务正逼得很紧呢。"

珍妮对此感到十分愤慨。办公室本来就挺漂亮，很有特色，人人都认为是这样。她纳闷这个能使约·华德忘乎所以的女人究竟是什么人。第二天，当她必须开一张二百五十元的支票给斯托达德与赫钦斯室内装饰店的账户时，几乎把她的心思说了出来，可是无论如何这件事和她几乎没有任何关系。从此以后，斯托达德小姐似乎一直逗留在办公室了。装饰工作在晚间进行，所以每天早晨珍妮走进办公室时都会发现有些地方变了样。屋内用黑白

---

① 该英国大型邮船于1915年5月7日被德国潜艇击沉于爱尔兰南海域，致使1153名乘客丧生，其中有美国人114名。这一事件以后，美国舆论界过去存在的一切亲德情绪一扫而空，全国普遍要求立即对德宣战。
② 在苏格兰北端。
③ 法国东北部古城里姆斯有哥特式大教堂，第一次世界大战期间被德军炮火炸毁。

两种颜色全部重新粉刷过，配上了一种古怪的紫红色的窗帘和沙发布。珍妮一点儿都不喜欢，可是葛蕾迪丝说这是现代派的装饰，挺有意思的。罗宾斯先生不愿让人碰他那舒适的私人小天地，他和约·华德几乎为此争吵起来，结果只好随他去，大家并且传说约·华德不得不给他加薪水，免得他转到别家广告行去。

劳动节那天，珍妮搬了家。她真舍不得离开康普顿一家，可是她结识了一个名叫伊丽莎·廷格利的中年妇女，她在与约·华德的办公室同一层楼的一家律师事务所里工作。伊丽莎·廷格利是巴尔的摩人，她本人也曾通过律师考试，珍妮心想她是个见过世面的女人。她和她那孪生兄弟，一名合格的会计师，在切尔西区①西二十三街的一座楼房里租了一层，他们邀请珍妮搬去同住。这就意味着不用再乘地下铁道，而且珍妮认为每天早晨走一小段路到五马路去上班对她的身体有好处。她在楼下便餐柜台前第一眼看到伊丽莎·廷格利时就对她产生了好感。廷格利家的日子过得既自由又轻松，珍妮在那里感到很自在。他们有时在晚间喝点儿酒。伊丽莎善于烹饪，他们一顿饭要吃很长时间，上床睡觉以前还要打两局"三人桥牌"。星期六晚上，他们差不多总是去剧院。埃迪·廷格利能从他熟悉的一个售票处搞到廉价票。他们订阅了《文摘》《世纪》和《妇女家庭杂志》；星期天，他们吃烤子鸡或烤鸭并阅读《纽约时报》的杂志增刊。

廷格利家的朋友可多啦，大家都喜欢珍妮，一切活动都要拉她参加，她觉得自己过上了她喜欢过的那种生活。那年冬天，时时都有美国参战的传闻，这件事也使人激动。她们有一张欧洲大地图，就挂在起居室的墙上，图上用小旗标明协约国军队所在的位置。他们全心全意地站在协约国一边，提起凡尔登②或公主大道③来就会感到脊背凉得直打冷战。伊丽莎想出门旅行，要珍妮把墨西哥之行的种种细节一再向她描述；她们计划等战争结束后一起出国旅行，珍妮开始为此攒钱。爱丽丝从华盛顿写信来说她可能要在那儿收摊不干了，也要到纽约来；珍妮回信说她这个主意也许并不大妙，因为目前一个姑娘要在纽约找工作实在太难了。

---

① 位于纽约市中心曼哈顿岛西南部。
② 位于法国东北方，1916年2月21日，德军开始攻城，法军一直坚守至9月初，德军才知难而退。
③ 法国北部埃纳河北一山脊上的一段通道，长约12英里，始建于罗马时代，因18世纪中法国国王路易十五的几位公主率宫女到那里而得名。第一次世界大战中，曾两度被德军攻占。

整个秋天，约·华德面色苍白，一直拉长了脸。他习惯于星期日下午到办公室来，而珍妮吃完饭就到那里去帮他料理事务，简直乐不可支。他们谈论一周来办公室里的事情，约·华德向她口授许多私人信件，说她是个不可多得的人才，事后留下她一个人满怀喜悦地把这些信件在打字机上打出来。珍妮心里也有忧虑。虽然新的生意源源不断，但办事处的财政情况却不太好。约·华德在华尔街进行了几笔不适当的投机买卖，使他左支右绌，处境困难。他急于要把仍然在斯坦普尔老太太掌握之中的巨额股权买过来，还谈到他妻子手里的现钞，担心她会运用不当。珍妮看得出来他的妻子是个脾气乖戾、不好相处的女人，她力图利用母亲的金钱作为控制约·华德的手段。她从不把约·华德的任何私事向廷格利一家人透露，但是办公室的事务她却讲得很多，他们都和她一样认为那里的工作很有意思。她盼望着圣诞节早日到来，因为约·华德暗示过要给她加薪水。

　　有个星期天的下午，天下着雨，她正在打一封给普兰内特法官的机要信件，信里附有一个私家侦探所提供的一本小册子，描述在科罗拉多州矿工中活动的工人鼓动家们的情况，约·华德皱着眉在办公桌前走来走去，眼睛盯着自己的擦得锃亮的皮鞋尖，这时有人敲外间办公室的门。"我真不知道会是什么人？"约·华德说。他说话的声音里既有些困惑又有些紧张不安。"也许是罗宾斯先生忘记拿钥匙了。"珍妮说。她走出去看看。她把门一打开，摩尔豪斯夫人擦着她的身子走了进来。她身穿一件湿淋淋的油布雨衣，手拿一柄雨伞，脸色苍白，鼻翼在抽搐。珍妮轻轻地关上了门，走回到自己的办公桌边，坐了下来。她感到焦虑不安。她拿起一支铅笔，在一张打字纸的边缘画起涡卷花纹来。她没法不听到在约·华德的私人办公室里进行的谈话。摩尔豪斯夫人已经冲进去，使劲把那扇毛玻璃门在身后砰地关上了。"华德，我受不了啦……我连一分钟也不愿忍受下去啦。"她声嘶力竭地尖叫道。珍妮的心急速地跳动起来。她听到约·华德低沉而和解的声音，接着是摩尔豪斯夫人的声音："你不能这样对待我，我告诉你。我不是个可以这样哄着的孩子……你利用我身体不好的机会钻空子。我的健康状况可不允许你这样来对待我。"

　　"听着，葛屈鲁德，我以一个绅士的荣誉担保，"约·华德说，"什么事也没有发生，葛屈鲁德。你躺在床上想入非非，你不应该这样破门而入。我是个工作非常繁忙的人。有些重要事务需要我全力去处理。"

　　珍妮心想，这真是蛮横无理的行为。

"要不是有了我，你这会儿还在匹兹堡给贝塞默公司干活，华德，这一点你自己清楚……你可以轻视我，可是你不会轻视爸爸的钱……不过我算是受够了，我告诉你。我要提出离婚……"

"可是，葛屈鲁德，你明明知道我的生活里没别的女人。"

"那么大家都看见的那个你到处都带来带去的女人……她姓什么来着……斯托达德？你看，你不要以为我不知道……我不是你所想象的那种女人，华德。你骗不了我，听见了吗？"

摩尔豪斯夫人的嗓音高得成为刺耳的尖叫。跟着，她的精神似乎垮下来了，珍妮听见她在抽噎。"好了，葛屈鲁德，"华德用安慰的口气说，"你生这么大的气其实都是为了没影儿的事……埃莉诺·斯托达德和我为了几笔生意是有过交往……她是个聪明的女人，我发现她具有刺激性……这是指智力方面的，你懂吗……我和她偶尔在一起吃一顿饭，通常两人都认识的朋友在一起，那是绝对……"说到这里，他的语声低得珍妮一点儿都听不清楚了。她想起自己应该悄悄地回避。她不知道究竟怎样做才好。

她刚半站起身子，只听得摩尔豪斯夫人的声音又一次提高到歇斯底里式的尖叫："哼，你冷得像一条鱼……你就是条溜边儿鱼。假如真有这事，假如你和她真有勾搭，我对你的印象倒会好一些……不过我要豁出来了，我不能被人当作工具，通过我来利用爸爸的钱。"

私人办公室的门一开，摩尔豪斯夫人走了出来，对珍妮狠狠地瞪了一眼，似乎珍妮和约·华德之间的关系也引起了她的怀疑，接着她就走掉了。珍妮重新在她办公桌前坐定下来，尽可能装得若无其事。她分明听见约·华德在私人办公室里迈着沉重的步子在踱来踱去。当他喊她时，声音很微弱：

"威廉斯小姐。"

她站起来走进办公室，一只手里拿着铅笔和拍纸簿。约·华德开始口授信件，似乎什么事情也没有发生过，但是他口授的这封给"安索尼亚碳化物联合公司"董事长的信刚进行到一半，他突然说了一声"嘿，真见鬼"，就对字纸篓踢了一脚，字纸篓转了几圈撞在墙上。

"请原谅，威廉斯小姐；我心里烦恼极了……威廉斯小姐，我知道可以信赖你，你是不会把这件事告诉任何人的……你懂吗，我的妻子有些失常了，她病了……生最小的那个孩子的时候……你知道女人有时候是会这样的。"

珍妮抬起头来看他，泪水开始从她眼中冒出来："噢，摩尔豪斯先生，你想我怎么会不理解呢？……噢，这件事一定使你太不愉快了，你从事的可是一件伟大的工作，而且非常有意思。"她说不下去了。她嘴里再也说不出别的话来。"威廉斯小姐，"约·华德说，"我……呃……感谢……呃。"接着他捡起了字纸篓。珍妮赶忙站起来帮他把四散在地板上的纸团和废物捡起来。他因弯腰俯身，脸都涨红了。"重大的责任啊……你知道，不负责任的女人能起多么糟糕的破坏作用呀！"珍妮连连点头。"好了，我们刚才念到哪儿啦？我们把它办完了，就离开这里吧。"

他们把字纸篓放在办公桌底下，又口授起信件来。

在走回切尔西区的一路上，珍妮在街上的污泥和积水潭之间择路而行，考虑着刚才她本想告诉约·华德的话，她要让他知道无论发生什么事，办公室里每一个人都会站在他一边的。

她走进公寓，伊丽莎·廷格利说刚才有个男人给她打电话来。"听他的声音像是个粗人；他不肯说姓名，只让我们告诉你乔来过电话，还说他会再打来的。"珍妮感觉到伊丽莎好奇的目光正落在她的身上。

"我猜是我哥哥乔打来的……他是个……他在一艘商船上工作。"

晚上，廷格利家的几位朋友来了，他们摆开两张桌子打桥牌，当电话铃再次响起来时，大家的玩兴正浓，这电话正是乔打来的。珍妮和他在电话里交谈时，觉得脸红了。她不能要他上这儿来，可是心里又想和他见面。别人正在喊她回去出牌呢。他说他刚到，有几件礼物要送给她，他刚才一直赶到弗拉特布什去，那里住的犹太人对他说她现在住在切尔西，这会儿他正在八马路拐角处的一家雪茄店里。别人又在喊她回去出牌了。她不知怎的竟会说自己现在正忙着干工作，他能不能明天下午五点钟到她工作的办公大楼去见她。她又问他身体怎么样，他说"很好"，但他的声音听起来很失望。等她回到牌桌上，大家都拿她开玩笑，说她有男朋友了，她笑着，脸也红了，但心里觉得自己的行为很卑鄙，因为没有让乔到她的住处来。

第二天傍晚下雪了。五点钟时，她走出挤得满满的电梯，热切地朝门厅里环顾着。乔不在那里。她和葛蕾迪丝说再见时看见他正在门外。他站在门外，双手深深地插在蓝色的粗呢水手茄克衫的口袋里。大团大团的雪花在他面前飞舞，他那饱经风霜的脸上有了皱纹，皮肤发红。

"你好，乔。"她说。

"你好，珍妮。"

"你什么时候回国的？"

"两天以前。"

"你身体好吗，乔？觉得怎么样？"

"今儿个脑袋疼得够呛……昨晚上喝得烂醉。"

"乔，昨天晚上的事我很抱歉，可是当时那里人很多，我想和你单独见面，这样才可以畅谈。"

乔咕哝了一声。

"这没关系，珍妮……哎哟，你的模样真够帅的。要是我的伙计瞧见咱俩在一起，他准会寻思我顺手捡了个美人儿呢。"

珍妮听得心里很不舒服。乔穿着笨重的劳动鞋，裤腿上溅着些灰色油漆。他臂弯里夹着一个用报纸包着的小包。

"咱们找什么地方去吃它一顿……天哪，可惜我穿得不够好。挨鱼雷的那会儿，懂吗，我们的毛料衣服全都完蛋了。"

"你们后来又挨上鱼雷了吗？"

乔大笑着说："当然，就在雷斯角附近。那才是了不起的生活呢……对了，那是第二次失算……不过，我还是把给你的围巾带回来了，不带来才怪呢……我想好了上哪儿吃去；上庐州菜馆①。"

"十四街是不是有点儿……"

"不，那儿有一间房专门招待上等女人的……珍妮，你甭以为我会把你带到不是顶呱呱的地方去。"

穿过联合广场时，有个一副邋遢相的、穿着件红色绒衣的小伙子喊道："嗨，乔。"乔离开珍妮，退后几步和那小伙子交头接耳地谈了一会儿。乔悄悄地往他手中塞了一张钞票，说了一声"再见，特克斯"，就快步赶上继续往前走、心中微感不快的珍妮。

她不喜欢断黑后的十四街。

"这是个什么人，乔？"

"是个该死的一等水手之类。我是在南边新奥尔良认识他的……我叫他特克斯。我不知道他姓什么……他穷得叮当响。"

"你到过新奥尔良？"

乔点点头："在'亨利·B.希金博特姆'号上装运糖浆……我们管它叫'匹金博特姆'②。对了，它这会儿确实舒舒服服地躺在海底了……就在大浅

---

① 这是纽约的一家中菜馆，庐州为合肥的古称。
② 意为"躺在底下的猪"。

滩①附近的海底。"

他们走进菜馆时，领班侍者用锐利的眼光看了他们一眼，把他们安排在一小间内室一角的一张桌子旁落了座。乔点了好些丰盛的饭菜和一些啤酒，可是珍妮不爱喝啤酒，于是他只得把她那一份也喝掉。珍妮把家里的情况都告诉了他，说她喜欢现在的工作，巴望圣诞节可以加薪水，和廷格利兄妹同住真是愉快，他们待她好极了，可是这些话说完以后，似乎就没有什么别的话可讲了。乔买好了希波德罗姆剧院②的票，但节目开演以前还有充分的余暇。他们默默地坐着，喝着咖啡，乔抽着一支雪茄。最后珍妮说天气这么坏，简直太讨厌了，这样的天气对战壕里的可怜的士兵们来说真是可怕，她认为德国佬实在太野蛮了，竟发生了"卢西塔尼亚"号事件，而福特的"和平船"③设想是多么愚蠢。乔突然滑稽地大笑起来，他近来惯常这样笑，接着说："怜悯在这种天气里航行在海上的可怜的水手们吧。"他站起身来再去拿一支雪茄。

珍妮心里在嘀咕，他理发时把脖子都刮光了真不像个样子；他的脖子很红，上面有一道道小皱纹，她想他一定过的是艰苦的生活，等他取了烟回来，她就问他为什么不换个工作做做。

"你的意思是进造船厂吗？人们正在造船厂里赚大钱，可是见他的鬼，珍妮，我宁愿在四处游荡的……就为了长些见识，这正是那个让人把脑袋打得开了花的家伙说的。"

"不，有些小伙子还没有你一半聪明，可他们就在我们办公室里干又干净又体面的工作……而且还有发展前途。"

"我的一切前途都断送啦，"乔大笑着说，"我可以在珀思安博伊④的军火工厂里找到工作，可是我宁愿在风里浪里飘荡，你懂吗？"

珍妮又把话题引到战争上来，她说多么希望美国能够参加进去，以便拯救文明和那个走投无路的小国比利时。

"别说废话了，珍妮。"乔说，他伸出一只又大又红的手在桌布上做了一个切割的动作，"你们这些人不懂，要知道……这场该死的战争从头至尾都

---

① 在纽芬兰岛南，为世界最大渔场之一。
② 当时美国最大的剧院，可容纳六千多人，创建于1905年，按古希腊竞技场命名。
③ 美国汽车大王亨利·福特在1915年私人出资租了船只，取名"和平船"，出航欧洲，企图使大战的双方交战国媾和，结果失败。
④ 这是新泽西州东部一海港城市，就在纽约市的西南。

是一个骗局。他们为什么不对任何法国邮船放鱼雷呢？因为法国佬和德国佬全安排好了，懂吗？如果德国佬放过他们的船只，他们就不炮轰战线后的德国工厂。我们美国呢，只想安坐在后边，卖武器给他们，好让他们拼命互相残杀。那些家伙在波尔多、图卢兹或马赛赚大钱的时候，他们的同胞却在前线互相开枪，打得满身都是窟窿，而英国佬的情形也是这样……我告诉你，珍妮，这场战争是个骗局，就像世上一切天杀的事情一样。"

珍妮哭起来了："咳，那你也不用老是诅咒和恶骂呀。"

"对不起，"乔低声下气地说，"都怪我这个到处流浪的粗人，虽然就是这么回事儿，但和像你这样穿着漂亮的姑娘讲也不合适。"

"不，我不是这个意思。"珍妮说，一边擦眼睛。

"哎哟，我忘了把围巾给你看了。"他把纸包打开。两条西班牙围巾散落在桌面上，一条镶着黑色的花边，另一条绿丝巾上绣着大朵大朵的花。

"噢，乔，你不要把两条都给我……应当把一条送给你最好的女朋友。"

"跟我来往的姑娘们可不配要这样的东西……我是给你买的，珍妮。"

珍妮觉得这两条围巾很漂亮，决定把其中的一条送给伊丽莎·廷格利。

他们到了希波德罗姆剧院，但没有享受到多大的愉快。珍妮不大喜欢这种演出节目，而乔则一直在睡觉。他们走出剧院时，天气冷得厉害。飞沙似的雪沿着六马路疾卷，连高架铁路都几乎望不见了。乔叫了一辆出租汽车送她回去，在她门口骤然和她道别，说了声"再见，珍妮"。她手执钥匙在门口台阶上站了片刻，望着他朝西边的十马路和码头方向走去，脑袋缩在水手茄克衫的领子里。

那年冬天，五马路上每天都旗帜飘扬。早餐时，珍妮怀着热切的心情阅读报纸；办公室里，人们谈论着德国间谍、潜水艇、凶残的暴行以及宣传。一天早晨，有个法国军事使团来访问约·华德，那些军官长得漂亮，脸色苍白，穿着蓝制服和红裤子，胸前挂着勋章。最年轻的那位还挂着拐杖。他们都在前线受了重伤。他们走后，珍妮和葛蕾迪丝几乎吵起嘴来，因为葛蕾迪丝说军官们是一伙游手好闲的懒虫，她宁可见一个由小兵组成的使团。珍妮拿不定主意，该不该把葛蕾迪丝的亲德立场向约·华德报告，这样做算不算是她的爱国责任。康普顿一家可能是间谍，他们是不是用假姓伪装起来的呢？本尼是个社会主义者，也许更坏，这是她知道的。她决定把眼睛睁得大大的，盯住他们。

就在那一天，乔·亨·巴罗来了。珍妮一整天都和他们一起待在私人办公室里。他们谈到威尔逊总统、中立、股票市场以及延迟递送关于"卢西塔尼亚"号事件的抗议照会。乔·亨·巴罗曾访问过总统。他是调解铁路公司与扬言要举行罢工的兄弟会之间关系的一个委员会的成员。珍妮对他的看法比当初坐专用车厢从墨西哥回来时的看法好多了，所以当他刚从办公室里出来，走上过道见到她时，她很乐意和他聊聊，他请她一起出去吃饭，她接受了这一邀请，感到无所顾忌了。

乔·亨·巴罗在纽约期间，常常带珍妮出去吃饭和看戏。珍妮玩得很痛快，每当坐着出租汽车回家，他做出过于亲昵的举动时，她总是拿奎妮的事来嘲笑他。他不知道珍妮怎么会得悉奎妮的事，于是他把这事原原本本地讲给她听，说这女人老是缠着他要钱，可是他说如今自己已经和妻子离了婚，奎妮就一无办法了。他让珍妮起誓严守秘密以后，向她解释说，他通过合法手续，同时和两个女人结了婚，奎妮就是其中的一个，现在他把这两个女人都离掉了，奎妮就完全无能为力了，不过报纸总是爱搜寻丑闻的，尤其是对他这样一个献身于劳工事业的自由派人士，就更不会放过了。接着他谈起人生的艺术，说美国女人不懂人生的艺术；至少像奎妮这种女人不会懂。珍妮很替他惋惜，可是当他向她求婚时，她大笑起来说她必须和律师磋商以后才能作出回答。他把自己的一切经历都告诉她，他小时候生活贫困，曾做过车站管理员、货运员和车掌，他以满腔热忱为兄弟会工作，他揭露铁路公司的黑幕的文章使他赢得了声名和金钱，因此他的老伙计们都认为他已经被人收买了，其实，天地良心，哪有这么回事。珍妮回家后把他求婚的事全都告诉了廷格利兄妹，只是她出于谨慎，一句也没提及奎妮和他犯重婚罪的事，他们都笑了，拿这件事打趣她。这倒使珍妮意识到自己竟会得到这样一位重要人物的求婚，心里着实得意，她不懂为什么那些有趣的人物总会对她迷恋，她遗憾的是这些人总是显出那种放荡的样子，但是她自己也不知道究竟愿不愿意嫁给乔·亨·巴罗。

第二天早晨，她在办公室里一部《名人录》中找到了他，巴罗·乔治·亨利，政论家……但她并不认为自己会始终爱他。那天在办公室里，约·华德显得非常烦恼，形容憔悴，珍妮很替他难过，从而把乔·亨·巴罗抛到了脑后。她被叫进去参加约·华德、罗宾斯先生和一位姓奥格雷迪的爱尔兰律师三人举行的秘密会议，他们问她是否愿意让他们用她的户名在银行租一只保险箱，以便贮藏某些证券，并且给她在银行信托公司开一个私人户头。他们正在筹建一家新的公司。由于某种业务上的原因，急需采取这类措施。罗宾斯先生和约·华德将在新组成的企业里拥有半数以上的股份，将领取薪金来为它工作。罗宾斯先生显得很烦恼，有些醉意，不断点着香烟，又把燃着的香烟忘记在办公桌边上，还不断地说："你很清楚，约·华，你无论干什么我都同意。"约·华德向珍妮解释说，她将成为新公司的高级职员，当然啦，绝不会要她个人负什么责任。事实真相原来是这样的：斯坦普尔老太太为了收回巨额款项正向约·华德提出起诉，他的妻子则已在宾夕法尼亚州小离婚手续，她不让他回家探视自己的子女，他眼下正在麦卡尔平旅馆安身。

"葛屈鲁德失去理智了。"罗宾斯先生亲切地说。接着他拍拍约·华德的后背。"现在看来，事情已经不可收拾了，"他大声道，"好啦，我要出去吃中饭了；人总得要吃……要喝……就算他是个公认的破产户也罢。"

约·华德皱皱眉，什么话也没说。珍妮觉得罗宾斯这话说得太不得体了，而且嗓门儿还这么大。

那天晚上，她回到家里，告诉廷格利兄妹说自己将要成为新公司的董事了，他们听了觉得她提升得这么快简直妙极了，她真应该提出加薪的要求，即使眼下业务情况很糟也不用管它。珍妮微笑着说："到时候会加的。"在回家途中，她曾顺便到二十三街的电报局去给已经去华盛顿的乔·亨·巴罗打了这样一份电报：让我们还是做朋友吧。

埃迪·廷格利拿出一瓶雪利酒，吃晚饭的时候，他和伊丽莎一起祝酒："为新董事干杯。"珍妮的脸羞得绯红，心里很高兴。饭后，他们打了一局"三人桥牌"。

摄影机眼（26）

公园里人山人海麦迪逊广场外站满了警察在驱赶人们投催泪弹的突击队全体出动

我们抢不到座位只好奔上楼去到顶层透过蓝色的空气朝下望人们的脸像砂砾般密密麻麻他们头顶上的讲台上有几个小小的黑色身形一个人在发言每当他说到战争下面就是一片嘘声每当他提到俄国下面是一片掌声为革命而

鼓掌我不知道是谁在演说有人说是马克斯·伊斯门①有人说是别人不过不管是谁我们总为革命鼓掌呐喊对摩根和资本主义战争喝倒彩有个暗探朝我们的脸盯着看看样子想记住我们

后来我们去布朗克斯游乐场听埃玛·戈德曼②演讲可是会议遭到禁止周围街上人山人海有些大篷车穿过人群据说车里载着带机枪的警察还有几辆装着探照灯的福特牌小警车他们用装着探照灯的福特车朝人群冲　人人都在谈论机枪革命公民自由言论自由但偶尔有人挡住警察的路于是遭到一顿打被推进一辆巡逻车警察吓坏了他们说正在叫消防队前来驱散群众人人都说这是暴行华盛顿杰斐逊和帕特里克·亨利③会怎么说呢?

后来我们到布雷武特旅馆去那儿情况好多了凡是有点地位的人都来了埃玛·戈德曼在吃小红肠加酸白菜人人都朝她看朝其他有点地位的人看人人都主张和平搞合作共和国拥护俄国革命我们谈论红旗和街垒和放机枪的适当位置

我们喝了几杯酒吃了点干酪付了账就回家了取出前门钥匙开了门穿上睡衣上了床床上真舒服啊

---

① 马克斯·伊斯门(Max Eastman, 1883—1969),美国作家,当时为共产党员,担任左翼期刊《群众》的编辑(1913—1917)。
② 埃玛·戈德曼(Emma Goodman, 1869—1940),美国无政府主义者。
③ 帕特里克·亨利(Patrick Henry, 1736—1799),美国独立战争时期的政治家,是著名的演讲家,曾因大声疾呼"不自由毋宁死!"而著称于美国。

再见吧，皮卡迪里，再见吧，莱斯特广场
离蒂珀雷里路远山遥①

双双旅馆幽会老婆当场捉奸

为了这个任务我们可以献出生命
献出财富，献出我们的一切，
我们所有的一切，有人会为之感到自豪
他们知道这一天已经到来美国有权为了
建国的原则为了自己珍重的幸福与和平
洒热血尽力量。上帝保佑美国它已经别无选择

离蒂珀雷里路远山遥
千里迢迢
离蒂珀雷里路远山遥
还有我那最亲爱的姑娘

当心国贼

埃文斯顿四人因射死鸟儿遭罚款

威尔逊将强制征兵

食品投机商抬高罐头食品价格　　动议美国在战争期间禁酒　　对漠视

---

① 引自第一次世界大战期间流行于英军中的一支歌曲《蒂珀雷里》，哈里·威廉斯（1874—1924）作词。皮卡迪里和莱斯特广场为伦敦两个著名广场，蒂珀雷里在爱尔兰南部。

国歌者提出起诉

霞飞^①请求即派出军队

穆尼^②案件颇具刺激性

> 再见吧，皮卡迪里，再见吧，莱斯特广场
>
> 离蒂珀雷里路远山遥
>
> 我的心儿呀可还在那儿

众议院否决罗斯福征兵法案

美国使馆今天受到一群激进社会主义分子进攻的威胁为首者是最近由瑞士经过德国回来的流亡者尼古拉·列宁

盟国国旗在华盛顿墓前共同飘扬

埃莉诺·斯托达德

　　埃莉诺觉得那年冬天过得非常带劲儿。她和约·华经常相偕出游，凡是有法国歌剧演出就去看，还看了许多话剧的初演。在东头五十六街有一家法国小餐馆，他们在那里吃餐前小吃。他们上麦迪逊大道上的美术馆去看法国绘画。约·华开始对艺术产生兴趣，埃莉诺很喜欢陪他到处转，因为他对待任何事情都显出一种富于感情的样子，他老是对她说，她就是他的灵感，他在与她交谈时往往会灵机一动，想出好主意来。他们常常谈起，人们往往说男女之间不可能保持一种柏拉图式的情谊，这真是多么愚蠢。他们每天用法

---

① 霞飞（Joseph Joffre, 1852—1931），1914—1916年任法国陆军总司令，1917年被提升为元帅，率军事代表团访美。

② 托马斯·穆尼（Thomas Mooney，1883—1942），美国劳工领袖，1916年被捕入狱，全国议论纷纷。

文给对方写几封短笺。埃莉诺常想约·华竟会有这么一个愚蠢的妻子，而且还是个病秧子，真是太遗憾了，可是她认为那两个孩子还是挺招人爱的，他俩都有和爸爸一样的蓝眼睛，这样真好。

她如今有了一个完全属于自己的办事处，还有两个姑娘跟她一起工作，学习这门业务，工作倒也不少。办事处设在麦迪逊大道上，位于麦迪逊广场北面第一个街区，招牌上只写上她一个人的名字。伊夫琳·赫钦斯和办事处已没有任何关系，赫钦斯博士退休后，这家人都迁往圣菲去了。伊夫琳有时会寄来一箱印第安古董或陶器，还有印第安学童在学校里画的水彩画，埃莉诺发现这些东西销路很好。有些下午，她坐出租汽车驶往闹市，抬头望大都会人寿保险公司的商塔、弗拉特埃恩大楼以及由曼哈顿岛钢青色的天空所衬托的灯光，想着水晶玻璃器皿、假花以及靛青和紫红锦缎上的金色图案。

她嘱咐女仆为她准备好茶点，她回到家里时，往往有朋友们在等候着，那是些年轻的建筑师或画家。那里总有鲜花，像冰激凌般细腻的水芋属植物或者一盆鸢尾花。她总是陪他们说上一会儿话，然后悄然走出房去更衣，准备用餐。当约·华打电话说他不能来时，她的心情就会变得很坏。要是来吃茶点的人中还有一个没有走，她就会请他留下来陪她吃顿便饭。

每当她看到法国国旗或听到乐队奏《蒂珀雷里》时，总是感到很激动；有一天晚上，他们一起去看《黄马褂》[1]，这是他们第三次看这出戏了，她穿了一件新的皮大衣，她还不知道怎样才能付清这笔欠款呢。她想到她办公室里所有的账单，还想到在萨顿广场上的那所她冒险进行改建的房子，想请求约·华把他答应过向她投资的一千元拿出来，但担心这件事会不会已有了变化。他们谈到空袭和毒气，谈到战争消息在商业区中造成的影响，还谈到蒙斯城的射手和奥尔良的姑娘[2]，她说她相信冥冥之中有一种超自然的力量，而约·华则对在华尔街上遭到的挫折微微露了点儿口风，他的脸拉长了，带着不豫之色；尽管这样，他们还是在夜晚八点钟在时报广场的人群中穿行，高空的广告牌一亮一暗地闪耀着。里格利胶姆糖公司广告牌上那几个三角形脑袋的可爱的小人正在做体操，这时突然有架手摇风琴开始奏起《马

---

① 美国剧作家乔治·黑兹尔顿和哈里·贝里莫所作的一部以中国为题材的戏剧，初演于1912年。
② 指圣女贞德。

赛曲》，这首曲子实在太美了；她涌出了热泪，他们谈到"牺牲和献身"；约·华隔着皮大衣紧紧握住她的胳臂，给了奏手摇风琴的那位艺人一块钱。他们一到剧院，埃莉诺就匆忙到女盥洗室去，看看自己的眼圈儿是否红了。等她照过镜子才知道眼圈儿倒一点也不红，只是有一缕从心底发出的深情闪现在她的眼神里，于是她擦洗好了脸蛋就回休息室去，约·华正手里拿着戏票在等她；她的灰眼睛闪闪发亮，眼里噙着泪花。

后来有一晚，约·华显得实在沮丧，那天看完歌剧《曼侬》[①]后送她回家时，告诉她说他的妻子不能理解他俩的关系，跟他大吵了一场，威胁说要和他离婚。埃莉诺感到愤慨，说她一定是个生性粗俗的人，竟会不懂得他俩的关系像积雪一样纯洁。约·华说她确实是这样的一个人，他觉得非常苦恼，他解释说他那家公司的大部分投资都来自他的岳母，如果她想让他破产，她完全可以办到，这比离婚要糟糕得多。对这一点，埃莉诺的反应冷淡而干脆，她说与其要破坏他的家庭倒不如让她完全从他的生活中离开，还说他对他那两个可爱的孩子负有责任。约·华说她是他的灵感，他的生活里不能没有她。他们回到了八街，两人在埃莉诺那间白得耀眼的客厅里，在浓郁的百合花香味中来回踱步，考虑该怎么办。他们抽了很多支香烟，但是似乎想不出什么办法来。约·华离去时叹了口气说："就在这个时候，可能也有她雇的侦探在跟踪我呢。"说完就垂头丧气地走了。

等他走后，埃莉诺在两扇窗子之间那面威尼斯式长镜前走来走去。她不知怎么办才好。她的装饰生意仅能维持收支平衡。她还得分期偿还购买萨顿广场那座房屋的费用。公寓的租金已经拖欠两个月了，还有那件皮大衣的钱也得付。她本指望能得到约·华答应给她的价值一千元的股份，他说过，只要他在委内瑞拉石油股票上大赚一笔就给她。准是出了什么差错了，否则他是会提起这件事来的。埃莉诺上床后一直睡不着。她感到万分寂寞凄凉。也许她还将回到一家百货公司去做单调乏味的工作。她将失去她的体面和那些朋友，要是她现在不得不舍弃约·华，那是太可怕了。她想起她那黑人女仆奥古斯丁常对她讲起她那几次不幸的爱情，她但愿也能像奥古斯丁那样向人倾吐。也许她一开始就错了，不该要求一切事情都公正而美好。她没有哭泣，只是整夜躺在那里，睁大了眼睛注视着天花板四周的雕花线脚，街上的

---

① 法国作曲家马斯内所作五幕歌剧，根据法国作家普雷沃的著名长篇小说《曼侬·列斯科》改编，1884年初演于巴黎。

灯光透过淡紫色的薄纱窗帘照亮了它。

两三天以后，她正在办公室里察看一位老家具商想卖给她的几把西班牙古典式椅子，这时来了一份电报：事态发展不如意必须见你不宜打电话五时在乔治亲王饭店共进茶点。下边没有署名。她让那商人把椅子留下。等他走后，她久久地站在那儿，俯视着桌上摆的一盆雌蕊是黄色的淡紫色的藏红花。她在考虑，如果由她到大内克去和葛屈鲁德·摩尔豪斯谈谈，不知道会不会有所帮助。她请正在隔壁房间里做窗帘的李小姐照看一下办事处，说她下午会打电话来的。

她坐上出租汽车直驶宾夕法尼亚车站。今年春天来得过早。街上的行人都解开了大衣扣子。天空是一片柔和的紫红色，几缕轻云像马利筋属植物的绒毛。在裘皮大衣、汽车尾气和紧裹着衣服的人们身上散出的体味中，竟意外地闻到了桦树皮的清香。埃莉诺直挺挺地坐在出租汽车的后座上，隔着灰手套，把尖锐的指甲埋入掌心。她憎恶冬天里的春天，似乎天气也在背信弃义。它使她脸上出现皱纹，使她身边的一切似乎都在崩溃，似乎再没有可靠的立足点了。她出来为的是和葛屈鲁德·摩尔豪斯像女人对女人那样好好谈一谈。流言蜚语会毁掉一切的。如果她能和她谈上一会儿，就能使她了解，她和约·华之间从来也不存在任何暧昧关系。由离婚而引起的丑闻会毁掉一切的。她会失去她的主顾，不得不陷于破产，那时候她只能回到普尔曼去，依靠姨母和姨父过活了。

她付了车钱，顺着楼梯朝下走，去搭乘往长岛的火车。她双膝发着抖，从人堆里挤到问讯处时，感到累得要命。不，在两点十三分之前没有到大内克去的火车。为了买票，她排了很长时间的队。一个男人踩着她的脚了。队伍朝售票窗口移动，速度慢得使人恼火。等轮到她时，她竟想不起她要去的那个站叫什么名字了，愣了好几秒钟。玻璃窗后面，售票员那双像鞋扣似的眼睛带着怒意在盯着她。他戴着一副绿色眼罩，在他苍白的面色对照下，他的嘴唇显得太红。排在后面的人们不耐烦了。一个穿粗呢上装、拎着只沉重的衣箱的男人早就想挤到她前面去。"大内克，来回票。"她一买到车票，就想起要到那里打个来回，五点钟是绝对回不来的。她把车票放进她那只镶有一小块黑大理石饰物的丝质的灰色钱包。她想到了自杀。她可以乘地下铁道列车到闹市区，乘电梯登上伍尔沃思大厦顶楼，从那里跳下去。

然而她没有这样做，而是出站来到出租汽车站。黄褐色的阳光射进灰色的柱廊，蓝色的废气在柱子间升腾，像丝绸上的波纹。她坐进一辆出租汽车，吩咐司机在中央公园内兜一圈。树上有一些红色的嫩枝，山毛榉树上的长芽闪着亮，但草儿仍然呈枯黄色，明沟里积着一堆堆肮脏的雪。一阵使人战栗的冷风刮过池面。汽车司机不停地和她说话。她没听清他在说些什么，只顾随口回答他，觉得厌倦了，于是就叫他把车开到大都会美术馆。她正付车钱时，一个报童跑过，高喊着"号外"。埃莉诺给他一个镍币买了一张，那司机也买了一张。"啊哟，好家伙……"她听见司机在惊呼，但她急忙奔上台阶，生怕还得和他说话。等她走进了柔和的银光照耀下的美术馆，才翻开报纸来看。一股新鲜的油墨恶臭从报纸上散发出来；油墨还是黏糊糊的，把她的手套都沾污了。

宣 战

华盛顿观察家们宣称只是时间问题了。

德国照会完全不能令人满意。

她把报纸放在一条长椅上，走去看罗丹的作品。看过罗丹的作品，她参观了中国馆。等她准备坐公共汽车顺着五马路朝南走时——她发觉自己坐出租汽车花钱太多了——她的心情变得开朗起来。乘车驶往市区的一路上，"青铜时代"①一直盘踞在她的心头。当她在饭店门厅那令人产生窒息之感的粉红色灯光下辨认出约·华来时，就以轻捷的脚步向他走去。他紧绷着嘴，一双蓝眼睛像是在燃烧。他看来比上次见面时还要年轻。"好，你总算来了，"他说，"我刚给华盛顿发了一份电报，表示愿意为政府效劳。我倒要看看他们现在是否还敢号召铁路员工举行一次罢工。""这简直妙极了，真了不起，"埃莉诺说，"我浑身都在颤抖。"

他们朝角落里一张被厚厚的帷幔遮住的小桌子走去，准备吃茶。他们刚坐下，乐队就奏起了《星条旗》，他们只得连忙站起身来。饭店里的气氛非常活跃。人们拿着刚出版的报纸东奔西走，大声谈笑。完全不相识的人们互相借阅报纸，谈论战争，替对方点燃香烟。

"我有一个主意，约·华，"埃莉诺说，尖尖的手指托着一片黄褐色的烤面包，"如果我跑去和你妻子像女人对女人那样好好谈谈，她是会更好地了解情况的。在我装饰房子时她多么和蔼呀，我们相处得非常融洽。"

"我已经向华盛顿表示愿意为政府效劳，"华德说，"这会儿办公室里面

---

① 罗丹早期的著名雕像。

就可能有一封复电。我敢肯定葛屈鲁德会把它看作是她义不容辞的责任。"

"我想走，约·华，"埃莉诺说，"我认为我必须走。"

"去哪儿？"

"去法国。"

"不要草率行事，埃莉诺。"

"不，我认为我必须……我可以成为一名非常出色的护士……我什么都不怕；你应当知道这一点，约·华。"

乐队又一次奏起了《星条旗》；埃莉诺以尖锐的高音小声地唱了这首歌的一部分叠句。他们实在太激动了，不能长久地稳坐在那里，于是乘出租汽车到了约·华的办公室。办公室里一片极其兴奋的气氛。威廉斯小姐在中间那扇窗子上竖立了一根旗杆，正在把国旗挂上去。埃莉诺走到她身边，两人热情地握手。寒风把桌上的报纸吹得沙沙响。打好字的纸页满屋飘飞，可是谁也没有注意到这点。下面五马路上正有支军乐队朝这里走来，他们吹奏着《好啊，好啊，队伍都已来到》。沿途办公室的窗子里都灯光明亮，许多面旗帜在寒风中拍击着旗杆，办事员和速记员们都探出身子来欢呼，他们撒下的纸片在回旋的烈风中飞舞旋转。

"这是第七团。"有人说了一句，于是人们一起鼓掌、欢呼。军乐队在窗下大声敲打。他们可以听见国民警卫队队员们行进的脚步声。交通为之中断，所有的汽车都按响了喇叭。坐在公共汽车顶层的乘客们挥舞着手中的小旗。威廉斯小姐凑过身去亲吻埃莉诺的面颊。约·华站在一旁从她们的头顶朝外张望，脸上挂着骄傲的微笑。

军乐队过去后，车辆和人流又熙来攘往，他们把窗子放了下来，威廉斯小姐走来走去捡起散在地上的纸片，并把它们整理好。约·华接到一份电报，华盛顿方面要他在威尔逊先生网罗一批人组成的公众情报委员会中任职，他说明天早晨就要动身。他往大内克打了个电话，问葛屈鲁德能不能带位朋友来吃晚饭，葛屈鲁德说可以，但愿自己身体顶得住，能不上床睡觉来等他们。她被战争消息搞得很兴奋，但她说一想到所有这一切苦难和杀戮她的后脑勺就疼得厉害。

"我有个预感，假如我带你到葛屈鲁德那里去吃饭，一切风波就都会平息，"他对埃莉诺说，"我的预感几乎总是很灵验的。"

"噢，我知道她会明白的。"埃莉诺说。

他们正要离开办公室时，在门厅里碰见了罗宾斯先生。他没有脱帽，也没有把嘴里叼着的雪茄拿下来。看来他喝醉了。"这到底是怎么回事呀，华德？"他说，"我们算是参战了没有啊？"

"要是现在还没有参战，那么到不了明天早晨就会的。"约·华说。

"这是历史上最可耻的背信弃义，"罗宾斯先生说，"我们为什么要选威尔逊，而不选那个大胡子老家伙①呢？不就是为了使我们避免陷入这天杀的困境吗？"

"罗宾斯，我一分一秒也不能同意你的观点，"约·华说，"我认为我们有责任去拯救……"可是罗宾斯先生已经从办公室的门口消失了，身后留下一股强烈的威士忌味儿。

"要不是看他喝得迷迷糊糊的，"埃莉诺说，"我真想不客气地训他一顿。"

乘坐皮尔斯阿罗牌轿车驶往大内克真是令人激动的经历。一长抹火红的晚霞还在天际留连不去。在寒风吹送中通过昆斯博罗桥就像在灯光、街区建筑物、紫色的布莱克韦尔岛、汽船、高耸的烟囱和发电厂的一片蓝光上空飞行。他们谈论着伊迪丝·卡维尔②、空袭、旗帜、探照灯、军队行进时沉重的脚步声以及圣女贞德。埃莉诺把裘皮大衣的领子往上翻到下巴下，心里琢磨着该和葛屈鲁德·摩尔豪斯说些什么。

当他们到达那座房子时，她有点儿担心会发生一场争吵。她在门厅里站住了，对着手提包里放着的一面小镜子整了整容。

葛屈鲁德·摩尔豪斯坐在一张长椅子里，旁边壁炉里的木柴正噼啪作响。埃莉诺朝房间四处打量了一下，这里显得多么漂亮，她心里很觉高兴。葛屈鲁德一看见是她，脸色顿时变得煞白。"我想和你谈谈。"埃莉诺说。

葛屈鲁德并不站起身来，只是把手伸给了她。"请你原谅我不站起来了，斯托达德小姐，"她说，"我被这可怕的消息完全弄垮了。"

"人类文明要求我们每一个人……作出牺牲。"埃莉诺说。

"德国佬的所作所为当然是可怕的，什么把比利时儿童们的手割下来，诸如此类的事。"葛屈鲁德·摩尔豪斯说。

"摩尔豪斯夫人，"埃莉诺说，"我想和你谈谈这次不幸的误解，关于我和你丈夫的关系……我如果真的做下了那些可怕的谣言里所说的事，还敢跑

---

① 指西奥多·罗斯福，1912年大选中为威尔逊所击败。

② 伊迪丝·卡维尔（Edith Cavell，1865—1915），英国护士，曾在比利时布鲁塞尔一医学院任职，第一次世界大战爆发后，该院改为红十字会医院，她因救护协约国士兵脱逃被德国军事当局枪杀。

来和你面对面地说话吗？你难道把我也看成那种女人了吗？我们的关系就像积雪一样洁白。"

"请你不要提它了，斯托达德小姐。我信任你。"

当约·华进屋来时，她们俩正分坐在壁炉两边，在谈论葛屈鲁德那次动手术的事。

埃莉诺站起身来："噢，我觉得你这样做真了不起，约·华。"

约·华清了清嗓子，看看埃莉诺又看看他的妻子。

"这无非是我的责任嘛。"他说。

"你们说些什么？"葛屈鲁德问。

"我已经向政府表示愿意在战争期间在他们认为合适的任何岗位上服役。"

"可不要上前线啊！"葛屈鲁德神色惊恐地说。

"明天我就要到华盛顿去了……我的服役当然是不要报酬的。"

"华德，你的行为真高尚。"葛屈鲁德说。他慢慢地走到她的椅子边，站定后俯下身去吻她的前额。"我们大家都必须作出牺牲……我亲爱的，我信赖你和你的母亲……"

"当然，华德，当然……这一切都是无聊的误解。"葛屈鲁德的脸红了，她站了起来，"以前我真是个爱猜疑的傻瓜……不过你可千万不要上前线啊，华德。我会委婉地告诉妈妈的……"

她仰起身子，双手放在他的肩膀上。埃莉诺退后几步，背靠着墙朝他俩看。他穿着一身裁剪合身的小夜礼服。葛屈鲁德那身橙红色的茶会服在他的黑色礼服的衬托下显得格外醒目。在水晶玻璃枝形吊灯的照射下，以高高的乳白色四壁为背景，他那浅色的头发呈现灰白色。他的脸在阴影里，看上去忧心忡忡。埃莉诺想：对于他这样的男子汉，人们实在所知甚少，再说，这个房间多么漂亮呀！像是一幕话剧场面、一幅惠司勒的画、萨拉·伯恩哈特[1]的演出。一阵激情涌上心头，使她的视线模糊了。

"我要参加红十字会，"她说，"我巴不得马上就到法国去。"

---

[1] 萨拉·伯恩哈特（Sarah Bernhardt, 1844—1923），法国女演员，十七岁在巴黎法兰西喜剧院登台演出，善演莎士比亚、雨果等的名剧，誉满欧美。

新闻短片 XIX

美国参战[①]

全市口号：支持国家

在那边
在那边[②]

科尔特专利枪械制造公司股东年会分红时，一笔二百五十万美元的巨款被瓜分。目前的股本增加了，今年利润为百分之二百五十九

英国大为惊喜

美国佬来了
我们过来了

拟立法禁止有色人种进入白人住区

在芝加哥数百万美元花在高尔夫球场上印度煽动者使全国处于恐惧状态阿穆尔敦促美国拯救全球免于饥荒

不敬国旗将受罚

工党议员对俄国造成危害诸法案大有忍辱求和之嫌据伦敦讯

---

① 1917年4月6日，美国正式向德宣战。
② 引自美国喜剧家、作曲家乔治·迈克尔·科汉（1878—1942）于1917年创作的流行爱国歌曲《在那边》。

给予诸协约国十亿美元

那边不结束
我们誓不回。

摄影机眼 （27）

西班牙号上载着一批神父和修女　　大西洋呈现一片玻璃般的绿色风急雨
大　　舷窗上都安上了帘布甲板上的灯也都给遮了起来连一根火柴都不允许擦亮

船上的茶房都十分勇敢他们说反正德国佬不至于击沉法国轮船总公司的
船只因为船上乘着神父修女和耶稣会会员法国冶金工业公会答应不炮击大型
冶炼厂所在的布里叶河谷①该公司是波旁亲王和耶稣会会员和神父和修女们
所拥有的

不管怎么说除了美国红十字会的诺尔顿上校和他的夫人以外别人都很勇
敢这对夫妇穿着防水防寒防潜艇袭击的服装像爱斯基摩人的衣服一样他们坐
在甲板上衣服充满着气只露出了脸蛋口袋里装着急救包腰带上系着一只不透
水的袋子里面装着奶油巧克力饼干和麦乳精片

早晨当你在甲板上散步时可以看到要不是诺尔顿先生在替诺尔顿夫人的
衣服打气

就是诺尔顿夫人在替诺尔顿先生的衣服打气

罗斯福的儿子们十分勇敢戴着有硬鸭舌的崭新的美国军帽卡其色马裤呢
军服上佩着神枪手勋章他们成天讲个不停我们必须参战我们必须参战

似乎参战就像进游泳池一般

酒吧侍者很勇敢茶房们也都很勇敢他们因为自己是茶房不在战壕里而感
到庆幸要不全都会早就受了伤

而且糕点做得出色非凡

终于到了该地区经过一段曲曲弯弯的行程我们平静地坐在酒吧里然后到

---

① 位于法国东北部，为蕴藏量非常丰富的铁矿区，当时正处于战区。

达纪龙德河口湾①在珍珠色的柔和的清晨一艘法国鱼雷艇绕着船四周转那些轮船跟在那小巡逻艇后面行驶因为这是布雷区　　红艳艳的太阳正在升起把盛产葡萄酒的土地照得一片通红纪龙德河口湾里满是货船还有战舰飞机在阳光明媚的空中飞翔

加龙河②上一片红色　　现在是秋天那些灰色的房子前的码头上排列着一桶桶新酿的葡萄酒和一箱箱炮弹红色的大铁桥边紧泊着好些结实的帆船桅杆林立

七姐妹旅社住的人都穿着丧服然而正因为发生了战争生意兴隆政府随时有可能从巴黎迁来此地③

在北方士兵们在泥泞中在战壕里死去而波尔多生意很好种葡萄酿酒的商人运货代理人还有军火制造商都蜂拥而来来到美味阄鸡饭店他们尝圃鸫吃蘑菇块菌那里有一块大标语牌：

MEFIEZ–VOUS

les oreilles enemis vous écoutent④

黄昏时刻一片酒红黄色砂砾广场周围放着酒桶公园里飘出一股巧克力香味还有灰色的雕像街道的名字

失望街、法律精神街、遗忘足迹街

燃烧树叶发出烟味刷成灰色的波旁式建筑在酒红色的黄昏之中颓败

在七姐妹旅社睡到半夜突然惊醒有个密探在翻查你的行李

他看了你的护照皱皱眉头翻看你的书籍说了句先生这只是一次小检查

战斗的鲍勃⑤

拉福莱特生于普里姆罗斯郊区，十九岁以前在威斯康星州丹恩县一家农

---

① 位于法国西南部，波尔多港北。
② 在法国西南部，北通纪龙德河口湾。
③ 指波尔多。
④ 法语：谨请注意——敌人的耳朵在听着你。
⑤ 本节为美国政治家罗伯特·拉福莱特（1855—1925）的简史。鲍勃为罗伯特的爱称。

场工作。

他边工作边读完了威斯康星大学。他想当演员，学辩论术，研究罗伯特·英格索尔[①]、莎士比亚和伯克[②]的著作；

（谁能说得清莎士比亚对上一世纪的巨大影响？马克·安东尼在恺撒尸架旁的演说，奥赛罗对威尼斯元老院作的讲话，还有布洛纽斯的家训，这到处唠叨的布洛纽斯。）

毕业典礼后乘马车回家时，他仿佛觉得自己是布思[③]，是写朱尼厄斯信件的威尔克斯[④]，是丹尼尔·韦伯斯特[⑤]，是敢于对抗上帝的英格索尔，是穿着罗马式宽袍的伟人，庄严而一尘不染，像一座座雕像，几百年来在卡彼托山[⑥]上滔滔不绝地讲话；

他是全班最出名的辩论家，

曾经以雅果的性格为题作演说赢得州际辩论奖。

后来他进一家法律事务所去工作，竞选地方检察官。他的同学们在晚上乘车到全县去为他到处游说。他挫败了政界小集团，胜利当选。

这是年轻人的一次造反，反对州内的共和党政治势力集团

政界头头，在首府麦迪逊的邮政局长凯斯一手抓该县政务，他大吃一惊，几乎从椅子上摔下来。

这一来，拉福莱特有了工资，可以结婚养家了。当时他二十五岁。

四年后，他竞选众议员。威斯康星大学学生再度支持他；他是小伙子们推崇的候选人。后来当选了，成为众议院最年轻的议员。

菲利特斯·索耶带他在华盛顿到处拜访要人。此人是威斯康星州的木材大王，一贯像储存和出售成捆木材一样收集和兜售政客。

---

① 罗伯特·英格索尔（Robert Ingersoll，1833—1899），美国著名律师、演说家。
② 埃德蒙·伯克（Edmund Burke，1720—1797），英国政论家、国会议员。
③ 埃德温·布思（Edwin Booth，1833—1893），美国著名莎剧演员。
④ 1769—1772年，英国有人化名"朱尼厄斯"，在报上发表了一系列攻击英王乔治三世和一些大臣的公开信，支持曾因攻击乔治三世而坐牢的英国政论家约翰·威尔克斯（John Wilkes，1727—1797）重新当国会议员。实际上这些信件并不是出于他的手笔。
⑤ 丹尼尔·韦伯斯特（Daniel Webster，1782—1852），美国律师、演说家、国会议员，曾两度担任国务卿。
⑥ 罗马七山丘之一，上有大神朱庇特神庙。

拉福莱特是共和党人，曾经挫败过政界小集团。如今他们以为可以制服他了。在华盛顿没人能保持清白。

那年冬天布思在巴尔的摩演出莎士比亚的戏剧。布思对他弟弟^①有宿怨，所以再也不肯去华盛顿。可是他演出时，鲍勃·拉福莱特夫妇每场必到。

州博览会举办期间，政界头头木材大王索耶在密尔沃基的普兰金顿旅馆大厅里企图贿赂他，要求他对他的一个亲戚施加压力。这位亲戚正在共和党州财务局长被控告一案中任审判长；

鲍勃·拉福莱特狂怒之下，转身走出旅馆。从此以后，他与威斯康星州共和党政治势力集团展开无情斗争，直到他当选州长，才打垮这共和党政治势力集团；

这十年斗争使威斯康星成为一个模范州，州内的选民们，包括循规蹈矩的德国人、芬兰人，以及喜欢保持自己的意见的北欧人，学会了使用这新获得的杠杆力量，行使初选、复决和罢免等权利。

拉福莱特向铁路公司征税

约翰·C.佩恩在华盛顿埃比特大楼会议休息室里对一群政界人士说："要是拉福莱特以为他有本事跟拥有五千英里长的铁路线的公司作对，那他就是个笨蛋。他会发觉自己错了。到时候我们会收拾他的。"

可是当时机真的到来时，威斯康星州的农民、刚毕业的青年律师、医生和商人们

出来关怀他了

他们三次选他担任州长

然后把他送进美国参议院。

他在参议院毕生工作，作长篇演说，援引大量统计数字，努力保卫民主党政府，致力于建设一个农民和小工商业主的共和国。他单枪匹马，背水作

---

① 布思为美国著名演员世家，埃德温的弟弟约翰（1838—1865）也是演员，1865年4月14日在华盛顿的福特剧院暗杀林肯总统，后被处决。

战，攻击腐化现象、大企业、金融界、托拉斯、大联合企业以及华盛顿的死气沉沉的气氛。

他是"一小撮只愿发表自己的见解的固执分子"之一

他挺身出来反对伍德罗·威尔逊提出的必然会导致与德国开战的武装商船的法案。他们把这个法案称作"擅自对外国进行战争的行动"，但是六个有胆量的人如何能赤手空拳地抵挡狂冲而来的蒸汽压路机呢；

报界煽动读者憎恨拉福莱特，

这个叛徒，

他们在伊利诺斯州焚毁他的模拟像，

在惠林他们不许他发言。

一九二四年，拉福莱特竞选总统，他既没有经费也没有政治势力集团做后台，总共获得了四百五十万票

但他病了，无休止地工作，操劳过度，各个委员会会议室和立法机构的大厅里污浊不堪的空气以及政客们身上的肮脏臭气

使他窒息，

于是他去世了，

这个在消亡了的共和国的国会中慷慨陈词的演说家；

然而我们都记得

一九一七年三月伍德罗·威尔逊第二次宣誓就任总统时，他稳坐僵持，使庞大的政治机器为之停转三天。他们不许他发言。楼座上人人怒目而视，参议院群起而攻之，

这个人身材矮胖，脸上布满皱纹，一条腿伸到座椅间的走道上，双臂交叉在胸前，嘴角上叼着雪茄

桌子上放着一篇没有宣读的演说词，

一个只愿发表自己的见解的固执分子。

查利·安德森

　　查利·安德森的母亲在北达科他州法戈城①的北太平洋铁路车站附近开设一家铁路寄膳宿舍。那是座人字型屋顶的木屋子，四周都有走廊，屋子漆成芥末黄色，饰有咖啡色的图案，屋子背后总是晾着洗好的衣服，把晾衣绳子都压弯了，绳子的一端拴在厨房门口的一根杆子上，另一端直拉到那排倾圮的养鸡房上。安德森太太是个讲起话来细声细气、头发灰白、戴副眼镜的女人；房客们都害怕见她，每当他们感到床铺不舒适、饭菜不可口、鸡蛋不新鲜时，就会找那位步履蹒跚、胳膊粗壮的莉齐·格林去发牢骚。她是宿舍里的帮工，北爱尔兰人，这里的烹饪以及一应家务杂事都由她承担。无论哪位小伙子喝醉了酒回来嚷嚷，莉齐总会在睡衣上套了件磨得露出布丝儿的男式大衣，走出来让他闭嘴。一天晚上，有位扳道工想对莉齐放肆一下，结果下巴上狠狠地挨了一拳，直挺挺地从前廊上摔下去。查利小时候就是由这位莉齐替他洗脸擦身的，她按时送他上学，他膝盖擦破了皮，她就给他抹上山金车花酊剂，生了冻疮也是她用软皂替他清洗的，还给他缝补衣服上给扯破的地方。在查利出生以前，安德森太太已生过三个儿女，他们长大了，都已离开了家，所以看来她已无意一心照看查利了。就在查利出生前后，安德森先生也离开了家；因为他的肺不好，受不了冬季的严寒，不得不到西部去，这是安德森太太的说法。安德森太太管理账目，随着季节的流转，她把鲜果蔬菜制成蜜饯，或做成罐头，有草莓、豌豆、桃子、豆角、番茄、梨、梅子以及苹果酱等等，每天还督促查利念一章《圣经》，此外还担负着教会里的许多工作。

　　查利是个胖墩墩的男孩，长着一头乱蓬蓬的亚麻色头发和一双灰眼睛。他是寄宿在这里的房客们的小宝贝，日子过得满开心，除了星期日。每星期日他得上教堂去两次，还要去主日学校，一吃好晚饭，他母亲就会为他朗读《马太福音》《以斯帖记》或《路得记》中她最喜爱的段落，还要对指定他本

---

① 位于该州东南边境。

周里阅读的章节提出问题。这些功课是在一张铺着红桌布的桌子上进行的，桌子摆在安德森太太堆满花盆的一扇窗子跟前，花盆里无论冬夏都栽着酢浆草、牵牛花、海棠花和羊齿植物。查利坐立不安，刚吃过丰盛的晚餐，使他昏昏欲睡，可是心里很害怕，怕自己会犯下不敬圣灵的罪孽。他母亲向他暗示过，如果在教堂、主日学校或在母亲为他读《圣经》时心不在焉，就是犯了这种罪孽。冬天里，厨房里非常安静，只听见火炉发出轻轻的嘶嘶声或莉齐的沉重的脚步声和粗重的喘息声，她刚洗干净晚餐用的碟子，此刻正把它们放回碗柜里去，一摞摞地堆好。夏天里，情况要糟得多。别的小孩会来向他描述他们到红河里去游泳和钓鱼，或者到圆形机车修理房后的贮木场或煤仓去玩"学样"①游戏的情景，像花彩般挂着的捕蝇纸条上粘住的苍蝇会发出低低的嗡嗡声，他还能听到调车场上的机车把一节节货车调进轨道，或是听到开往温尼伯去的直达列车呼啸着开进站来，听到车上铃声大作；他感到戴着硬领又黏乎又痒痒，他不断抬头望挂在墙上的那只发出很响的嘀嗒声的瓷质大钟。越看钟越觉得时间过得太慢，他就估计好，大约每过十五分钟才抬头看一次，可是一看，却只过了五分钟，心里很恼丧。也许还是就在此地一劳永逸地犯下那不敬圣灵的罪孽为好，学多尔菲·奥尔森的样，跟一名流浪汉溜之大吉，可是他没有这个胆量。

到他准备进中学时，他开始发现《圣经》里的种种趣事，正如孩子们在贮木场栅栏后没膝的草丛中玩腻了"洞里蛤蟆"游戏时所谈论的那些，关于俄南的故事②、利未人纳妾的故事和《雅歌》③，这些地方读起来很有趣，使他心跳，就像在听寄膳宿舍里铁路员工们交谈的片断一样，他已经懂得娼妓意味着什么，女人肚子大是怎么回事，这些事困扰着他，但他和母亲谈话时总是非常小心，不让她知道他已经懂得了这一类事情。

查利的哥哥杰姆娶的是明尼阿波利斯一家出租马车行老板的女儿。在查利快要上完八年级的那年春天，杰姆夫妇来探望安德森太太。杰姆就在屋里大抽雪茄，还和母亲开玩笑，有他在场时，谁也不谈诵读《圣经》的事。有一个星期天，杰姆带查利到夏延河上游去钓鱼，他对查利说，要是查利学年

---

① 美国儿童的一种游戏，以一个儿童做领袖，他做什么动作，别人得赶快学样，学错的人要受罚。

② 《圣经·创世记》第38章，俄南与嫂嫂同房时，"知道生子不归自己，……便遗在地，免得给他哥哥留后"。

③ 《雅歌》第1章一开头就有"愿他用口与我亲嘴，因你的爱情比酒更美"等语。

结束后到双城①去，他会给他安排工作，让他到他正在兴办的汽车行里做帮手，那个汽车行就开在他岳父的出租马车行里。于是查利就和同学们说今年夏天他就要进城去工作了，这话听起来美滋滋的。他巴不得离开家，因为他姐姐埃丝特刚从护士学校结业归来，成天指责他说话不文雅啦，衣服不整洁啦，馅饼吃得太多啦。

那天早上，当他拎着埃丝特借给他的手提箱，独自过河到穆尔黑德去搭开往双城的火车时，心情很愉快。到了车站，他打算买一包香烟，可是报摊上的那个男人打趣他，说他年纪太小不该抽烟。他动身的那天，正是春季里一个稍觉炎热的晴天。拉着一长列运面粉的大车过桥的那些高头大马的侧腹上都在冒汗。他在站里等车时，空气越来越窒闷，一片蒙蒙的雾气升起来了。红艳艳的日光照耀在铁路沿线一座座起卸机谷仓宽阔的后墙上。他听见有一个男人对别人说："依我看，很可能会刮龙卷风。"等他上了火车，他把半个身子探出敞开的车窗，看到在直接云天的碧绿的麦田的西北方，紫色的雷暴云砧正在聚集。他有点儿盼望真来一场龙卷风，因为他还从没看见过，可是当鞭子般的闪电从云层里出现时，他有点害怕了，尽管坐在车厢里，身边有车掌和其他乘客，使他增加了安全感。结果来的倒不是龙卷风而是一场大雷阵雨，当大片嘶嘶作响的雨浪缓缓地席卷而过时，麦田变成一片淡青色。后来，太阳露出来了，查利打开车窗，万物都散发出春天的气息，在每一片白桦林里，在所有的闪光的小湖周围的幽深的冷杉丛中，都有鸟儿在啼啭。

杰姆开了一辆福特牌卡车到联合车站来接他。他们在货运站停下车，查利得帮着把许多箱沉重的汽车备件装到车上，这些备件刚从底特律运到，箱子上标明"沃格尔汽车行"的字样。查利装出一副老城里人的派头，可是那叮叮当当的有轨电车、载重车马匹掌上的防滑蹄铁在铺路石上踩出的火星、美丽的金发女郎、商店、德国人开的大啤酒店、制造厂和金工车间里发出的嘈杂声响使他感到头脑昏昏沉沉。杰姆穿着工装裤显得又高又瘦，说起话来变了，说得又短又冲。"小家伙，到了家你得注意着点儿，懂吗？老头儿是德国人，海德维格的老爹有点儿爱挑剔，德国老头儿全都那样。"当他们装好车，在稠密的车流中缓缓行驶时，杰姆对他说。"当然啰，杰姆。"查利说，心里开始有些不安，不知道在明尼阿波利斯过日子会怎么样。他希望杰姆脸上能露出更多的笑容。

① 明尼阿波利斯和圣保罗两城隔密西西比河相望，通称"双城"。后者为明尼苏达州州府。

296

沃格尔老人身材粗壮、面色红润，长着一头凌乱的花白头发和一个大肚子，爱吃团子和浇上很多浓调味汁的炖肉，还爱喝啤酒，杰姆的妻子海德维格是他的独生女。他老婆已经死了，有一个中年德国妇女替他管家，人们都叫她哈特曼姨妈。无论什么人走过，哈特曼姨妈总是手持拖把跟着他打扫，靠了她和海德维格的努力，屋子里干净得一尘不染，你可以在油毡地上的任何地方放个煎鸡蛋来吃；海德维格的蓝眼睛里带着一股喜欢闹别扭的神色，因为今年秋天她就要生孩子了。她们从来不开窗，因为怕尘土会吹进屋里来。房子是临街的，出租马车行就在房子的后院，从一条小巷中进去，小巷另一边有家出售马具的老铺子，如今刚改建成为汽车行。杰姆和查利的卡车开到时，看见几个画广告的站在梯凳上正在挂那块亮光光的红白两色新招牌，上边写着"沃格尔汽车行"的字样。"这老家伙，"杰姆咕哝着说，"他说过要叫'沃格尔与安德森'的，可是随它去吧！"这儿处处散发出马厩的味儿，有个黑人正牵着一匹瘦成皮包骨的马在四周遛着，马身上披着条毯子。

整个夏天，查利洗汽车、给变速器换油、换刹车衬垫。他身上总是又脏又油，老穿着一条油得发腻的工装裤，每天在修车间里从早晨七点一直干到夜里，那时他累得什么都顾不上了，爬上修车间的阁楼，在为他搭的那只帆布床上倒头便睡。杰姆每周给他一块钱零花，还解释说，他这样做简直慷慨极了，因为学会修车工作对查利是大有益处的。每星期六晚上，他总是最后一个轮到洗澡，留给他的水往往是温吞吞的，要费好大劲儿才能把身子洗干净。沃格尔老人信奉社会主义，从不上教堂去，星期天和几个老朋友喝一整天啤酒。星期日午餐时，大家都讲德国话，杰姆和查利闷闷不乐地坐在餐桌边一言不发，可是老沃格尔强劝他们喝啤酒，还讲笑话，逗得海德维格和哈特曼姨妈捧腹大笑；午饭后，查利被那味道苦得厉害的啤酒弄得头脑昏昏沉沉，可是他觉得不喝不合适，而沃格尔老人还哄他抽了一支雪茄，然后叫他出门去看看市容。他走出门去，觉得吃得太饱了，脑袋有点儿晕，他乘电车到圣保罗去看新近落成的州议会大厦，或者去哈丽特湖，或者一直到大岛公园去，坐坐公园里的滑行铁道车，或者顺着公园大道步行，直走得似乎脚都要掉了。起初他连一个与他年龄相仿的朋友都没有，因此只能看书消遣。《大众机械》杂志，他每期都买，还有《科学美国人》《冒险》和《大千世界杂志》。他都计划好了，要根据《科学美国人》上的图样，动手制造一条小艇，乘坐它直下密西西比河，一直驶进墨西哥湾。他要以打野鸭和捕鲑鱼为生。为了要买一支猎枪，他开始攒钱了。

话得说回来，在沃格尔汽车行里生活，他感觉挺不错，因为他不必再读什么《圣经》，也不用去做礼拜，他喜欢修理汽车马达的活儿，并且学会了驾驶那辆福特牌卡车。不久他结识了巴克和斯利姆·琼斯两兄弟，他们和他年龄相仿，就住在同一街区。在他们眼里，他算得上是个大人物了，因为他在汽车行里工作。巴克是个报童，他有路子可以从电影院的太平门里溜进去看电影，还知道坐在运动场哪几处栅栏上看球赛最清楚。自从查利结识了琼斯兄弟，星期天一吃完午饭马上就跑到他们那里去，他们一起度过非常愉快的时光，搭乘运粮卡车，坐在电车尾部的缓冲器上到处逛，惹得警察在后头直追；他们攀在船的吊杆上随船出航，他们游泳，绕道爬到瀑布的上方，回家时浑身是汗，他那身好衣服都弄脏了，晚饭的时间也过了，挨了海德维格的痛骂。老沃格尔一发现琼斯兄弟围着汽车行转，就会把他们轰走，可是当他和杰姆不在时，那个满身马厩气味的黑人马夫格斯就会跑来给他们讲故事，谈到在路易斯维尔的赛马、浪荡女人和人们喝威士忌的情景，还告诉他们头一次搞女人应该怎么办，说他自己和那相好的女人干了一整夜，连一分钟都没有停过。

　　劳动节那天，沃格尔老人驾着四轮双座轻便马车，带着杰姆、他女儿和哈特曼姨妈外出，拉车的是一对非常优秀的栗色马，那是留在他那里待售的；他们怕有人会来买汽油或润滑油，就把查利留下来照看汽车行。巴克和斯利姆又过来了，他们谈论劳动节是怎么来的，说要是他们什么地方也不能去，不成了挨罚了吗？集市场地上有两支棒球队要举行两场比赛，附近还有很多其他球类活动。这一下就闯出祸来了：查利先是教巴克怎样开卡车，为了使他更加明白，他得把汽车发动起来，接着他不假思索地向他们提出，要开车带他们在这街区转一圈。等到一圈转完，他回来关上了汽车行的大门，三人就乘车一路兜风，直向明尼哈哈驶去。查利心想，他要非常小心地驾车，比家人们早几个小时赶回来，可是不知怎的，他发现自己飞速地驶上一条沥青大道，几乎撞在一辆突然从支路上拐来的装满小姑娘的小型马车上。后来在往回开的路上，他们喝着瓶装沙士水，感到非常惬意，突然，巴克说有一名警察驾着一辆摩托车跟在他们的后面。查利加快车速，想摆脱那名警察，结果拐弯太猛，砰的一声撞在一根电线杆上。巴克和斯利姆尽快地拔脚溜了，撇下查利一人去对付警察。

　　那名警察是瑞典人，他对查利呵斥、咒骂、咆哮，说他无照驾驶车辆，要把他送进班房；幸亏查利从座位底下找出他哥哥杰姆的驾驶执照，说他们送了一车苹果到明尼哈哈，哥哥嘱咐他把车开回车行，于是警察把他放了，叫他下次开车小心点儿。汽车照样走得蛮好，只是有一块挡泥板撞弯了，方向盘的模样也变得有点儿滑稽。查利往回开时速度太慢，到家时水箱里的水沸腾得溢出来了，他看见那辆轻便马车停在屋前，格斯拉住了两匹栗色马的脑袋，全家人正从马车上下来。

他还能说什么呢！他们一眼就看见了撞弯了的挡泥板。大家都厉声责骂他，哈特曼姨妈的嗓门最大，老沃格尔的脸都气紫了，他们都对他讲德国话，海德维格使劲拽住他的上衣，打了他一记耳光，大家都说杰姆应当把他臭揍一顿。查利恼火了，说谁也休想揍他，于是杰姆说他还是回法戈去的好，查利就爬上阁楼拾掇好手提箱，当晚就离开了车行，没有向任何人道别。他一手提着箱子，腋下夹着五本过期的《大商船队》杂志。他身上的钱只够买一张到巴恩斯维尔的车票。过了巴恩斯维尔，他只得跟那车掌玩捉迷藏，最后总算在穆尔黑德车站下了车。他母亲看见他回来很高兴，说他真是个好孩子，知道在学校开学前及时赶回来探望她，还谈到要给他行坚信礼的事。查利绝口不提那福特卡车出的事，暗暗打定主意，决不到任何该死的教堂里去行什么坚信礼。他吃了莉齐替他准备的丰盛的早餐，就到自己的房里去，往床上一躺。他在想，不打算去行坚信礼是不是一桩冒犯圣灵的罪孽，不过这样的想法没有以前那么使他害怕了。在火车里坐了一整夜使他十分困倦，他马上就睡着了。

查利熬过了两年中学生活，晚间在穆尔黑德汽车行里帮帮忙，挣点儿钱，但自从他到双城去了一趟回来，再也不觉得家里有什么好了。他母亲不许他星期天出去工作，老是催促他去行坚信礼，他姐姐埃丝特则在一切问题上都跟他抬杠，莉齐呢，始终把他当小孩子看待，当着寄宿客人的面叫他"宝贝"，同时他对上学也腻烦了，所以在他十七岁的那年春天，毕业典礼举行过后，他又一次到明尼阿波利斯去，这次想自己找个工作干。因为他身边带有几天的生活费，所以第一桩事就是到大岛公园去玩。他想乘滑行铁道车，到打靶场去放它几枪，游游泳，随便认识几个女孩子。他对法戈和穆尔黑德这类没有出息的土里土气的小城镇厌弃了。

到达湖畔时天色已快断黑。当他乘坐的小汽船往码头停靠时，他听到透过树丛传来爵士乐队的声音，听到滑行铁道上叽叽嘎嘎的声音，以及一辆车滑下来时的一片大叫声。那里有一座帐篷舞场，树丛中悬挂着彩灯，打靶场上送来姑娘们身上的香水味儿、爆玉米花味儿、软糖味儿和香粉味儿，招徕游客的人员正在各自的摊位跟前大声嚷嚷。这是星期一晚间，游客并不很多。查利乘了两次滑行铁道车，就和开车的那个小伙子搭话，问他在这里找工作的机会多不多。

小伙子说待着别走，到十一点钟打烊的时候领班斯文森会来的，他可能正要物色一名小伙子。说话的小伙子名叫埃德·沃尔特斯，他说这儿的活儿不算怎么样，可是斯文森倒是个相当正直的人；他让查利白乘了两趟滑行车，看看它是怎样运行的，还递给他一瓶奶油苏打水，叫他耐心点儿。埃德在娱乐行业里已干了一年多，一张尖脸露出狡黠的样子，举止显得挺机灵。

一个有粗糙的沙色头发、脸上漠无表情的大个子走到票房来收取营业所得，一看到他，查利的心就怦怦地跳起来。他就是斯文森。他上下打量了一下查利，说要试用他一星期，要他记住，这是一个宁静的、具有家庭乐趣的游乐场，他不能容忍任何粗鲁无礼的行为，并嘱咐他第二天上午十点钟到这里来。查利对埃德·沃尔特斯说了声"明天见"，赶紧搭最后一班船和电车回到城里。下了电车，时间已经晚了，来不及到车站行李房去取行李了；他不想花钱去住旅店，也不想到杰姆家去投宿，于是就在市政厅前面的一条长椅上躺了下来。这是一个温暖的夜晚，睡在长椅上十足像个流浪汉，这使他感到快慰，然而弧光灯一直照射着他的眼睛，他还担心警察会来；要是他被当作游民遭到拘留因而失去在公园里的那份工作，那才糟糕呢。当他在灰蒙蒙的清晨醒来时，牙齿直打战。弧光灯在淡柠檬黄色的天空中吐出一团团粉红色的光芒；商业区巨大建筑物的所有窗户都空无一物，显得奇特、阴沉而荒凉。他得在人行道上脚步咚咚地快跑一阵，使血液重新流通起来。

他找到一个吃食摊，在那儿花五分钱就可以喝到一杯咖啡并吃一个油炸面包圈，然后乘头趟电车赶往明尼通卡湖。那是一个阳光灿烂的夏日，微微刮着北风。湖泊碧蓝，桦树的躯干白得耀眼，黄绿色的小叶片在深绿色的常青树和深蓝色的天幕映衬下，在风中摇曳舞动。查利觉得平生从来没有看见过这样的美景。他在码头一端长久地等候开往岛上去的船只，浑身沐浴着阳光，使他昏昏欲睡。当他到达时，公园里各处都还上着锁，票房都上着门窗板，红蓝两色的滑行铁道车都一动不动，在晨光中显得孤独凄凉。查利在附近转悠了一会儿，但他的眼睛生疼、两腿发酸，手提箱也觉得太沉了，于是在一间小屋的墙根下找到个避风的地方，在温暖的阳光下躺倒在一摊松针上，就睡熟了，身边放着他那只手提箱。

他醒来时心里猛然一惊。他的英格索尔牌手表告诉他已经十一点钟了。

他的情绪十分低沉,心都凉了。要是因为迟到而失去工作那才倒霉呢。斯文森正坐在滑行铁道边的票房里,后脑勺上扣着一顶草帽。他一句也不提他迟到的事儿。他只是叫查利脱掉上衣,帮助机械师麦克唐纳给发动机加润滑油。

查利整个夏季都在滑行铁道上工作,直到九月份公园游乐场歇业为止。他和埃德·沃尔特斯以及一名摆糖果摊的南欧佬斯巴诺洛一起住在埃克赛尔西渥的一座小帐篷里。

斯文森带着他六个女儿就住在隔壁帐篷里。他的妻子死了。大女儿安娜大约三十岁年纪,是游乐场的出纳员,另外两个是通卡湾饭店的女招待,剩下三个都还没有工作,在上中学。斯文森姐妹个个亭亭玉立,头发金黄、皮肤娇嫩。查利对与他年龄相仿的那位小妹妹爱密斯卡十分倾心。那儿有个浮码头和一块跳板,他们都在一起游泳。整个夏天查利一直上身穿一件游泳衫,下身穿一条卡其裤,皮肤晒得黑黝黝的。埃德的女朋友叫佐娜,他们四人常在游乐场关门以后一起去划船,尤其是在温暖的月夜。他们不喝酒,但是抽香烟,还听留声机,接吻,紧挨在一起躺在船舱底里。回到男孩子住的营帐时,斯巴诺洛已躺下睡觉了,他们俩会稍稍捉弄他一下,把六月甲虫放到他的毯子下面去,惹得他翻来覆去睡不安稳,又诅咒又詈骂。爱密斯卡很会做一种牛奶软糖,查利发疯似的爱她,看来她也喜欢他。她教他接吻时要伸出舌头,还抚弄他的头发,身子在他身上蹭来蹭去,像小猫一样,可是她从来不允许他更进一步,反正他也觉得那样做不合适。有一晚,他们四人到营帐背后山坡上一小片长着大树的林子里去,在一棵松树下点起篝火。他们在火上烤棉花糖,围坐在火堆旁讲鬼故事。他们带着几条毯子,埃德把铁杉树枝插在地上搭起一张床,于是他们四个都挤在毯子下睡觉,互相呵痒取乐,打打闹闹玩了个够,隔了很久才睡着。有一段时间,查利躺在两个姑娘的中间,她们的身子紧紧地贴着他,使他春情勃发,睡不着觉,心里很不安,生怕姑娘们会注意到这一点。

他学会了跳舞和打扑克,到了劳动节,他一个子儿都没有攒下,不过他觉得这个夏天过得痛快极了。

他和埃德在圣保罗合租了一个房间。他找到了工作,在北太平洋铁路公司的金工车间里给一名机械师当助手,收入还不错。他学会了开电动车床,开始在夜校里补习,准备将来进高级机械学校学土木工程。埃德去找职业,运气看来不太好,只能在一家保龄球场上偶尔打打短工,挣几个小钱花。星期天,他们俩常常和斯文森一家人共进午餐。斯文森先生在四街上经营着一家小电影院，院名利夫·埃里克森①，可是生意不十分好。他以为这两个小伙子要和他的两个女儿订婚是理所当然的事，因此非常欢迎他们到他家去。查利每星期六晚上都带爱密斯卡出去玩，花很多钱给她买糖果吃，请她看杂耍演出，还上一家中国餐馆去吃饭，饭后就在那儿跳舞。圣诞节那天，他送给她一枚刻着他名字的印章戒指，这样，她就承认已经与他订婚了。于是，他们回到斯文森家，坐在会客室的沙发上搂抱着接吻。

看来她喜欢逗得他神魂颠倒，然后跑开去，顾自去梳头发或往脸上擦胭脂，过了好长时间，查利听见她在楼上和几个姐姐咯咯地傻笑。他只得在会客室里来回走动，室内只有一盏灯蒙着个花灯罩，他感觉忐忑不安、心惊肉跳。他不知怎样才好。他还不想结婚，因为结了婚就将使他不能周游全国并继续进修工程学了。车间里的其他未婚小伙子都变坏了，他们找街上的妓女鬼混，可是查利怕传染上性病，同时他还得忙于上夜校之类，也实在没有空，再说，他真正需要的只有爱密斯卡。

每次他与爱密斯卡分手前总是最后给她一个粗鲁的吻，吮着她的舌头，鼻孔里塞满了她的头发，嘴里是她的口舌的味儿。当他步行回家时，感到耳鸣，恶心，四肢无力；上床以后，他整夜辗转反侧，睡不着觉，心想自己快要发疯了，弄得睡在床的另一边的埃德抱怨他说，看在上帝面上，别翻身啦。

二月间，查利觉得嗓子疼，跑去看医生，医生说他得了白喉，把他送进了医院。接连几天，他病得很厉害，医生给他用了抗毒素。当他的病逐渐好转时，埃德和爱密斯卡一起来看他，坐在床沿上，使他很觉宽慰。埃德这一次衣履整洁，说他找到了新工作，收入很多，但不肯说是什么工作。查利发觉在患病期间，埃德和爱密斯卡有时在一起玩，但他并不放在心上。

隔床病人迈克尔森是个灰头发的瘦子，也是患白喉刚好。那年冬天他在一家五金商店工作，目前的景况很拮据。两三年前他在衣阿华州的玉米产区拥有一家农场，可是接连几年歉收把他毁了，银行取消了他抵押财产的赎回权，接管了农场，让他以佃农的身份继续耕种以前属于他的土地。但他说要他当佃农替别人耕种，那他就算不上是人了，他收了摊子，来到城里。如今五十岁了，有老婆和三个年幼的儿女要养活，还得白手起家，重振家业。他热烈地崇拜鲍勃·拉福莱特，持有这样一种理论，说是华尔街的银行家们正以使农民贫困化的手段，阴谋掌握政府并治理国家。他整天气喘吁吁地用细

---

① 北欧古传说中的英雄，据说于公元1000年左右时曾航海至北美大陆。

弱的声音谈论无党派同盟和农工党，谈论大西北的命运，说是工人农民应当团结起来，选举像鲍勃·拉福莱特这样的好人，直到护士吩咐他闭嘴时才打住。那年秋天，查利刚参加了劳联的一个地方支部，因此迈克尔森连喘带咳地对他讲的话使他对政治产生了兴趣和好奇心。他决心多看报，跟上世界形势的发展。由于这场大战和其他原因，你真说不上将来会变成个什么样儿。

当迈克尔森的妻子和儿女来探视时，他把他们介绍给查利，说是自己被安置在这样一个聪明的小伙子旁边，使得这次生病住院成了一桩快事。查利看到他们个个脸无血色、营养不良，在结冰天气身上穿得这样单薄寒酸，心里着实难过。查利比迈克尔森先出院，当他俯身握住迈克尔森那干巴巴的瘦骨嶙峋的手和他道别时，迈克尔森对他最后讲的一句话是："孩子，你读一读亨利·乔治[①]的书吧，听见了吗……？他懂得这个国家的症结所在；要是他不懂，就算我说瞎话。"

查利总算能在刺骨的寒风中用自己的双腿在积雪的街道上行走，心里很觉高兴，他总算摆脱了碘仿和病人的气味，就此把这一切统统忘掉了。

出院后第一件事就是到斯文森家去。爱密斯卡问他埃德·沃尔特斯在哪儿。他说自己还没有回过宿舍，所以不知道。听他这么说，她显出发愁的样子，使他起了疑心。"佐娜也不知道吗？"查利问道。"不，佐娜另有男朋友啦，她如今只想着他。"她说罢朝他笑笑，轻轻地拍拍他的手，拿他当婴儿般哄了一会儿，两人坐在沙发上，她拿出自己做的一些奶油软糖来请他吃，接着他俩握住了手，吻来吻去，弄得口水黏糊糊的，查利感到很快活。安娜进屋来，说他瘦得多厉害，说她们得好好给他补养补养，于是他留下来吃晚饭。斯文森先生请他每天都来和他们共进晚餐，一直到他身体康复为止。吃过晚饭，大家都到前边的会客室里去玩"拱猪赶羊"纸牌戏，一晚上过得十分痛快。

查利回到他寄宿的地方时，在门厅里正好碰上女房东。她说他那个朋友走时连房租都没有付，因此必须由他当场付清，否则不许他到房间里去。他和她争辩说，自己刚出医院，最后她答应让他一个星期后付。女房东身材高大，脸有皱纹，看样子心肠挺软的，她围着一条黄色的擦光印花布围裙，上面缝满一只只小口袋。查利上了楼，回到他和埃德共住了一冬的那间位于走

---

① 亨利·乔治（Henry George，1839—1897），美国经济学家，他努力探求当时美国国富民穷的原因，主张单一税制。代表作为《进步与贫困》（1880）。

廊一端的卧室，觉得寒冷难忍和孤独凄凉。他上了床，钻进冰冷的被窝里，躺着浑身发抖，感到周身无力，像个无能为力的孩子，简直想哭一场，心想，埃德到底为什么要出走，连句话都没给他留下，爱密斯卡为什么听说他不知道埃德的去向时表情如此奇特。

第二天他回到车间里继续干他以前的工作，尽管他的身体还非常虚弱，干不了什么活。工头对他的态度相当不错，叫他这几天干活悠着点儿，可是他患病期间的工资不能发，因为他不是老职工，也没有公司医务室医生开的病假单。当天晚上，他到埃德以前工作的保龄球场去。楼上酒吧里的伙计说埃德因为在抽签售表时弄虚作假，事情暴露后逃到芝加哥去了。"要照我说呀，走了倒好，"他说，"那小子是个十足的坏蛋。"

他接到杰姆写给他的一封信，说是妈妈从法戈来信了，她对查利非常不放心，让杰姆最好去看一看他，于是查利在第二个星期天就到沃格尔家去。一见到杰姆，他就说自己年幼无知，把福特车撞坏了真是愚蠢，两人握手言和，杰姆说谁也不会再提这件事，他还是留下来和大家一起吃饭吧。饭菜和啤酒都很出色。杰姆的孩子好玩极了；想起自己当上了叔叔觉得挺逗乐的。就连海德维格也不像以前那样脸带愠色了。汽车行生意兴隆，赚头很大，沃格尔老人打算停办出租马车行，准备退休了。当查利说起自己在上夜校时，老沃格尔对他的态度就殷勤得多了。有人提起拉福莱特，查利说他是一位大人物。

"要是你没有正确的主张，成一个大人物又有啥用？"胡子上沾着啤酒沫的老沃格尔说。他端起啤酒杯又喝了一大口，用亮晶晶的蓝眼睛盯着查利看。"不过事儿才刚开头……我们还是要把你培养成个社会主义者。"查利的脸红了，说："哦，这我可还说不准。"哈特曼姨妈又往他盘子里添了一份五香兔肉、面条和土豆泥。

三月里一个阴冷的晚上，他带爱密斯卡去看《一个国家的诞生》①。片中的战争场面、音乐和军号声使他们俩的心都紧缩起来。当那两个小伙子在战场上相会并一起拥抱着死去时，他们俩眼睛里都噙着眼泪。当他们看到三K党徒在银幕上横冲直撞地窜过去时，查利的一条腿紧紧地贴住爱密斯卡的腿，她用手指使劲地戳他的膝盖，都把他戳疼了。散场以后，查利说他一定

---

① 这是美国默片时期著名导演戴·卢·格里菲思（1875—1948）的代表作，以南北战争为背景，1915年公映，被西方电影家公认为世界电影中的经典作品。

要到加拿大去参军，到欧洲去体会这场大战。爱密斯卡说别傻了，一面开玩笑似的望着他，问他是不是亲英派。他说这他倒无所谓，反正不管哪一方面战胜，真正捞到好处的只有那些银行家。她说："你讲得不太吓人吗？咱们再也别说这些了。"

他们回到斯文森家时，斯文森先生正穿着衬衫，坐在会客室里看报。他站起身迎着查利走去，眉头皱着，脸色很不好看，正要对他说些什么，可是爱密斯卡对他摇了摇头。他耸耸肩膀，就走出了房间。查利问爱密斯卡，老头儿有什么心事。她一把抱住他，脑袋靠在他的肩膀上，放声大哭起来。"你怎么啦，我的小猫，你怎么啦，我的小猫？"他连声问道。她越哭越伤心，眼泪流得他一脸一脖子，他说："看在上帝分上，别哭哭啼啼的了，小猫，瞧你把我的硬领都哭湿了。"

她倒在沙发上，他看到她正在尽力使自己镇静起来。他在她身边坐下，不断地轻轻拍她的手。她突然站起身来，站在屋中央。他想伸出手臂搂住她并爱抚她，但她把他推开了。"查利，"她用一种紧绷绷的声音说，"让我告诉你一件事儿……我看我大概要生孩子了。"

"你别说胡话。我们俩还从来没有……"

"也许是别人的……天哪，我真想自杀。"

查利握住了她的胳臂，扶她重新在沙发上坐下来："你定定神，告诉我遇到什么麻烦啦。"

"但愿你把我狠狠地揍一顿，"爱密斯卡发疯似的大笑着说，"来吧，用拳头打。"

查理浑身都疲软了。

"告诉我你遇到什么麻烦啦，"他说，"他娘的，不会是埃德吧。"

她抬起惊惶的眼睛望着他，脸都拉长了，像一个老妇人："不，不……是这么回事。我已经有两个月没来月经了，你知道，我是不太懂这些事的，就去问安娜，她说我肯定是怀孕了，要我和你马上就结婚，她把这事告诉爸爸了，这条肮脏的小毒蛇！可是我不能告诉他们说这孩子不是你的……他们以为准是你，懂吗？爸爸说没什么，现在的年轻人做事就是这个样儿，说我们俩一定得结婚。我本想瞒你，永远不让你知道，可是，亲爱的，我不得不告诉你啊。"

"嘿，他娘的！"查利说。他看看身边桌子上那盏台灯的粉红色花布带穗灯罩，看看边上带穗的桌布，看看自己的鞋子，看看地毯上的玫瑰花图案。

"是谁干的事？"

"那是在你住院的时候，查利。我和他在一起喝了很多啤酒，后来他带我到了一家旅馆。我看干脆是我不好，就这么回事，他大手大脚地花钱，我们坐上出租汽车，我看我那时准是疯了。不，我是个彻头彻尾的坏女人，查利。在你住院期间，我每天晚上都陪他出去玩。"

"天哪，正是埃德。"

她点点头，捂住脸又哭了起来。

"这卑鄙无耻的狗杂种。"查利连声骂道。她双手捂住脸在沙发上缩成一团。

"他溜到芝加哥去了……他是个十足的坏蛋。"查利说。

他感到必须走出去透透空气。他拿起上衣和帽子，开始穿戴起来。她立起身，扑倒在他身上。她把他的身子拉近，双臂紧紧地搂住他的脖子："说实话，查利，我始终爱着你……干那件事的时候，我心里装作是和你在一起。"她吻他的嘴。他把她推开，但他觉得周身乏力，想到步行回去时那冰冷的街道和过道里的那间寒冷的卧室，心想，这件事到底有什么妨碍呢？于是又把上衣和帽子脱掉了。她吻他，努力使他高兴起来，还把房门锁上了，于是两人在沙发上尽情地互相爱抚，她让他爱怎么干就怎么干。过了一会儿，她开了灯，整一整衣服，走到镜子前把头发梳好，他打好领带，她用手指尽量把他的头发抚平，两人万分小心地把房间打开，她走到过道里去喊爸爸来。她脸上泛起了红晕，又显得俏丽动人。斯文森先生、安娜和其他那几个姐妹都在厨房里，爱密斯卡说："爸爸，查利和我下月份要结婚了。"大家向他俩道喜，姑娘们都吻了查利，斯文森先生开了一瓶威士忌，大家祝了酒，查利回家时觉得自己好像是一只挨了顿鞭子的狗。

车间里有个样子挺机灵的小伙子名叫亨德里克斯；第二天中午，查利问他知道不知道有什么给姑娘吃的打胎药，亨德里克斯说他有一张这种丸药的处方，第二天他就拿来了，嘱咐查利说配药时不要告诉药剂师这是干什么用的。那天正好发工资，当天晚上亨德里克斯梳洗打扮完毕后就到查利的住处来，问他药有没有配到。查利早已把药揣在口袋里了，当夜准备不去夜校上课，把药给爱密斯卡送去。他和亨德里克斯先到路角上一家酒店去喝上一杯。他不爱喝纯威士忌，亨德里克斯教他往里掺一些姜汁酒。这样一掺，酒味好喝极了，查利心里既烦恼又痛苦，就不想去见爱密斯卡了。他们又喝了几杯，后来去玩了一会儿保龄球。玩了五盘，查利赢了四盘，亨德里克斯说今后再聚会都由他来会钞。

亨德里克斯是个宽肩膀、红头发的小伙子，长着一脸雀斑和一个歪鼻子，他开始讲自己跟娘儿们的风流韵事，说那无论如何是他的拿手好戏。他什么地方都去过，在新奥尔良搞过皮肤蜡黄的女人和像海豹皮般棕黑色的女人，在华盛顿州的西雅图搞过中国姑娘，在蒙大拿州比尤特城里曾与一个情欲旺盛的印第安女人打得火热，在科隆玩过法国姑娘和德国犹太姑娘，在西班牙港甚至还有一个九十多岁的加勒比老情妇呢。他说双城是个扯淡的地方，男子汉应该往南走，到墨西哥的坦皮科或者俄克拉何马州的油田里找个工作，那里可以挣到像样的工资，过白种人应该过的生活。查利说，要不是他想上完夜校里的课程，他简直一分钟也不愿意在圣保罗待下去了，亨德里克斯就说他是个十足的笨蛋，谁啃书本谁就会一事无成，他向往的是：趁他还有精力，尽量地乐一乐，将来会怎样根本不用理它。查利说他也巴不得说反正根本不用理它。

他们又去了几处酒吧，查利平常除啤酒以外，什么酒都很少沾，这时开始觉得有点儿头晕，可是跟亨德里克斯一起闯进一家家酒吧，实在神透了。亨德里克斯在一处地方唱起《我的妈是位贵妇人》这支歌，在另一处唱起《英国国王那杂种》，一个抽雪茄的红脸膛老家伙请他们喝了点儿酒。他们还想挤进一家跳舞厅去，但是把门人说他们喝得太多了，把他们撵了出去，他们觉得这件事也有趣得要命，接着亨德里克斯带查利到他熟悉的一个地方去，后房里有两名他熟悉的姑娘，他讲妥每人出十块钱，把她们包一整夜，在到她们住处去之前，他们又喝了一杯酒，亨德里克斯唱道：

> 有一天，两个推销员在大饭店吃饭，
> 边吃喝，边闲谈，聊得正欢，
> 漂亮女招待端上来吃食一盘，
> 他俩放肆地与她搭讪，样子实在难看。

"他真是个大活宝。"一个姑娘对另一个说。可是另一个姑娘有点儿被灌醉了，竟大哭起来。这时亨德里克斯和查利脑袋凑在一起，又唱道：

> 我的妈是位贵妇人，你的妈也一个样，
> 如今又有个妹妹需要你保护关照，

我来到这大城市想找个亲爱的兄长，

你不会敢污辱我，先生，要是杰克在场。

　　他们全都哭了，可是一个姑娘不断推搡着另一个姑娘说："擦干眼泪，宝贝儿，你太容易酒后露真情了。"这情景简直逗得要命。

　　以后的几周里，查利一直焦躁不安、心情烦闷。药丸弄得爱密斯卡难受得要命，可是后来总算使她好起来了。查利不常到她家去，尽管两人还在说"等到我俩结婚的时候"之类的话，而且斯文森一家人全都把他当作他们家的姑爷看待了。对于查利的喝酒以及他和亨德里克斯这家伙到处乱跑，爱密斯卡稍稍口出怨言。查利早已从夜校退学，正在寻找机会离开这里，到别处去工作，随便到哪儿去都行。有一天，他弄坏了一台车床，工头把他解雇了。他把这事告诉了爱密斯卡，她非常伤心，说是时候了，他应该戒酒，不再到处乱跑了，还说他一点也不关心她，他呢，说是时候了，他该撒手不管她了，说罢拿起上衣和帽子就走了。后来，当他走在街上时，他想原该要她把那只印章戒指还他的，但是他并没有赶回去要。

　　那个星期天，他到沃格尔老人家里去吃饭，但是没有告诉他们说自己已经失业了。那是一个突然变热的春日。前一天晚上，他和亨德里克斯喝饱了酒，这时脑袋还在发疼，他步行了一早晨，观赏各处公园里的藏红花和风信子以及住家门前庭院中花枝上的蓓蕾。他不知如何是好。他欠了一星期房租，既不上学又没有女朋友，真想把一切都扔下不管，参加国民警卫队开往美国与墨西哥的边境去。他觉得头疼，在这热得过早的天气，脚踩人行道慢吞吞地走着也觉得吃力。衣着讲究的男女乘坐高级大轿车和小轿车在他身边驶过。一个小伙子驾驶一辆红色摩托车在他眼前一闪而过。他真想能有钱买一辆摩托车，骑着它到外地去旅行。头天晚上，他想说服亨德里克斯和他一起到南方去，可是亨德里克斯说他结识了一个热情的女人，还是个小妞儿呢，每天晚上他都搂住她干，还打算同她泡下去。查利心想，这一切统统都见鬼去吧，我可要出去见见世面。

　　他显得如此情绪沮丧，以至他刚一走进汽车行，杰姆就问他："你干吗发愁，查理？""噢，没什么。"查利说，看见杰姆正在修理一辆麦克牌载重汽车的汽化器，他连忙帮着清洗零件。开汽车的那个小伙子一头黑发剪得短短的，脸晒得黑黑的。查利喜欢他那副长相。他说他明天要装一车商店设备到密尔沃基去，正在找一个小伙子与他同行。

"你带我去好吗?"查利问道。司机显得有点儿为难。

"弗雷德,他是我的小弟弟;他没问题……可是你的工作怎么办呢?"

查利脸红了:"噢,我辞职了。"

"好吧,跟我去见见老板吧,"司机说,"要是他没有意见我也就没有意见。"

第二天早晨,天还没亮,他们就出发了。查利偷偷地从女房东那里溜走,心里很不是滋味,可是他在桌子上留了张字条,说只要一找到工作就会把欠她的钱捎给她。把那些工厂和起卸机谷仓撇下在这灰暗阴冷的晨光里,离开这座城市,倒是挺好。道路顺着河流和陡岸伸展,货车轰隆隆地向前驶去,开过水潭和满是泥浆的车辙。虽然没有云彩遮蔽时阳光很温暖,但清晨仍觉寒冷。他和弗雷德必须大声说话才能让对方听得清楚,但他们又讲故事又闲聊天。他们在拉克罗斯宿夜。

他们刚好来得及趁小吃馆没关门的时候,进去叫了汉堡牛肉饼,查利自以为得到了女招待的青睐,她是奥马哈人,名叫海伦。她大约三十岁,眼睛底下有黑圈,显出疲惫的神气,他猜想她也许是那种容易上手的女人。他在她身边逗留着,等她关上店门,就把她带出去散步。他们沿着河岸走去,风吹在身上暖洋洋的,还带着锯木厂传来的香味,羊毛似的白云间隐约可以看见月亮,有一垛垛新伐下的树木堆在那里晾干,他们就在木垛的阴影里坐在新长出来的草地上。她把头靠在他肩膀上,叫他"小宝贝"。

等他回到车上,弗雷德已身裹毛毯,在麻袋布上面睡着了。查利钻到货车的另一边,身子蜷缩在他的大衣底下。天气寒冷,躺在包装箱上很不舒服,但他疲倦了,脸上让风刮得发了红,他很快就睡着了。

天还没亮,他们又开车出发。

弗雷德开口头一句话就问:"喂,小家伙,你把她勾搭上了吗?"查利笑着点点头。他感到很高兴,心想自己真走运,总算离开了双城,摆脱了爱密斯卡和那个狗娘养的工头。整个世界像一张地图般铺展在他面前,麦克牌货车吼叫着从它中间穿过,各处的城镇都等待着他,他可以在那里找到工作,赚上大钱,漂亮姑娘们正等着叫他小宝贝呢。

他在密尔沃基没有待多久。那里的汽车行都不要人手,他在一家小饭馆里找到个洗盘子的工作。干这苦差使会弄得浑身油腻,而且工作时间又长。为了省钱,他没有租间房住,而是到杰姆的一个朋友工作的汽车行里去,睡在停放在那里的载重汽车上。他准备一拿到第一周的工资就乘船离去。饭馆里有个名叫蒙特·戴维斯的工作人员是世界产联的会员。世界产联正在城里发动一场争取言论自由的斗争，他让大家都举行罢工，因此查利干了整整一星期活，连一个子儿都没有见到，并且已经有一天半时间没有吃上饭了。幸亏弗雷德的麦克牌汽车装满了货又开了回来，他请查利饱餐了一顿。饭后喝了些啤酒，两人对罢工问题争论得面红耳赤。弗雷德说世界产联的一切宣传煽动都是瞎扯淡，要是警察把他们一个不剩地统统抓进监狱，那算是做对了。查利说，工人应当团结起来，为改善生活条件而斗争，一场大革命正在到来，就像美国的独立革命一样，不过规模要更大，革命以后就不会有什么老板了，工人将要自己来管理工业。弗雷德说他的这些话活像个该死的外国人说的，他应该自己感到害臊，白种人应当信奉个人自由，要是他在一桩工作上遭到亏待，他是完全能找到别的工作的。虽然他们不欢而散，但弗雷德是个心地善良的人，他借给查利五块钱，好让他乘船到芝加哥去。

第二天他就乘船出发。湖面上还残存着一些没有融尽的浅黄色的碎冰块，湖水呈非常淡的蓝色，使人产生寒意，间或地翻起几朵有白色泡沫的浪花。查利从未置身于一片浩淼的水面上，觉得有点儿晕船。然而，能望见烟囱和巨大的街区建筑从工厂的腾腾烟雾中浮现，在阳光照射到的地方发出珍珠般的光彩，看到防波堤和运载矿石的大船在蓝色的大湖上破浪前进，能够怀着对一切事物的新奇感步下码头，投身于人群中以及堵塞在密执安大街的吊桥前、由小汽车和黄绿两色的公共汽车组成的车流中去，能够在大风中向前走去，眼望着闪亮的商店橱窗、漂亮的姑娘以及她们那被风儿掀起的衣裙，还是非常惬意的。

杰姆曾告诉他有个朋友在蓝岛大道的福特汽车加油站上工作，让他去找他，可那地方太远，等他赶到那里，那位朋友已经走了。加油站老板倒还在，他对查利说如果明天早晨再来，他可以给他一份工作干。由于他实在无处可去，又不愿告诉老板他已身无分文，就把手提箱存放在汽车行里，在附近踱了一整夜。有时他在公园里的一条长椅上打个盹，但是醒过来时身子僵硬，感到寒气已经渗透到骨头里去了，不得不跑上几圈使身上暖和起来。这一夜长得似乎没有尽头，天亮了，他身边连买杯咖啡喝的钱都没有，只好在加油站门口踯躅徘徊，等了一个小时才见有人来开门。

他在福特汽车加油站工作了几个星期，有一个星期日，他在北克拉克街上遇见蒙特·戴维斯，跟他前去参加在纽伯里图书馆前举行的世界产联的一次集会。警察来冲散了集会，查利逃得不够快，还没明白过来究竟发生了什么事，就被警察用防暴棍打得几乎晕过去，硬给塞进了一辆警车。他和另外两个留胡子的人一起在一间小牢房里关了一夜，那两个人烂醉如泥，看来根本不会讲英语。第二天，一名违警罪法庭法官对他进行了审问，当他说明自己是加油站的机修工时，一名侦探给加油站打了个电话进行核实；法官把他释放了，可是一回到加油站，老板就说，他这里可不要用什么该死的"闹罢工的"，就算清了工钱，把他解雇了。

他当掉了手提箱和那套好衣服，把几双短袜和两三件衬衫打成一个小包，就去找蒙特·戴维斯，说他想一路免费搭车到圣路易去。蒙特说埃文斯维尔正在举行争取言论自由的斗争，他想和他同行，去看看那里的情形究竟怎么样。他们一起乘火车来到乔利埃特①。当他们走过监狱时，蒙特说他一看见监狱心里就难受，像是见到了某种凶兆。他脸色非常阴沉，说他预料自己很快就会被老板们抓到，不过他的事业还会有别人来干的。蒙特·戴维斯是个皮肤灰黄、脸颊瘦削的青年，是衣阿华州马斯卡廷人。他的鼻子又长又弯，说话结结巴巴，他回想到过去不是做卖报的就是在一家纽扣厂里工作。他除了世界产联以及革命之外什么都不想。他痛骂查利是个落后分子，因为有一次查利嘲笑说，那天警察闯来驱散集会时，那些产联会员逃得可快哩，蒙特开导他说，他应当提高阶级觉悟，对待什么事都要严肃认真。

在乔利埃特城郊，他们免费搭乘一辆运货汽车一直到皮奥里亚，两人在那里分了手，因为查利遇见了他在芝加哥结识的一名运货汽车司机，那司机答应一直把他带到圣路易。他在圣路易的情况似乎也不太妙，他和在市场街搭上的一名拉客的妓女吵了一场，因为她趁他睡觉之机偷他的钱，于是，当有人告诉他在路易斯维尔有很多工作机会时，他又往东去闯了。他来到新奥尔巴尼时天气热得要命；由于搭不上免费车，他的一双脚都走得红肿而起了泡。他在桥上站了很久，眼望着脚下褐色的俄亥俄河水飞速地流去，再也没有力气往前迈一步了。徒步旅行寻找工作的想法使他憎恶。河水的颜色像姜汁饼干；他不由想起莉齐·格林常在他母亲的厨房里做的姜汁饼干的香味，自己像这样到处流浪实在太傻了。他不如回家乡，扎根在那里的土地上，他决定这样做。

正在这时，一辆破旧的福特牌货车开过，有一条轮胎已经没气了。"嗨，你的一条轮胎瘪啦。"查利嚷了一声。

---

① 在芝加哥西南，伊利诺斯州州立监狱的所在地。

司机嘎的一声把车刹住。他是一个虎头虎脑的大汉，穿着一件红色运动衫："这和你有什么相干？"

"天，我是怕你没有注意到。"

"我什么事都注意到，孩子……今天出车一天都碰到麻烦。想搭车吗？"

"当然想。"查利说。

"嘿，我可不能把车停在桥上啊……今天尽碰上倒霉事儿。今儿早上天不亮就起床去拉四大桶烟叶，可那该死的黑鬼竟把仓库的钥匙给丢了。我发誓，我要是带枪，准会把他一枪崩了。"

他在桥墈停了车，查利帮他换轮胎。"你从哪儿来，孩子？"当他站起身拍掉裤腿上的尘土时问道。

"我从大西北来。"查利说。

"我看你是个瑞典人，猜对了吧？"

查利大笑起来："不，我是汽车行的机修工，想找个活儿干。"

"上车吧，孩子；咱们去见见威金斯老头——他是我的老板……看看有什么办法没有。"

查利整个夏天都在路易斯维尔的威金斯汽车维修铺里工作。他和一个叫格拉西的意大利人住同一房间，此人是为了逃避兵役才到美国来的。格拉西每天读报，非常担心美国也会参加大战。他说真要那样他就只能越过边界偷渡到墨西哥去了。他是个无政府主义者，性格恬静，晚间独自低声哼唱歌曲，并且坐在寄宿舍的台阶上拉手风琴。他跟查利谈起在都灵的巨大的菲亚特汽车制造厂，他曾在那里工作，他还教查利吃意大利实心面条、喝红葡萄酒以及在手风琴上弹奏《高空缆车》①。他怀着远大的抱负，想当一名飞机驾驶员。查利搭上了一个犹太姑娘，她在一家烟草仓库里当分拣员。她名叫萨拉·科恩，但她让查利叫她"美人儿"。他很喜欢她，然而他很谨慎地让她明白，像他这种男人是不适宜于结婚的。她说她是个激进派，信奉自由同居，但这两点对他来说也不太合适。他带她去看戏，带她到切罗基公园去散步，听她说起她的诞生石②是紫水晶，就买了一枚紫水晶胸针送给她。

想起自己的处境，他心中十分焦虑。日复一日，他总是做同样的工作，想多赚些钱、上学读书或周游全国都是没有希望了。冬天到来时，他变得不

---

① 著名意大利拿波里民歌。

② 欧美人拿来象征出生月份的宝石，紫水晶代表二月。

安分起来。他弄到了一辆人家正准备拉出去扔进废料堆的福特牌旧跑车，硬是捡了些废旧零件把它修好了。

他说服格拉西和他一起朝南到新奥尔良去。他们有一小笔积蓄，打算驶到那里，找到工作，在那里过四旬斋狂欢节。一月份一个雨雪霏霏的日子，他们把汽车的四个汽缸都发动了，后座载着一摞几经修复的旧轮胎，开出路易斯维尔往南驶去，这是自从他离开圣保罗以来初次感到非常喜悦的一天。

他们驶过纳什维尔、伯明翰和莫比尔，道路崎岖不平，一路上不得不对汽车进行翻修，在根特斯维尔附近遇上了一场暴风雪，差点儿冻死，只好在那里耽搁两三天，所以，当他们终于到达圣路易湾，沿着海岸公路疾驶时，望见澄澈的蓝天，感到太阳的温暖，看到棕榈和香蕉树时，格拉西不断对他讲述维苏威火山和美丽的那不勒斯以及他在都灵的女朋友，都怪这场坏透了的资本主义战争，他将再也不能和她见面了；这时他们的钱已花得差不多了。到达新奥尔良时，两人一共只剩下一元零五分，油箱里的汽油也只有一茶杯了，不过还算走运，就凭这破车的原样，查利设法以二十五元的价格卖给了一名开殡仪馆的黑人。

他们在大堤附近的一所房子里租了一个房间，房金每周三元。房东是个黄脸皮的巴拿马妇女，他们房间门口的阳台上养着一只鹦鹉。他们在街上行走时，感到暖洋洋的太阳晒在肩上。格拉西情绪很高。"这儿像是意大利。"他老是这么说。他们到处转悠，想打听哪儿有工作可干，但毫无结果，只得悉四旬斋狂欢节下周就要到来。他们在运河街上踱步，街上挤满了黑人、中国人、衣着鲜艳的漂亮姑娘、赛马场上帮忙的人、穿着胖哗叽套装的高个子老头儿。有一家酒吧在临街处摆着几张桌子，他们坐下来喝啤酒，各式各样的人们都坐在那里抽雪茄、喝酒。离开时格拉西买了一份晚报。他脸色变得煞白，他把大标题"**对德战争迫在眉睫**"指给查利看。"假如美国和德国打仗，警察就会把所有的意大利人统统抓起来送回去打仗的，明白吗？在领事馆工作的一个朋友告诉我的，明白吗？我决不回去参加资本主义战争。"查利想把他哄得高兴起来，然而格拉西满脸显出烦恼的样子，天一黑就和查利分手，说他准备回小客栈去睡觉了。

查利独自在街上走着。空气里有一阵阵制糖厂传出的温吞吞的糖浆味儿，花园里的香气以及大蒜、胡椒和油煎食物的气味。看来到处都有女人，她们坐在酒吧里，站在街角上，在所有的门窗里，透过半开的百叶窗，都有女人带着诱人的意味向外窥探；但他身边带着二十块钱，生怕让什么女人给掏了去，因此仅仅在附近踯躅着，走累了就回到他的房间，一看格拉西用被子蒙着脑袋早就睡着了。

他醒得很迟。鹦鹉在窗外的走廊上发出粗厉的叫声，房间里洒满了灼人的阳光。格拉西已经出去了。

查利穿好衣服，正在梳头时，格拉西走进房来，情绪非常激动。他已在一艘开往南美洲的货船上找到一名辅机操作工的位置。"等我到了布宜诺斯艾利斯，就要和战争永远告别了，"他说，"如果阿根廷参战，那么我再走。"他在查利嘴上吻了一下，硬要把他的手风琴留给他，当他离开房间去赶乘定于中午起航的货船时，眼中噙着泪水。

查利走遍了全城，到处打听一家家汽车行和机械工场是否能给他一份活儿干。宽阔的马路上尘土飞扬，两旁低矮的木结构房子都关上了百叶窗，房子之间的距离很大。他疲惫不堪，满身尘土，汗水淋漓。和他说话的人都非常和蔼可亲，可是似乎谁也不知道哪儿有工作给他干。他决定反正该待到四旬斋狂欢节再说，然后回到北方去。有人劝他到佛罗里达或亚拉巴马州的伯明翰去，或者朝北到孟菲斯或小石城去，大家都认为城里根本找不到工作，除非他愿意上船去当水手。日子一天天地拖下去，温暖、缓慢、充满阳光，还可以闻到制糖厂传来的糖浆味儿。他花很多时间在公共图书馆里看书，或是摊手摊脚地躺在大堤上观看黑人们给轮船卸货。他有充裕的时间可以思考，他因为不知道自己应该干什么而忧心忡忡。晚上他老是睡不好觉，因为白天没有干什么累人的活儿。

一天晚上，他听到一阵吉他弹奏声从夏尔特尔街上一家名叫"老特里波利"的小酒店里传来。他走了进去，在一张桌子旁坐下来，要来了酒。侍者是个中国人。在房间阴暗的一端，一双双男女抱得紧紧地正在跳舞。查利打定主意，如果他能花不到五块钱的代价搞上一个姑娘，他就要搞一下。

过了不多久，他就和一个自称叫莉丝的姑娘一起吃喝了。她说她已经饿了一整天。他问起她四旬斋狂欢节的事，她说这是个倒霉的节日，因为警察把一切都禁止掉了。"他们昨天夜里把滨水区的妓女统统都抓起来，把她们全都关进了监狱。"

"他们怎样处置她们呢?"

"把她们带到孟菲斯，然后释放……本城的妓女全州哪一座大监狱都装不下。"他们大笑起来，又喝了一杯酒，然后去跳舞。查利把她紧紧地搂住。她是个身材瘦削的姑娘，有一对尖尖的小乳房，臀部倒很宽大。

"说真的。小姐，你跳得还真够味儿。"两人跳了一小会儿，查利说。

"我干的生意不就是叫小伙子们高兴高兴吗？"

他喜欢她用这样的眼神盯着他看："告诉我，小姐，你要多少钱？"

"五块。"

"说真的，我可不是个百万富翁……再说，我不是请你吃了点东西吗？"

"得了，心肝，就算三块吧。"

他们又喝了一杯酒。查利注意到她每一次喝的都是柠檬水之类："你从来不喝酒吗，莉丝？"

"干我们这一行买卖不能喝酒，宝贝儿，你知道，一喝酒就会吃亏。"

一个穿着肮脏的汗背心、喝得烂醉的大个子正摇摇晃晃地在屋里乱转，看来像是个货船上的火伕。他拉住莉丝的手，让她陪他跳舞。他那两只粗壮的胳臂上刺着红蓝两色的花纹，把她的身子紧紧搂住。查利分明看见他一边跳舞一边粗手粗脚地在她衣服上乱摸乱动。"住手，你这狗娘养的。"她大声嚷道。看到这种景象，查利顿时火冒三丈，窜上前去把那大个子从她身边推开。大个子转过身子，抡臂朝他就是一拳。查利低头闪避，一步窜到屋子中央，并举起双拳。大个子已经醉得昏头昏脑了，在他抡起拳头猛击第二下时，查利伸出脚去，大个子被绊倒了，脸朝下摔倒在地，碰翻了一张桌子，还把坐在桌旁的一个留黑色小胡子的黑皮肤小个子也撞倒了。那小个子立刻爬起身子，抽出一把砍甘蔗用的大砍刀来。几名侍者四处奔逃，嗷嗷乱叫，像一群呆鸟。酒店老板是个围着一条围裙的西班牙胖子，从酒吧柜后面跑出来，嘴里喊道："你们统统给我滚出去。"手持大砍刀的人快步朝查利冲来。莉丝在一旁猛拉他一把，查利还没有弄清是怎么一回事，就被她拉着穿过臭烘烘的厕所进入一条走廊，走廊通向临街的后门。"你难道不明白为一个下贱的妓女打架是不值得的吗？"她凑在他耳边说。

查利一到街上就想回去拿他的帽子和上衣。莉丝不让他回去。"明儿早上我替你去拿。"她说。

他们一起在街上漫步。"你真是个好姑娘，我喜欢你。"查利说。

"你能出得起十块钱包我一整夜吗？"

"说真的，小姐，我一分钱也没有了。"

"好吧，我看只好把你扔下，再去接别的生意啰……世界上只有一个人可以不用花钱就得到我，可你不是那个人。"

他们一起度过了非常愉快的时光。他们坐在床沿上说话。她穿着件粉红色的宽松内衣，脸上泛起红晕，显得体质柔弱，楚楚可人。她拿出她情人的一张快照给他看，她那情人是一艘油轮上的副轮机师。"他长得很英俊，不是吗？他在城里的时候我是不接客人做生意的。他力气可大哪……能用二头肌压碎一颗山核桃。"她在他胳臂上把她情人能压碎山核桃的位置指给他看。

"你是什么地方人？"查利问。

"你问这干什么？"

"你是北方人，我从你口音里听得出来。"

"对啦。我是衣阿华州人，可是我永远也不想再回去了……真是活受罪呀，兄弟，别忘了……我是个'婊子'，去你的吧。在家里时我总自以为是个有身份的小姐，可是有天早晨我一觉醒来竟发现自己只是个该死的妓女。"

"去过纽约吗？"

她摇摇头。"如果不喝酒，躲开拉皮条的人的话，那么日子还算过得去。"她若有所思地说。

"我想一过四旬斋狂欢节就到纽约去。看来我在这个城里是找不到一个雇主的了。"

"要是身无分文，四旬斋狂欢节就没什么意思了。"

"说的是，可我是专门跑来见识见识，还是瞧瞧再走的好。"

他离开她时已是黎明。她送他下楼。他吻了她，对她说只要她给他把帽子和上衣拿回来，就给她那十块钱，她让他当晚六点钟左右到她这儿来，但绝不要到"特里波利"去找她，因为那个火伙是个坏蛋，准会等着揍他的。

街道两旁的有拉毛水泥墙的老房子的四周满是蓝色的晨雾，墙上安着带有花式铁柱子和栏杆的阳台。几个头蒙印花大手帕的黑白混血种妇女正在院子里走动。集市上，黑人老头儿摆出水果和绿叶蔬菜来卖。他回到住处时，那个巴拿马女人正拿着一只香蕉站在他房间外的走廊上用小而尖的声音喊道："来，波莉……来，波莉。"那鹦鹉蹲在铺着瓦片的房顶边缘，歪着一只呆滞的眼睛朝她望，发出轻轻的咯咯声。"我在这里待了一夜，"巴拿马女人含着泪笑笑说，"波莉不想吃东西。"查利爬上百叶窗，想捉住这只鹦鹉，但它侧身摇摇晃晃地躲到屋脊上去了，查利除了把一片瓦碰落在头上之外，毫无所得。"它不想吃东西。"巴拿马女人伤心地说。查利朝她露齿一笑，就进了自己的房间，躺倒在床上就睡着了。

四旬斋狂欢节那天，查利走遍全城，把脚都走疼了。到处都是人群、灯火、彩车、游行队伍、乐队以及穿着奇装异服到处逛的姑娘们。他搭上了好几个姑娘，但当她们得知他一贫如洗时就把他丢开了。他尽量省着花钱。肚子饿了就弯进一家酒吧去喝一杯啤酒，尽量多吃店里的免费饭菜，直到不敢吃了为止。

四旬斋狂欢节一过，人群逐渐稀少，查利身边连喝杯啤酒的钱都没有了。他走来走去，腹中空空，神情沮丧；潮湿的空气里传来一阵阵糖浆味儿和法国人居住区酒吧里的苦艾酒味儿，弄得他直恶心。他不知道自己应该怎么办。他失掉了重新步行或搭乘免费车出去闯路子的勇气。他走到西部联合公司去，想打一个由接件人付款的电报给杰姆，但是公司里的人说，他们不接受由接件人付款的借钱的电报。

他预付不出下一周的房租，就被巴拿马女人赶了出来，他一只胳臂夹着格拉西的手风琴，另一只胳臂夹着用报纸捆上的一小包衣服，走在海滨大道上。他顺着大堤走，坐在一片草地上晒太阳，思索了很久。他只有两条路可走：不是投水自杀就是入伍当兵。突然他想起了那只手风琴。手风琴是件很值钱的东西。他把衣服包藏在一堆木板底下，拿着手风琴找遍了所有的当铺，但没有一家肯出到十五块以上。等他问过了所有的当铺和乐器店，天已断黑了，店铺都打烊了。他磕磕绊绊地在铺筑过的路面上走着，饿得恶心、头晕。他在运河街和壁垒街转角的地方停了步。歌声从一家酒馆里传来。他感到应该走进去用手风琴奏一曲《高空缆车》。也许这样一来他可以免费吃点儿东西，喝一杯啤酒。

他还没来得及演奏，酒馆保镖①就从柜台后跳出来要把他轰出去，这时，伸开手脚坐在桌子边的一个高个子男人对他招招手。

"老弟，你过来坐下。"这大个子有个长长的破鼻子，颧骨很高。

"老弟，你坐下。"酒馆保镖重新回到柜台后面，"老弟，你拉手风琴，还没兔子拉得好呢。我不过是个从奥卡乔贝城来的叫人瞧不起的白种苦力，要不是我手风琴比别人拉得好……"

查利笑了："我知道我拉不好。这没什么。"

这位佛罗里达人掏出一大叠钞票来："老弟，你知道该怎么办吗？你要把这破玩意儿卖给我……可我不过是个叫人瞧不起的白种苦力，可是，耶稣基督在上……"

"嗨，多克，你醒醒……你不需要这破玩意儿。"他的朋友们想让他把钱

---

① 美国酒馆、旅馆等公共场所雇用的专门维持秩序的彪形大汉。

收回去。

多克奋臂一挥，把三只玻璃杯砰地碰落在地板上。"你们这帮兀鹰不要插嘴，没轮到你们说话……老弟，你这架手风琴想卖多少钱？"保镖又走了回来，气势汹汹地站在桌子旁。"没事儿，本，"多克说，"包在你亨利大叔身上……把那种上等黑麦威士忌拿来，咱们再来喝一巡。老弟，你想卖多少钱？"

"五十块钱。"查利说，他脑子转得很快。

多克抽出五张拾元钞票递给他。查利咕嘟喝下一杯酒，把手风琴搁在桌子上，赶忙就走。他怕如果耽搁下去，那家伙会醒过酒来，把钱要回去，再说，他巴不得吃东西了。

第二天，他买了一张"莫墨斯"号轮船的统舱票去纽约。河面比城市的地面还要高。站在轮船的尾部，俯视着新奥尔良的屋顶、街道和电车，实在有趣得很。轮船离开码头时，查利的心情好起来了。他找到了黑人茶房，让他在甲板舱上给自己弄一个铺位。他把包在报纸里的那包衣服塞在枕头底下，往下铺瞧了一眼。多克正躺在那儿，身穿一套浅灰色衣服，头戴一顶草帽，穿戴得很整齐，嘴角上还叼着一截熄掉了的雪茄，那架手风琴就搁在他的身边。

船在依兹防波堤间穿过，脚下开始感到墨西哥湾不安分的浪涛，脸上可以感到海风的吹拂，这时多克在甲板上蹒跚地走过来。他认出了查利，立刻向他走来，并伸出一只大手："啊唷，你要不是那个音乐师，就算我是个龟孙子……那架手风琴可棒啊，孩子。尽管我想过，你这么一个乡下穷小子会来骗我上当，可是那玩意儿要不值那么多钱就算我是个龟孙子。我请你喝口威士忌好吗？"

他们进舱去坐在多克的铺上，多克取出一瓶巴卡迪酒来，两人喝了几杯，查利把他如何给弄得身无分文的经过告诉他；他说要是没有那五十块钱，这会儿他准还在大堤上傻坐着呢，多克说要不是因为花掉了那五十块钱，他会坐头等舱的。

多克说他到纽约去是为了参加一支志愿救护队开赴法国；人不是每天有机会观光这么一场大战的，他要趁战事还没有整个儿结束以前就参加进去；然而他并不赞成枪杀大批与他无冤无仇的白种人，觉得参加救护队是最好的办法；要是那些德国佬是黑鬼，他就不会这样想了。

查利说他到纽约去是因为在这样一个大城市里，想必学习的机会很多，他是个汽车技工，想将来成为一名工程师什么的，因为一个没有学历的普通工人是没有前途的。

多克说这一切都是扯淡，像他这样的小伙子应该跑去签约参加他们那个救护队，当一名技工，他们每月会给他五十块钱工资，也许还会更多，这笔钱合那边的钱数目可大呢。他应当趁战事还没有整个儿结束以前去看看这场该死的战争。

多克①的姓名是威廉·亨·罗杰斯，原籍密执安州，他父亲在弗罗斯特普罗夫种过葡萄柚，他本人在佛罗里达州南部大沼泽地带的腐殖土上种蔬菜，这两三年连续丰收，赚了一笔钱，想趁战事还没有整个儿结束以前去瞧瞧那些法国小姐。

夜幕降临时，他们俩喝得醉醺醺的，和一个头戴常礼帽、衣服破旧的男人一起坐在船尾，那个男人说他是波罗的海沿岸的爱沙尼亚人。晚饭后，那个爱沙尼亚人和多克与查利一起登上尾舱上方的小型船桥，风平静下来了，夜空中星光灿烂，船在波浪上微微摇晃着，多克说："天晓得，这条船倒有点儿怪……我们下舱去吃晚饭之前，北斗七星在北方，现在却一直转到西南方去了。"

"资本主义社会也是这样靠不住的呀。"爱沙尼亚人说。当他得知查利身上带有一张红卡②而多克除了黑鬼谁也不想杀死时，他就讲了好长的一番话，讲述俄国如何爆发了革命，沙皇被迫退位，这是人类将从东方得到新生的开端。他说爱沙尼亚人将获得独立，不久的将来整个欧洲将成为红旗招展的自由的欧洲社会主义合众国，于是多克说："我怎么跟你说过来着，查利？这婊子玩意儿很快就要玩儿完了……你要赶在战争结束之前和我一起去看看。"查利说多克的话很对，多克说："我要带你各处转转去，小伙子，你只要亮出你的驾驶执照，告诉他们说你是个大学生就够了。"

爱沙尼亚人听了很恼火，说每一个有阶级觉悟的工人都有责任拒绝参加这场战争，多克就说："我们可不是要去打仗，爱沙尼亚老兄。我们想做的只是趁那些小伙子还没有报销的时候，就把他们从战场上抬下来，懂吗？要是在我们赶到以前战事就整个儿结束了，我会失望得像一副龟孙子样的，你说呢，查利？"

---

① 多克是他的外号，是Doctor（博士）的简称。
② 查利曾参加工会组织，见前文。

接着他们又争论了一阵北斗星到底在哪个方向的问题，多克坚持说北斗星已经向南转了。等他们喝完第二夸脱酒，多克说他不赞成白人之间互相枪杀，除非杀的是黑鬼，说着就在船上四处乱转，说是要找到那个该死的皮肤发亮的黑种茶房，杀了他来证明他说话不假，那个爱沙尼亚人唱起了《马赛曲》，而查利则逢人便诉说他要趁大战结束以前赶去参加。爱沙尼亚人和查利花了好大劲儿才把多克按在铺位上，让他入睡。他还不断地跳起身来大声喊叫要杀它两个黑鬼。

他们到达纽约时正下着暴风雪。多克说自由女神像被披上了白色的夜礼服。爱沙尼亚人向四处张望，哼起了《马赛曲》，说美国城市不够艺术化，因为这里不像波罗的海沿岸的欧洲城市那样房子上部都有山墙。

他们上了岸，查利就和多克一起来到百老汇中央旅社。查利从来没有到过这种大旅社，本想找一家便宜些的客栈，可是多克硬要他一起进去，说他带的钱足够两个人花的，再说战事很快就要统统结束，用不着省钱了。纽约充满了一片排挡的嘎嘎声、电车的铿锵声、高架铁路车辆的轰鸣声以及报童叫卖号外的喊声。多克借给查利一套好衣服，带他到救护队的招募办公室，它设在金融区一座亮光光的办公大楼里，就在一位大律师的办事处里。给小伙子们进行登记的绅士是一位纽约律师，他谈到那些志愿人员都是有绅士身份的，他们的举止也像是绅士，给协约国的事业、美国国旗以及法国的英勇战士们多年来在战壕里为之奋战的人类文明增添光彩。当他听说查利是一名技工时，没等发函取具证明就和他签了约，查利本来填写了他家乡法戈城的一名中学校长和一名路德派教堂的牧师作为自己的证明人。那位绅士让他们去打伤寒病预防针并进行体格检查，嘱咐他们第二天打电话来问明开船日期。当他们从电梯里走出来时，看见亮光光的大理石门厅里有一簇人正在低头看一张报纸，原来美国对德国宣战了。当夜查利给他母亲写了封信，说他要去打仗了，请她寄五十块钱来。然后他就和多克一起出去浏览一下都市风光。

每座建筑物上都挂着旗。他们走过一个又一个商业街区，寻找时报广场在什么地方。在所有的地方，人们都在看报纸。走到十四街时，他们听见咚咚的鼓声和军乐队的吹奏，就在拐角上站住了，想看来的是哪一个团，可是来的却是基督教救世军。等他们来到麦迪逊广场时，正赶上午餐时间，街上行人稀少。天下起蒙蒙细雨来了，百老汇大街和五马路上的旗帜被雨打湿，在旗杆上没精打采地耷拉着。

他们走进霍夫布劳饭店去吃饭。查利认为这家饭店像是太豪华了，但多克说由他来请客。门口有个人站在梯凳上正在拧灯泡，他把灯泡排成一面美国国旗的样子。餐厅内装饰着许多面美国国旗，乐队每奏一支曲子后就要奏一遍《星条旗》，所以他们不得不时常站起身来。多克抱怨说："他们把这当什么了，做健身操吗？"

当乐队奏《星条旗》时，有一伙围坐在角落里一张圆桌旁的人并不起立，却若无其事地照样坐在那里悄悄地谈话和用餐。餐厅里各处坐着的吃客开始注视着他们并议论起来："我敢打赌，他们准是……德国佬……德国间谍……和平主义者。"有一位军官带着一位姑娘坐在一张桌子旁，每当他朝那伙人张望时，脸就涨得通红。最后，一名上了年纪的德国侍者走到那伙人跟前，悄悄地说了些什么。

"我要是这样做就不算人。"从角落里那张桌子上传来这样的声音。那位军官就走到他们跟前，告诉他们在奏我们的国歌时应当表示敬意。他离开他们时脸红得更厉害了。他是个小个子，一双罗圈腿紧箍在擦得很亮的皮绑腿里。他一面坐下来，一面生气地说："这帮亲德派孬种。"他又不得不马上站起来，因为乐队又奏起了《星条旗》。"西里尔，你为什么不去叫警察？"和他在一起的那位姑娘说。这时，散坐在餐厅各处的人都走到圆桌跟前来了。

多克把查利坐的椅子转过来："注意那边，马上就有好戏瞧了。"

一个说话带着得克萨斯州拖长的口音的大个子猛然把坐在椅子里的一个男人拉起来："你站起来，要不就给我滚出去。"

"你们大伙没有权利来干涉我们，"一个坐在圆桌旁的男人开口说，"你们起立表示赞成这场战争，我们不赞成所以就……"

圆桌旁坐着一个头戴一顶红帽子，帽子上插着根羽毛的大个子女人，她不断地说："住嘴；不用搭理他们。"这时乐队停下来了。所有的人都拼命鼓掌并大声喊道："再奏一遍，这就对了。"侍者们神情紧张地来回奔走着，餐馆老板站在屋子中央擦拭着秃脑瓜上的汗。

军官走到乐队指挥面前说："请再奏一遍我国国歌。"乐曲刚奏出第一小节，他就身子笔挺地立正了。其他人一起冲向那张圆桌。多克和那个带英国口音的男人互相推搡起来。多克摆好姿势准备揍他。

"你想打架，到外面去。"带英国口音的男人说。

"让他们听便吧，弟兄们，"多克大声喊道，"我到外面去收拾他们，一次对付两个。"

圆桌掀翻了，这伙人背向着门口退去。为了不让大伙儿走近，那个头戴红帽子的女人端起一大碗龙虾蛋黄酱，把它一把把地摔在他们脸上。这时候来了三名警察，把这些该死的和平主义者抓了起来。站在外圈的人们都在把衣服上溅着的蛋黄酱擦掉。乐队又一次奏起《星条旗》，大家都试着唱这支歌，但效果却不大好，因为谁也不知道歌词。

　　在这以后，多克和查利到一家酒吧去喝了杯柠檬威士忌。多克想去看一场大腿戏，就向酒吧掌柜的打听。有个在上衣翻领上插着面美国旗的小胖子听到了他说的话，就说，纽约最好的大腿戏在东休斯顿街明斯基剧院演出。多克说起他们将要出发去亲眼看一看这场战争，那人就请他们喝了几杯酒，还说要亲自带他们到明斯基剧院去。他姓西格尔，他说在"卢西塔尼亚"号被击沉之前他一直是个社会党人，但如今他认为应该去打垮德国人并把柏林毁掉。他是做斗篷和套装生意的，现在心情愉快，因为他差不多已经把一项军服合同抓到手了。"我们需要这场战争来把我们培养成为男子汉。"他一面拍着自己的胸脯一面这样说。他们乘坐出租汽车往商业区驶去，但是等他们赶到大腿戏表演场所，那里已经客满，连一个座位都弄不到了。

　　"站着看戏，见鬼……我要女人。"多克说。西格尔先生侧着脑袋想了想。"咱们上'小匈牙利'酒馆去吧。"他说。

　　查利感到失望。他本想到纽约好好乐上一乐的。他多希望现在正在床上。"小匈牙利"酒馆里有许多德国姑娘、犹太姑娘和俄国姑娘。每张桌子的中央都有一个台座，上面倒放着式样奇特的酒瓶。西格尔先生说，从现在开始，一切都由他来请客。乐队奏着外国乐曲。多克喝得很有几分醉意了。他们占的那张桌子挤在许多桌子中间。查利在酒馆内转了转，请一位姑娘同他跳舞，但不知为什么，她拒绝了。

　　于是他就和酒吧前的一个窄脸盘的小伙子谈起来，这小伙子刚参加过在麦迪逊广场公园举行的和平集会。他说，如果美国企图强迫征兵，那么纽约就会发生一场革命，这些话让查利听得耳朵都竖起来了。这小伙子名叫本尼·康普顿，在纽约大学念法律系。查利陪他走过去，和他坐在一桌，桌旁还有一个明尼苏达州人，是《呼声报》的记者。查利向他们询问，他想以半工半读的办法读完工程学校，不知道行不行。他有点儿动摇，不想参加救护队工作了。但他们俩认为，要是开始时手头没有一笔积蓄，这件事似乎不太可能。那明尼苏达州人说，纽约可不是穷人待的地方。

　　"嘿，该死，我想我只有去打仗了。"查利说。

"每一个激进派的责任首先是进监牢①，"本尼·康普顿说，"不管怎样，一场革命总会发生。工人阶级对这种现状已经忍无可忍了。"

"你要是想赚些钱，那就该过河到贝荣去，在兵工厂里找份活儿。"明尼苏达州人用有气无力的声音说。

"谁要是这么干就是背叛他自己的阶级。"本尼·康普顿说。

"工人的处境简直糟透了，"查利说，"去他妈的，我可不愿意为了七十五块钱一个月，就一辈子干修理破汽车的活。"

"尤金·维·德布斯不是说过'我愿跟大伙儿一起提高地位，而不是撇开了他们一个人提高地位'吗？"

"可是本尼，你这样日日夜夜苦学，要当上个律师，不是想脱离工人阶级吗？"明尼苏达州人说。

"那是因为我只有这样才能对斗争有所帮助……我要成为一件锐利的斗争工具。我们必须用资本家自己的武器来跟资本家作斗争。"

"要是他们把《呼声报》查禁了，我真不知道该怎么办。"

"他们不敢查禁它的。"

"他们肯定敢。美国参战是为了保护摩根借款……他们想利用这一点来消除国内的反对意见，事情要不是这样，我就不姓约翰逊。"

"说到这一点，我知道一些内幕。你们知道吧，我姐姐是个速记员……她在公共关系顾问约·华德·摩尔豪斯手下工作，你们知道……他为摩根和洛克菲勒财团做宣传工作。噢，她说今年一整年他一直和一个法国秘密使节团在一起工作。大企业方面对法国可能要发生革命这一点怕得要死。为了他的咨询服务，他们付给他一万块钱报酬呢。他通过一个供应专稿的报业辛迪加发布赞成参战的资料。可他们还把这国家称作是自由国家哪。"

"我对什么事情都不会感到惊奇了，"明尼苏达州人说，把瓶里剩下的酒统统倒在自己的杯子里，"嘿，就拿眼下来说吧，我们三个人里面任何一个都可能是政府的特务或者间谍。"他们三人坐在那里面面相觑。这句话使查利毛骨悚然。

"这就是我要告诉你们的……我姐姐什么都知道，懂吗，因为她就在那家伙的办公室里工作……这是像摩根之流的大企业的一个阴谋，他们把工人送去打仗，用这办法来打败工人阶级。一旦他们把你弄进了部队，你就没法为

---

① 意为作为一个因反对战争而拒服兵役的人甘心在战时坐牢。

323

公民自由或者权利法案呐喊了……他们可以不经审讯就把你毙了，明白吗?"

"这是胡作非为的暴行……西北部的人民决不能容忍这样做，"明尼苏达州人说，"听着，你离开那里的时间比我晚。拉福莱特不是在那里表达了人民的意见吗?"

"当然喽。"查利说。

"唷，到底说些什么呀?"

"对我说来，道理太深奥了。"查利说罢，从紧挤着的桌子间穿过去找多克。多克喝得相当醉了，查利担心再喝下去要没钱付账，于是他们和西格尔先生道别，西格尔先生请他们替他杀死一大帮德国鬼子，他们俩就出了门，沿着休斯顿街朝西走。马路边停放着一长溜手推车，摇曳的灯火在黑沉沉的雨夜中照红了人行道上拥挤着的人们的脸。

他们走到一条宽阔的大街的尽头，那里挤满了从一家剧院散场出来的人。世界咖啡馆门口有个男人站在肥皂箱上演说，散场出来的人们蜂拥在他的周围。多克和查利侧着身子挤过去，想看看到底是什么事。对于演讲人声嘶力竭的叫喊，他们仅能听清一些片断:

"几天前我坐在库珀学院里听尤金·维克多·德布斯演讲，他讲了些什么呢? ……他说'老板们要求你们工人牺牲生命去保卫的是什么文明，什么民主呀? 它除了使你们成为工资奴隶之外还能有什么意义呢? 什么是……?'"

"嘿，闭嘴，小子……要是你不喜欢这样，那么滚回你的老家去得啦。"人群里发出这样的声音。

"你有工作的自由，好让老板们发财致富……一旦被解雇，你还有饿死的机会。"

多克和查利被身后的人们推向前去。演讲人从箱子上倒下来，不见了。大街末端万头攒动。多克和一个穿工装裤的大个子动了拳头。一名警察插身进去，用警棍向左右挥打。多克缩回胳膊，想狠揍那名警察，但查利一把拽住他的胳膊，把他从这场混战中拉了出来。

"嘿，看上帝面上，多克，这还不是真的打仗哪。"查利说。

多克的脸涨得通红。"我看着那家伙就不顺眼。"他说。

在警察们的身后，两辆装着巨大的探照灯的警车正向人群冲去。在探照灯耀眼的白光前，只见一大片黑黝黝的手臂、脑袋、帽子、推挤顶撞的肩膀和上下挥动的警棍。查利拉住多克，靠在咖啡馆的平板玻璃橱窗上。

"喂，多克，我们可不想去坐班房，把船期都误了。"查利对着他的耳朵悄声说。

"那还有什么用？"多克说，"不等我们赶到那儿，事情统统都要结束了。"

"工人们今天在警察面前逃跑，可是要不了多久，警察就要在工人们面前逃跑了。"有人大声嚷道。还有人领头唱起了《马赛曲》。许多人的声音也都跟着一起唱。多克和查利背靠着平板玻璃橱窗，紧紧挤在一起。在他们背后，咖啡馆里满是在滚滚的蓝色烟雾中晃动的人脸，好像水族馆里的鱼儿。玻璃橱窗突然打碎了。咖啡馆里的人们一下子跳了起来。"小心骑警。"有人嚷了一声。

警察拉开一道警戒线，从大街上走过去。他们背后空无一人的人行道越来越长了。另外那一面，骑警们正从休斯顿街上出来。中间的空地上停着一辆囚车。警察们正在把男男女女往里面塞。

一个骑警策马在人行道内侧小跑着，发出响亮的马蹄声，很快就拐过弯来，多克和查利在骑警跑过身边时闪避开了。空荡荡的波威里街上一片黑暗。他们朝西往旅社方向走去。

"天哪，"查利说，"那会儿你差一点害得我们给关起来……现在我下定决心要到法国去了，我真想去。"

一星期以后，他们乘上了法国轮船公司的"芝加哥"号，通过斯塔腾岛与长岛之间的海峡向外驶去。告别宴会上的宿醉未醒，加上船里的气味难闻，使他们觉得有点儿恶心，脑袋里还响着码头上的爵士乐队所奏的音乐。天气阴沉，铅灰色的云块低覆着，看来像要下雪。水手和茶房都是法国人。吃上船后的第一顿饭时，他们喝了葡萄酒。参加救护队到欧洲的人们坐满了一桌子。

饭后，多克就下舱去睡觉。查利双手插在口袋里，在船上徘徊，自己也不知道该干些什么。在船尾，人们正在把七十五毫米口径的大炮的帆布套子解下来。他转到下甲板，那里堆满了圆桶和板箱，他磕磕绊绊地跨过一圈圈乱糟糟的金属巨缆，来到船首。一个身材瘦小、面色粉红、帽子上有红流苏的法国水手正驻守在船首瞭望。

海面平静如镜，漂着一摊摊波动起伏的污物，都是些海藻和垃圾。海鸥或是蹲在海面上休憩，或是栖息在漂浮着的小块木头上。间或有一只海鸥懒洋洋地展开翅膀，鸣叫着飞走了。

笔直的船首劈开浓厚的草绿色海水，划分出两股均匀的波浪。查利试着和瞭望员交谈。他指指前方。"东方，"他说，"法国。"

瞭望员不理睬他。查利转身指指烟雾弥漫的西方。"西方，"他说着轻轻地拍拍自己的胸脯，"我家乡法戈，北达科他州。"但是瞭望员仅仅摇摇头，伸出手指放在嘴唇前。

"法国在东边很远的地方……潜水艇……战争。"查利说。瞭望员伸出手来放在嘴上。他总算让查利明白了：他是不准和别人说话的。